주인공의 구원자가 될 운명입니다

주인공의
구원자가 될
운명입니다 III

은소로 장편소설

초판 1쇄 찍은 날 | 2024년 3월 25일
초판 1쇄 펴낸 날 | 2024년 4월 1일

지은이 | 은소로
발행인 | 이진수
펴낸이 | 황현수

펴낸곳 | 주식회사 카카오엔터테인먼트
등록번호 | 제2015-000037호
등록일자 | 2010년 8월 16일
주소 | 경기도 성남시 분당구 판교역로 221 6(일부)층

제작·감수 | KW북스
E-mail | paperbook@kwbooks.co.kr

ISBN 979-11-385-0876-6 04810
       979-11-385-0873-5 (set)

III

THE HERO'S SAVIOR

주인공의
구원자가 될
문명입니다

은소로 장편소설

Yeondam

CONTENTS

6

19살(2)

기우뚱 쓰러지는 그녀를 악셀이 다급히 받아 냈다. 피범벅이 된 여자가 힘없이 그의 품에 늘어진다. 그 위로 제 품에서 죽던 그녀의 환각이 겹쳐 보였다.

"……!"

악셀 발렌타인은 일순 얼어붙었다. 가슴팍에 차가운 칼날이 파고드는 듯한 감각이 느껴졌다.

"성녀님!"

"공작님!"

"제기랄, 아리아!"

새파랗게 질린 뤼르와 루드빅, 에리히가 달려왔다. 베로니카는 밀랍처럼 굳은 얼굴로 지층이 사라지며 드러난 문을 보았다.

박살 난 문 너머로 검은 강물이 흘러들어 왔다. 그리고 멀찍이, 뗏목을 탄 6명의 사람이 보였다. 가장 앞에 서 있던 검은 머리의 남자가 금빛 번개로 이루어진 날개를 접고 있었다.

그자가 섬뜩한 붉은 눈으로 그들을 노려보았다. 그자의 뒤로 반짝이는 백금발의 아름다운 여자와 은발의 마법사, 검은 옷의 신관, 금발의 기사가 보였다.

그리고 베로니카 자신의 모습도.

"……거울."

베로니카는 멍하니 중얼거렸다. 고개를 든 에리히가 같은 광경을 보고는 욕설을 내뱉었다.

"제기랄, 저건 또 뭐야? 흉내쟁이 새끼들이야?"

흉내쟁이는 사람의 모습을 흉내 내는 위험하고 희귀한 마물이었다. 베로니카가 고개를 저었다.

"아니야, 멍청이."

"왜 아닌, 아."

검은 강물이 영토를 넓히며 방 안으로 들어왔다. 아리아드네가 구현했던 것과 완전히 똑같은 강이었다.

"정령술까지, 따라 할 수 있는…… 흉내쟁이가 어딨어."

흉내쟁이 마물이 흉내 내는 건 어디까지나 외형뿐이다. 저건 흉내쟁이가 아니었다. 그것보다 더 섬뜩하고 위험한 무언가였다.

베로니카는 떨리는 손으로 검을 쥐었다. 그제야 자신과 똑같은 형상을 발견한 악셀의 낯이 일그러졌다. 뗏목 위의 가짜 '악셀'이 검을 꺼내며 몸을 낮추었다.

혼절한 아리아드네를 안고 있던 악셀은 그것의 익숙한 동작을 보고 자연히 다음 동작을 읽었다. 저놈은 이제 뛰어올라 불로 휘감긴 검을 내리칠 것이다.

가장 효과적인 대응법은 자리를 피하는 거다. 하지만 그는 지금 절대 움직일 수 없었다. 제 품에 피투성이가 된 아리아드네가 쓰러져 있었다. 그녀의 맥이 약하게 뛰는 것이 느껴졌다.

저 공격을 피하다가 아리아드네의 몸에 충격이 가서 그녀가 잘못

되기라도 한다면?

등골이 오싹해졌다. 그는 그냥 제자리에서 '악셀'의 공격을 받아 내야만 했다. 그것도 아리아드네에게 최대한 충격이 전해지지 않는 방식으로.

'빌어먹을.'

악셀은 제 힘을 잘 알았다. 정체 모를 저 새끼가 정말 그와 똑같은 수준의 공격을 한다면 충격을 완벽하게 흘릴 자신이 없었다. 특히 불. 불타지 않는 그는 불꽃을 무시하고 받아 내면 되지만, 아리아드네에게 불이 튀었다간 끝장이다.

뗏목 위의 '악셀'이 훌쩍 뛰어올랐다. 그것의 전신에 불꽃이 확 타올랐다. 거대한 외뿔 늑대의 형상이 나타났다. '악셀'이 악셀을 향해 불꽃의 검을 내리쳤다.

악셀은 이를 악물었다. 피해 없이 막아 낼 방법이 여럿 떠올랐으나 개중 어느 것도 고를 수 없었다. 환각으로 보았던 그녀의 죽음들이 되살아나 그의 뇌리를 뒤덮었다.

사람을 죽이는 수단은 무수히 많은데 죽음을 막는 수단은 너무나 적었다. 누군가를 지킨다는 건 그토록 어려운 일이었다. 아무리 강한 자라 해도 반드시 약자로 만들어 버리는 일. 그런데도 거부하지 못하고 스스로 선택하게 되는 일.

악셀은 약자가 되었다. 약자가 쓸 수 있는 방법은 한정적이었다.

'팔을 내주고, 베이는 틈을 노려 반격하는 수밖에 없다.'

그는 왼팔을 내밀며 아리아드네를 감싸고 웅크렸다.

그 순간, 그가 전혀 염두에 두고 있지 않았던 타인들이 나섰다. 에리히 위버가 그들 사이에 방어막을 쳤다. 베로니카 브란테가 강철의 가호를 두르고 검의 진로를 가로막았다.

'……!'

바라지 않았던 도움이었다. 그럼에도 악셀 발렌타인은 푸르스름한 방어막과 앞을 막아선 등을 보며 안도했다. 그리고 제가 안도한 것에 스스로 놀랐다.

"큭!"

방어막이 으스러지고, '악셀'의 검을 받아 낸 베로니카가 신음을 흘렸다. 그래도 그녀는 몇 발짝 뒤로 밀리는 선에서 버텨 냈다. 방어막이 일차적으로 공격을 완화한 덕도 있고 걸핏하면 악셀과 치렀던 대련의 성과이기도 했다.

어느새 튀어나온 루드빅 블레이르가 '악셀'의 뒤통수에 검을 내리찍었다. '악셀'은 성가신 듯 뒤로 검을 휘둘렀다. 루드빅은 잽싸게 물러나며 그것의 주의를 제게 유도했다.

일행들이 분투하는 사이 진짜 악셀의 곁에 다가온 뤼르 이나민이 희고 신성한 빛으로 뒤덮인 손을 그에게 내밀었다. 반사적인 거부감이 드는데도 악셀은 아리아드네에게 닿으려 하는 타인의 손을 쳐 내지 않았다. 오히려 그는 신관에게 아리아드네를 조심스럽게 넘겨주었다.

뤼르는 그녀에게 임시로 신성력을 퍼부은 뒤에 신성 마법을 영창했다.

"당신의 자애가 이곳에 깃들기를 간절히 바라오니……."

하얀빛에 휘감기며 아리아드네의 얼굴에 핏기가 돌아왔다. 악셀은 그것을 확인하고 돌아섰다. 얼어붙은 채 눈동자가 떨리고 있던 그의 얼굴이 '악셀'을 향해 돌아서는 순간 짐승처럼 일그러졌다.

저것이 감히 아리아드네를, 심지어 내 기술을 이용해서.

분노가 머리끝까지 타올랐다. 그는 검을 움켜쥐고 루드빅을 뒤쫓고 있는 그것에게 달려들었다.

자신과 똑같은 뒤통수를 거침없이 내리치려던 그의 손이 멈칫했다. 검은 강물이 초원으로 바뀌었다. 그 잔디밭이 일어서서 장애물이 되어 '악셀'의 뒤를 가로막는다.

흙이 솟아 만들어진 장애물 따위 그냥 베어 내면 그만이었다. 그러나 악셀은 그러지 못했다. 어디서 참 많이 본 방식의 정령술이었다.

그는 뗏목 쪽을 돌아보았다. 조금 전 자신이 뤼르에게 넘겨주고 온 아리아드네와 똑같이 생긴 여자가 싸늘한 눈으로 그를 노려보고 있었다.

영토에 직접적인 타격을 주면 정령사가 영향을 받는다. 그는 반사적으로 검을 멈췄다.

"뭐 해, 등신아! 저게 우리 해골로 보이냐!"

에리히가 빽 고함을 질렀다. 하지만 베로니카와 루드빅은 악셀의 망설임에 공감했다. 마법사인 에리히야 거리가 멀어 저것의 모습이 제대로 보이지 않겠지만, 정령 기사들은 너무나 생생하고 뚜렷하게 볼 수 있었다. 영토를 펼치고 정령술을 쓰는 '아리아드네'의 모습을.

가짜인 걸 뻔히 알면서도 그 모습에 멈칫거리게 되는 것이다. 루드빅 역시 악셀의 형상에게는 고민 없이 칼을 꽂을 수 있었으나 익숙한 신록의 영토에는 함부로 해를 입히지 못하고 있었다.

베로니카는 어느새 달려온 자신과 똑같은 형상과 검을 맞대다가 이를 악물고 에리히에게 외쳤다.

"안 되겠어, 후퇴할 틈, 좀, 만들어 내 봐!"

"어, 어, 너 진짜 니카냐? 어느 쪽이 너야? 뒤섞여 싸우니 구별이 안 가, 망할."

"말하는 게, 나야! 이것들은, 말 못 하는 거, 같아!"

베로니카가 헐떡이며 내뱉었다. 자기 자신과 싸우는 건 몹시 기괴한 기분이었다. 도무지 평소처럼 머리를 비우고 싸울 수가 없었다.

에리히는 눈을 가늘게 떴다.

"아하, 말을 못 한단 말이지."

확실히 두 명의 베로니카 중 한 명만 말을 하고 있었다. 그는 곧바로 마법을 영창하기 시작했다. 그러자 뗏목 위에 있던 은발의 마법사도 주문을 외우기 시작했다. 에리히는 자신과 똑같이 생긴 놈을 노려보았다.

'말 못 한다더니 영창은 하잖아. 재수 없게.'

그는 속으로 욕을 쏟아 내며 전장을 바라보았다. 눈앞에 펼쳐진 광경은 혼돈 그 자체였다.

어느새 루드빅이 '루드빅'과, 베로니카가 '베로니카'와, 악셀이 '악셀'과 맞붙는 중이었다. 옷차림과 무장까지 동일해서 입 다물고 싸우니 구별이 안 되는데, 그래도 보다 보면 어느 쪽이 진짜인지 확연했다.

가짜 '아리아드네'가 정령술로 보조해 주는 쪽이 가짜들이었다. 거의 똑같은 힘을 쓰면서 한쪽만 정령사의 보조가 있으니 아무래도 동료들이 밀렸다.

'이런 상황에선 정령사부터 치는 게 정석이겠지만…… 니카 말이 맞아. 지금은 싸울 때가 아니라, 빠져서 아리아부터 치료해야 해.'

에리히는 마법을 영창하는 동시에 무영창 마법을 이중으로 시전했다. 그는 진짜 동료들과 뒤에서 쓰러진 아리아드네를 치료 중인 뤼르에게만 통신 마법을 사용했다.

[안개 끼면 즉시 후퇴. 안내 마법에 따라 깃발로 집합. 이후 천장 구멍으로 퇴각.]

깃발은 영토의 중심이 되는 정령사를 칭하는 토벌 용어다. 에리히는 통신을 끝마치자마자 영창을 마무리했다.

"미지의 장막이 드리워지니, 이로써 눈 있는 자는 모두 눈먼 자를 질시할지어다!"

에리히의 시야가 미치는 범위 내에 자욱한 안개가 피어올랐다. 일반적인 안개와 달리 정령 기사들의 감각까지 일시적으로 속일 수 있는 마법의 안개였다.

그는 안개가 피어오르자마자 다시 무영창 마법을 썼다. 보이지 않는 마력의 끈을 뻗어 짙은 안개 속에서 일행을 아리아드네 쪽으로 안내하는 마법이었다.

단순한 마법이라지만 이런 식으로 대상을 특정하고 섬세하게 통제하는 복잡한 방식으로 여럿에게 사용하려니 머리가 지끈거렸다. 고도의 인식 방해 마법을 펼치는 와중에 이중으로 쓴 거라 더욱 그랬다.

에리히는 머리를 움켜쥐고 비틀거리며 뒤로 물러났다.

"괜찮으십니까? 신성력이 필요하시면……."

뤼르의 걱정스러운 질문에 에리히가 두통이 오는 머리를 꾹꾹 누르며 대꾸했다.

"난 아주 멀쩡하니까 신관님은 한눈팔지 말고 아리아 치료에나 집중하시죠."

"말 좀, 곱게 해."

어느새 나타난 베로니카가 에리히의 뒷덜미를 잡아채더니 그림자나비 위에 태웠다.

"공작님께선 괜찮으신 겁니까?"

뒤이어 나타난 루드빅이 물었다. 신관은 어두운 낯빛으로 대답했다.

"일단 급한 불은 껐습니다만, 완전히 회복하시려면 시간이 좀 필요합니다. 제 신성력이 부족한 탓에……."

"움직이는 건 괜찮습니까?"

"예, 하지만 심하게 흔들리지 않도록 조심하셔야 합니다."

"그 정도면 충분합니다."

루드빅은 아리아드네를 조심조심 안아 들고 용오름에 올라탔다. 그러고 나서 안개를 헤치며 악셀이 돌아왔다. 누군가를 찢어 죽이고 싶은 것처럼 섬뜩한 표정이었다.

그 기세에 루드빅과 뤼르가 흠칫하는 가운데 에리히가 인상을 쓰고 말했다.

"응? 너도 왔냐?"

"……네가 내게도 안내 마법을 썼잖나."

"쓰긴 썼지. 근데 솔직히 네놈이 내 지시를 들을 줄은 몰랐거든. 그냥 씹고 혼자 지랄하며 날뛸 줄 알았지."

악셀의 눈썹이 꿈틀거렸다. 베로니카가 팔꿈치로 에리히의 배를 쳤다.

"억."

"쓸데없이, 시비 걸지 마."

그녀는 그 말을 끝으로 날아올랐다. 아리아드네를 안은 루드빅이 뒤따랐고, 남은 뤼르가 악셀을 바라보았다.

"……."

"······."

찰나 침묵이 오갔다. 뤼르는 순간 자신이 여기 버려질지도 모른다고 생각했다가, 아리아드네를 치료해야 하니 그럴 리가 없다는 것을 깨달았다.

다음 순간 그는 언제 어떻게 들렸는지도 모르게 악셀의 뒤에 짐짝처럼 실려 있었다.

"가, 감사합니다."

"왜 그런 표정이지? 내가 이런 상황에서 사람을 버리고 갈 인간으로 보이나?"

보통은 무서워서라도 대답하기 어려운 질문이었으나 사도 상대로도 사기를 쳤던 뤼르는 덤덤히 대답했다.

"솔직히 그렇게 보였습니다. 하지만 성녀님을 치료하려면 제가 필요하니 정말 버리고 가시진 않았겠지요."

"······."

악셀은 가벼운 충격을 받았다. 자신이 지금까지 대체 어떤 인상이었기에 합류하라는 말에 합류했다고 놀라고, 이런 상황에서 일행을 버려 놓고 갈 만한 인간으로 보인단 말인가.

물론 아리아드네 말고는 안중에도 두지 않고 지냈긴 하지만 그렇다고 그가 이유 없이 남을 괴롭히거나 무고한 사람을 죽인 적도 없는데 말이다.

문득 아리아드네가 그에게 했던 말들이 떠올랐다.

"네가 나와, 그리고 내 동료들과 함께 다닐 거라면 네가 타인에게 맞춰야 하는 부분도 있다는 걸 명심해."

"그건 거짓도 아니고 비굴한 일도 아니야. 서로에 대한 존중이고 함께 지내기 위한 예의지."

그는 지금까지 사람들과 잘 지낼 마음이 없었다. 아리아드네만이 예외였다. 그러나…… 앞을 막아선 등과 방어막을 보았을 때 찰나 느꼈던 안도감. 그리고 조금 전 에리히와 뤼르의 반응. 악셀은 아리아드네가 말한 동료가 되는 조건의 의미를 비로소 이해했다.

왜 사람은 함께 지내는가. 그러기 위해서는 왜 서로를 존중해야 하는가.

하지만 악셀이 이 순간 어렴풋이 깨달은 것을 곱씹을 여유는 없었다. 앞에서 고함이 터져 나왔다.

"저 망할 짝퉁 새끼가!"

에리히가 미궁의 입구를 막을 때 썼던 강철 벽이 천장의 구멍에 생겨나고 있었다. 줄줄이 맞물리며 수십 겹의 벽이 구멍을 막았다.

"어떻게 벌써 안개를 벗어났……!"

그가 쓴 안개는 베로니카를 상대로 써봤을 때도 꽤 시간을 벌었던 마법이었다. 그걸 대체 어떻게 벌써 벗어났나 하고 돌아보니 가짜 '악셀'이 백야와 벼락으로 사방에 광선을 갈기면서 안개를 훤히 밝히는 경악할 만한 광경이 보였다. 시야가 밝아진 가짜 '에리히'가 천장을 향해 손을 치켜들고 있었다.

"젠장, 하여간 저 괴물 자식은 도움이 안 돼!"

에리히는 욕설을 퍼부었다. 아래를 본 악셀은 일순 의구심을 품었다.

'왜 저 방법으로 안개를 없애지? 나와 같은 능력이라면 저것보다 효율적인 방법이 얼마든지 있는데.'

그 순간 그는 중요한 사실을 하나 깨달았다. 그러나 그것을 설명하고 있을 시간이 없었다. 악셀은 벼락을 몰면서 백야를 띄우고 겁화까지 끄집어냈다. 두 정령수와 대정령까지 동시에 꺼내 쓰는 모습에 아래를 보던 루드빅의 눈이 휘둥그레졌다.

"너, 뭘 하려……."

"비켜라."

악셀은 벼락의 속도를 높여 그를 지나치고, 에리히와 베로니카도 지나쳤다. 대정령의 가호에 겁화의 고온을 더하면서 악셀은 아리아드네를 루드빅이 맡은 게 다행이라고 생각했다. 기분이 나쁜 것과 별개로 그쪽이 안전하니까.

"꽉 잡아라."

그는 신관에게 툭 경고를 내뱉은 후 벼락의 속도를 최고조로 올렸다.

솟구치면서 융합한 정령력을 검에 싣는다. 눈부신 빛이 칼날을 뒤덮으며 기다란 창처럼 자라났다. 검 전체가 과도한 힘에 부들부들 떨리며 손잡이까지 시뻘겋게 달아올랐다. 붉은 눈이 아니었다면 손부터 타올라 재가 되었을 온도였다.

악셀은 검이라기보다 빛나는 창에 가까워진 무기를 강철 벽의 중앙에 겨눈 채 그대로 돌진했다. 충돌 직전 뤼르는 비명을 지르며 눈을 감았다. 신관의 비명은 곧 터져 나온 굉음에 완전히 묻혔다.

본디 창을 쥔 기병의 돌격은 속도로 인해 파괴적인 효과를 발휘한다. 따라서 벼락을 탄 정령 기사가 불타는 빛의 창으로 쓴 돌격은 재앙이나 다름없는 파괴력을 냈다.

악셀 발렌타인은 수십의 강철 벽을 모조리 박살 내며 관통했다. 그의 몸에 깃든 어둠 살해자의 일부가 환호하는 것이 느껴졌다.

박살 난 강철 벽의 파편이 우수수 떨어졌다. 그것들은 마력으로 환원되어 눈송이처럼 흩날리며 사라졌다. 그 광경을 올려다보며 에리히가 망연히 중얼거렸다.

"저게 사람이냐……?"

나머지 일행들도 입을 열지 않았을 뿐 비슷한 생각이었다. 경악과 별개로 행동을 멈추는 사람은 없었다. 그들은 악셀을 선두로 전원 뻥 뚫린 구멍을 통과했다.

아리아드네 주위에 신록의 영토가 여전히 유지되고 있었다. 그녀가 움직이는 대로 따라오는 영토 덕에 그들이 구멍을 통과하자 위쪽의 방이 익숙한 초원으로 바뀌었다.

정령사가 기절했는데도 영토가 유지된다는 건 채널이 멀쩡하고 가이드도 잘 작동 중이라는 뜻이다. 그러니까 정령사의 상태가 위급한 수준은 아니라는 의미. 그게 그들이 비교적 침착할 수 있는 이유였다.

초원에 올라선 루드빅이 제 망토를 벗어 바닥에 깔고 아리아드네를 조심히 눕혔다. 뤼르가 달려와 붙어 앉더니 약초와 포션을 여럿 꺼내어 배합에 열중했다.

신관이 자기 일을 하고 있으니 나머지도 각자의 역할을 해야 했다. 아리아드네 옆에서 걱정하고 매달려 있어 봤자 해결되는 일은 아무것도 없다. 에리히가 영창을 시작하며 외쳤다.

"입구 다시 막을 테니까 저것들 못 쫓아오게 버텨 봐!"

베로니카가 앞으로 나섰다. 그러나 곧 그녀는 갸우뚱 고개를 기울이며 검을 늘어뜨렸다.

"쟤네, 안 쫓아오는데?"

"뭐?"

에리히가 영창을 멈추고 구멍으로 다가왔다. 쪼그려 앉아 아래를 보던 그는 인상을 찡그렸다.

"아무것도 안 보여."

"마법사 눈으론, 무리지."

"일반인이라고 해 줄래? 마법사가 일반인보다 더 약한 것처럼 들리잖아."

에리히는 투덜거리며 물러섰다. 그의 눈에는 출렁거리는 잿빛 액체만 뿌옇게 보일 뿐이었다.

마법사는 포기했고 신관은 정령사를 돌보느라 정신이 없었다. 정령기사들만 구멍 주위에 모여 아래를 내려다보았다. 그들은 정령수를 몸에 담은 덕에 탁월해진 시각으로 회색 액체를 뚫고 아래의 상황을 볼 수 있었다.

루드빅이 눈살을 찌푸리더니 입을 열었다.

"베로니카 경, 내 눈엔 영토가 없는 것처럼 보이는데. 경은 보여?"

"안 보여."

"영토를 거뒀나 본데. 가호도 안 쓰고 있는 것 같고. 저것들은 영토가 없어도 아무렇지 않나?"

"마물이니까…… 상관없겠지."

"마물이 맞긴 한 건가? 정령술을 썼는데?"

"그런 건 몰라. 하지만…… 저게 외모는 물론이고, 우리 능력까지, 흉내 낼 줄 아는, 특이한 놈이라도…… 어쨌든, 미궁에 사니까, 마물의 일종이라는 건, 확실하잖아."

가만히 아래를 내려다보던 악셀이 불쑥 말했다.

"움직이지 않고 있다."

"응?"

"저놈들, 미동도 하지 않고 있다. 줄 끊어진 인형 같군."

그의 말에 베로니카가 구멍 안쪽에 고개를 밀어 넣으며 유심히 살폈다.

"잘 모르겠어……. 그냥 제자리에, 서 있는 거…… 같긴 한데."

루드빅은 악셀이 대화에 끼어든 게 놀라워 몸을 숙인 베로니카 너머로 그를 바라보고 있었다.

'저놈이 공작님이 안 계실 때 대화에 끼어드는 건 처음인데. 무슨 심경의 변화지?'

그 덕에 루드빅은 베로니카가 미끄러지는 것을 빠르게 알아차렸다.

"베로니카 경, 조심……!"

그의 경고는 늦었다. 지나치게 숙이고 있던 베로니카가 흐물거리는 경사면을 따라 주륵 미끄러지며 아래로 떨어졌다.

"……!"

그녀는 떨어지자마자 본능적으로 가호를 두르고 그림자나비를 꺼냈다. 첨벙, 하는 물소리와 함께 아래에 굳어 있던 가짜들 중 '베로니카'가 고개를 번쩍 들었다.

그것은 바로 정령수를 꺼내더니 검을 뽑아 들고 구멍으로 떨어진 베로니카를 향해 날아왔다. 그녀가 그림자나비를 타고 재빨리 날아 천장 구멍으로 도로 나가는 순간, 가짜 '베로니카'의 움직임이 뚝 멈췄다.

나머지는 끝까지 전혀 움직이지 않았다. 베로니카는 그 광경을 똑똑히 보았다.

"니카!"

그녀가 늪에서 튀어나오며 참았던 숨을 들이켜자 에리히가 파랗게 질려 달려왔다. 그는 불안하게 그녀를 살피더니 가호 덕에 물에 젖지 조차 않은 것을 확인하고는 버럭 고함을 질렀다.

"조심 좀 하고 살아! 맨날 멍하니 있다가 사고 치지 말고!"

"사고는…… 네가 더 많이 치면서."

태연히 대꾸한 베로니카가 정령 기사들을 돌아보았다.

"봤어?"

"뭘?"

"보았다."

루드빅이 의아하게 되묻고, 악셀이 덤덤히 대꾸하더니 덧붙여 말했다.

"저쪽…… 말하자면 '거울 속'에 본체가 넘어왔을 때만 저 '거울상'들이 감지하고 움직일 수 있는 모양이다. 방금 네 어처구니없는 실…… 실험적인 행동 덕분에 확실해졌군."

루드빅은 악셀을 멀거니 쳐다보았다. 이놈 진짜 갑자기 왜 이러지?

베로니카 역시 의외라는 듯 그에게 시선을 흘깃 던졌다. 에리히는 악셀의 말에 담긴 내용에 관심이 쏠려 그의 변화를 알아채지도 못했다.

"그러니까 우리가 저기에 들어갔을 때만 안에 있는 놈들이 움직인단 거지? 아무도 안 들어가면 움직이지 않고?"

"정확히는 들어간 사람과 대응되는 거울상만 움직이는 것 같다."

"그거 신기하네. 어떻게 저런 현상이 가능하지? 어쩌면 저건 마물이 아니라 저주의 일종일지도……."

에리히는 턱을 문지르고 손가락을 허공에 놀리며 혼자 무언가를 중얼댔다.

"환영이 저주를 통해 실체화했다면 분명 흔적이……."

에리히의 손짓에 따라 마력이 움직이려 하자 악셀이 대뜸 그의 팔을 움켜쥐었다.

"더 이상 마법을 쓰지 마라."

"뭐? 마법사보고 마법을 쓰지 말라면 뭐 하라고? 손가락이나 빨면서 구경하라고? 대단하신 네놈이 다 해결할 테니까?"

에리히가 으르렁대며 쏘아붙였다. 악셀은 눈썹을 꿈틀거릴 뿐 전처럼 맞받아치지 않았다. 대신 딱딱한 어조로 말했다.

"아니. 이건 나 혼자서 해결할 수 있는 문제가 아니다. 네놈들……다 같이 의논해야 하는 문제다."

"……같이? 우리가? 네놈이랑? 대체 뭘?"

에리히가 입을 떡 벌렸다. 베로니카는 흥미롭다는 표정이었고 루드빅은 귀를 의심했다.

악셀은 잠시 말을 골랐다. 자신이 깨닫거나 알아챈 걸 누군가에게 설명하는 건 그에겐 생소한 일이었다. 마음가짐이 조금 바뀌고 나니 더 어렵게 느껴졌다. 상대가 어떻게 받아들일지 고민하며 말을 해야 하니까.

아리아드네가 자신에게 설명해 주었던 때를 떠올리며, 그는 겨우 입을 열었다.

"아까 내 거울상이 안개를 치우려 쓴 기술 말이다."

"그 파괴 광선 갈겨 대는 거?"

"……."

에리히의 반문에 서두를 떼자마자 악셀의 말문이 막혔다. 에리히가 퉁명스레 말했다.

"뭐야, 표정이 왜 그따위냐? 불만이면 그 기술 이름을 알려 주던가."

"······기술에 딱히 이름 같은 걸 붙이진 않는다."

"이름도 없으면 자기 기술을 연구하고 발전시킬 때 어떻게 그걸 정리하려고? 하여간 정령 기사 놈들이란."

펜으로 성장하는 마법사로선 이해가 가지 않는 일이었다.

그는 어릴 때부터 베로니카가 자기가 쓰는 정령 기술 원리도 모르는 것을 보고 기함해서, 직접 관련 서적을 공부한 다음 그녀의 기술을 발현 방식이나 난이도별로 분류하고 정리해 주곤 했었다.

그 습관이 어디 가지 않아 에리히는 즉석에서 악셀의 기술을 분류해 이름을 붙였다.

"그럼 앞으로는 그 계열은 대충 파괴 광선이라고 쳐. 복도 통째로 지질 때 쓴 건 광역형 파괴 광선, 구멍 뚫을 때 쓴 건 집중형 파괴 광선으로 구분하면 되겠네. 아니면 형식 말고 성질에 집중해서 연쇄형과 용융형으로 구분하는 것도 괜찮겠군. 어느 쪽으로 할 거냐?"

악셀은 어이가 없는 표정으로 마법사를 바라보다가 고개를 내저었다.

"이름 같은 건 아무래도 상관없다."

"이러니 정령 기사들이 답답하다는 거야. 정의와 명명의 중요성을 몰라. 개인적으로는 둘 다 써서 광역 연쇄형, 집중 용융형으로 나누는 게 나을 것 같은데. 그러면 광역 용융형이나 집중 연쇄형 같은 응용 형식도 만들 수 있, 혹시 그 기술도 이미 쓸 줄 아냐?"

"뭐?"

"광역 용융형 파괴 광선 쓸 수 있냐고. 가능할 것 같은데. 광역 연쇄형에 벼락만 겁화로 대체하면 되잖아. 화염에도 연쇄적으로 전이되는 성질이 있으니까. 물론 전류만큼 빠른 연쇄는 못 일으켜도······."

"대체 뭔 소리를 하는 건가."

"지금까지 뭘 들었어? 네가 쓰는 기술 얘긴데 네놈이 못 알아들으면 어떡하냐."

"……."

"자, 그럼 최소 4종이고, 더 있겠지? 네놈 정령수만 세 마리잖아. 그것만 번갈아 섞어도, 이야…… 광선이 종류별로 나오는 게 아주 인간이 아니라 최첨단 마법 대포네. 가능성이 정말 무궁무진해. 어떻게 되어 먹은 몸뚱인지 구조를 뜯어보고 싶을 지경이야."

입맛을 다시는 에리히의 눈빛이 반쯤 돌아 있었다. 악셀은 반사적으로 검 손잡이에 손을 올렸다.

지켜보고 있던 루드빅은 토벌대에 들어온 직후의 사건을 떠올렸다. 에리히는 루드빅의 기술도 분류하려 들었다. 루드빅은 상대가 대마법사의 천재 수제자인 에리히 위버고, 기술을 체계적으로 정리해서 쓰면 그럴듯하고 있어 보일 것 같아서 그의 제안에 적극적으로 응했다.

그리고 그 길로 사흘 밤낮을 붙들려 질문 공세와 신기술 개발에 시달리다가 루드빅을 찾던 아리아드네에게 간신히 구출되었다.

오싹해진 그는 에리히로부터 슬그머니 멀어졌다. 그때 베로니카가 싸늘해진 얼굴로 에리히의 뒤통수를 가차 없이 때렸다.

"아! 왜!"

"지금, 뭐가 중요한지, 몰라?"

"이게 얼마나 중요한 건지 너야말로 모르냐? 저놈이 이상하게 협조적일 때 얼른……!"

"아가씨께서 쓰러지셨고…… 대마법사님은 어떤, 상황에 계신지도 몰라……. 그런데 지금, 뭐가, 중요하다고? 다시 한번 말해 봐."

"……미안. 내가 잠깐 이성을 잃었어."

정신을 차린 에리히가 풀이 죽어 찌그러졌다. 베로니카는 그를 한 번 더 노려보고는 악셀에게 시선을 돌렸다.

"그래서, 어쨌다고? 하던 말, 계속해."

악셀은 문득 생각했다. 저런 마법사도 사람들 사이에서 그럭저럭 지내는 것을 보면 아리아드네가 말한 '동료가 되는 것'이라는 게 의외로 그리 어려운 일은 아닐지도 모르겠다고.

'존중, 존중이라. 타인에게 맞춰야 하는 부분도 있다…….'

그는 아리아드네가 했던 말들을 속으로 하나하나 곱씹으며 입을 열었다.

"내 거울상이 광…… 역형, 파괴 광선을 쓰는 것을 보고 알았다."

악셀이 이를 악물고 에리히가 붙여 준 기술명을 읊자 사레가 들린 루드빅이 요란하게 기침을 했다. 에리히는 얼굴이 괴상해졌다. 주인 말고는 죄다 물어뜯고 다니던 맹수가 갑자기 사람 말을 알아듣고 멈추는 것을 보았을 때나 지을 법한 표정이었다.

악셀은 그 반응들을 무시하고 빠르게 설명했다.

"나와 같은 능력을 가졌다면, 안개를 치울 때 그냥 백야를 구현하는 것이 빠르고 효율적이다. 그런데 그것은 쓸데없는 기술을 썼지. 무슨 의미인지 알겠나?"

베로니카는 멍한 표정이었고, 루드빅은 어렴풋이 깨달은 듯했다. 에리히는 바로 알아들었다.

"요컨대 여기 들어온 뒤부터 우리가 쓴 능력만 거울상에 반영된다? 쓴 적 없는 것들은 반영 안 되고?"

"그렇다."

"그래서 방금 새로운 마법을 쓰지 말라고 한 거였군."

에리히는 팔짱을 끼고 턱을 긁적이더니 어두워진 낯빛으로 중얼거렸다.

"만약 우리가 이 사실을 모른 채 계속 미궁을 공략해 나갔다면 거울상이 점점 더 강해졌겠네. 이쪽이 그림자란 건 아마 미궁의 핵이 저쪽에 있다는 소릴 텐데, 여길 샅샅이 훑다가 핵이 없다는 것을 깨닫고 나서 지친 상태로 거울 속에 들어가면……."

그는 팔짱을 풀고 긴 한숨을 내쉬었다.

"타냐 경이 왜 그렇게 애써서 주의를 주려 한 건지, 할아버지가 왜 실종되신 건지 아주 잘 알겠어."

악셀이 잿빛 액체가 출렁이는 구멍을 턱짓으로 가리켰다.

"마법사, 저 안에서 새로 쓴 힘도 거울상에 반영될 것 같나?"

"아마 아닐걸. 저거 원리를 대충 알 것 같거든. 마법 함정이란 게 작동하는 도중엔 업그레이드가 불가능해서……. 움직일 때 우리가 쓴 능력은 복사 못 할 거야."

에리히가 어깨를 으쓱했다.

"물론 여길 구성하는 건 엘리시움식 마법이 아니라 마계의 흑마법일 테니, 예외는 있을 수 있고."

"확신은 못 한다는 건가?"

"처음 보는 미궁의 구조를 확신할 수 있는 건 우리 해골뿐일걸."

둘의 대화를 듣고 있던 루드빅이 문득 물었다.

"소백작, 그런데 저 거울상들 그냥 죽여도 괜찮은 겁니까?"

"음?"

"자기 환영에게 가하는 타격이 본인의 몸에 반사되는 저주도 있지 않습니까."

"아, 이런."

에리히는 골치 아프다는 표정이 되었다.

"원래 그런 거 쓰려면 저주할 상대방의 신체 일부가 필요하거든?
일반적인 마법으로는 함정에 그런 저주를 심는 게 불가능한데……
흑마법으로는 어떨지 잘 모르겠네."

악셀이 툭 말했다.

"제대로 아는 게 없군."

"뭐 이 자식아?"

"널 무시하는 게 아니라 우리의 현재 상황을 언급한 거다."

"……네놈 진짜 그놈이 아니라 가짜지? 거울상이랑 바뀐 거지?"

악셀이 맞받아치는 게 아니라 얌전히 제 말을 풀어 설명하자 에리
히가 의심스럽게 그를 쳐다보았다. 악셀은 에리히의 헛소리를 무시하
고 갑자기 뤼르를 향해 다가갔다. 커다란 그림자가 드리워지자 아리
아드네의 식은땀을 닦고 있던 신관이 고개를 들었다.

"내출혈은 멎었고, 큰 내상은 치료했습니다. 그래도 최소 이삼일
은 안정하셔야 합니다. 제 신성력이 부족해서 급한 부분만 치료한
터라……."

뤼르는 반사적으로 아리아드네의 상태에 대해 설명했다. 악셀은 한
결 나아진 그녀의 안색을 살피고 나서 말했다.

"지금 아리아에게 신성력을 쓰고 있는 건 아니란 뜻이로군."

"예, 신성력이 거의 남지 않아서요. 내일 아침 해가 떠야 신성력이
다시 회복될 겁니다."

"그럼 일어나라. 네가 할 일이 있다."

"무슨 일입니까? 지금 제가 할 수 있는 건 소소한 축복이나 기도 정도입니다만."

악셀은 원래 성질대로 통보만 하려다가 마음을 고쳐먹었다. 설명하고 이해시키기로.

"아래에 있는 거울상에 대해 알아볼 것이 있다. 그 일엔 네가 적격이다, 신관."

"예? 저는 신성 마법 계열 외에는 아는 것이······."

"이 미궁에 들어온 뒤로 축복이나 치료 이외의 능력을 쓴 적 있나?"

"없습니다."

쟤가 뭘 하는 건가 싶어 지켜보던 에리히는 그 질문을 듣고 비로소 악셀의 의도를 깨달았다.

"그렇지, 지금은 신관이 제일 안전하지! 신관님은 오늘 하루 종일 치료 말곤 아무것도 안 했으니까! 저놈 의외로 머리가 좀 돌아가는데?"

"무슨, 뜻이야? 신관님은 왜?"

베로니카가 불안한 듯 눈살을 찌푸리고 물었다. 에리히는 신이 나서 설명했다.

"저 아래에 들어간 사람과 대응되는 거울상만 움직이잖아. 그래서 신관은 내려가도 괜찮은 거야. 다른 거울상은 안 움직일 거고, 신관의 거울상은 남을 공격할 기술이 없으니까!"

"없긴 왜 없어? 주먹이나 단검으로······ 칠 수도, 있잖아."

베로니카의 눈길이 신관의 허리춤에 매달린 단검으로 향했다. 주로 의료용으로 쓰긴 하지만, 저것도 엄연히 날붙이였다.

에리히는 코웃음을 쳤다.

"신관님이 맨손으로 마물을 잡아 찢는 너 같은 괴물인 줄 아냐."

그들의 대화를 들은 뤼르가 납득한 얼굴로 말했다.

"단검술은 따로 배운 적 없고, 제 주먹질 정도면 저도 얼마든지 피할 수 있습니다. 내려가서 뭘 하면 됩니까?"

"아리아가 준 걸 써라."

악셀이 뤼르의 주머니를 가리켰다. 아리아드네가 뤼르에게 주었던, 거미 마물에서 나왔던 아이템이 들어 있는 주머니였다.

"그 감옥에 거울상을 생포해 오면 된다. 피에 적신 채로 접촉하기만 하면 된다니 너로서도 충분히 가능한 일이겠지. 네 거울상만 잘 피하도록."

"……!"

"다른 거울상들은 아마 안 움직일 테지만 함부로 건드리진 마라. 반격할 수도 있으니까. 돌아올 때는 허리에 미리 묶어 둔 끈을 당겨 주겠다. 할 수 있겠나?"

눈이 휘둥그레진 뤼르가 고개를 끄덕였다.

"예, 그 정도면 할 수 있겠습니다."

"무사히 가지고 돌아오면 그것 상대로 타격 반사나, 어디까지 학습하는지 시험해 보도록 하지. 겸사겸사 거울상이 이쪽으로 넘어오면 어떻게 되는지도 확인하고."

"……안 그렇게 생긴 놈이 발상이 제법이네. 괜찮은 계획이야."

에리히가 기분은 나쁘지만 인정할 수밖에 없다는 듯이 중얼거렸다.

악셀이 이 방법을 떠올린 건 아드리안에게 임무를 받던 경험 덕분이었다. 그는 어쩌면 아리아드네가 이 모든 걸 어느 정도 예측하고 저 아이템을 신관에게 챙겨 주었을지도 모른다고 생각했다.

그녀는 아드리안이니까.

"잠깐, 신관님 호흡은 어떻게 하지? 정령등으로 오염은 막아도 숨은 쉴 수 없을 텐데."

루드빅이 끼어들어 물었다. 악셀은 그 한심한 질문을 무시하려다, 예의를 지키라는 아리아드네의 조언을 다시 상기했다.

그러자 요리를 배우면서 자신이 저질렀던 한심한 실수들이 떠올랐다. 그럴 때의 자신을 루드빅이 보는 심정이란 지금 저 질문을 하는 루드빅을 보는 자신의 심정과 별다를 바 없을 것이다.

게다가 만약 저 질문을 아리아드네가 했다면 어땠을까.

'정령등을 쓸 일이 거의 없으니 모를 수도 있다. 아니, 모르는 게 당연하지. 이런 사소한 부분으로 그녀에게 도움을 줄 수 있다니 이득이군.'

그녀가 한 질문이라고 가정해 보니 오히려 기분이 살짝 좋아졌다.

"……정령등은 정령술을 흉내 내기 위해 만들어진 아이템이지. 정령석을 소모해서 그 안에 담긴 정령력을 주위에 뿌리는 방식으로 말이다. 따라서 바람 속성 정령석을 정령등으로 태우면 물속에서도 숨을 쉴 수 있다."

"……그렇군."

악셀은 담담하게 설명하는 것에 성공했다. 그는 저도 모르게 아리아드네 쪽을 흘깃 보았다. 그를 지켜봐 주던 푸른 눈동자가 창백한 눈꺼풀에 덮여 보이지 않았다. 악셀은 순간 계획이고 뭐고 그냥 아래로 내려가서 제 거울상의 사지를 찢어 놓는 걸 상상하다가 그 옆에 있을 아리아드네의 거울상을 떠올리고 참았다.

루드빅은 불안하게 악셀을 바라보았다.

'저 괴물이 갑자기 왜 사람같이 굴지? 안 좋아. 저놈이 사고를 치고

다녀야 내가 공작님께 점수를 따기 쉬운데.'

그 사이 에리히가 부스럭부스럭 정령석을 꺼내 놓았다.

"바람 속성 정령석은 나한테 많아. 이것 좀 갈아 줘, 니카."

아리아드네가 준 이카로스 때문에 에리히는 요즘 바람 속성 정령석을 잔뜩 챙겨 다녔다.

"응."

정령석을 받아 든 베로니카가 강철 같은 주먹으로 그것들을 으깨어 가루로 만드는 동안, 악셀은 에리히가 아리아드네의 선물 때문에 바람 속성 정령석을 많이 가지고 있다는 것을 알게 되었다.

그는 그녀가 이것까지 내다보고 에리히에게 이카로스를 준 게 아닐까 싶어졌다. 아리아드네가 들었다면 뭔 소리냐고 기겁할 법한 신뢰였다.

잠시 후 정령등에 정령석 가루를 가득 채운 뤼르가 허리에 튼튼한 밧줄을 맸다. 내려가기 직전에 신관은 잊고 있었다는 듯 물었다.

"저, 그런데 여기에 어느 분 거울상을 가둬 오면 됩니까?"

"아가씨 거울상은, 안 돼요."

베로니카가 얼른 말했다. 뤼르는 손사래를 쳤다.

"그건 저도 반대입니다. 환자시잖습니까. 성녀님께선 안 그래도 몸이 약한 편이신데……."

"내 것도 안 된다."

악셀이 말했다. 에리히가 역시 이기적인 새끼라고 욕하려는 찰나 그가 덧붙였다.

"내 거울상이면 그 정도 아이템은 금세 박살 내고 튀어나올 거다. 실험할 때 제압하기도 힘들고."

"……그러네. 저놈 건 너무 위험해."

에리히는 혀를 차며 납득했다. 지금까지 악셀이 보인 무력을 떠올린 일행들도 소름이 끼치는 것을 느끼며 동의했다.

"제 거울상도, 애매하겠는데요."

착취 감옥을 만져 본 베로니카가 난처한 듯 입을 열었다.

"이 정도 강도면, 철창의 가시가 제 몸에 안 박히고…… 그대로 부러질 거예요."

루드빅이 이어 아이템을 받아 들었다. 그는 시험 삼아 창살에 손끝을 대어 보다가 화들짝 놀라 뗐다.

"이거 너무 쉽게 녹는데요?"

"안 돼, 다시 굳혀! 망가뜨리면 안 된다고!"

에리히가 식겁하며 아이템을 빼앗아 확인했다. 일련의 사태를 지켜보던 뤼르가 허탈하게 웃으며 말했다.

"……그냥 제 거울상을 담아 오겠습니다."

아이템이 무사한 걸 확인한 에리히가 뤼르에게 돌려주며 말했다.

"제 건 얌전하고 순할 겁니다, 신관님. 제 거울상을 생포하세요."

"……무영창 마법을 이중으로 쏘아 대는 마법사보다는 제 거울상이 훨씬 얌전할 텐데요."

"……."

"그럼, 다녀오겠습니다."

신관은 정령등을 켜고 용감하게 늪으로 뛰어들었다.

파이는 절박하게 환상 도서관을 뒤지고 있었다.

"너무 위험했어. 잘못하면 아리아가 죽을 수도 있었다고."

형형해진 금안이 책을 빠르게 훑었다. 순식간에 다 읽은 책을 뒤로 아무렇게나 던지고 다음 책을 꺼낸다.

"다신 이런 일이 없어야 해. 정보, 쓸 만한 정보, 이 미궁에 대한 단서가 어딘가엔 분명히 있을 텐데⋯⋯."

그는 정신이 나간 것처럼 중얼거리며 책장을 넘겼다. 다른 서재에서 이미 본 책이었다. 집어 던지고 다음 책. 다음 책. 다시 다음 책. 유리벽을 넘어 다음 서재. 엘 문자 외의 다른 언어로 쓰인 책들이 있는 서재는 과감히 건너뛰고 다시 다음 서재로.

같은 행동을 반복하던 파이는 어느 순간 혼란에 빠졌다.

"왜 부재하지? 비합리적인 부재. 대체 왜?"

환상 도서관에는 누군가가 인상 깊게 읽은 기록물이 모두 보관된다. 즉, 인상적인 사건에 관한 기록일수록 정보가 존재할 확률이 높아진다. 은거울 미궁처럼 수많은 사람이 죽은 최상급 미궁에 관한 기록이 없을 리가 없었다.

아직 찾지 못한 것이라 하기에도 이상하다. 파이는 환상 도서관의 끝을 본 적이 없다. 하지만 한 번 본 서재는 모두 기억하고 있었다.

그가 알고 있는, 아리아드네가 쓰는 것과 같은 엘 문자를 쓰는 서재의 수는 약 7억 개. 문자의 형태가 같다는 건 비슷한 시대의 사람이라는 뜻이다.

1750년대 지구의 총인구수가 7.3억 명으로 추정되는 것을 생각하면, 파이가 아는 서재의 수는 아리아드네와 동시대에 같은 대륙에 사는 인간의 총인구수를 넘어도 이미 한참 넘었을 만한 수였다.

'이 정도로 큰 사건에 대한 기록이 그중에 하나도 없다고?'

이해가 되질 않았다. 아리아드네가 원작의 전개를 바꾸는 바람에 이전 역사에는 없었던 미궁이 새로 생긴 거라고 해도 환상 도서관에는 관련된 정보가 있어야만 했다. 전사자가 나왔으니까.

파이는 환상 도서관에 익숙해지면서 한 가지 사실을 알아차렸다. 환상 도서관에 존재하는 방들은 모두 이미 죽은 자의 서재라는 것을.

서재마다 있는 황금 책장을 잘 들여다보면 그 방의 주인이 어떤 사람인지 대강 추측할 수 있다. 사람은 '자신과 관련이 있는 것'과 '자신이 쓴 것'은 대부분 인상 깊게 읽는다. 때문에 거의 모든 황금 책장에 서재 주인이 직접 쓴 기록물이 끼어 있었다.

글자를 아는 이상 살면서 의미 있는 기록을 전혀 남기지 않는 사람은 드물다. 일기, 필기, 편지, 단상, 수필, 소설, 논문, 주고받은 쪽지 등. 뭐든 간에 본인이 쓴 것이 몇 개쯤은 본인의 책장에 존재할 수밖에 없다.

물론 오늘 장 볼 목록이나 졸면서 쓴 필기 같은 기록은 기록한 사람 본인에게도 인상 깊지 않으니 환상 도서관에도 없지만.

아리아드네의 전생 서재에도 전생의 그녀가 어릴 때 쓴 일기와 장학금을 받으려 필사적으로 공부한 노트, 기억에 남았던 메신저 대화 기록 같은 것들이 책들 사이에 있었다.

파이는 새로운 서재에 들어갈 때마다 그러한 '본인의 기록'과 '본인과 관련 있을 법한 기록'을 살펴보며 서재의 주인을 추리하곤 했다. 환상 도서관에서 잠도 자지 않고 살아가는 그에게는 이것이 일종의 취미였다.

그런데 그는 지금까지 7억 개의 서재를 훑으면서 살아 있는 사람의 서재를 본 적이 한 번도 없었다. 아리아드네의 현생 서재나 그녀 주위 사람의 서재로 짐작되는 곳도 전혀 발견하지 못했다.

그러다 어느 순간 깨달았다. 환상 도서관에 누군가의 서재가 생겨나는 건 그 사람의 생이 끝난 이후라는 것을.

그러니 이번에 은거울 미궁에서 죽은 사람의 서재도 환상 도서관의 어딘가에 분명히 생겨났을 것이다. 그리고 그 전사자의 서재에는 직접 쓴 은거울 미궁에 관한 기록이 존재할 터였다.

파이는 아리아드네가 타냐 벤트를 포함한 전사자의 유품을 챙긴 것을 알고 있었다. 그중에는 오염수에 녹고 변형된 종잇조각이나 부러진 펜 등이 있었다. 모두 그들이 죽기 전에 무언가 기록을 남기려 시도했다는 증거들이다.

사실 그런 증거가 없어도 그들이 무언가를 기록했으리란 건 명백했다. 그렇게 절실히 전달하려던 정보를 기록으로 남기려 하지 않았을 리가 없으므로.

'유언으로까지 전하려던 정보다. 그 기록은 본인의 서재에 남을 수밖에 없다.'

파이가 아는 법칙과 논리대로라면 은거울 미궁에 대한 정보가 환상 도서관에 반드시 존재해야만 했다. 하지만 이렇게 미친 듯이 찾고 있는데도 도저히 그 기록을 찾을 수가 없다.

"어째서?"

혼란이 깊어졌다. 지금까지 파이가 알아낸 환상 도서관의 법칙이 현재 상황과 충돌을 일으키고 있었다.

그가 환상 도서관을 잘못 분석한 걸까?

"의문, 미심쩍다, 의구심, 괴이함, 의혹, 불가능, 의아하다……."

파이는 어릴 때로 되돌아간 것처럼 말이 되지 못한 단어들을 쏟아

냈다. 그러면서도 손과 눈은 멈추지 않았다. 책장을 한 차례 파라락 넘기는 것만으로도 내용을 전부 기억할 수 있다. 게다가 중복되는 책도 많아서 그가 하나의 서재를 훑는 데에는 긴 시간이 걸리지 않았다.

그는 서재와 서재 사이를 넘나들며 생각을 거듭했다.

'처음이 아니다.'

이렇게까지 정보를 찾을 수 없었던 경험이 예전에도 한 번 있긴 했다.

'글로리아 위버의 죽음에 관한 기록.'

그 정보 역시 아무리 뒤져도 찾을 수가 없었다.

그러나 당시의 파이는 그게 그리 이상한 일은 아니라고 판단했다. 글로리아가 프란츠에게 살해당한 것을 아는 사람이 당사자 둘뿐이라면 관련된 기록이 환상 도서관에 아예 없는 것도 있을 법한 일이었으니까.

글로리아 위버는 쪽지조차 남길 틈이 없었을 확률이 높다. 프란츠 엘디어는 본인의 죄를 굳이 텍스트로 남기지 않았을 것이다. 정보의 부재가 자연스럽다.

실제로도 신록의 그릇 외에는 목격자가 없었다. 지금까지는 별로 의심스럽게 여기지 않던 일. 하지만 이 순간, 파이는 그 일도 의심스러워졌다.

'파이는 글로리아 위버의 서재로 짐작되는 곳을 아직도 찾지 못했다.'

레다 피카로나 프란츠 엘디어의 것으로 추정되는 서재까지 찾아냈는데도 말이다. 그는 게일 피카로의 서재도 찾아냈었다. 그자의 서재를 찾아낸 덕에 암호와 은어 범벅이었던 게일의 일기장을 번역할 수 있었으니까.

그런데 7억 개의 서재를 뒤진 지금까지도 글로리아 위버의 서재는 보이지 않았다. 아리아드네에게 엄마가 남긴 일기장 같은 걸 보여 주고 싶어서 파이가 일부러 신경 써서 글로리아의 서재를 찾아다녔는데도 말이다.

'글로리아 위버가 아직 살아 있어서 서재가 없는 건가?'

파이는 그럴 리 없다고 확신했다. 시신이 담긴 관에 조문객들이 꽃을 넣는 장례식까지 확실히 치른 사람이다. 글로리아 위버는 죽었다.

'죽었다. 죽음. 사망. 영면. 생의 끝……'

그는 죽음에 대해 생각했다. 그럴수록 아리아드네의 죽음이 연상되었다. 그녀가 죽을까 봐 두렵다.

파이는 '주인공'처럼 강한 힘으로 그녀를 지켜줄 수 없었다. 그가 아리아드네를 지킬 방법은 정보를 찾아내는 것뿐이다. 그래서 은거울 미궁에 대해 절박하게 알고 싶었다.

계속 차오른 의문과 의심, 공포와 절박함, 간절함과 필요성이 그의 내부를 가득 채우더니 넘쳐 흘렀다.

"윽."

파이는 불현듯 들고 있던 책을 떨어뜨렸다. 이미 몇 번 겪어 본 성장의 충격이 전신을 강타했다. 아리아드네의 또래로 보이던 그의 외모가 20대 중후반에 가깝게 성숙해지며 키가 좀 더 자랐다. 눈매가 깊어졌다. 시야가 넓어졌다. 감각이 확장되었다.

주변의 세계, 즉 환상 도서관과 더 깊게 연결된다.

그러자 환상 도서관 내부에 있는 이질적인 곳이 느껴졌다. 체내에 있는 이물처럼.

파이는 고개를 들었다. 달아오른 순금처럼 빛나는 눈동자가 이질적인 곳을 응시했다. 그는 이제 자신이 환상 도서관 안이라면 어디든 원하는 곳으로 위치를 바꿀 수 있게 되었음을 알아차렸다. 원하자마자 파이는 그 '이질적인 곳' 바로 앞에 있었다.

"……!"

그는 눈을 치떴다.

무수히 많은 서재들 사이에 숨어 있는 하나의 서재. 겉보기에는 다른 서재들과 다를 바 없는 유리벽에 둘러싸인 그 서재 안에 사람이 있었다. 연한 갈색의 긴 머리카락과 황금빛 눈동자를 가진 여자.

서재의 가운데에는 흰 천으로 덮인 커다란 황금 관이 보였다. 그 관에 기대앉아 책을 보고 있던 여자가 고개를 들었다.

파이와 그녀의 눈이 마주쳤다. 어딘지 모르게 익숙한 얼굴이었다. 여자는 놀란 듯 눈을 깜박이다가 아스라한 미소를 지었다.

그 순간 파이는 그녀가 누구인지 알아보았다. 언젠가 아리아드네가 보여 준 글로리아 위버의 초상화 속에 있던 얼굴이다. 글로리아는 저 여자와 달리 눈동자가 보라색이었다. 그러나 눈동자 색을 제외하면 여자는 그 초상화 속 사람과 완전히 똑같았다.

"……글로리아 위버?"

파이의 물음에 여자가 입술을 움직였다. 유리벽에 가로막혀 소리가 들리지 않지만, 파이는 그녀가 하는 말을 들었다. 귀가 아니라 머릿속으로.

{하얀 잔이로구나. 너무 달라져서 못 알아볼 뻔했어.}

{약속의 매개체가 약속을 어기는 건 위험하니까 얼른 돌아가렴.}

약속. 그 단어를 듣는 순간 지끈거리는 두통이 느껴졌다. 그리고 당장 돌아서서 이 자리를 벗어나고 싶어졌다.

'파이는 여기에 있어선 안 된다.'

그는 그 강렬한 본능을 참으면서 물었다.

"당신은, 아리아드네 엘디어의 어머니인 글로리아 위버가 맞습니까?"

아리아드네의 이름을 듣자 여자의 얼굴이 몹시 그립고 애틋한 표정을 띠었다. 그녀는 다정하지만 단호한 음성으로 속삭였다.

{약속을 지켜야지. 약속이 기억나지 않니?}

그 질문에 파이는 '약속'을 떠올렸다.

"아."

일순 그는 모든 것을 기억해 냈다.

자신이 무엇인지, 왜 은거울 미궁의 정보에 접근할 수 없는지, 죽은 글로리아가 왜 여기에 있는지, 저 황금 관 속에 있는 것이 누구인지를.

아리아드네가 어떻게 전생의 기억을 얻었고, 그녀가 어째서 환상 도서관에 드나들 수 있는지까지도.

그리고 원작 소설의 정체와, '주인공'이 왜 '주인공'인지, 누가 누구의 '구원자'인지까지도, 전부.

{기억이 났구나. 그럼 이제 잊어야 하는 이유도 알겠니?}

"약속……."

{다행히 지금 그는 아리아에게 집중하느라 네가 약속을 어기려 한 것을 모르고 있단다. 그가 알아채기 전에 얼른 수습하렴.}

파이는 다급히 제 이마에 손을 얹었다. 활자로 바뀐 기억이 금빛 실타래처럼 뽑혀 나왔다. 그 실타래는 허공에 뭉쳐서 한 권의 책이 되었다. 그것은 그가 떠올려 버린 모든 정보와 기억을 분리한 결과물이었다.

그는 그 책을 유리벽 너머로 이동시켰다. 글로리아의 얼굴을 한 여자가 조심스럽게 책을 집어 들었다.

파이는 그녀가 책을 받은 것을 확인하자마자 아리아드네의 전생 서재로 자신의 위치를 옮겼다. 다른 서재들과 달리 다양한 물건들이 있고 생활감이 묻어나는 익숙한 공간이었다.

그는 멀거니 그 가운데에 서 있다가 불현듯 고개를 갸웃거렸다.

"방금까지 뭘 하고 있었지?"

책상에 작성하다 만 서류가 보였다. 서류 주위로는 수중 미궁, 환영 함정, 흉내쟁이 마물에 관한 자료가 쌓여 있었다.

그것을 보자 자신이 뭘 하던 중인지 기억이 났다. 파이는 아리아드네가 은거울 미궁을 분석할 때 유용할 만한 자료를 찾아 정리하던 중이었다.

'아리아가 일어나기 전에 도움이 될 정보를 준비해 둬야 한다.'

그는 얼른 책상으로 돌아가 하던 일을 계속했다.

아리아드네는 희뿌연 안개로 가득 찬 공간에 있었다.

'어디서 본 곳인데.'

넘실거리는 안개를 보며 그녀는 그런 생각을 했다. 어쩐지 몽롱해서 깊게 생각하긴 어려웠다. 잠에 반쯤 취한 듯한 감각이었다.

아리아드네는 어지러워서 제자리에 주저앉았다. 그리고 사방을 둘러싼 안개를 보고 있자니 문득 어디서 이런 풍경을 봤는지가 떠올랐다.

"정신계 저주로 봤던 환각……."

미렘-13 미궁에서 말뚝을 뽑으며 걸렸던 저주. 지금 보이는 건 그때 보았던 것과 똑같은 풍경이었다.

'내가 저주에 당했었나?'

그녀는 기억을 더듬어 보았다. 정신을 잃기 전에 무슨 일이 있었는지가 차츰 떠올랐다.

'악셀이 쓴 것과 똑같은 기술이 우리한테 날아와서…… 영토로 막는 바람에 기절했었지.'

아무리 생각해 봐도 저주에 걸릴 만한 상황은 아니었다. 아리아드네는 멍한 머리로 생각했다.

'그냥 악몽인가?'

그때 본 환각이 무의식중에 남아서 악몽을 꾸고 있는 모양이다. 그녀는 그렇게 합리적인 판단을 내렸다.

먼 곳에서부터 저벅저벅 다가오는 발소리가 들렸다. 저 발소리의 주인이 누구일지는 뻔했다.

'환각대로라면, 마왕에게 몸을 빼앗긴 주인공이겠지.'

물 같은 안개를 헤치며 모습을 드러낸 건 역시 소설 속의 주인공이었다.

군데군데 핏자국이 남은 낡은 망토를 두른 커다란 남자. 초췌한 안색. 지쳐 보이는 검붉은 눈. 아리아드네는 가만히 앉아 그를 올려다보았다. 그가 입을 다물고 있어서 입안을 확인할 수가 없었다.

'혹시 마왕이 되기 전일까?'

주인공이 무릎을 대고 앉더니 그녀에게 손을 뻗었다.

'전의 환각이랑 똑같잖아.'

그녀는 저도 모르게 움찔했다. 소름 끼치는 입맞춤과 그로 인한 오염이 떠올라서.

그녀가 움츠리자 주인공의 손이 허공에 멈춰 섰다. 죽은 피 같던 그의 눈에 돌연 빛이 돌아왔다. 주인공은 믿을 수 없는 것을 보듯이 그녀를 바라보다가, 입을 벌려 무어라 말했다.

"#####?"

쇠를 긁어 대는 것 같은 목소리가 나왔다. 이번에도 알아들을 수 없는 언어였다. 아리아드네는 살짝 벌어진 그의 입안에 도사린 역겹고 끔찍한 것을 보았다.

'역시 마왕이야.'

갑자기 주인공이 손으로 제 입을 서둘러 가렸다. 그녀의 시선을 느낀 것처럼. 그러곤 주춤주춤 뒤로 물러섰다. 눈은 그녀에게서 떼지 못한 채로.

붉은 눈동자가 잘게 떨렸다. 그 모습이 어딘지 모르게 그녀가 아는 악셀과 비슷해 보여서 아리아드네는 무심코 그의 이름을 불렀다.

"악셀?"

그녀의 부름을 들은 주인공이 다급히 주위를 둘러보았다. 누군가에게 그녀의 존재를 들킬까 봐 두려워하는 것처럼 느껴지는 행동이었다.

안개 너머를 뚫어져라 보던 그가 다시 그녀에게로 다가왔다. 여전히 제 입을 가린 채였다. 무릎을 대고 앉으며 그녀와 시선을 맞춘 그가 손을 뻗어 왔다. 사람 같지 않게 차가운 손. 그 손이 그녀의 손을 살짝 잡더니 손바닥이 위로 가도록 뒤집었다.

그는 초조하게 그녀의 손 위에 글자를 썼다. 알아듣지 못할 언어와 달리 그건 그녀도 아는 엘 문자였다. 아리아드네는 그가 손바닥에 쓰는 문장을 속으로 읽었다.

'틈을 만들어 놓겠다. 도망쳐라.'

뭔 소리지?

아리아드네는 눈살을 찌푸렸다. 무언가 이상했다. 이게 정말 그냥 악몽 맞나?

갑자기 주인공이 웃었다. 입을 가리고 있던 손을 떼고 미소를 짓는다. 근육을 억지로 당겨 짓는 것 같은 기이하고 섬뜩한 미소였다. 벌어진 그의 입에서 귀를 틀어막고 싶어질 정도로 날카롭고 끔찍한 음성이 흘러나왔다.

"###! #########!"

아리아드네는 그 기괴한 발음들을 되뇌며 외웠다. 나중에 파이를 통해 무슨 말인지 알아낼 작정으로.

'마왕의 말이니 아마 마계어겠지. 이거, 아무래도 평범한 꿈이나 환각이 아닌 것 같아.'

환희에 찬 얼굴로 무어라 떠들어 대던 주인공이 그녀의 손목을 잡아채 제 쪽으로 당겼다. 지금까지의 조심스럽던 행동과 다르게 거칠고 난폭한 움직임이었다. 홱 끌려온 그녀의 턱을 그가 아플 정도로 움켜쥐고 빤히 들여다보았다. 그는 계속 웃고 있었다.

"#####?"

무슨 말인지는 여전히 알 수 없었지만 비웃으며 도발하는 어조라는 건 알겠다. 그가 고개를 기울였다. 피딱지가 앉은 입술이 그녀의 입술로 다가왔다. 입안에 도사린 끔찍한 것이 가까워졌다.

"……!"

아리아드네는 반사적으로 그를 밀어내려 했다. 그녀가 버둥거리자 주인공이 억센 손으로 그녀의 양 손목을 휘어잡았다. 다른 팔로는 그녀의 허리를 감아 제게로 바싹 당기며 뒤통수를 움켜쥐었다.

그것만으로도 그녀는 옴짝달싹할 수 없게 되었다. 힘이 어찌나 센지 그에게 붙잡힌 손목이 끊어질 듯 아팠다. 정령술을 쓰고 싶어도 여기서는 채널이 느껴지지 않았다.

그녀를 품 안에 가둔 그가 눈꼬리를 휘었다. 매혹적인 눈웃음이었으나 몹시 인위적이었다. 보이지 않는 손이 눈꼬리를 잡아당겨 억지로 만들어 낸 표정 같았다.

주인공의 입술이 다시 가까워졌다. 아리아드네는 입을 앙다물었다. 그러자 그가 뒤통수를 쥐고 있던 손으로 그녀의 턱을 눌렀다. 입이 억지로 벌어진다.

입술이 맞닿으려는 찰나, 그녀는 손바닥에 쓰였던 문장을 떠올렸다.

'틈을 만들어 놓겠다. 도망쳐라.'

틈이 뭐지? 어떻게, 뭘 만들어 놓는다는 거지?

도망치라니, 어디로?

특별 수업을 받던 어린 시절, 고통을 참을 수 없을 때마다 도망쳤던 장소가 떠오른 건 필연이었다.

'파이!'

아리아드네는 늘 그곳에서 자신을 기다리는 다정한 가이드의 이름을 부르며 눈을 감았다.

"###!"

주인공이 이를 갈며 소리쳤다. 욕설인 듯했다. 직후, 전신을 움켜쥐고 있던 그의 감촉이 훅 사라졌다.

"아리아?"

부드러운 음성이 그녀의 이름을 불렀다. 아리아드네는 헐떡이며 눈을 떴다. 낯선 남자의 금빛 눈동자가 걱정스럽게 그녀를 내려다보고 있었다.

"무슨 일인가요?"

남자가 그녀에게 손을 내밀었다.

아리아드네는 멀거니 그를 올려다보다가 긴 은발을 묶고 있는 노란 리본 끈을 보고서야 그가 파이라는 것을 깨달았다.

"……파이?"

"예, 당신의 파이입니다."

파이가 달콤하게 대답하며 그녀를 살짝 감싸 안았다. 그는 가늘게 떨리고 있는 그녀의 등을 토닥였다.

"악몽을 꾸신 모양입니다. 아리아는 안전한 상태니 걱정 말고 더 주무세요."

"안전한 상태라고?"

"신관이 아리아의 육체를 거의 다 치유했습니다. 영토는 제가 유지하고 있고, 당신의 동료들이 불침번을 세워 두고 야영하며 당신을 지키고 있습니다."

"내가 조금 전까지 어디에 있었어?"

"줄곧 잠들어 계셨습니다."

"환상 도서관에서?"

"아니요, 당신의 몸에서."

아리아드네는 마른세수를 했다. 손에 식은땀이 약간 묻어났다. 파이가 한숨을 내쉬더니 손수건을 꺼내 그녀의 이마를 닦아 주었다.

"잠자리가 불편하셨습니까? 그래서 악몽을 꾸셨나 봐요. 그냥 여기서 쉬시게 불러들일 걸 그랬습니다."

방금 그게 정말 단순한 악몽이라고? 아니다. 절대 꿈이 아니라는 직감이 들었다.

아리아드네는 입가를 만지작거리다가 파이에게 시선을 주었다. 그녀 또래로 보였던 청년이 어느새 에리히와 비슷한 나이대로 보였다. 키도 더 커서 이젠 악셀보다 조금 작은 수준이었다.

"파이, 너 또 자랐네. 깜짝 놀랐어."

"저도 놀랐습니다."

"왜 자랐는지는 알아?"

"글쎄요, 그냥 갑자기 성장해 있어서."

아리아드네는 그러려니 했다. 이렇게 쑥 자란 건 오랜만이지만, 여태껏 파이가 전혀 안 자란 것도 아니고.

파이는 난감한 웃음을 띠며 중얼거렸다.

"이제 다 자란 거겠지요? 더 자라고 싶진 않습니다. 아리아와 너무 차이가 벌어지잖습니까."

"괜찮아. 설령 할아버지가 되어도 파이는 파이고, 내겐 가족이나 다름없는 존재니까."

"……."

가족이나 다름없다니. 파이는 약간 우울해졌다.

'알고 있었던 사실이고, 그렇게 가까운 존재로 여겨 주는 건 기쁘지만…… 그래도.'

더 깊은 욕심이 든다. 이런 곳에 묶여 있는, 인간도 아닌 존재인 자신이 바라서는 안 되는 소망이 가슴 안쪽에서 넘실거렸다.

아리아드네는 조금 전의 꿈 아닌 꿈에 신경이 쓰여서 파이의 반응을 알아채지 못했다.

"파이."

"네, 아리아."

"이게 무슨 말인지 알겠어?"

그녀는 몇 번을 되뇐 뒤에 간신히 그 발음을 흉내 냈다.

"###, #########."

갸웃한 파이가 곧 고개를 끄덕이며 답했다.

"마계어군요."

"번역 가능해?"

"잠시만 기다려 주십시오."

파이는 한동안 종이에 뭔가를 끼적이더니 대충 번역한 것이라며 보여 주었다.

"마계어는 원래 동음이의어가 많아 문맥에 맞춰 해석해야 합니다. 게다가 제가 가진 마계어 자료는 검은 잔을 받은 자들의 것이라 마계의 원래 언어와는 좀 달라서요. 일단 가능한 해석을 전부 적어 보았습니다."

-찾았다/확신했다/들켰다/부수겠다

-이것이 너의/나의

-약점/목표/열쇠/누름돌이구나.

아리아드네는 종이에 적힌 것들을 반복해서 읽어 보았다. 그리고 꿈에서 주인공이 보인 상반되는 태도에 대해 생각했다. 도망치라고 하던 주인공과 강제로 입을 맞추려던 주인공.

떠오르는 가설이 있었다. 그녀는 저도 모르게 중얼거렸다.

"말도 안 돼."

"네?"

"말이, 안 된다고. 논리적으로 맞지 않아. 이해가 안 돼."

아리아드네는 고개를 젓고 입술을 깨물었다. 마왕 안에 원작 주인공이 살아 있다는 건 아무리 생각해도 말이 안 되는 소리지 않는가. 악셀 발렌타인은 멀쩡히 그녀 곁에 있는데 말이다.

심지어 그와 마왕이 그녀를 안다고? 원작에서 아리아드네는 글라무스라는 아이템에 불과했다. 살아서 등장한 적조차 없다는 뜻이다.

'방금 본 그게 현재가 아니라…… 미래라면 가능한 얘기겠지만.'

그게 예지몽이라면. 그 발상에 아리아드네는 오싹해졌다. 양팔로 제 몸을 감싸는데 불현듯 뜨거운 것이 어깨에 닿았다.

그녀는 화들짝 놀라 눈을 떴다. 천막의 천장이 보였다. 델 듯한 감각에 놀라서 깨는 바람에 환상 도서관에서 나온 듯했다.

"……!"

옆에서 움찔하는 기척이 느껴졌다. 돌아보니 악셀이 그녀의 어깨에서 손을 떼는 것이 보였다. 그 옆에는 물이 담긴 대야와 수건 따위가 있었다.

그가 허둥지둥하며 말했다.

"죄송합니다. 추워하시길래 따뜻하게 하려던 건데 온도 조절을 잘못했습니다."

'그 뜨거운 게 쟤 손이었어?'

아리아드네는 황당해하다가, 살짝 벌어진 그의 입을 보았다. 그림자가 져서 입안이 잘 보이지 않는다. 불안했다.

그녀는 반쯤 몸을 일으킨 다음 양손으로 대뜸 그의 얼굴을 잡고 제게로 당겼다.

악셀의 눈이 휘둥그레졌다. 그러거나 말거나 아리아드네는 악셀의 벌어진 입안을 확인하느라 정신이 없었다.

'마왕이 아니야.'

그의 입속에는 역겨운 무언가가 보이지 않았다. 고른 치열과 놀라 굳어 버린 붉은 혀만이 있다.

'내가 아는 악셀이야. 그렇지?'

그녀는 제 눈에 보이는 것이 헛것이 아니라 실체임을 확인하고 싶었다. 그래서 불안감에 휩싸인 채로 그의 입안에 손가락을 집어넣었다.

"……!"

악셀은 제자리에서 막사 천장까지 튀어 오를 뻔했다. 그러지 않고 버틴 것은 순전히 제 턱을 잡은 힘없고 가느다란 손가락 때문이었다. 갑작스럽게 움직였다가 그녀의 손목이나 손가락이 부러지기라도 하면 큰일이니까.

정령 기사 중에서도 최상위권인 그와 일반인보다도 약한 편인 그녀의 신체는 그 정도로 차이가 심했다. 조금 전에도 그의 기준에선 정말 심혈을 기울여 따스한 정도로 맞춘 온도에 아리아드네가 놀라 깨지 않았던가.

심지어 그녀는 내상을 입고 줄곧 정신을 잃고 있었다가 좀 전에 겨우 의식을 되찾은 환자였다. 건드리기만 해도 부서지는 설탕 공예 속에 갇힌 기분으로 악셀은 등만 움찔하고 말았다.

그는 숨도 쉬지 못하고 코앞으로 다가온 아리아드네를 바라보았다. 올곧이 열중하는 얼굴. 그 열중이 자신을 향해 있다는 것이, 문득 매우, 몹시, 좋았다.

실제로 아리아드네는 오직 그의 입안을 확인하겠다는 생각밖에 없었다.

'마왕 같은 건 없어. 예지몽인지 뭔지 몰라도 어쨌든 그건 현실이 아니야. 이게 진짜야.'

그녀는 손가락으로 그의 이를 쓸어 보고 나서 혀를 건드렸다. 두텁고 뭉클한 혀가 바르르 떨며 움츠러들었다.

악셀은 심장이 떨어질 것 같다는 상투적인 문구가 어떤 심정을 비유한 것인지를 온몸으로 깨달았다. 입안을 더듬는 그녀의 손가락 움직임이 있는 줄도 몰랐던 그의 본능을 아무렇지도 않게 툭툭 건드려 댔다.

속눈썹을 가닥가닥 셀 수 있을 정도로 가까워진 얼굴과, 그의 입속을 뚫어져라 보고 있는 파란 눈동자와, 목덜미를 간지럽히는 숨결까지 합세해서.

아리아드네는 그런 의도가 아닌 게 분명해 보이는데 악셀에게는 자극이 지나치다 못해 아찔할 지경이었다. 도저히 더는 견딜 수가 없었다. 그는 떨리는 손으로 제 입을 만지작거리는 아리아드네의 손을 붙잡았다.

"지금 뭘…… 하시는, 겁니까?"

턱이 잡혀 있어서 발음은 뭉그러지고 숨은 저절로 거칠어졌다. 반쯤 넋을 놓고 있던 아리아드네가 멍하니 되물었다.

"응?"

"왜⋯⋯."

악셀은 왜 입을 만지는 거냐고 물으려다가 제가 움켜쥔 그녀의 손을 보았다. 어스름한 등불 아래에서 그녀의 하얀 손끝이 그의 타액에 젖어 번들거렸다. 그는 무어라 형언할 수 없는 심정이 되었다.

"갑자기⋯⋯ 왜⋯⋯ 입을⋯⋯."

베로니카한테 전염이라도 되었는지 말이 더듬더듬 떨어졌다. 얼굴이 홧홧했다. 아리아드네는 몇 차례 눈을 깜박인 뒤에야 비로소 정신을 차렸다.

"아! 미안."

화들짝 놀란 그녀가 아직껏 붙잡고 있던 그의 턱을 놓고 물러났다. 악셀 역시 붙잡고 있던 그녀의 다른 한 손을 놓아주었다. 그는 심호흡을 하고 화끈거리는 낯을 손으로 문지르며 진정하려 애썼다. 아리아드네는 민망한 표정으로 변명했다.

"미안해. 악몽을 꾸는 바람에⋯⋯ 뭐 좀 확인하고 싶어서 그랬어."

"대체 뭘 확인하고 싶으셨⋯⋯!"

따져 물으려던 악셀의 말이 뚝 끊겼다. 그는 열기가 확 달아난 얼굴로 아리아드네의 어깨에 시선을 주었다.

"⋯⋯다치신 것 같습니다."

"응? 어디를?"

악셀이 잡았던 그녀의 어깨 쪽 피부가 손자국 그대로 벌겋게 달아올라 있었다. 얼핏 봐도 화상이었다.

'내 탓이다.'

악셀은 입술을 짓씹으며 벌떡 일어났다.

"잠시만 기다리십시오. 신관을 불러오겠습니다."

"괜찮……."

그는 그녀가 말릴 틈도 없이 천막 밖으로 나갔다. 아리아드네는 어깨를 더듬어 보다가 고개를 갸웃거렸다.

"별거 아닌 거 같은데."

어깨는 스스로 보기 어려운 부위라 자세히 살펴볼 수가 없었다. 통증은 전혀 없고.

[물집은 없는 것 같습니다. 하지만 파이가 보기엔 한 끗 차이로 2도 화상을 피한 수준의 심한 화상입니다. 반드시 치료해야 합니다.]

"아, 그래?"

[저자는 정말 무식하기 짝이 없군요. 자기 불꽃도 조절 못 해서 아리아를 이렇게 상처 입히다니.]

"악셀은 붉은 눈이라 화상이랑 거리가 머니까 실수할 수도 있지. 내 피부가 약한 탓도 있고."

[……어쨌든 저자가 돌아오면 따끔히 야단치셔야 합니다.]

"보니까 간호 잘하려다 실수한 건데, 뭘 야단까지 쳐."

파이는 포기하고 입을 다물었다. 차라리 딴 사람이 다친 거면 그녀도 악셀에게 주의를 줄 텐데 본인이 다친 거라 화도 안 나는 모양이었다.

파이가 입을 다물자 아리아드네는 주위를 둘러보았다. 천막 밖은 한밤중인지 어두웠다. 열려 있는 채널을 통해서 신록의 그릇의 힘이 은은하게 흐르고 있었다. 시간대를 특정해서 구현한 게 아니라 정령력을 가져다 그냥 뿌려 놓은 상태라 영토가 자연스럽게 밤을 맞이한 것이다.

아마 파이가 아리아드네의 몸에 부담을 덜 주려고 이렇게 가장 단순한 방식으로 정령술을 유지한 듯했다.

작은 천막은 평소에 쓰는 게 아니라 비상용이었다. 비상용 외의 야영 장비는 아리아드네의 환상 도서관에 보관 중이라 어쩔 수 없는 선택이었을 터다.

그 사이 환상 도서관에서 아리아드네를 지켜보고 있던 파이는 목 끝까지 차오른 또 다른 말을 삼키고 있었다. 그는 속으로만 중얼거렸다.

'아리아. 자꾸 그렇게 스스럼없이 접촉하면 악셀 발렌타인이 쓸데없는 착각을 하게 될 수도 있습니다.'

괜히 아리아드네가 악셀을 이성으로 의식하게 될까 봐 말할 수가 없었다. 긁어 부스럼이었다.

'요즘엔 익숙해지신 것 같지만, 예전에는 파이가 남성체일 때도 부담스러워하셨는데…… 악셀 발렌타인에게는 전혀 신경을 안 쓰시는군.'

파이는 아리아드네가 악셀을 남자로 보지 않아서 저러는 건지, 아니면 그자와의 접촉이 거부감이 들지 않아서 저러는 건지 알 수가 없었다. 되도록 전자이길 바랐다.

"성녀님."

입구의 천을 젖히며 뤼르가 들어섰다. 그는 바쁜 걸음으로 다가오더니 아리아드네의 어깨를 보고 눈살을 찌푸렸다.

"맙소사, 안 아프십니까?"

"알잖아요, 전……."

뤼르를 뒤따라 악셀이 들어왔다. 아리아드네는 말끝을 흐렸다. 뤼르는 별말 없이 손에 신성력을 모았다. 치유 마법을 시전하며 그가 악셀을 노려보았다.

"루드빅 기사님이 악셀 기사님은 매번 음식을 태워 버린다고 하더니, 성녀님까지 태우실 작정이셨습니까?"

아리아드네는 저도 모르게 긴장했다. 악셀이 뤼르에게 으르렁댈까봐. 그런데 놀랍게도 악셀은 뤼르의 타박을 순순히 받아들였다.

"내 부주의다. 다른 사람과 접촉할 일이 별로 없어서 가늠을 잘못했다."

"감이 안 잡히면 다른 것에 실험해 본 다음에 성녀님께 하셨어야지요. 앞으론 조심 좀 하십시오."

"……그런 방법은 미처 생각 못 했군. 앞으로는 절대 이런 일이 없도록 조심하겠다."

"믿겠습니다. 내부가 좁으니 치료 끝날 때까지 밖에서 기다려 주십시오."

"그러지. ……죄송합니다, 아리아. 벌은 달게 받겠습니다."

얌전히 고개를 숙인 악셀이 천막 밖으로 나갔다. 아리아드네는 입을 딱 벌렸다.

'쟤 왜 저래?'

[아리아를 다치게 했잖습니까. 양심이란 게 있으면 알아서 기어야지요.]

파이가 퉁명스럽게 말했지만 그녀는 고개를 저었다.

'아냐, 뭔가 달라. 침착해졌다고 해야 하나…… 뭔가 안정된 느낌인데.'

[파이는 잘 모르겠습니다. 아리아, 저자는 그 '주인공'입니다. 너무 좋게 봐 주지 마십시오.]

'하지만 정말로……'

"끝났습니다."

뤼르가 신성력을 거두며 말했다. 아리아드네는 놀람을 가라앉히고 신관에게 물음을 쏟아 냈다.

"뤼르, 제가 얼마나 기절해 있었나요? 그, 악셀하고 같은 기술을 쓴 건 정체가 뭐죠? 무슨 일이 있었어요? 다른 사람들은 괜찮아요?"

"……성녀님께선 하루 하고 반나절 정도 누워 계셨습니다. 그리고 본인 몸 상태부터 물어보시는 게 나을 것 같습니다만."

뤼르가 한숨을 쉬더니 말을 이었다.

"전에 제가 미친 짓을 해 보려던 것을 기억하십니까?"

"아, 네."

"그 뒤 성에서 머물 때 알려 주신 대로 주치의 제일린 브라운 님을 만나 뵈었습니다. 사정을 듣고, 함께 논의해서 결론을 내렸지요. 지금 보니 그 결론이 좀 더 확실해졌습니다."

"무슨 결론이요?"

아리아드네는 바로 대답하려는 뤼르의 입을 손짓으로 막고 천막 바깥에 어른거리는 커다란 덩치의 그림자를 흘깃 보았다. 천막 안에서 작은 소리로 대화를 나눈다고 해도 이 정도 거리면 악셀 같은 정령 기사에겐 바로 옆에서 큰 소리로 떠드는 것과 별다를 바가 없다. 그녀의 눈짓을 알아챈 뤼르가 종이를 꺼내 글씨를 썼다.

-성녀님의 통각 마비가 갈수록 심해지고 있습니다. 이대로 계속 진행되면 1, 2년 안에 통증을 아예 못 느끼게 되실 겁니다.

-무통증 상태는 위험합니다. 병에 걸려도, 중상을 입어도 알아채지 못하고 살다가 갑자기 죽음에 이를 수도 있습니다.

-하루빨리 치료를 받으셔야 합니다. 치료 과정은 일주일쯤 걸릴 거고, 통각 신경이 정상적으로 자리 잡을 때까지 두어 달 정도 요양하셔야 합니다.

-이후 반년 이상, 대략 1년가량은 토벌 같은 무리한 일을 하시면 안 됩니다. 그 뒤에는 완전히 회복되어 정상적으로 활동하실 수 있을 겁니다.

-제일린 님이 이미 치료 준비 중이시던데, 저도 도울 테니 이번 토벌을 끝내면 바로 치료받으시는 게 좋겠습니다.

"안 돼요."

아리아드네는 반사적으로 대답했다. 그리고 뤼르가 무어라 하기 전에 덧붙여 말했다.

"대미궁을 닫기 전까지는."

통각이 무딘 게 편하기도 하거니와 애초에 그렇게 오래 요양할 만큼 시간이 여유롭지 않았다.

얼마 전이 19살 생일이었다. 20살이 되기 전에 대미궁으로 출발해야 했다. 소설에 날짜가 정확히 나와 있지는 않지만, 주인공이 24살 되는 해 여름부터 바다에 저주받은 땅이 닿았다고 되어 있으므로.

바다에 오염이 닿으면 해안선을 따라 급속도로 오염이 퍼지면서 멸망이 문자 그대로 코앞에 다가와 모두가 절박해진다. 그렇게 수많은 토벌대가 목숨 걸고 대미궁으로 떠나고, 오직 주인공만이 살아 돌아오게 된다.

그러니까 그 모든 무의미한 희생과 광범위한 오염이 일어나기 전에. 바다에 오염이 닿기 전, 주인공의 24살 여름이 오기 전에 대미궁을 닫으려면 최소한 겨울에는 출발해야 했다.

지금이 겨울이니 고작 1년 남짓 남은 셈이다.

단호한 아리아드네의 표정을 본 뤼르는 깊은 한숨을 내쉬었다. 그가 펜을 놀려 글을 썼다.

-빠르면 1년 안에 통각이 완전히 사라질 수도 있습니다.

아리아드네는 그의 펜을 넘겨받아서 그 아래에 글을 썼다.

-무통증이 위험한 건 그 증세 자체 때문이 아니잖아요.

-이건 심각한 병도 아니고, 특별한 증상이 발발하는 것도 아니고, 일상생활이 곤란해지지도 않잖아요. 좀 조심하기만 하면 얼마든지…….

뤼르의 손이 그녀의 펜을 멈춰 세웠다. 살아온 삶을 반영하듯 신관답지 않게 거칠고 상처가 많은 손이었다. 그는 재차 한숨을 쉬더니 나직하게 말했다.

"곤란해집니다."

"네?"

"일상생활이 곤란해질 겁니다."

뤼르가 그녀의 손에서 부드럽게 펜을 빼앗았다. 그는 종이에 빠르게 글을 휘갈겼다.

-통증이 둔한 것과 아예 마비되는 건 크나큰 차이가 있습니다.

-통증을 느끼지 못하면 보통 사람이라면 아파서 중단하게 될 위험한 행동을 자각하지 못하고 지속하게 됩니다.

-실수로 손가락을 베어도 알아차리지 못하고 계속 칼을 움직이다가 스스로 손가락을 잘라 낼 수도 있습니다.

-식사 중에 혀를 씹어도 모르고 그대로 자기 혀를 씹어 먹게 될 수도 있습니다.

-잘못된 방향으로 발목이 꺾였는데도 알아차리지 못하고 계속 움직이려 하다가 큰 부상을 당할 수도 있습니다.

-제일린 의사님이 알려 주신 사례 중 일부가 이 정도입니다. 성녀님의 증상을 알게 되신 후로 줄곧 관련 증상을 연구하셨더군요.

아리아드네는 제일린이 지금까지 계속 관련 연구를 하고 있었다는 말에 놀랐다.

'내가 위버를 떠났는데도……'

안경을 쓴 부스스한 갈색 머리 의사의 얼굴이 떠올랐다. 녹색 가운에 대한 두려움을 없애 주었던, 태어나 처음 만난 제대로 된 의사 선생님.

제일린 브라운은 아리아드네가 위버를 떠나기 전까지 10년간 줄곧 주치의였다. 엘디어로 떠날 때 그녀는 새로운 주치의에게 주라며 아리아드네의 몸 상태에 관한 서류를 한가득 보냈었다. 남은 통각 신경을 제거한 다음 전부 재생하는 치료법을 고안한 것도 그녀였다.

아리아드네는 뤼르가 써 놓은 제일린이라는 이름을 물끄러미 바라보았다. 새삼 자신이 정말 많은 사람으로부터 과분한 사랑을 받고 있다는 생각이 들었다.

'그러니까 그 사람들을 위해서라도 나는 멈출 수 없어.'

오히려 더 마음이 굳었다. 그녀는 채널을 통해 파이에게 말을 걸었다.

'파이, 아까 내 화상 상태를 네가 감지한 것처럼 앞으로도 내 몸

상태를 감지해 줄 수 있어?'

[가능합니다. 하지만 아리아.]

'알잖아, 파이. 내게 그렇게 긴 치료를 받고 있을 시간은 없어.'

파이는 침묵하며 생각했다. 시간은 충분하다고.

토벌대들이 대미궁에서 죽어 나가든 말든, 해안을 따라 오염이 번지든 말든, 파이로선 솔직히 알 바 아니었다.

실제로 소설에서 주인공이 대미궁을 공략하는 것도 바다가 오염되고 난 후가 아닌가. 아리아드네가 그 재앙을 막아야 한다는 책임감을 느낄 이유가 없다.

게다가 미리 처리해 봤자 아무도 그녀가 어느 정도로 심각한 재앙을 막아 낸 건지 모를 것이다. 백 년에 걸친 성전은 장난으로 보일 수준의, 진짜 멸망이 턱밑까지 차오르는 경험을 못 한 인간들은 감사함도 모를 확률이 높았다.

물론 대미궁을 닫으면 아리아드네는 확실히 영웅이 된다. 그러나 한편으로는 그녀를 시기 질투하는 자들과, 깎아내리려는 자들과, 이용하려는 자들이 생겨날 터다. 원작보다 덜 망해서 헛짓거리를 할 만한 여유가 남을 테니 말이다.

따라서 파이는 차라리 아리아드네가 천천히 출발하길 바랐다. 사람들이 절박해진 후에 출발하는 것이 그녀 개인에겐 훨씬 낫다. 이왕이면 안전하게 치료도 마치고 말이다.

그사이에 얼마나 많은 인간이 죽든 무슨 상관인가. 그게 아리아드네도 아닌데.

그러나 파이는 아리아드네에게 이렇게 솔직한 심정을 말할 수는 없었다.

'파이에게 실망하시겠지. 놀랄 거고.'

그래서 파이는 그저 다정하게 속삭였다.

[예, 파이가 아리아드네의 상태를 계속 주시하겠습니다. 그러니 걱정 마세요.]

'고마워.'

연결된 채널을 통해 아리아드네가 미소 짓는 것이 느껴졌다. 파이는 그것으로 만족했다.

아리아드네는 펜을 들어 종이에 썼다.

-내년 초에 대미궁을 닫으러 출발할 거예요. 치료는 다녀와서 꼭 받을 게요.

뤼르가 그녀의 펜을 넘겨받았다.

-너무 늦어지는 건 좋지 않습니다.

-성녀님의 통각 마비는 유례가 없는 증상입니다. 제일린 님께서 찾아낸 사례는 모두 일시적인 무통각 증상이나 선천적인 질병인 경우였습니다.

-따라서 제일린 님이 고안하신 치료법이 무사히 먹힐지는 아무도 모릅니다. 그러니 하루라도 빠르게 치료해 보는 게 나아요. 최소한 통각이 남아있는 사이에…….

이번엔 아리아드네가 뤼르의 펜을 멈춰 세웠다. 그녀는 차분하게 필담을 이었다.

-전에 제일린이 치료법을 설명해 준 적이 있어요. 신경을 아예 새로 자라게 하는 거니까 제 통각이 지금 어떤 상태든 상관없을 거라고 들었어요.

-제일린이 제일 걱정했던 게 치료를 도울 신관의 실력이었죠. 전신의 통각 신경을 재구축하는 건 냅다 신성력을 붓는다고 해결되지 않는 어렵고 섬세한 작업이라고요.

-그런데 뤼르가 치료를 도와준다면 제일린의 그 걱정도 사라지는 셈이에요.

-전 제일린을 믿어요. 뤼르도 믿고요. 두 사람이 진행하는 치료라면 언제 받든 걱정 없이 잘 될 거라고 생각해요.

-그러니 대미궁에서 돌아온 뒤에 절 치료해 주세요.

뤼르는 묵묵히 그녀가 쓴 문장을 보다가 입을 열었다.

"어떻게 그렇게 확신하십니까?"

"두 사람의 실력을 아니까요. 신관 중에서 이런 섬세한 방식으로 신성력을 쓸 수 있을 만한 사람은 거의 없……."

"그런 뜻이 아닙니다."

신관이 고개를 숙였다. 연한 갈색 머리카락이 흘러내리며 황금빛 눈동자에 그늘을 드리웠다.

"성녀님께서는 대미궁에서 무사히 살아 돌아올 수 있다는 것을 어떻게 확신하십니까? 아무도 돌아오지 못한 곳인데요."

"뤼르, 전엔 제가 할 수 있을 거라고 믿는다고 했잖아요."

아리아드네는 펜을 내려놓고 엷게 웃었다.

"제가 이번에 쓰러진 것 때문에 제 신뢰에 금이 갔나요?"

"아니요. 성녀님께서는 이나민 마을에서 요람을 상대로 기적을 보여 주셨습니다. 저는 엘께서 당신을 통해 역사하시리라 믿습니다."

"그럼 왜……."

"성녀님."

뤼르가 고개를 들었다. 늘 온화하던 그의 얼굴이 무표정했다.

"당신이 제게 손을 내미셨을 때, 저는 대미궁에서 죽기 위해 그 손을 잡았었습니다."

"……."

뤼르에게 생에 대한 미련이 없다는 건 이미 알고 있던 사실이었다. 지금 그의 삶을 지탱하고 있는 건 아리아드네가 만들어 준 복수라는 명목뿐이다. 그렇기에 그녀는 대미궁을 닫은 후에도 그가 살아갈 수 있는 목적을 파이와 함께 찾는 중이었다.

뤼르가 묵묵히 말했다.

"대미궁에서 돌아온 뒤에는 제가 없을 겁니다. 떠나기 전에 성녀님께 은혜를 갚게 해 주십시오."

아리아드네는 잠깐 침묵하다가 입을 열었다.

"그 말을 들으니 더더욱 안 되겠어요."

"예?"

"전 대미궁을 닫고 나서 뤼르에게 치료받을 거예요. 그러니 뤼르도 무조건 살아 돌아와야 해요. 정말 제게 은혜를 갚고 싶다면 말이에요."

"……."

"좀 치사한가요? 그래도 어쩔 수 없어요. 제 목표는 전원 무사 귀환이거든요."

뤼르가 열없이 웃었다.

"성녀님, 왜 저 같은 죄인을 이렇게 신경 쓰시는 겁니까?"

아리아드네는 무어라 설득하려다가 말았다. 스스로를 죽이고 싶어 하는 사람에게 백 마디 말이 무슨 소용일까. 입을 다문 그녀가 뤼르의 허리춤에 있는 치료용 단검에 손을 뻗었다.

"……?"

뤼르는 의아하게 그녀를 볼 뿐 막지 않았다. 아리아드네는 단검을 뽑아 거꾸로 쥐고 제 목 쪽으로 그것을 겨누었다. 뤼르가 눈을 부릅 떴다.

"서, 성녀님?"

"……."

그녀는 대답 없이 단검을 움직였다. 칼날이 하얀 목에 바짝 닿자 대경한 신관이 그녀의 팔목을 움켜쥐었다.

"무, 무, 무, 무슨 짓을 하시려고……."

뤼르가 목이 졸린 것처럼 덜덜 떨리는 음성을 쥐어짜 내며 그녀의 손에서 단검을 빼앗았다. 아리아드네는 순순히 단검을 내주며 물었다.

"지금 왜 막으셨어요?"

"당연한 걸 왜 물으십니까!"

"네, 그게 제 대답이에요."

"……예?"

"뤼르를 제가 왜 신경 쓰냐고 물었잖아요."

신관이 멍하니 입을 벌렸다. 아리아드네는 덤덤히 덧붙였다.

"사람이 눈앞에서 죽으려 하는데 어떻게 안 막나요."

"……."

"당신이 스스로를 어떻게 생각하든 상관없어요. 저는 뤼르를 죄인 이라고 생각하지 않거든요. 그러니까 무조건 막을 거예요. 방금 뤼르가 한 것처럼요."

"……."

"너무 당연한 거예요, 뤼르. 이유를 물을 필요가 없을 정도로."

신관은 한참 말이 없었다. 그러다 문득 입을 열었다.

"성녀님께서는 왜 대미궁을 닫으려 하십니까? 혹여 신께서 사명을 내리셨습니까?"

"아뇨, 그냥…… 누군가는 해야만 하는 일이고, 제게 할 수 있는 능력이 있으니까요."

아리아드네는 별 고민 없이 대답했다.

뤼르는 짧게 웃었다. 저렇게 무거운 말을, 저렇게 쉽게, 아무렇지도 않게, 당연하다는 듯이. 그 말의 의미와 무게를 모르는 사람도 아니면서.

신께서 귀에 속삭이는 기분이었다. 보아라, 네 앞에 있는 자가 내가 세계를 위해 택한 자이자, 네가 버리려던 목숨을 바칠 자로다, 라고.

실제로 계시가 내린 것은 아니었다. 그저 그가 그런 느낌이 들었을 뿐이다. 하지만 착각이든 망상이든 무슨 상관이냐 싶었다. 어차피 그는 신관복을 검게 물들일 때부터 제대로 된 신관이 아니었다.

'남은 생을 버리는 게 아니라 이분을 위해 쓰자.'

그게 신을 배신한 그가 속죄할 유일한 길일지도 모른다. 뤼르는 웃음기를 머금은 채 물었다.

"성녀님, 혹시 모든 신관이 쓸 수 있으나 아무도 쓰지 못하도록 금지되고, 마침내 잊힌 신성 마법에 대해 아십니까?"

"아뇨. 처음 들어요. 그런데 갑자기 그건 왜요?"

파이는 알고 있었다. 하지만 아리아드네에게 유리한 일이기에 침묵했다.

"모르신다니 다행입니다."

뤼르가 무릎을 꿇고 허리를 숙이더니 양손으로 아리아드네의 한 손을 받쳐 들었다.

"뤼, 뤼르?"

아리아드네가 당황해 그의 이름을 불렀다. 뤼르는 대답하지 않고 나지막하게 기도를 시작했다.

"빛에 깃들어 우리를 굽어보시는 자애로운 엘이시여."

신관의 정갈한 낯에 신성한 빛이 감돌았다. 반개한 금안이 휘황하게 빛나며 검은 옷 위로 새하얀 빛이 흘렀다.

"당신의 미천하고 죄 많은 종이 감히 기원합니다."

빛이 뤼르를 중심으로 신의 문양을 그렸다. 하얀 날개로 감싸인 황금빛 고리. 그 고리의 중심에 그녀와 뤼르가 있었다. 뭔가 심상찮았다. 아리아드네는 그에게 잡힌 손을 빼내려 했으나 바위틈에 낀 것처럼 빠지지가 않았다.

"잠깐만, 뤼르, 뭘 하려는 건지 설명이라도……."

"제 생명을 모두 불살라 바치겠사오니."

신관의 전신이 백색 빛에 휩싸였다. 마치 불타오르는 것처럼 눈부시게. 아리아드네는 눈을 질끈 감았다. 뤼르는 기도문의 마지막 문구를 읊었다.

"부디 제게 사람을 지킬 날개를 허락해 주소서."

수명을 불사른 신관의 기도가 신을 향해 바쳐졌다. 응답은 기다렸다는 듯이 돌아왔다. 아래에 펼쳐져 있던 엘의 문양에서 날개 부분이 천막을 뚫으며 펼쳐져 어두운 하늘로 찬란하게 솟구쳤다.

나무에 기대앉아 불침번을 서고 있던 베로니카가 벌떡 일어섰다. 자고 있던 루드빅이 대낮 같은 빛에 잠이 달아나 천막을 걷고 나왔다. 밖에서 빙하의 지느러미에 머리를 박고 있던 악셀이 놀라 아리아드네의 천막으로 달려왔다. 그는 냅다 입구의 천을 걷었다.

"아리아! 무슨……."

험악한 악셀의 외침이 성스러운 빛에 휩싸인 내부를 보고 뚝 멎었다.

아리아드네는 대꾸할 정신이 없었다. 뤼르의 전신을 휘감으며 불타오르던 백색 빛이 그의 등으로 모여들었다. 그것은 한 쌍의 새하얀 날개가 되어 자리 잡았다. 하늘로 치솟던 엘의 문양이 반짝이는 황금빛으로 부서져 흩어지며 그 날개에 깃들었다.

문양이 완전히 사라진 뒤에야 뤼르는 아리아드네의 손을 놓아주었다. 그는 태연히 웃었다.

"성공했군요."

"뭐, 뭐가요?"

아리아드네는 얼빠진 채 되물었다. 뤼르가 제 등에 돋아난 날개를 돌아보고는 대답했다.

"역시 성녀님은 진실로 성녀님이십니다. 신께서 허락해 주셨으니 이제 신성력의 유무 같은 건 의미가 없지요. 그런데 음, 이거 생각보다 크군요."

"그러니까 대체 신이 뭘 허락한 건데요?"

[수호성인(守護聖人)입니다.]

파이가 속삭이듯 말했다. 그리고 뤼르도 말했다.

"자비로우신 엘께서 제가 성녀님의 수호성인이 되는 것을 허락해 주셨습니다."

"수호성인이요? 그게 무슨……. 뭐가 바뀌는 거예요?"

[남은 수명을 대가로 신성력을 제공해 주는 날개를 얻는 일종의 희생 마법입니다.]

"별로 바뀌는 건 없습니다. 그저 이제 성녀님이 위험해지시면 제가 알아챌 수 있을 뿐입니다. 성녀님께서 통증을 못 느끼실 때도 말입니다."

[신이 허락해 주지 않거나, 수호의 목적 혹은 대상이 신의 뜻에 어긋나면 기도를 올린 신관이 그대로 불타 죽기 때문에 오랜 예전에 금지된 마법입니다. 엄밀히는 마법이라기보다 신에게 올리는 기원이지만요.]

"아, 신성력의 양이 이전보다 몇 배는 늘었으니 앞으로는 치유 마법을 넉넉히 쓸 수 있겠네요."

[이제 저 신관은 죽은 자도 산 자도 아닌 당신의 수호성인이 되었습니다. 수호성인은 수호 대상에게 완전히 종속됩니다. 그는 앞으로 당신과 당신이 원하는 곳에만 신성력을 쓸 수 있으며 존재를 유지하기 위해서 당신에게 계속 헌신해야 합니다.]

"그리고 지금 당장은 무리지만, 연습하면 이 날개로 비행도 가능하다고 합니다. 날 수 있게 되면 토벌대에도 나름 도움이 되겠지요."

[아리아가 죽으면 저 신관도 죽는다는 뜻입니다. 인간으로서 남은 수명이 없으니까요.]

파이와 뤼르의 말이 연달아 들렸다. 아리아드네는 숨을 들이켰다.

이게 무슨 미친 소리지. 그러니까 이제 뤼르의 목숨이 나한테 달렸다고?

[뭐, 이젠 죽을 자리를 찾아가겠다는 소리는 안 하겠지요. 확실한 삶의 목적이 생겼잖습니까.]

파이가 냉담하게 평했다.

아리아드네는 제 날개를 이리저리 살펴보고 있는 뤼르를 향해 확인하듯 물었다.

"뤼르가 제 수호성인이 되었다는 건, 설마, 제가 죽으면 뤼르도 죽는다는 뜻인가요?"

신관이 머쓱하게 웃었다.

"그걸 어떻게 아셨습니까?"

그녀는 아득해졌다.

'파이, 이거 내가 거절하면 어떻게 돼?'

[수호성인은 수호 대상에게 거부당해도 죽습니다. 사라져 버린다는 게 좀 더 정확한 표현이겠군요. 거절하려면 날개가 돋기 전에 하셨어야 합니다.]

그래서 아까 몰라서 다행이란 소리를 했구나. 뭔지 알면 끝나기 전에 내가 거절할까 봐.

그녀는 저도 모르게 목소리를 높였다.

"미쳤어요, 뤼르? 왜 이런 짓을 해요!"

"말씀드렸다시피 그다지 달라진 건 없습니다. 성녀님께서 신경 쓰실 일도 없고요."

달라진 게 없긴 왜 없어! 신경을 어떻게 안 쓰냐고!

아리아드네는 내적 비명을 질렀다. 뤼르의 등 뒤로 보이는 은은한 황금빛이 도는 흰 날개의 존재감이 너무 대단했다.

'저게 남은 수명을 죄 태워서 얻은 거라고? 그래서 내가 거부하거나 죽으면 뤼르도 소멸하고?'

아리아드네의 안색이 점점 창백해지자 뤼르는 미안한 표정을 지었다.

"더 쉬셔야 할 것 같습니다. 막 깨어나셨는데 무리하시게 해서 죄송합니다."

그가 공손히 허리를 숙였다. 그러자 날개에서 하얀 깃털이 툭툭 떨어졌다. 그는 숙인 김에 그대로 쪼그려 앉아 떨어진 깃털들을 주섬주섬 줍고 일어났다. 그러곤 입구에 굳어 있는 악셀에게 묵례하며 천막 밖으로 나가 버렸다.

악셀은 날개를 단 신관의 뒷모습을 황당하게 보다가 아리아드네를 돌아보았다.

"아리아, 저게 뭡니까? 수호성인이라니요?"

"나도 방금 알았어……. 대체 신전에서 금지했다는 마법을 어떻게 알고 있는 거야."

아리아드네는 아찔해서 이마를 짚었다. 그러다 불현듯 악셀을 노려보았다.

"생각해 보니 너도 똑같아."

"……?"

제멋대로 그녀의 수호성인인지 뭔지가 되어 버리는 뤼르에게서, 기껏 기물 신세에서 풀어 줬더니 다시 찾아와서 목줄 차려 애쓰던 악셀이 어른거렸다.

"으악! 뭡니까!"

"신, 신, 신관님?"

천막 밖에서 날개 달린 뤼르를 본 루드빅과 베로니카가 기겁하는 소리가 들려왔다.

'에리히 오라버니 일어나면 더 난리 나겠네. 설마 해부하려 들진 않겠지.'

그녀는 지끈거리는 관자놀이를 누르며 파이에게 물었다.

'파이, 저거 어떻게든 되돌릴 방법 없어?'

[수호성인의 기도문은 신관이 쓸 수 있는 최고의 마법이자 신에게 허락받은 희생입니다. 신이 직접 취소해 주지 않는 한 되돌리는 건 불가능합니다.]

'돌겠네.'

[아리아, 이건 당신에게는 물론이고 저자에게도 나쁠 것 없는 일입니다. 토벌에도 도움이 되고요. 뤼르 이나민은 신성력 부족이 유일한 문제였는데 이제 그마저도 해결되었지 않습니까?]

'그렇게 쉽게 생각할 일이 아니잖아. 수명을 불태웠다며!'

[어렵게 생각할 건 또 뭐가 있나요. 뤼르 이나민이 스스로 원해서 한 일이고, 그는 아리아에게 대가나 보상 같은 건 원하지 않을 겁니다.]

[게다가 아리아가 살아 있으면 그도 계속 스스로를 유지할 수 있으니, 그의 말대로 크게 바뀌는 건 없지 않습니까.]

아리아드네는 이 일을 파이처럼 간단하게 받아들일 수 없었다. 어깨가 무겁다. 그녀는 마른세수를 했다.

'제일 얌전하던 사람이 제일 큰 사고를 치네……'

그나마 한 가지 다행인 점은 파이 말마따나 뤼르가 이제 스스로 죽으려 하진 않으리라는 것이었다.

'그래, 그냥 시간을 번 거라고 생각하자. 대미궁을 닫고 나서 뤼르를 되돌릴 방법이 있는지 찾아보는 거야.'

급격히 피곤해졌다. 몸이 축축 늘어지는 게, 그동안 있었던 일은 자고 일어나서 알아봐야 할 것 같았다.

'일단 다들 무사하고 별일은 없었던 것 같으니까 자자. 체력 관리를

해야 미궁을 뚫지.'

아리아드네는 한숨을 내쉬며 자리에 누웠다.

"난 조금 더 자야겠어. 너도 가서 자, 악셀."

"……벌은 안 주십니까?"

"벌? 무슨 벌?"

"당신을 다치게 만들었잖습니까."

"겨우 그런 일로 벌을 왜 줘. 나도 너한테 실수했는데. 신경 쓰지 마."

그녀가 작게 하품을 했다. 악셀은 아리아드네의 '실수'를 떠올렸다. 하품하느라 벌어진 그녀의 입안에 저절로 눈길이 갔다.

작은 입, 작고 흰 치아, 그 사이로 살짝 보이는 발그레한 혀. 그는 무심코 그녀가 제 입안을 더듬던 그대로 그녀의 입안을 만져 보는 상상을 했다.

"……!"

어쩐지 더워졌다. 악셀은 황급히 그녀에게서 눈을 뗐다.

"잘 자, 악셀."

아리아드네가 지친 목소리로 인사를 하고 담요를 끌어당겼다.

"……편히 쉬십시오."

그는 도저히 잘 자진 못할 것 같았으나, 그냥 조용히 등불만 끄고 물러났다. 그리고 나가자마자 빙하 지느러미를 다시 끄집어냈다. 얼음 벽이나 다름없는 거대한 지느러미에 머리를 처박으면서 열이 좀 식고 잡생각이 사라지길 빌었다.

뤼르를 붙들고 어떻게 된 거냐고 캐묻던 루드빅은 그 광경을 보고 생각했다.

'멀쩡해진 줄 알고 걱정했더니 역시 제정신이 아니었군. 다행이야.'

다음 날 아침, 아리아드네는 식사를 하면서 그녀가 정신을 잃었던 동안 일어난 일에 대해 들었다. 베로니카나 악셀은 말주변이 없었고, 에리히는 눈이 뒤집혀 있었고, 뤼르는 그런 에리히에게 붙잡혀 곤란해하는 중이라 설명을 맡은 건 루드빅이었다.

"거울상이라…… 할아버지께서 왜 실종되셨는지 알겠어."

그녀는 거울상에 대해 듣자마자 에리히와 같은 생각을 했다. 대마법사의 토벌대는 아마 대마법사의 거울상 때문에 위기에 처했을 것이다.

"지금도 저 아래에 그것들이 있는 거야?"

그녀가 영토 한쪽에 여전히 뚫려 있는 구멍 쪽을 가리키며 물었다. 루드빅은 그녀에게 수프를 떠서 내밀며 대답했다.

"아니요. 저희 거울상은 처리했습니다. 공작님 것만 빼고요."

"어떻게?"

"공작님의 안배 덕분입니다."

루드빅이 빙그레 웃으며 제 허리에 걸려 있는 것을 툭 쳐 보였다. 그의 벨트에는 검이 두 자루 걸려 있었다. 그가 건드린 건 둘 중 좀 더 특이하게 생긴 쪽이었다. 자세히 보면 검이라기보다 지팡이에 가까운 것.

"그건……."

"예, 공작님께서 제게 '특별히' 주셨던 선물입니다."

그는 아리아드네의 시선이 쏠린 틈을 타서 은근히 턱을 치켜들고 악셀 쪽을 보았다. 악셀의 미간이 구겨졌다. 루드빅은 휘파람을 불고 싶은 것을 참으며 어제 있었던 일을 이야기하기 시작했다.

밧줄을 허리에 매고 내려간 뤼르는 주먹을 허우적거리는 제 거울상을 무사히 착취 감옥에 가두었다. 문제는 아래 미궁에서 위쪽 미궁으로 돌아올 때 발생했다. 거울상이 갇힌 착취 감옥을 들고 구멍을 통과하는 게 불가능했던 것이다.

몇 차례 시도 끝에 그들은 '위쪽'에는 거울상과 본체, 둘 중 하나만 존재할 수 있다는 것을 깨달았다.

거울상이 갇힌 착취 감옥을 위에 던져 놓고 뤼르가 올라서면 거울상이 연기처럼 사라져 아래에서 다시 나타났다. 반대로 뤼르가 먼저 올라가서 거울상을 끌어올리려 하면 텅 빈 착취 감옥만 올라오고 거울상은 아래에 그대로 남았다.

그 현상을 관찰하던 에리히는 무언가를 깨달았다.

"아래쪽에 있던 거미 마물 시체가 왜 가짜 같았고, 이미 죽어 있었는지 알겠어."

타냐는 위쪽이 거울에 비친 그림자라고 했다. 따라서 원래 진짜 마물은 아래의 피라미드 미궁에, 마물의 거울상은 위의 역피라미드 미궁에 있었을 것이다.

"할아버지의 토벌대는 위쪽 미궁으로 들어와 마물의 거울상들을 잡으면서 전진한 거야. 거미 마물의 거울상도 그때 죽였을 거고."

그들이 전진하면서 아래 미궁에는 토벌대의 거울상들이 생겨나 점점 강해졌을 터다.

"그러다가 어딘가에서…… 할아버지가 아래쪽이 진짜라는 것을 알아차렸거나, 어떤 수단에 의해 우연히 아래 미궁으로 넘어갔겠지."

에리히는 머릿속으로 그들에게 어떤 일이 일어났을지 그려 보았다.

"마법적인 수단이나 통로를 통해 아래쪽으로 넘어간 거라면 아마 위쪽과 대칭되는 방으로 이동되었을 거야."

토벌대가 아래 미궁에서 대마법사의 거울상과 만나 위기에 처한다. 이후 타냐를 비롯한 소수가 탈출을 시도한다. 그들은 위로 향하다가 플라스크 방에서 진짜 거미 마물과 마주친다.

그들이 거미 마물을 피해 어떤 특정한 수단으로 위쪽 미궁으로 넘어간다. 그런데 거미 마물까지 그들을 따라 위쪽 미궁으로 넘어가면서 위에 있던 거미 마물의 거울상 시체가 아래로 이동된다.

그 결과 타냐를 비롯한 일행은 위의 방에서 전사하고, 아래의 방에는 죽은 거미 마물의 거울상만 남는다.

일이 이렇게 진행되었다면 아래쪽 방의 입구가 막혀 있었던 것, 거미 마물의 괴상한 시체, 타냐 일행이 위쪽 방에 있었던 이유 등이 모두 설명된다.

"이 미궁을 하나의 거대한 함정이라고 가정한 다음 전체적인 구조를 추론해 보면…… 역피라미드 부분은 통째로 덫이자 미끼인 거지. 아래의 피라미드 부분이 핵심이고. 아래는 대정령의 영토 같은 개념이려나? 여러모로 흥미롭네."

에리히는 혼자 가설을 세우고 머릿속으로 검증하고 납득하면서 고개를 주억거렸다.

"아, 그리고 위쪽에 거울상과 본체가 동시에 존재할 수 없는 건 아마도 거울상을 구현하는 방식이……."

"에리히."

베로니카가 지루한 얼굴로 끼어들었다.

"뭔 소린지 하나도…… 모르겠으니까, 그냥 우리가, 뭘 해야 하는지 나…… 알려 줘."

"이게 어렵다고? 이렇게 단순한 가설이? 너 솔직히 깊게 생각하기가 귀찮은 거지?"

"아가씨 보고 싶어. 너 말고, 아가씨가 필요해."

"나도 너 말고 말 잘 통하는 우리 해골이 보고 싶다."

에리히가 투덜거리며 다른 사람들을 돌아보았다. 알아들은 사람을 간절히 찾는 눈빛이었다. 하지만 뤼르는 어느새 아리아드네 곁으로 가서 그녀의 상태를 살피느라 정신이 없었고, 루드빅은 아래를 살피는 척 슬그머니 에리히의 시선을 피했다.

악셀만이 무뚝뚝하게 대꾸했다.

"무슨 뜻인지 알겠다."

"어? 진짜? 이 자식 제법 말귀가 통하는…… 통…… 아냐, 난 너 같은 놈이랑 안 통해, 이 자식아!"

에리히는 반색하다 말고 고뇌에 빠져 버럭 소리를 질렀다. 악셀은 인상을 찡그리고 말했다.

"어떤 구조를 말하는 건지는 잘 알겠지만, 마법사, 이 미궁의 구조 분석 같은 건 나중에 혼자 논문에나 써라. 우리에게 필요한 건 브란테의 말대로 지금 무엇을 해야 하는지다."

이번에는 베로니카가 반색했다. 그녀는 에리히와 달리 고뇌 같은 건 하지 않았다.

"너, 의외로 말귀가 좀…… 통하네? 쟤보다, 나아."

"니카, 너 지금 저 새끼가 나보다 말이 잘 통한다고? 진심이야? 저 미친놈이 뭔 짓을 했었는지 벌써 잊었어?"

펄펄 뛰려는 에리히의 앞을 루드빅이 얼른 가로막으며 화제를 돌렸다.

"자, 자, 이제 저 거울상이 공격을 반사하는지부터 실험해 보지요. 아무 진전이 없으면 공작님께서 깨어나셨을 때 실망하실지도 모릅니다."

아리아드네가 실망할 거란 주장은 모두에게 탁월한 효과를 발휘했다. 그들은 에리히의 주도로 뤼르의 거울상을 실험했다. 결과는 금방 나왔다.

"그냥 죽여도 돼. 이 거울상에 공격 반사나 피해 전이 같은 능력은 없어."

다음 문제는 어떻게 거울상들을 죽이느냐였다.

"그냥 한 명만, 내려가서…… 자기 거울상부터, 처리한 다음…… 가만있는 다른 것들, 죽이면 되잖아."

베로니카의 의견이었다.

"근데 죽이려 들어도 거울상들이 가만히 있을까? 저것들이 정지해 있는 건 업그레이드 중이라서인데. 공격하면 중단하고 반격부터 할걸."

에리히가 반박했다.

"일단 한번 시도해 보지요."

루드빅이 제안하고 베로니카가 시도했다. 그러나 그 시도는 실패했다.

베로니카가 자신의 거울상을 거의 몰아붙이자, 다른 거울상들이 움직여 협공을 가해 왔다. 다른 것들은 차치하더라도 악셀의 거울상이 지나치게 위험했다.

혹시 몰라 퇴로를 준비한 덕분에 베로니카는 겨우 위로 빠져나왔다.

"야, 괴물 자식아, 네놈 거울상 때문에 큰일 날 뻔했잖아. 네놈 건 네가 책임지고 처리해!"

베로니카가 다칠 뻔한 걸 본 에리히가 왈칵 화를 냈다. 그래서 다음으로는 악셀이 혼자서 제압을 시도했다.

악셀은 거울상 전원의 협공에도 별로 당황하지 않았다. 어차피 미궁에 들어온 지 얼마 되지 않은 그들의 거울상은 쓸 수 있는 능력이 적어서 본체보다 약했다.

문제는 아리아드네의 거울상이었다. 그녀의 거울상이 공격 범위에 들어오자 악셀은 반사적으로 검을 멈추거나 방향을 틀었다. 그렇게 몇 번 멈칫거리자 아예 대놓고 아리아드네의 거울상이 전면에 나서서 다른 거울상들을 막아섰다.

악셀은 속수무책으로 방어만 하다가 그냥 위로 돌아왔다.

"마법사, 마법 함정은 작동 중에는 업그레이드 못 한다고 하지 않았나? 저것들이 왜 학습을 하지?"

"능력 복사를 못 한다고 했지, 내가 언제 저것들이 전술도 못 바꾼다고 했냐? 근데 네놈은 가짜랑 진짜도 구별 못 해? 저걸 대체 왜 못 때려?"

"……그럼 네놈이 해 봐라. 아리아드네의 거울상만 없으면 나머진 내가 처리할 테니."

"제기랄, 네놈의 괴물 같은 거울상부터 없어져야 우리가 뭘 하든가 하지!"

"도움이 안 되는군."

"뭐 이 자식아? 지금 자기소개하냐?"

"아니, 이번엔 널 무시한 게 맞다."

"이게 좀 괜찮아졌나 했더니 또……!"

날뛰려는 에리히의 뒷덜미를 베로니카가 휙 잡아 치웠다.

"시끄러워."

"너 왜 쟤 편들어?"

"애도 아니고, 편 가르기는 무슨…… 하여간 밴댕이."

둘이 투닥거리는 사이 악셀은 새로운 방법을 시도했다. 위에서 구
멍을 통해 에리히가 광역 연쇄형 파괴 광선이라 부른 융합 기술을 원
거리에서 쏘았다.

그러나 워낙 눈에 띄는 공격이라 악셀의 거울상이 알아채고 같은
기술로 응수하는 바람에 그 방법도 실패했다.

다음으로 악셀이 시도한 건 착취 감옥으로 아리아드네의 거울상을
가둬 놓고 다른 거울상들을 처리하는 방법이었다.

이 역시 실패였다. 아리아드네의 거울상이 영토를 이용해 착취 감
옥을 반쯤 망가뜨리고 튀어나와 버렸다. 그것으로 가둘 수 있는 건 뤼
르의 거울상뿐이었다. 악셀은 간신히 작동하는 착취 감옥에 뤼르의
거울상만 도로 담아 구석에 던져 놓고 위로 돌아왔다.

이외에도 여러 방법이 시도되었지만 별다른 성과가 없었다. 대체로
악셀의 거울상이 문제였다.

개중 유일한 성과는 뤼르의 거울상이 갇힌 착취 감옥을 이용하면 신
관이 아닌 사람도 치유 마법을 쓸 수 있다는 사실을 발견한 것이었다.

뤼르는 몹시 기뻐했다.

"이거라면 신성력이 모자라 중단했던 성녀님의 치료를 끝낼 수 있
겠습니다."

뤼르의 제안으로 그가 아래에 잠시 내려가 있는 사이 에리히가 위에서 착취 감옥을 이용해 아리아드네의 남은 부상을 완치했다.

"제 거울상은 계속 그 아이템에 담아 들고 다니는 게 좋겠습니다. 혹여 제게 무슨 일이 생겨도 그 아이템이라면 충분할 겁니다."

"불길한 소리 하지 마시죠, 신관님."

에리히는 툴툴거렸지만 뤼르의 의견 자체에는 동의했다. 은거울 미궁 밖에서는 어떻게 될지 모르겠지만 이 안에서는 꽤 유용할 것 같다고.

뤼르는 완치된 아리아드네의 상태를 살핀 뒤, 온갖 시도로 진이 빠진 일행에게 제안했다.

"이제 이삼일이 아니라 하루 정도면 일어나실 겁니다. 그러니 그냥 성녀님께서 깨어나시는 걸 기다리면서 쉬시는 게 어떻겠습니까? 성녀님이라면 분명 돌파구를 찾아내실 겁니다."

아리아드네의 돌파구. 그 말에 루드빅은 잊고 있던 그녀의 선물을 떠올렸다.

"세 번째 정령수와 계약한 걸 축하해, 루드빅. 이건 축하 선물이야."

위버로 출발하기 직전, 아리아드네가 주었던 것.

"좀 의외지? 그래도 난 이게 회심의 한 수가 될지도 모른다고 생각해."
"루드빅이라면 이걸 잘 다룰 수 있을 거야. 시험 삼아 한번 써 봐."

루드빅은 그 선물을 꺼내 들었다. 날이 서 있지 않은 검이었다. 붉은 검날은 쇠 지팡이처럼 뭉툭하고, 날 전체에 복잡한 무늬가 은빛 선으로 빽빽하게 채워져 있었다.

루드빅은 칼끝을 잡아당기면서 그 선을 따라 정령수의 힘을 불어넣었다. 세 번째 정령수, 모래바람의 정령력을.

그러자 철컥이는 소리와 함께 붉은 쇠 지팡이가 선을 따라 갈라지며 휘었다. 검날이 변형되는 사이 그는 손잡이 부분을 분리하여 양끝에 끼웠다. 호선을 그리는 형태로 바뀐 검날의 양 끝에 모래색 정령력이 맺혔다. 그 기운이 실처럼 한 줄기로 길게 흘러나오더니 호선을 잇는 현이 되었다.

루드빅은 순식간에 뭉툭한 검에서 길고 날렵한 활로 바뀐 무기를 들고 자리에서 일어났다.

"그건 뭐지?"

악셀이 범상치 않은 무기를 보고 의아하게 물었다. 루드빅은 구멍 쪽으로 다가가며 대꾸했다.

"공작님께서 내게 주신 선물인, '아르테미스'다."

악셀의 눈썹이 꿈틀거렸다.

"그녀가 왜 네게 활을 선물한 건가?"

"나라면 이걸 잘 다룰 거라고 하셨거든."

"……너, 궁술을 익혔었나?"

"본격적으로 익힌 적은 없어도 활은 제법 잘 다루지. 넌 활을 써 본 적이 없나 보군."

실제로 악셀은 활을 써 본 적이 없다. 쓸 이유도 없었고 필요성을 느낀 적도 없었기 때문이다.

'활도 익혔어야 했나.'

악셀의 턱에 힘이 들어갔다. 그가 침묵하자 루드빅은 기분이 좋아졌다.

'아마 공작님은 저놈을 받아들이기로 한 결정 때문에 내게 미안해 지셔서 이걸 주신 거겠지.'

루드빅 블레이르는 노숙할 때도 제대로 된 음식을 만들어 먹어야 하는 사람이었다.

야외에서 요리를 하려면 사냥이 필수적이고, 사냥에는 활이 가장 유용했다. 그래서 그는 활을 다뤄 본 경험이 꽤 있다. 마물 사냥에 쓸 만한 수준은 못 되어도 짐승을 사냥할 수준은 되었다. 거기에 탁월 한 성능의 무기와 바람 속성 정령수의 힘이 보태지면 마물도 잡을 수 있는 수준이 된다.

'다 알고 계셨던 걸까.'

아리아드네의 토벌대는 항상 식량이 넉넉해서 사냥 같은 걸 굳이 할 필요가 없었다. 당연히 활을 쓸 일이 없었고, 쓸 줄 아는 티를 내 지도 않았다. 어디 가서 주목받을 실력은 못 되었으니까.

'그런데도 공작님께선 알고 계셨던 거야.'

그에게 관심을 가지고 찾아보신 걸까. 아니면 그 신비한 능력으로 알게 되신 걸까.

어느 쪽이든 좋았다. 루드빅은 유쾌한 기분으로 활을 겨누었다. 뿌 옇고 흐린 잿빛 늪을 꿰뚫고, 정령 기사의 눈이 아래에 있는 거울상 들의 모습을 정확히 비췄다.

"루드빅 경, 설마 거울상을 저격하려고? 이 거리에서? 심지어 늪 속 에 있는 놈들을?"

에리히가 당황해서 물었다. 베로니카도 고개를 갸웃거렸다. 루드빅 은 자신의 거울상을 조준하며 대답했다.

"소백작, 저는 용오름과 모래바람의 계약자입니다."

루드빅이 활시위를 당겼다. 그러자 일행의 시선이 모두 시위를 당기는 그의 손끝에 모였다.

집중된 시선을 느낀 그는 입꼬리를 올리고 조준점을 바꿨다. 제 거울상이 아니라 악셀의 거울상으로. 그게 더 효과적일 테니까.

'진짜 저 괴물 놈이라면 무리겠지만, 공격을 인식하기 전까지는 멈춰 있는 거울상이라면……'

인식하기 전에 쏴 버리면 그만 아닌가.

루드빅의 정령력을 받아들인 아르테미스가 모랫빛 화살을 만들어 냈다. 그 위로 용오름의 푸른 정령력이 덧씌워졌다. 아르테미스에 새겨진 은빛 선들이 은은하게 빛나기 시작했다.

바람의 정령력으로 은밀함과 정확함을. 물의 정령력으로 수중을 관통할 힘과 속도를. 숨을 멈추고, 눈의 깜박임도 멈춘 채 까마득한 목표에 집중한다.

확신이 섰을 때 루드빅은 시위를 놓았다. 그리고 그 확신이 현실이 되어 일행이 감탄하는 순간. 그는 저도 모르게 잠들어 있는 아리아드네를 돌아보았다.

정말이지 완벽한 선물이었다. 루드빅은 들뜨는 심정을 애써 가라앉혔다.

'……이러다 진심으로 반해 버리겠어.'

진심이 되면 안 된다.

엘디어 공작이자 영웅이 될 여자의 남편으로 적당한 사람이 될 자신은 있었다. 적당히 점수를 따고, 적당히 호감 있는 관계가 되고, 적당한 신분과 능력과 명예로 공작이 결혼할 상대를 찾을 때 남편감으로 딱 적당해 보일 자신 말이다.

그렇게 호감과 신뢰로 이루어진 무난하고 원만한 결혼을 하고 싶었다. 안 봐도 가시밭길일 게 뻔하고 손해만 볼 게 뻔한, 진짜 사랑에 빠지는 것 같은 짓은 하고 싶지 않았다.

그에게 가장 소중한 건 자기 자신이었으므로.

'조심해야지.'

그는 웃는 얼굴로 다짐했다.

"아르테미스를 썼다고?"

"예. 저격에 성공했습니다."

아리아드네의 질문에, 루드빅이 상기된 얼굴로 대답했다.

"제게 그 무기가 잘 맞을 거라고 하셨었지요. 공작님 말씀대로였습니다."

아르테미스.

악셀을 토벌대에 받아들인 뒤, 아리아드네가 고심 끝에 준비했던 선물이었다. 루드빅이 주인공의 하위호환에 머물렀던 소설과 다르게 악셀에게 없는 특기를 발휘할 수 있길 바라면서 말이다.

원작에서 아르테미스는 활을 주력으로 쓰던 어느 정령 기사의 장거리 저격용 무기였다. 바람 속성 정령수의 힘으로 저 활을 쏘면 화살의 궤적을 바람으로 조정할 수 있고, 정령 기술에 따라 발사 소음을 감추거나 다른 속성을 부여하는 등의 다양한 기능이 있었다.

하지만 주려던 찰나에 위버의 소식을 듣는 바람에 출발 직전에 급하게 건네주기만 하고 자세한 사용법을 가르쳐 주진 못했었다.

'그걸 알아서 익혀서 썼다고? 잘 맞을 것 같긴 했는데…… 예상보다 더 잘 맞나 보네.'

[원작에선 전혀 안 나왔던 조합인데, 아리아의 판단이 옳았군요.]

파이가 신기하다는 듯 중얼거렸다. 아리아드네는 얼떨떨하게 고개를 저었다.

'아니, 이건 네가 루드빅이 활을 쓸 줄 안다는 정보를 찾아낸 덕이지.'

[파이가 찾아낸 루드빅 블레이르에 관한 많은 정보 중에 그 정보에 주목하고 저 아이템과 조합한 건 당신입니다.]

'그런 정보들이 주어지면 누구나 할 수 있는 발상이야. 어쨌든 잘 됐어.'

마법사는 시야 밖의 대상을 공격할 수 없으며, 마법사의 시력은 일반인 수준이다. 악셀의 기술들은 대체로 파괴적이고 압도적이지 은밀함과는 거리가 멀었다.

이런 상황에서 정령 기사의 시력으로 장거리 저격이 가능해졌다는 건 루드빅에게도, 그녀에게도, 토벌대에게도 좋은 일이었다. 그녀는 기쁘게 웃었다.

"벌써 아르테미스를 다룰 수 있게 될 줄은 몰랐는데. 굉장한 성과야, 루드빅. 축하해."

"감사합니다, 공작님."

루드빅 역시 제 금발만큼이나 환하게 웃었다.

아리아드네는 미소에 금이 갈 뻔했다. 그 반짝거리는 금발과 화려한 얼굴, 그림 같은 미소에서 전 공작이자 그녀의 아버지였던 프란츠 엘디어가 연상되어서.

'……다음에 머리 염색할 생각 있냐고 슬쩍 물어볼까. 아냐, 나 좋자고 그럴 순 없지. 차라리 루드빅하고 있을 때는 되도록 눈을 보자.'

불길하다 일컬어지고 기피되는 붉은 눈이지만 아리아드네에겐 아무 상관 없는 정도를 넘어서 오히려 좋아하는 색에 가까웠다.

그녀가 다정한 시선으로 붉은 눈을 지그시 바라보자 루드빅은 마른침을 삼켰다. 아리아드네 엘디어는 가끔, 아니 대체로 자신의 외모가 얼마나 아름다운지 잊고 사는 게 틀림없었다.

'……조심해야지.'

루드빅이 무슨 생각을 하고 무슨 다짐을 하고 있는지 전혀 모른 채, 아리아드네는 생각했다.

'좋아, 눈만 보니까 훨씬 낫네. 프란츠하고 다른 점도 눈에 띄고.'

내심 안도한 그녀는 나머지 일행들을 돌아보았다.

"에리히 오라버니, 고생 많았어요. 니카도 수고했어."

에리히가 어깨를 으쓱였고, 베로니카는 설핏 웃었다.

"그리고 악셀."

아리아드네는 악셀을 향해 녹을 듯이 부드러운 목소리로 말했다. 어제 있었던 일에 대해 듣는 내내 하고 싶었던 감탄이었다.

"정말로 노력해 줬구나. 고마워."

어떤 노력을 뜻하는 건지 악셀은 곧바로 알아들었다. 경탄과 기쁨으로 채색된 푸른 눈동자가 그를 보며 반달처럼 휘었다.

'인정받았다.'

그녀에게 인정받았다. 존재하는지도 몰랐던, 그의 내부에 있는 텅 빈 구멍에 충족감이 조금 차올랐다.

악셀은 입가가 허물어질 것 같아 급히 손으로 가렸다. 아리아드네는 흐뭇한 기분으로 그런 그를 보았다.

'솔직히 유혈사태를 벌여 놨어도 안 놀랐을 텐데…… 쟤가 시키지도 않았는데 다른 사람들한테 협조를 하다니. 대단하지 않아?'

[……대단함의 기준이 너무 낮으신 것 아닙니까?]

'봐, 벌써 다들 악셀을 대하는 분위기가 달라졌잖아. 좀 더 편해졌어. 아, 나도 직접 봤어야 했는데. 아쉽네.'

파이는 포기하고 침묵했다.

아리아드네는 속으로 한숨을 쉬고 마지막으로 뤼르에게 시선을 주었다. 그는 커다란 날개를 다소곳이 접고 앉아 수프를 먹다가 아리아드네와 눈이 마주치자 온화하게 웃었다.

"왜 그러십니까, 성녀님?"

그녀는 눈을 가늘게 뜨고 뤼르를 흘겨보았다. 루드빅의 이야기를 듣다가 깨달은 점이 있었다.

'어쩐지 토벌 도중인데도 뤼르가 실패하면 죽는 짓거리를 다짜고짜 하더라니, 절반은 그놈의 아이템을 믿고 그랬던 거구나.'

아마 나머지 절반 정도는 그냥 죽고 싶다는 심정의 발로일 거고.

그녀는 뤼르의 웃음이 어색해질 때까지 물끄러미 바라보다가 에리히에게로 시선을 옮겼다.

"에리히 오라버니, 그 감옥 아이템 어디 있어요?"

"어? 그건 아래에 던져놨지. 여기에 두면 거울상이 빠져나가니까."

"뤼르 거울상은 그 안에 일부러 남겨 놓은 거고요?"

"그래. 이제 네 거울상만 처리하면 돼. 나머진 루드빅 경이 저격으로 다 처리했거든."

아리아드네는 내려가면 바로 그 아이템부터 부숴 버려야겠다고 결심했다. 가둘 수 있는 마물의 수준도 낮은데 부작용까지 있고 그녀의 거울상 때문에 반쯤 부서지기까지 했다니 이젠 쓸모가 없었다. 다른 사람들이야 부작용을 모르니 그럭저럭 유용하다고 판단했겠지만.

실은 분풀이도 좀 섞인 결정이었다. 은은히 빛나는 뤼르의 날개를 볼 때마다 어깨가 무거워지는 기분이어서.

"아, 그런데 제 거울상은 왜 남겨 놓은 거예요?"

아리아드네가 문득 생각난 듯 묻자 비전투원인 뤼르를 제외한 모두가 움찔했다.

루드빅은 저격으로 다른 거울상들을 처리한 뒤 아리아드네의 거울상만은 못 쏘겠다며 포기를 선언했다. 루드빅이 거부하자 다른 사람들에게로 공이 넘어왔다. 악셀은 그전부터 그녀의 거울상을 도무지 공격하지 못하고 있었기에 처리하려는 시도조차 하지 않았다.

베로니카는 그래도 시도해 보고자 아래로 내려갔으나, 아리아드네가 납치되었을 때의 트라우마가 되살아나는 바람에 도저히 안 되겠다며 그냥 돌아왔다. 뤼르는 희대의 정령사인 아리아드네의 거울상을 제압할 능력이 없기에 자연스럽게 제외되었다.

마지막으로 남은 에리히는 대체 왜 진짜 가짜도 구별 못 하고 쩔쩔 매느냐며 대차게 모두를 까대고는 당당하게 아래로 내려갔다. 그러곤 가까운 거리에서 아리아드네의 거울상을 보고 굳어서 어설프게 공격했다가 거울상의 반격에 휘말려 위기에 처했다.

결국 혹시나 해서 지켜보고 있던 베로니카가 역시나 하며 그를 안전히 건져 냈다. 그렇게 전원이 아리아드네의 거울상 처리를 포기했다.

어제의 창피함을 떠올린 에리히가 벌게진 낯으로 어물어물 입을 열었다.

"그게, 음, 아무래도…… 좀 너무 똑같아서 집중이 안 되더라고……."

"다른 거울상들도 다 실제 사람이랑 똑같았다면서요?"

"야, 쥐방울만 할 때부터 코피 쏟고 앓는 거 조마조마하게 보면서 키운 너랑 저놈들이랑 같냐!"

에리히가 버럭 소리쳤다.

'누가 누굴 키웠다는 거야.'

아리아드네는 어이가 없어 한숨을 내쉬고는 식탁을 둘러보았다. 은근히 시선을 피하는 이들 중에서 만만한 건 아무래도 악셀이었다.

"악셀, 다 먹었어?"

"예."

"그럼 나랑 같이 내 거울상 처리하러 가자. 끝나면 바로 출발할 거니까, 다들 캠프 정리하고 있어요."

제비뽑기로 벌칙 추첨이라도 한 것처럼 사람들의 희비가 엇갈렸다. 악셀은 내키지 않는 걸음으로 구멍으로 향하는 아리아드네를 뒤따랐다.

"여기서 정령 융합 기술로 내 거울상 처리할 수 있지?"

"……제 기술보다 루드빅 블레이르의 저격이 더 적합할 것 같습니다."

악셀은 처음으로 그녀의 명령에서 도망치려 했다. 다른 사람을 추천하면서까지 말이다.

아리아드네는 깊은 한숨을 내쉬고 손을 뻗었다. 그녀의 손이 그의 손에 깍지를 끼고 눈높이까지 들어 올렸다.

"저건 마물이야, 악셀. 나는 여기 있잖아."

맞닿은 손아귀에서 그녀의 맥박이 뛰는 것이 간질간질하게 느껴졌다. 악셀은 하마터면 그녀의 손을 홱 뿌리칠 뻔했다. 어젯밤에 그의 입속을 더듬었던 하얗고 작은 손이, 지금은 그의 손과 뒤엉켜 있었다.

그는 그녀의 손에서 느껴지는 맥박과 함께 제 심장의 박동을 느꼈다. 아리아드네의 맥박은 자장가의 선율처럼 평온한데 그의 심장박동은 행진곡처럼 요란했다.

"괜찮지, 악셀? 얼른 처리하자."

아리아드네가 맞잡은 손을 흔들며 종용했다. 악셀은 손가락 사이에서 꼼지락거리는 부드러운 감촉에 어젯밤을 다시 떠올렸다. 또 열이 오르려 했다.

그는 그녀를 외면하며 거칠게 말을 내뱉었다.

"알겠으니까, 제발 가만히 계십시오."

"응?"

"손."

"……?"

"손 말입니다. 간지러우니까, 제발 좀."

"이게 간지러워? 간지럼 심하게 타는구나. 몰랐는데."

눈을 동그랗게 뜬 아리아드네가 손을 빼내려 했다. 악셀은 제 손아귀에서 빠져나가려는 가느다란 손가락을 반사적으로 꽉 붙잡았다.

"간지럽다며?"

그녀가 의아한 듯 고개를 기울였다. 그 움직임에 그녀의 귓불 옆으로 팔랑이는 잔머리가 악셀의 눈에 들어왔다.

그게 왜 눈에 띄는지는 그 자신도 몰랐다. 자연히 눈길이 갔다. 잔머리에서 시작해서 귓불, 목선, 어깨, 살짝 보이는 쇄골까지. 그냥, 저절로.

봐선 안 될 것을 보는 기분이었다. 아무렇지도 않게 드러나 있는 부위들이니, 자신에게 문제가 있어 이런 기분이 드는 것일 터다.

그러고 보니 요즘 아리아드네를 대할 때마다 제 상태가 이상했다. 왜 자꾸만 그녀의 몸짓을 하나하나 의식하게 되는 건지 모르겠다. 그는 억지로 늪 쪽으로 눈길을 돌렸다.

"……그렇다고 놓으시란 건 아니었습니다. 잡고 있어야 당신이 진짜라는 실감이 나니, 그냥 가만히 계셔 주십시오."

"아, 응. 그럴게."

악셀은 그녀의 손을 잡은 채로 벼락의 날개를 꺼냈다. 이어 작은 태양을 띄우고, 빛을 모아 까마득한 아래에 있는 백금발의 여자를 겨냥했다.

그녀의 거울상은 잠을 자는 것처럼 눈을 감은 채로 조용히 앉아 있었다. 그것을 죽이기 위해 겨냥하면서, 그는 기묘한 기시감을 느꼈다. 그가 아리아드네를 죽이려 하는데 그녀가 눈을 감고 평안하게 받아들였던 적이…….

'……환각 중에 있었던가.'

아리아드네의 죽음이 반복되던 환각들이 돌연 떠올랐다.

어지럽다.

악셀은 이를 악물고 아리아드네와 맞잡은 손에 집중했다. 저건 가짜다. 진짜 그녀는 여기, 바로 옆에, 손이 닿는 곳에 있다. 저걸 죽여도 아리아드네에겐 아무런 해가 없다. 속으로 몇 번을 되뇐 뒤에야 겨우 광선을 쏠 수 있었다.

그는 기술이 직격한 것을 깨닫자마자 늪에서 고개를 돌렸다. 가짜라도 그녀가 죽어 쓰러지는 모습 같은 건 보고 싶지 않았다.

"처리했어?"

"예."

"잘했어."

아리아드네는 맞잡지 않은 손을 뻗어 흐트러진 그의 머리칼을 쓸어 넘겨 주었다. 마물이 그녀와 같은 모습을 하고 있다는 이유로 끙끙거리는 악셀이 어이없기도 하고, 한편으로는 좀 뭉클하기도 했다. 이게 뭐라고 창백해진 그의 모습이 한숨이 나오면서도 짠해서 저절로 손이 움직였다.

"……하아."

악셀이 참았던 숨을 내뱉더니 그녀의 손길을 따라 머리를 기대왔다. 눈꺼풀이 나른하게 내려앉으며 붉은 눈동자에 그녀가 담겼다.

"아리아."

그의 입술 사이로 가라앉은 음성이 흘러나왔다.

"어떤 일에 저를 쓰시든 상관없지만, 이런 건 싫습니다."

"그렇게 싫었어? 하지만 아무리 그래도 저건 마물에 불과한 거 알잖아. 너라면 더 예민하게 느껴질 텐데."

"예, 압니다. 그래도 싫습니다."

"왜?"

맞잡은 악셀의 손이 약간 떨리고 있었다. 아리아드네가 조심스럽게 물었다.

"……무서워?"

이전까지의 악셀 발렌타인이었다면 이 순간 그녀의 손을 밀어내고 울컥 화를 냈을 것이다. 이나민 마을에서 아리아드네가 검은 잔을 받은 자들과 싸우는 게 무섭냐고 물었을 때처럼 한껏 예민해져서 최대한 강하게 반응했을 터다.

약한 부분이니까. 물어뜯기면 치명상을 입을 만한 지점임을 본능적으로 알고 있으니까.

그러나 아리아드네가 말했던 동료가 되는 조건의 의미를 어렴풋하게나마 깨달은 지금은. 약점을 일부러 드러내는 것이 무슨 의미인지를 알고 싶어진 지금은.

악셀은 눈을 완전히 감고는 그녀의 손에 머리를 살짝 비비며 약하게 속삭였다.

"예, 무섭습니다. 악몽을 재현하는 것 같아서 두렵고 싫습니다."

"악몽이라니……."

"저는 우 대륙에서 사도의 저주로 당신이 죽는 환각을 본 적이 있습니다."

아리아드네는 멍하니 그를 보았다. 우 대륙이라니, 그땐 '아드리안'의 정체를 알기 전 아니었나? 그런데 내 모습을 환각 저주로 봤다고?

'어떻게?'

그녀가 반문하기 전에 악셀이 음울하게 말을 이었다.

"그것과 비슷한 광경을 다시는 보고 싶지 않습니다. 다시는."

멈칫했던 그녀는 곧 그 환각에 대해 이성적으로 따지는 것을 나중으로 미뤘다.

그럴 수밖에 없었다. 한껏 웅크린 상태로도 그녀의 몸을 완전히 뒤덮는 커다란 남자가 길든 맹수처럼 그녀의 손에 검은 머리칼을 비비며 제 두려움을 고백하고 있었으므로.

'심지어 그 두려움이란 게…….'

꾹 감은 그의 눈꺼풀이 바르르 떨렸다. 그의 두꺼운 어깨와 팽팽한 가슴팍이 않는 짐승처럼 숨 가쁘게 오르내렸다.

연약해 보였다.

전신이 무기나 다름없는 몸을 가진 남자가. 그렇게 오만하고 사납게 굴던 악셀 발렌타인이. 무슨 일이 있어도 분노할지언정 약해지지는 않던 그 '주인공'이.

"그는 뿌리가 없는 인간입니다."
"그에게는 뿌리를 내릴 곳이 필요합니다."

그녀는 악셀이 어떻게 태어나서 어떻게 자랐으며, 앞으로 어떤 진실을 맞닥뜨리게 될지를 떠올렸다. 그리고 자신이 무엇을 바꿔 놓았는지를 직면했다.

'내가 잘못했어.'

원작 전개를 따라간답시고 악셀을 협회의 기물로 내버려 두었다. 그러면서 돕겠다고 어정쩡하게 보호해서 그가 사람에 대한 기대와 신뢰를 완전히 버리지도 못하게 했다.

그래서 그는 제대로 얼굴조차 본 적 없는 아드리안에게 집착하고 이토록 매달리게 되었다.

'차라리 처음부터 협회에서 빼냈으면 이렇게 되진 않았을 텐데.'

아예 상관하지 않고 원작 주인공처럼 되도록 내버려 두는 건 양심의 가책 때문에라도 무리였을 것 같으니, 그냥 처음부터 원작 전개를 포기하고 정상적인 환경을 만들어 줄걸.

자꾸 후회가 되었다. 마음 붙일 곳이 없어 세상에 그녀 하나밖에 없는 양 제 손을 붙들고 있는 그의 모습이 눈에 밟혔다. 안쓰럽고, 가엾고, 미안하고, 애처로워 보여서 지켜 주고 싶어졌다.

"괜찮아, 악셀. 그런 건 그냥 환각이야."

아리아드네는 그의 머리칼을 부드럽게 쓸어 넘기며 속삭였다.

"난 안 죽어. 계속 네 곁에 있을 테니까 안심해."

"계속, 곁에……."

악셀이 그녀의 말을 되뇌더니 천천히 감고 있던 눈을 떴다.

"아리아드네."

붉은 눈동자가 집요하게 그녀를 응시했다.

"당신은 '아드리안'처럼 저를 버리지 않으실 겁니까?"

"그건 네게 자유를 주려고……."

아리아드네는 변명하려다 말고 입을 다물었다. 악셀이 버려졌다고 느꼈다면 그녀는 그를 버린 게 맞다.

"그래, 다시는 안 버릴게."

"감사합니다."

악셀의 입가에 미소가 번졌다. 그가 맹세하듯 말했다.

"당신이 계속 곁에 둘 가치가 있도록, 저도 당신께 가장 쓸모 있는 존재가 되겠습니다."

아리아드네는 순간 말문이 막혔다. 가치니 쓸모니 하는 건 저렇게 기쁜 얼굴로 말하기에는 너무 슬픈 말이 아닌가.

옛날에 변경백과 대마법사가 거래를 제안하는 어린 그녀를 무슨 심정으로 보았을지 비로소 온전히 이해가 된다. 악셀이 왜 이렇게 제 필요성을 증명하려 안달인지도 이해가 된다.

자신도 그랬으니까.

마음이 아팠다. 그에게 확신을 주고 싶어졌다. 그녀가 사랑받으며 얻었던 것 같은 확신을. 그가 뿌리를 내릴 곳을.

"쓸모없어도 안 버려. 아니, 악셀, 나는 이제 널 절대 못 버려. 그러니까 그런 소린 하지 마."

아리아드네는 그의 뺨을 애틋하게 어루만지며 단언했다. 그러자 악셀의 붉은 눈동자가 좀 더 짙고 깊어졌다. 두터운 목을 타고 마른침이 넘어가고 맞잡은 손에는 점점 더 힘이 들어갔다.

아리아드네의 통증이 무디지 않았다면 아파서 신음을 흘렸을 수준이었으나 악셀은 제가 그리 힘을 주고 있는 줄도 몰랐다.

"저를⋯⋯."

그녀를 뚫어져라 바라보며 무어라 말하려던 그가 움찔 멈췄다. 그 순간, 다가오는 걸음 소리와 함께 루드빅의 음성이 들렸다.

"공작님, 출발 준비가 끝났습니다. 그쪽도 끝났습니까?"

"아, 응. 끝났어."

악셀의 덩치에 가려서 캠프 정리가 끝난 줄도 몰랐다. 아리아드네는 악셀에게 잡혀 있던 손을 빼내고 곧바로 자리에서 일어났다.

"가자, 악셀."

아래에 있는 진짜 미궁으로 출발할 시간이었다.

아래 미궁으로 내려가자마자 그들은 아리아드네의 거울상 시체부터 안 보이게 치워 놓았다. 아무리 가짜라는 걸 알아도 보기에 좋지 않았다. 다들 어정쩡하게 시선을 피했다.

정작 아리아드네는 가슴팍이 뚫려 죽은 제 거울상을 물끄러미 쳐다보며 엉뚱한 생각을 하고 있었다.

'내 얼굴…… 프란츠만 너무 닮은 것 같아서 별로였는데, 이렇게 보니 엄마 얼굴도 약간 보이네?'

어릴 땐 프란츠 판박이 수준이었는데 자라면서 엄마를 조금씩 닮아 가는 모양이었다.

기쁜 깨달음이었다. 객관적으로 아름답다는 걸 알면서도 주관적으론 보기 싫었던 제 얼굴이 이제야 좀 예뻐 보였다.

'이러면 나이 먹을수록 더 비슷해지겠지? 나중엔 누가 봐도 엄마 딸 같았으면 좋겠다.'

그녀는 산뜻한 기분으로 착취 감옥을 주운 뒤 악셀에게 뤼르의 거울상 처리를 맡겼다. 악셀은 한 치의 머뭇거림도 없이 거울상의 목을 쳤다. 보고 있던 뤼르가 괜히 흠칫할 정도로 시원하게.

에리히가 아쉽게 입맛을 다셨다.

"나가면 어떻게 될지 몰라도 이 안에선 제법 유용한 아이템인데."

"거의 망가진 상태예요. 이대로 쓰면 부작용이 더 커요."

이 아이템을 갖고 있던 마물이 문어와 거미를 섞어 놓은 꼴이었던 것도 부작용 탓일 터였다. 아리아드네는 악셀을 시켜 착취 감옥을 확실하게 부숴 버렸다.

그러는 사이 베로니카와 루드빅이 통로를 정찰하고 돌아왔다.

"오염수가 쏟아져 내려가는 저 통로 부근에 거대한 마물이 통과했던 흔적이 있습니다. 통로 내부에는 마물이 없어 보이고요."

"아무래도…… 이 방 안에 있던, 거미 마물이, 타냐 경 일행을…… 쫓아서, 그리로 나갔었던, 것 같아요."

보고를 들은 아리아드네는 아래 방향 통로, 즉 폭포가 흐르는 길을 통해 내려가기로 결정했다. 부서진 문 쪽은 그들이 들어오기 전까지는 막혀 있었기에 조사할 필요가 없었다. 그들의 우선적인 목표는 미궁의 핵이 아니라 대마법사의 토벌대를 찾아내는 것이었으므로.

출발하려고 보니 콸콸 쏟아지는 오염수의 흐름이 문제였다. 거센 물살로 꽉 찬 통로를 영토로 덮어씌우는 건 꽤 힘든 일이었다.

'할 수야 있지만, 이건 너무 체력 소모가 심하겠는데.'

아리아드네는 잠깐 고민하다가 그냥 영토를 거두고 채널을 닫았다.

"저 폭포를 내려갈 때까지만 정령등으로 버텨요."

무슨 일이 있을지 모르니 최대한 체력을 아껴야 했다. 거울상 때문에 기절하기까지 한 터라 더 조심스러웠다.

결국 정령 기사들이 각각 한 명씩을 태우고 폭포의 물살에 몸을 맡겼다. 뤼르도 날개를 다루는 것에 아직 서툴러서 루드빅에게 신세를 졌다.

꽤 긴 폭포 통로를 거의 추락하다시피 내려가자 어마어마하게 넓은 공동이 나왔다. 마물은 보이지 않았지만, 사방으로 족히 수십 개는 되는 통로가 보였다. 다른 방과 달리 늪이 바닥에 찰박거릴 정도로만 얕게 깔려 있고 공기도 있었다.

그들은 회색 액체와 함께 그 공동으로 쏟아져 내렸다. 반들반들한 바닥에 처박히기 직전, 정령 기사들이 정령수를 조종해 안전히 멈춰 섰다. 안전함과 별개로 끔찍한 낙하감이었다. 영토 없이 오염수가 섞인 늪에 휩쓸린 터라 역겨운 악취는 덤이었다.

"우읍……."

에리히가 헛구역질을 했다. 아리아드네와 뤼르의 안색도 창백했다. 정령 기사들만이 태연했다. 뤼르가 날개를 떨며 비척비척 다가와서 힘들어하는 일행에게 신성력을 쏟아부은 뒤에야 모두가 안정되었다.

공동 중앙에 선 그들은 질린 표정으로 주위를 둘러보았다.

"제기랄, 뭔 놈의 길이 이렇게 많아. 이걸 언제 다 뒤져? 진짜 거지 같은 미궁이네."

에리히가 욕설을 내뱉었다. 아리아드네가 영토를 다시 펼치며 제안했다.

"일단 통로 입구부터 살펴봐요. 누가 오간 흔적이 있는지."

정령 기사들은 구역을 나누고 흩어져서 통로 입구들을 살펴보기 시작했다. 뤼르는 막간을 이용해 어설프게 날갯짓을 연습했고, 에리히는 공동에 마법적인 흐름이 있는지 알아보기 위해 주문을 외며 손짓을 해 댔다.

아리아드네는 영토의 나무 그루터기에 걸터앉아서 흔적을 찾지 못하면 어디부터 조사해야 할지를 고민하고 있었다.

그때 갑자기 파이가 속삭였다.

[뒤로 걷는 물이, 굶주리는 용이 자기 영토를 떠났다고 전합니다.]

"응?"

[굶주리는 용은 뒤로 걷는 물의 휘하에 있는 대정령입니다.]

[아리아의 채널에 접속하진 못하고 늘 대기 순번만 받고 있었던 터라, 모르실 겁니다.]

'굶주리는 용'은 대정령 도감에도 없는 대정령이었기에 파이는 일부러 설명을 덧붙였다.

하지만 아리아드네는 이미 그 대정령을 알고 있었다. 그녀의 채널에 초기부터 꾸준히 접속해 온 '뒤로 걷는 물'에게 소속된 대정령이니까.

뒤로 걷는 물과 굶주리는 용처럼 대정령들 사이에서도 위계가 나뉘는 경우가 있다. 대정령은 대체로 강하지만, 대정령이 되는 조건은 영토와 자아의 확립이지 강한 힘이 아니었다. 대정령의 힘은 원래 천차만별이다. 그래서 대정령 도감에는 강한 대정령이나 여러 가지 이유로 유명한 대정령들만 실려 있었다.

뒤로 걷는 물은 대륙에서 가장 거대한 폭포인 톨테크랑 폭포에 깃든 매우 강한 대정령이다. 당연히 도감에도 나온다. 톨테크랑은 그 지역 옛말로 '뒤로 걷는 물'을 뜻한다.

톨테크랑 폭포는 지나치게 강한 물살로 암반이 깎여 나가 폭포 전체가 계속 후퇴하는 현상이 일어나고 있었다. 그 모습이 마치 폭포가 뒷걸음질하는 것처럼 보여서 뒤로 걷는 물이라는 이름이 붙었다고 한다.

'전생의 세계에 있던 나이아가라 폭포하고 비슷해. 그건 뜻이 천둥소리를 내는 물이었지.'

그리고 굶주리는 용은 뒤로 걷는 물에 포함된 수백 개의 폭포 중 가장 웅장하고 높은 폭포의 이름이었다. 13개에 달하는 물줄기가 하나의 용소로 떨어지는 곳.

그 폭포에는, 신에게 영원히 굶주리라는 형벌을 받은 용이 어떻게든 배를 채우려고 웅덩이 아래에서 물을 빨아들이며 발악하고 있다는 전설이 있었다. 폭포의 무섭도록 거센 물살과 압도적인 수량으로 인해 생겨난 전설이었다. 자연히 그 폭포는 굶주리는 용이라 불리게 되었다.

이후 그 폭포에서 태어난 어느 강한 정령이 그것을 제 이름으로 인식하면서 자아를 확립하고, '굶주리는 용'이라는 대정령이 되었다.

뒤로 걷는 물의 영토 내에서 자기 영토를 생성한 까닭에 굶주리는 용은 필연적으로 뒤로 걷는 물에게 종속될 수밖에 없었다. 어떤 학자들은 이런 경우를 부모와 자식의 관계로 비유하기도 했지만, 실제로 꼭 그렇지는 않았다.

'파이가 전에 뒤로 걷는 물은 굶주리는 용을 자기 직속 수하쯤으로 취급한댔지.'

직속 수하는 파이가 순화한 표현이고 실상은 따까리 취급에 가까웠다. 아리아드네가 갸우뚱하며 물었다.

"굶주리는 용은 아는데, 대기 순번? 그런 것도 있었어?"

[채널의 용량엔 한계가 있으니까요.]

[아리아의 채널은 경쟁이 치열해서, 초기부터 접속했던 대정령이나 강한 대정령을 우선 접속시키고 나머지는 파이가 대기 순번을 배부하고 있습니다.]

[예전에 한 번 보고드렸던 일입니다.]

그랬나. 그랬던 것도 같고.

아리아드네는 그러려니 했다. 파이가 일반적인 가이드와 달리 능동적으로 일을 하는 터라 그녀는 채널 관리에 거의 신경을 끄고 살았다. 이외에도 그녀가 모르거나 듣고도 잊어버린 채널 내의 규칙이 꽤 있을 것이다.

"그런데 굶주리는 용이 자기 영토를 떠났다고? 누가 소환했나 보네."

일반적인 정령사는 제 몸에 새긴 가이드 마법진을 부순 뒤에야 대정령을 강림시킬 수 있는데, 그건 사실 자살이나 다름없는 짓이었다. 대정령의 힘이나 정령사의 자질에 따라 유지 시간은 다르지만 결과는 거의 같았다.

정령사의 죽음.

과거, 아리아드네에게 만년설 왕관이 제멋대로 강림했을 때 그녀가 살아남을 수 있었던 건 그녀의 어마어마한 채널 용량 덕이 컸다. 보통은 감당하지 못하고 죽는다. 그러니 정령사를 지키는 것이 최우선인 가이드 시스템은 대정령 소환을 무조건 금지할 수밖에 없다.

때문에 대정령 소환은 정령사가 쓸 수 있는 최후의 수단이며 흔치 않은 사건이었다. 다만 성전을 치르고 있는 상황에서는 그렇게까지 희귀한 일도 아니었다. 이 세계는 최후의 수단이 필요한 상황이 언제나 어딘가에서 일어나고 있으므로.

아리아드네가 누군지 모를 그 정령사를 안타까워하며 눈살을 찌푸리는데, 파이가 빠르게 말을 쏟아 냈다.

[뒤로 걷는 물이 자기가 굶주리는 용에게 채널을 돌아다니며 대마법사의 토벌대에 속한 정령사를 찾으라고 시켰다며 자랑합니다.]

[뒤로 걷는 물이 굶주리는 용을 소환한 정령사가 대마법사의 토벌대 소속일 거라고 확신합니다.]

[뒤로 걷는 물은 자신의 유능함과 현명함을 당신이 알아주길 원하고 있습니다.]

[……뒤로 걷는 물이 자기 발언이 드디어 번역된다며 환호성을 반복적으로 내지릅니다.]

[채널 내 대정령들의 질투심이 급상승했습니다.]

아리아드네에게는 오직 '대마법사의 토벌대에 속한 정령사'라는 말만이 들렸다. 뒤쪽의 잡다한 보고들은 귀에 제대로 들어오지도 않았다. 그녀는 벌떡 일어서며 다급히 물었다.

"어디야? 어디로 소환된 거야, 그 대정령?"

[뒤로 걷는 물이, 굶주리는 용이 영토를 떠난 건 알 수 있어도 어디로 간 건지는 모르겠다고 합니다.]

[뒤로 걷는 물은 굶주리는 용이 돌아오면 위치를 알 수 있을 테니

조금만 기다리라고 합니다.]

"어떻게 기다려!"

아리아드네는 저도 모르게 목소리를 높였다.

"대정령을 소환했다는 건 그만큼 절박한 상황이란 소리잖아! 그 대정령은 정령사가 죽고 나서야 돌아올 텐데 그걸 어떻게 기다리고만 있어!"

"아리아?"

일행이 그녀의 격렬한 외침에 놀라 모여들었다. 아리아드네는 양팔로 떨리기 시작한 제 몸을 감쌌다.

'할아버지⋯⋯.'

서두르다 실수하지 않으려고 줄곧 억누르고 있었던 불안과 공포가 슬금슬금 차올랐다.

대정령 강림은 대부분 정령사의 죽음으로 끝난다. 오염 지역도 아니고 미궁 내부에서 정령사를 잃으면 토벌대의 전멸은 시간문제에 불과하다. 정령등은 임시변통일 뿐, 결코 정령사를 대체할 수 없으므로.

그나마 정령 기사는 가호를 유지하며 더 버틸 수 있겠지만 그것도 악셀 수준이 아니면 얼마 가지 못한다. 하물며 이 미궁은 온통 늪이라 정령 기사들마저 대부분 숨이 막혀 죽을 것이다.

미궁 내에서 정령사의 죽음은 이토록 치명적이다. 그러므로 뒤로 걷는 물의 말은 대마법사의 토벌대가 지금 살아 돌아가는 것을 포기하고 정령사를 희생할 정도로 위기에 몰려 있다는 의미다.

[뒤로 걷는 물이 위치를 알자마자 가면 괜찮을 거라고 합니다.]

[뒤로 걷는 물이 금방 알아낼 테니 자기만 믿으라며 호기롭게 장담합니다.]

건조하게 보고를 한 파이가 이어 조심스럽게 덧붙였다.

[아리아, 힘들겠지만 지금 할 수 있는 건 기다리는 것뿐입니다.]

아는데, 알지만, 불안이 마음을 찔러 대서 가만히 있을 수가 없다. 아리아드네는 입술을 상처가 날 정도로 콱 깨물었다. 무딘 통각 탓에 피를 보고서야 옅은 아픔과 함께 정신이 들었다.

[……상처가 났습니다. 그러지 마십시오.]

[사실 파이는 굶주리는 용이 돌아와 대마법사의 위치를 알아낸 후에 당신에게 이 사실을 알려드리려 했습니다.]

"뭐?"

[뒤로 걷는 물은 확신하고 있지만, 굶주리는 용이 강림한 정령사가 엉뚱한 사람일 수도 있습니다.]

[그자가 대마법사의 토벌대에 속한 정령사가 맞다고 해도 굶주리는 용이 돌아오기 전에는 아무런 행동을 할 수 없습니다.]

[미리 알아봤자 할 수 있는 것도 없는데 아리아의 마음만 초조해질 일입니다. 그래서 파이는 이 정보를 전달하지 않으려 했습니다.]

신기하게도 파이가 보고를 하지 않으려 한 이유를 깨닫자 그녀의 격정이 사그라들었다. 그녀가 이렇게 흔들릴까 봐 보고하지 않으려 했다는 파이에게 위태로운 꼴을 보이고 싶지 않아서.

"……그랬는데 갑자기 전달하기로 한 이유는 뭐야?"

파이는 잠시간 침묵하더니 담담하게 속삭였다.

[파이는 현재 할 수 있는 일이 아무것도 없다고 판단했습니다. 하지만 아리아의 판단은 파이와 다를 수도 있지요.]

[그리고 파이가 보아 온 아리아라면 무지한 평안보다는 무엇이든 시도해 볼 시간을 더 원할 것 같았습니다.]

"……맞아. 그러니 파이, 앞으로도 그런 이유로 내게 뭔가 숨기려 하진 마."

아리아드네는 입술의 피를 손등으로 훔쳤다. 푸른 눈이 냉정을 되찾고 가라앉았다.

뤼르가 안절부절못하며 손에 하얀 빛을 휘감고 다가왔다. 아리아드네는 그 손길을 거부하려다 뤼르의 등에 돋아 있는 날개를 보고 그가 마음대로 치료하도록 내버려 두었다. 정성 어린 수호성인의 손길이 입술을 훑고 지나가자 작은 상처는 빠르게 아물었다.

그 짧은 사이에 그녀는 현재 가진 정보들을 바탕으로 대마법사의 토벌대가 처했을 만한 상황들을 추론해 냈다. 아리아드네는 가능한 한 침착하게 입을 열었다.

"악셀, 니카, 루드빅."

아리아드네가 목소리를 높이는 것을 보고 긴장하고 있던 악셀과, 눈치를 살피던 루드빅과, 멍하니 대기 중이던 베로니카가 즉시 반응했다.

"앞선 토벌대의 정령사가 대정령을 소환했을 가능성이 있어. 굶주리는 용이라고, 폭포의 대정령이야."

"잠깐, 뭐? 대정령을 소환해?"

에리히가 기겁하며 끼어들었다. 아리아드네는 손짓으로 그의 말을 막고는 정령 기사들을 돌아보았다.

"대정령이 강림했으면 당연히 영토가 구현되었겠지. 혹시 폭포 소리가 들리는 통로가 있는지 최대한 귀를 기울여서 확인해 보고 와."

"알겠습니다."

정령 기사들이 흩어졌다. 그녀는 그제야 에리히를 돌아보았다.

"오라버니."

"진짜야? 진짜 할아버지네 정령사가 대정령을 불러냈다고? 망할, 대체 어떤 막장이길래!"

"확실하진 않아요. 하지만 만약 사실이라면 정말 심각한 상황이라는 뜻이겠죠. 그리고 이 미궁에서 그 정도로 심각한 상황이라면 아마도……."

"……할아버지는, 할아버지 자신의 거울상과 싸우고 있는 거겠지."

에리히가 아리아드네의 말을 받았다. 그녀는 무겁게 고개를 끄덕였다.

"네, 아무래도 그럴 확률이 높아요. 다른 경우의 수는……."

"토벌대의 일부를 따로 탈출시킬 정도로 위태로운 상황에서 할아버지가 미궁 공략을 진행할 리가 없어."

"그래요. 그러니까 아마 어딘가에 숨어 계시다가 돌아다니는 마물에게 들켜서 습격당하셨을 거예요."

"이 미궁에서 그런 짓을 할 만한 건 거울상들뿐이고."

"어지간한 마물이면 가볍게 처리하셨을 텐데 이 지경이 된 건 '대마법사'의 거울상 때문이겠죠."

"뻔하지. 역시 우리 해골이랑은 말이 통한다니까. 흠…… 그런데 너한테 대정령이 소환되었다는 걸 알려준 건, 네 채널에 접속 중인 대정령이지?"

"네, 뒤로 걷는 물이요. 굶주리는 용의 상위 대정령이에요."

"그럼 강림이 끝나기 전까지는 정확한 위치를 알 방법이 없겠네."

"그렇다고 기다리고만 있을 순 없어요. 기다렸다간 다 끝날지도 모르는데."

"폭포 소리로 찾는 건……."

"혹시나 해서 부탁한 거지만 힘들 거예요. 아무리 정령 기사들이라 해도 들을 수 있는 거리에 한계가 있잖아요. 심지어 여긴 수중 미궁이라 소리가 대부분 묻혀 버리는 환경이고."

"그렇겠지. 게다가 운 좋게 폭포 소리를 찾아내 봤자 대정령의 영토가 아니라 저런 구정물 폭포일 수도 있고 말이지."

에리히가 천장에서 쏟아지는 회색 액체를 노려보더니, 아리아드네에게로 시선을 옮겼다.

"네 말대로, 강림이 끝나기만을 기다리고 있을 순 없어. 뭐든 다른 방법을 시도해 봐야 해."

"이런 상황에 쓸 만한 마법은 없나요?"

"마법? 탐지 마법이나 통신 마법은 소용없어. 미궁 내부는 마력이 오염되어 있잖아."

에리히가 이를 악물었다.

"마법사는 이런 상황에선 무력해."

"……지금 무력한 건 정령사인 저도 마찬가지예요."

아리아드네는 힘없이 웃었다. 에리히가 제 은발을 거칠게 쓸어 올리더니 물었다.

"토벌대의 정령사는 4명이었지. 하나는 거미 방에서 죽었고, 하나는 강림 중이고. 나머지 둘은? 그들의 채널에 접속 중인 대정령을 통해 위치를 알아낼 방법은 없어?"

[이미 알아봤습니다. 관련 정보 없음.]

[아리아의 채널에 접속 중인 대정령들은 대부분 강대하고, 당신의 채널에만 집중하는 경향이 있어서 다른 정령사에 대한 정보가 드뭅니다.]

[위버의 겨울 토벌대에서 강한 정령사들을 거의 다 데려간 모양입니다. 그쪽 정령사들의 채널에 관한 정보는 약간 있지만, 대마법사의 토벌대 소속 정령사들에 대한 정보는 전무합니다.]

'위버 토벌대 사람들한테 물어볼 수는 없어? 남은 정령사들 채널에 어떤 대정령이 주로 접속하는지⋯⋯.'

[불가능합니다.]

[일반적인 가이드는 감정 분석 외의 번역 기능이 파이에 비해 현저히 떨어집니다. 그런 식의 구체적인 의사 전달은 어렵습니다.]

[애초에 대정령들은 채널을 통해 정령사를 보고 마음에 들면 힘을 빌려줄 뿐, 대체로 인간과 적극적인 의사소통을 하려 하지 않습니다.]

[아리아의 채널이 특이한 분위기인 겁니다.]

전생의 세계에서 영상이건 방송이건 늘 보는 사람의 수보다 댓글의 개수가 훨씬 적었던 것을 떠올리자 이해하기 쉬웠다.

'가이드도⋯⋯ 파이는 굉장히 특이한 케이스고, 다른 정령사들 가이드는 저런 요청을 알아듣지도 못하겠지.'

아리아드네는 에리히에게 고개를 저어 보였다.

"다른 정령사들은 모르겠어요. 알아낼 방법도 없고요."

"하긴⋯⋯. 지금 대정령 강림 소식을 알아낸 것만 해도 네가 대정령들에게 사랑받아서 일어난 대단히 이례적인 사건이니⋯⋯."

처음부터 기대하지 않았던 듯 에리히는 바로 수긍했다. 아리아드네는 그 순간 한 가지 가능성을 떠올렸다.

'사랑받는다⋯⋯ 관심⋯⋯ 집중하기에 다른 쪽은 잘 모른다⋯⋯.'

그녀의 근본적인 목적은 대마법사 토벌대의 위치를 알아내는 게 아니라 그들을 구하는 것이었다.

'위치를 알아내려 애쓸 필요 없어. 할아버지를 공격하고 있는 마물의 관심을 우리 쪽으로 돌리면 되잖아.'

발상의 전환. 길이 보였다.

"오라버니."

"응?"

"우리가 할아버지를 찾아내는 게 아니라, 거울상들을 이리로 끌어들일 방법이 없을까요?"

"……어?"

에리히의 눈이 휘둥그레졌다. 아리아드네는 빠르게 말을 쏟아 내었다.

"그것들의 관심을 유도해서 토벌대를 무시하고 이리로 오게 만드는 거예요. 그러면 그쪽은 한숨 돌릴 수 있겠죠. 거울상들은 우리가 기다렸다가 처리하면 되고요."

"잠, 잠깐만. 그거 좋은 생각이긴 한데, 어떻게?"

"우리 거울상들, 어떤 식으로 움직였죠?"

"정지해 있다가 우리가 아래로 내려오면 움직였지. 아, 다른 거울상이 위험해 보일 때도 움직였고."

"위기감, 동족의 위기엔 반응한다는 거네요."

입속으로 위기감이라는 단어를 되뇌던 아리아드네가 주위를 한 바퀴 둘러보더니 중얼거렸다.

"미궁 전체가 박살 날 것 같다는 위기감이 들면 당연히 다 무시하고 이리로 오겠죠? 그것들은 미궁의 일부 같은 거니까요. 집이 무너지게 생겼는데 도둑이 대수겠어요."

"그야 그렇겠지만…… 무슨 수로?"

[아리아, 설마……?]

"저도 강림시키려고요, 대정령."

예전에 파이가 만들어 줬던 자연재해 목록이 떠올랐다. 아리아드네는 머릿속에서 그 목록을 넘기며 적당한 대정령을 찾았다.

'미궁이 부서질지도 모른다는 위기감을 주려면 어지간한 천재지변으로는 턱도 없어.'

화산이나 해일로는 오염되어 있는 미궁의 벽에 손상을 주기가 어렵다. 엘릭서를 붓는 것도 미궁 내부를 전부 엘릭서로 채워 버리는 수준이 아니면 의미가 없었다.

'악셀이 구멍을 뚫는 정도로는 꿈쩍도 안 하겠지. 실제로도 큰 반응이 없었고. 그럼 어떻게?'

이 미궁은 수중 미궁이다. 만약, 미궁 내부의 액체를 죄다 얼려 버린다면?

'늪과 오염수가 섞인 액체. 마계의 물이니 마계의 것인 미궁에도 확실히 영향을 주겠지.'

저 액체가 물처럼 얼면서 부피가 팽창한다면 미궁이 저절로 터질지도 모른다.

'터지지 않아도 상관없어. 미궁에 문제가 생길 것 같다는 위기감만 주면 되니까.'

가장 먼저 떠오른 건 만년설 왕관이었다. 하지만 그보다 '얼음'의 위력을 더 큰 규모로 재현할 수 있는 대정령이 있었다.

거인의 레이스.

옛날, 북부를 탐험하던 어느 유명한 마법사가 깊고 높은 협만이 반복되며 복잡한 형태를 그리는 해안선에 눈이 쌓인 광경을 상공에서 바라보고 거인이 짜 놓은 레이스 같다고 평했다.

그의 저서가 널리 알려지면서 따로 불리던 협만들을 한데 묶어 통째로 '거인의 레이스'라 부르기 시작했다고 한다.

거인의 레이스는 그 명칭을 제 이름으로 삼으면서 자아를 확립한 대정령이자 휘하에 협만의 대정령들을 여럿 거느린 아주 강대한 존재였다.

거인의 레이스가 깃든 영토는 빙하의 침식으로 인해 탄생한 지형으로, 전생 세계의 피오르 해안과 유사한 지형이었다.

'그 영토가 탄생하는 과정을 구현하면 자연스럽게 빙하기가 구현될 거야.'

미궁이 빙하의 침식을 버텨낼지라도 빙하기쯤 되는 기상 이변이 느껴지면 어떤 식으로든 거울상이 반응할 것이다.

'정상적인 정령술로는 도저히 불가능한 규모야. 하지만 대정령을 강림시킨다면…… 국지적인 빙하기 정도는 가능해.'

계산이 섰다. 아리아드네는 희망이 보이는 게 기뻐서 빙그레 웃으며 말했다.

"대정령을 소환해서 미궁 내에 빙하기를 구현하면 그 거울상들도 도저히 무시할 수 없을 거예요. 이리로 유도해서 처리하고 나서 할아버지의 토벌대를 천천히 찾으면 돼요."

"빙…… 뭐? 너 지금 뭐라고?"

에리히는 제 귀를 의심했다. 파이는 비명을 질렀다.

[아리아! 대정령 강림은 자살행위입니다!]

'나한텐 아니야. 알잖아?'

[파이는 모릅니다!]

'난 13살 때 만년설 왕관을 불러내고도 버텼어, 파이.'

[그건 비상사태였고, 사고였습니다!]

'지금도 비상사태야. 잠깐 정도는 별문제 없어. 게다가 그땐 어렸지만 지금은 다 컸고 채널도 훨씬 커졌잖아.'

[아리아!]

'나도 목숨 걸고 도박은 안 해. 내 채널 규모면 충분히 가능한 일이니까 하겠다는 거야. 네가 보기엔 불가능해?'

파이는 차마 거짓말을 할 수는 없었다. 아리아드네라면 가능했다. 좀 다치긴 하겠지만 그건 저 날개 달린 수호성인이 해결할 터였다. 그녀와 같은 판단을 내린 그는 조금 울고 싶어졌다.

'너도 내가 할 수 있다는 걸 알잖아. 그리고 네가 도와준다면 더 안전하게 할 수 있고.'

[아리아……]

아리아드네는 무모한 바보가 아니었다. 그녀는 제 가이드가 파이가 아니었다면 결코 이런 미친 짓을 하려 하지 않았을 거다. 그 사실을 새삼 깨달은 파이는 정말이지 환장하고 싶어졌다.

'파이, 난 할아버지를 구하고 싶어. 도와줘.'

아리아드네가 간절히 속삭였다. 파이는 그 간절함을 외면할 수 없었다. 그는 그녀를 말리는 것을 포기하고 우울한 목소리로 보고했다.

[……대정령, 거인의 레이스가 당신의 계획을 듣고 환상적이긴 한데 그러고도 진짜 괜찮겠냐며 걱정합니다.]

"대정령께서 도와주신다면 얼마든지 할 수 있어요. 도와주실 건가요?"

아리아드네가 웃으며 물었다. 울적해진 파이는 흥분한 대정령의 반응을 건성건성 번역했다.

[거인의 레이스가 적극적으로 협조하겠다고 합니다.]

"고마워요."

[거인의 레이스가 고마워할 건 자신이라며 선물을 보냅니다.]

[정령석 1,000개를 획득했습니다.]

[알림. 채널 내 대정령들이 투표를 진행 중입니다.]

"갑자기 무슨 투표를 해?"

[당신의 대정령 소환에 대한 찬반 투표입니다.]

"……그거 하지 말라고 전해. 투표 결과가 어떻든 난 소환할 거니까 의미 없어."

[일부 대정령들이 화끈하다며 당신에게 환호하고 있습니다.]

[……지금 속 편하게 환호만 하는 것들, 전부 기억해 둘 겁니다.]

"응?"

[그냥 혼잣말입니다.]

일분일초가 급한 아리아드네는 그러려니 했다. 그녀는 얼이 빠져 있는 에리히를 붙잡고 구체적인 계획을 세우기 시작했다.

대마법사 솔란 가르시아는 허전한 소매를 흘깃 바라보았다. 마법사가 팔 한 짝을 잃는 건 사실 큰 문제가 아니었다. 몸으로 싸우는 직종이 아니므로. 문제는 마법에 집중할 수 없게 만드는 통증과 피로였다.

신관이 제대로 치료했으면 참을 만한 상태였겠으나 그들에게는 그럴 만한 신관이 남아 있지 않았다. 처음 토벌대에 있었던 신관은 다섯. 대부분 경험도 적고 실력도 부족한 이들이었다. 뛰어난 이들은 겨울 토벌대에 다 차출되어 갔는데, 그렇다고 신전의 추가 지원을 기다릴 여유도 없었던 탓이다.

4명의 정령사들도 마찬가지였다. 은퇴 직전의 노장이거나 경험 없는 어린애. 마법사들도 어떻게 대마법사의 주문 하나라도 얻어 볼까 싶어 위버에서 얼쩡거리던 쭉정이들. 이미 겨울 토벌대가 인재를 다 데려간 위버에서 급하게 어떻게든 끌어모은 인원이었다.

그에 비해 규모와 오염 농도로 판단한 미궁의 등급은 최상급. 시작부터 위태로운 상황이었다. 급하지 않았다면 절대 출발하지 않았을 토벌대.

그나마 정령 기사들은 원래 눈표범 기사단 소속이라 예비대라 해도 꽤 뛰어난 이들이었지만, 그들이 다른 분야의 역할까지 대신할 순 없었다.

그래서 위에 있는 가짜 미궁을 공략하는 과정에서 사망자가 6명이나 나왔다. 그중 신관과 정령사가 각각 하나씩, 마법사가 둘.

사실 토벌대의 전력과 미지의 최상급 미궁이라는 환경을 생각하면 이 정도에서 끝난 건 굉장한 성과였다. 그 성과는 대체로 대마법사의 활약과 노련함 덕분이었다.

그렇게 간신히 역피라미드의 중심부에 있던 핵을 찾아냈을 때, 그들은 다 끝났다고 안도했다.

보스급 마물을 물리치고 핵 껍질을 부술 때만 해도 분위기가 좋았다. 껍질을 깨고 들어가 핵 내부의 웅덩이를 본 대마법사는 비로소 무언가 잘못되었음을 깨달았다. 마계와 이어진 문의 역할을 하는 오염수 웅덩이 대신 그 자리에 정체불명의 거대한 거울이 박혀 있었으니까.

거울을 조사한 대마법사는 이 미궁이 통째로 덫이자 환영이고, 거울을 통해 넘어가지는 수면 아래의 미궁이 진짜라는 것을 깨달았다.

대마법사가 퇴각해야 할지 고민하는 사이, 어리숙한 마법사 하나가 거울을 건드려 버렸다. 그자는 그대로 거울 너머로 빨려 들어갔다. 옆에 있던 정령사도 잡아 주려다 같이 넘어가 버렸다.

사태가 그리되자 대마법사는 일단 진짜 미궁을 탐사해 보기로 결정했다. 아래에 '거울상'들이 있다는 것을 미리 알았다면 절대 그런 판단을 내리지 않았을 것이다.

대마법사가 토벌대의 부족한 전력을 메꾸기 위해 했던 활약이 대마법사 자신보다 더 강대한 거울상이라는 결과로 돌아왔다. 최선을 다해 노력했던 토벌대원들의 기술을 고스란히 복사한 다른 거울상들과 함께.

그중에는 이미 죽은 토벌대원의 거울상들도 있었다. 지쳐 있던 토벌대는 생생한 상태에 그들보다 수도 많은 거울상들에게 형편없이 밀렸다.

반 이상이 죽었다. 대마법사는 팔 하나를 내주고 간신히 남은 토벌대원들을 데리고 도주했다. 그 와중에 남은 이들 중 일부를 들어왔던 거울을 통해 나가도록 따로 빼돌렸다. 거울상에 대해 알리기 위해서였다.

그들을 보낸 뒤 남은 전력은 겨우 8명. 대마법사, 신관 하나, 정령사 하나, 정령 기사 다섯. 그마저도 신관은 이미 탈진한 지 오래고 늙은 정령사는 8명이 간신히 누울 수 있는 크기의 영토만 겨우겨우 유지하고 있었다.

사실상 죽을 각오를 하고 남은 자들이었다. 멀쩡하거나 젊은 사람들 위주로 빼돌려 내보냈으니까. 제발 그들이 무사히 빠져나갔기를. 그리고 손주들에게 이 미궁의 함정을 알렸기를.

엘디어에 있을 그 애들은 위버에 미궁이 생겼다는 소식을 듣자마자 만사 제쳐 놓고 달려올 것이다. 대마법사는 아리아드네와 에리히에게 정보가 잘 전달되어 자신들처럼 거울상의 함정에 빠지지 않기만을 빌었다.

살아남은 이들은 수십 갈래의 통로들 중 한 곳의 빈방에 숨어 있었다. 거울상들이 계속 그들을 찾아다녔지만, 대마법사가 은신 마법을 펼친 덕분에 들키지 않았다.

그렇게 하루 정도는 쉴 수 있었다. 하지만 딱 거기까지였다.

가이드에게 맡기고 쉴 수 있는 정령사라면 모를까 마법사가 오랜 시간 마법을 유지하는 건 체력적으로 불가능했다. 대마법사가 멀쩡했다면 또 모르겠으나, 대충 붕대만 감아 둔 부상으로 인해 마법에 집중하기가 어려운 상황이었다.

여기까지 버틴 것도 대단한 일이었다. 끝내 은신 마법이 무너지고 그들을 찾아다니던 거울상들에게 들키자 대마법사와 토벌대원 모두가 끝을 예감했다.

그때, 늙은 정령사가 힘겹게 속삭였다.

"대마법사님께선 사셔야지요. 아직 후대에 전할 게 많으시잖습니까."

그녀는 그나마 상태가 괜찮은 정령 기사들에게 다른 사람들을 업으라고 시키고, 제 어깨에 박혀 있던 정령석을 칼로 파내어 가이드 마법진을 망가뜨렸다.

대마법사는 경악했다.

"자네 지금 무슨 짓을 하려고……."

"살 만큼 살았으니, 마지막에는 가장 위대한 정령술을 한번 써 보고 가렵니다."

노파는 환하게 웃으면서 굶주리는 용을 강림시켰다.

웅장한 폭포가 방을 가득 채우며 솟구쳤고, 그 위에서 폭포를 머리카락처럼 늘어뜨린 대정령이 물거품으로 이루어진 옷을 걸친 채 용소처럼 깊은 눈을 떴다.

강림한 대정령이 정령사의 의도대로 움직인다는 보장은 없다. 대정령 소환은 대가를 주고받는 계약 같은 것이 아니라 인간이 대정령의 호의나 자비를 바라며, 혹은 권태로움을 자극하길 기도하며 일방적으로 불러내는 행위이기 때문이다.

그래도 평소 접속하던 채널의 정령사가 불러냈을 경우 대정령들은 어지간하면 정령사의 의도를 따라 준다.

하지만 이번에는 그런 경우가 아니었다. 굶주리는 용은 눈을 뜨고 자신을 불러낸 정령사를 굽어보았다. 경탄하는 얼굴로 올려다보는 늙고 노쇠한 인간 여자. 굶주리는 용은 서로를 잇는 통로, 채널을 통해 그녀가 무엇을 원하는지 느꼈다.

가이드가 사라져 정확하게 번역되진 않으나 간절한 소망 정도는 대강 알 수 있었다. 안다고 해서 그 소망을 이루어줄 의무는 없지만.

물거품을 두른 대정령은 고개를 비스듬히 기울였다. 이 늙은 인간은 뒤로 걷는 물의 요청 때문에 아무 채널이나 들락거리다가 처음 보게 된 정령사였다. 접속한 지 얼마 되지도 않아 대뜸 소환당해서 어이가 없었다. 저 정령사가 처음 접속한 자신을 소환한 이유는 금방 깨달았다. 그녀의 채널에 접속 중인 대정령 중에서 가장 강한 대정령을 불러내다 보니 굶주리는 용이 걸린 것이다.

아리아드네의 채널에선 대기 순번이나 받는 신세라 해도 굶주리는 용 정도면 사실 제법 강한 대정령이었다. 이 조그만 채널의 정령사에겐 과분할 정도로 말이다.

연유야 어찌 되었건 낯선 인간에게 다짜고짜 소환되었으니 무시하고 바로 돌아가도 된다. 뒤로 걷는 물도 자신이 빨리 돌아오길 기다리고 있을 터다. 그러나.

노인의 삐걱거리는 몸뚱이만큼이나 낡은 채널에서 느껴지는 투쟁의 세월과 희생의 각오, 그리고 미궁의 내부에서 마물에 쫓기고 있다는 상황이 대정령의 마음을 움직였다.

대정령은 정령사의 바람을 이루어 주기로 했다. 굶주리는 용이 입을 열었다. 그 입에서 우렁우렁한 폭포 소리가 흘러나오며 공간 전체를 울렸다.

가이드를 제 손으로 망가뜨린 정령사는 그 언어를 해석할 수 없었지만 긍정적인 의미라는 것은 어렴풋이 알 수 있었다. 주저앉은 정령사를 등 뒤에 두고 굶주리는 용이 돌아섰다.

대정령은 입구로 몰려드는 거울상들을 향해 양팔을 벌렸다. 13가닥으로 갈라진 폭포수 머리카락이 길어지며 13개의 폭포가 되었다.

정령사가 구현하는 영토가 공간을 '덮어씌우며 포장하는' 방식이라면, 대정령이 직접 불러내는 자신의 영토는 공간을 '밀어내며 대체하는' 방식이었다. 아리아드네가 처음 만년설 왕관을 소환했을 때 산의 일부를 아예 무너뜨린 것처럼 말이다.

13개의 폭포는 거침없이 흘러내리며 바닥을 아래로 밀고 공간을 확장했다. 조금 전까지 발아래에 있던 바닥이 멀어지더니 짐승의 목구멍처럼 보일 정도로 짙은 연못으로 바뀌었다. 달려오던 거울상들은 그 연못 앞에 멈춰 서서 까마득한 폭포의 꼭대기를 올려다보았다.

굶주리는 용은 제일 높은 폭포에 걸터앉아 천장 대신 자리한 하늘을 올려다보았다. 그녀가 입을 벌려 울부짖었다. 영원한 허기에 시달리는 용의 분노에 찬 괴성처럼 들리는 목소리였다. 그러자 하늘에 먹구름이 몰려들며 번개가 쳤다. 천둥소리는 떨어지는 폭포 소리에 묻혔다.

이어 폭우가 쏟아졌다. 폭포가 가장 난폭해지는 시기인 우기. 귀가 멀어 버릴 듯한 굉음과 함께 용소가 범람하기 시작했다. 폭포의 수량이 급증하며 물안개가 자욱이 피어올랐다. 당황하는 거울상들의 모습이 안개 너머로 서서히 파묻혔다.

마지막으로 보인 건 무언가 대규모 마법을 준비하는 듯 로브 자락을 펄럭이는 대마법사의 거울상이었다.

노파는 구름 같은 물안개에 잠긴 폭포와 그 위에 오연히 선 대정령의 경이로운 모습을 멍하니 바라보았다. 제가 불러낸 기적이 참으로 아름다웠다. 후회가 남지 않을 만큼.

선혈이 울컥울컥 솟구쳤다. 그녀는 입을 틀어막고 앞으로 얼마나 버틸 수 있을지 셈해 보았다. 굶주리는 용이 많이 배려하며 조심스럽게 채널을 쓰는 덕분에 그녀의 역량 이상으로 오래 유지될 듯했다. 비록 얼마 지나지 않아 대마법사의 거울상이 마법으로 폭포를 뚫고 올라올 것 같지만.

어쨌든 다른 사람들이 도망칠 시간은 벌었다. 노파는 거울상들이 있는 쪽 반대편 비탈길을 내려다보았다. 대정령이 슬쩍 열어준 길을 따라 물안개와 폭포 소리에 몸을 숨기고 황급히 달아나는 일행이 보였다.

덩치 큰 정령 기사의 등에 업혀 있던 외팔의 대마법사가 문득 고개를 들었다. 죽어 가는 정령사를 본 노인의 얼굴이 비참하게 일그러졌다. 대마법사의 입이 움직였다. 노파는 익숙한 입 모양을 보고 대마법사가 무슨 말을 하고 있는지 알아차렸다.

아가사. 아가사 티어레.

노파의 이름이었다. 그녀는 놀랐다.

'이런 하잘것없는 늙은 정령사의 성까지 외우고 계실 줄이야.'

대마법사의 눈빛은 빗속에서도 형형했다. 그 눈이 말하는 듯했다.

자네의 이름을 잊지 않겠네.

아가사는 주름진 얼굴로 열여섯 살 소녀처럼 환하게 웃으며 손을 흔들었다. 이 정도면 정말 만족스러운 끝이라고 마음을 놓는 순간.

굶주리는 용이 낯을 일그러뜨리며 연못에 바윗돌이 떨어지는 듯한 소리를 내뱉었다. 아가사는 직감적으로 알아차렸다. 뭔진 몰라도 저건 욕설이 분명했다.

뒤이어 광풍이 불더니 자욱하던 물안개가 휩쓸려 하늘로 솟구치고, 둥근 빛 덩어리가 공중에 떠올라 빗속을 환히 밝혔다. 명명백백하게 드러난 풍경 속에 로브 자락을 펄럭이며 서 있는 대마법사의 거울상이 있었다.

그것은 달아나고 있는 진짜 대마법사 쪽을 응시하더니 영창을 내뱉었다. 그러자 용소의 일부가 얼어 솟구치며 그들에게로 향하는 다리가 되었다.

용소와 폭포에 가로막혀 있던 다른 거울상들이 그 얼음 다리에 올라탔다. 동시에 살아남은 이들이 빠져나가려던 다른 통로를 바위로 이루어진 벽이 연달아 솟아나 가로막았다.

대마법사를 업고 있던 정령 기사가 기가 찬 듯 중얼거렸다.

"왜 저 짝퉁이 우리 대마법사님보다 더 센 것 같죠?"

대마법사가 이를 갈며 말했다.

"이놈아, 나도 멀쩡하면 저 정도는 한다. 마력도 다 떨어지고 집중도 잘 안 되어서 이 꼴인 게지. 근데 저놈은 어째 똑같은 몸뚱이로 지치지도 않고 마력도 무한한 것 같누."

"마물이라 그런 거면, 거 더럽게 치사하네요."

정령 기사는 힘없이 웃었다.

앞선 정령 기사가 통로를 막은 바위벽에 무기를 휘둘러 댔다. 조금씩 부수고는 있지만 시간이 꽤 걸릴 듯했다.

굶주리는 용은 폭포의 흐름을 조정하여 얼음 다리를 무너뜨렸다. 거울상들이 우수수 떨어졌다. 개중 몇몇은 정령수에 올라탔다.

대마법사의 거울상은 다른 마법을 영창하기 시작했다. 이에 대마법사 역시 거울상을 노려보며 입술을 달싹거렸다. 만들어지고 있는 마법을 도중에 해제하기 위한 역영창이었다.

대마법사와 대마법사의 거울상 간에 보이지 않는 공방이 치열하게 오갔다. 전황은 눈에 안 보여도, 누가 유리한지는 안색을 보면 알 수 있었다. 대마법사의 낯빛이 창백하게 질리더니 거무죽죽하게 물들어 갔다. 이마에는 식은땀이 배어났다.

옆에 있던 다른 정령 기사가 그를 말렸다.

"대마법사님, 무리하시면 안 됩니다. 이미 한계이신데……."

"저 마법이 완성되면 우린 모두 죽네."

대마법사가 짧게 대꾸한 뒤 덧붙였다.

"저 대정령이 사라져서 나머지 거울상들이 몰려와도 죽고."

정령 기사의 낯빛이 어두워졌다. 기사들은 바위벽에 미친 듯이 무기를 휘둘렀다. 그들 역시 지쳐 있었기에 바위벽은 쉽사리 무너지지 않았다. 기껏 하나를 무너뜨려도 다음 바위벽이 보였다. 대체 몇 겹인지 알 수가 없었다.

폭포 위의 아가사는 절망적인 심정으로 아래를 내려다보았다. 다른 사람들에게 한 번 더 달아날 기회를 주는 것만으로 족하건만, 제 목숨값으로는 그 정도 기적도 힘들 모양이었다.

그녀는 엉금엉금 기어 대정령의 옷자락에 손을 대었다. 물거품은 천처럼 잡히지 않고 손가락 사이로 흘러내리기만 했다. 그럼에도 자신을 부르는 것을 알아챈 굶주리는 용이 아가사를 돌아보았다.

간절한 노파의 얼굴을 본 대정령은 한숨을 내쉬고는, 약한 채널을 고려해 자제하고 있던 정령력을 더 끌어올렸다. 이러면 정말 순식간에 정령사가 죽어 버리겠지만, 그리되더라도 다른 인간들을 구하고 싶은 게 저 늙은 인간의 바람이니까.

굶주리는 용의 머리에 이끼 낀 바위로 이루어진 뿔이 조금씩 돋아나려는 찰나.

비행 가능한 정령수를 탄 거울상들이 폭포의 방해를 헤치며 아득바득 날아올라 공격하고, 그 공격을 맞받아치기 위해 정령 기사들이 바위벽 뚫기를 포기하고 돌아서던 찰나.

끊임없이 역영창을 읊던 대마법사가 한계에 달해 눈이 뒤집히려는 찰나.

이변이 일어났다.

대마법사의 거울상이 영창을 멈추고 어느 방향을 휙 돌아보았다. 다른 거울상들도 무언가 신호를 받은 것처럼 일제히 같은 방향을 돌아보았다.

굶주리는 용은 정령력을 더 끌어 올리려던 것을 멈췄다. 대정령은 갸웃거리다가 불현듯 화들짝 놀라며 거울상들이 바라보는 방향을 바라보았다. 연못에 바윗돌이 첨벙첨벙 떨어지는 듯한 음성이 들렸다.

아가사는 직감했다. 아까처럼 저것도 욕인 것 같았다. 뉘앙스는 조금 다르지만.

굶주리는 용이 돋아나려다 만 용의 뿔을 손끝으로 눌러 집어넣으며 아가사를 돌아보았다. 대정령은 하얗게 센 노파의 머리를 어린애 다루듯 쓱쓱 쓰다듬고는 생긋 웃으며 사라졌다.

"⋯⋯?"

대정령이 사라지는 것과 함께 펼쳐져 있던 폭포도 신기루처럼 사라졌다.

아가사는 입에서 피를 줄줄 흘리면서도 본능적으로 영토를 펼쳤다. 가이드가 없어서 감이 잘 오진 않았지만, 굶주리는 용이 강림만 멈췄지 여전히 채널에 접속 중인 것 정도는 느껴졌다.

용소 근처의 풀밭 일부가 그녀 주위로 구현되었다. 아가사는 풀밭에 엎어진 채 확연히 가까워진 대마법사의 거울상을 올려다보았다.

그것은 단숨에 죽일 수 있는 정령사를 앞에 두고도 한쪽만 멍하니 보고 있었다. 그러더니 돌연 몸을 돌려 바라보고 있던 방향과 가까운 통로로 달려갔다. 다른 거울상들도 마찬가지였다.

대정령도, 거울상들도 떠난 공간에는 패잔병 몰골인 토벌대원들만 남았다.

"⋯⋯뭐야? 저것들 왜 저래요?"

정령 기사 하나가 어리둥절 물었다. 당연히 그 물음에 대답할 수 있는 사람은 없었다.

대마법사는 일단 정령 기사의 등에서 내려와서 웩 토했다. 과하게 역영창을 지속한 부작용이었으나 가르시아 가문은 대체로 튼튼한 체질이라 버틸 만했다.

당황한 정령 기사가 그를 향해 다가오자, 대마법사는 이리 오지 말고 저기 저 무모한 노인네나 살펴보라고 손짓을 했다. 정령 기사는 억울한 표정을 지었다. 아가사에게는 이미 다른 정령 기사가 다가가 그나마 남은 물약을 꺼내 먹이고 있었기 때문이다.

혼미한 정신으로 물약을 삼키면서 아가사는 설핏 웃었다. 어떻게 된 일인지는 몰라도 한 가지는 확실했다. 죽을 각오를 하고 기적을 불러냈더니 기적적으로 모두가 살아남았다는 것.

대정령을 불러내느라 엉망진창이 되었지만 용케 채널도 끊어지지 않았다. 그곳에 홀로 접속 중인 굶주리는 용이 기뻐하는 것이 은은히 느껴졌다.

아리아드네는 공동 중앙에 앉아 있었다. 그녀의 수호성인은 새파랗게 질린 채 양손에 신성력을 휘감고 떠는 중이었다.

"성녀님, 이런, 이런 위험한 일을…… 꼭 하셔야만 하는 건가요……?"

뤼르가 신음했다. 루드빅은 걱정스럽게 힐끗거렸고, 에리히는 호흡 대신 욕을 내뱉으며 바닥에 마법진을 그리고 있었다. 악셀은 별로 걱정하지 않았다. 아리아드네가 할 만하다고 했으니 당연히 그대로 이루어질 것이다.

그는 그녀를 믿었다. 주변 동료들의 반응이 그녀에 대한 불신, 혹은 그녀의 역량을 과소평가하는 것처럼 느껴져서 은근히 못마땅하기까지 했다. 그녀가 보일 기적을 기대하진 못할망정 불안해하다니.

'설마 아리아드네가 실패할까 봐 저러는 건가? 감히 그녀의 실력을 의심한다고?'

악셀은 약간 불쾌해진 기분으로 다른 이들을 노려보았다. 아리아드네의 통각 상태를 알지 못하는 그는 그녀의 '할 만하다'가 '죽을 정도는 아니다'라는 뜻임을 잘 몰랐다.

악셀이 모르는 것들을 아주 잘 아는 베로니카는 아리아드네를 말리고 싶은 욕구와 아리아드네의 판단에 따르는 습관 사이에 끼여 고뇌했다. 베로니카는 오랜만에 생각을 해 보았다.

'아가씨의 판단이 틀릴 리가 없으니 대정령은 무사히 소환하시겠지만……'

그녀가 10년이 넘도록 아리아드네의 곁을 지키며 확실히 깨달은 건, 아리아드네의 '괜찮다'는 절대 괜찮은 게 아니라는 점이었다.

그놈의 통각 때문에 본인만 괜찮고 본인 몸은 하나도 안 괜찮다. 아픔을 참는 게 아니라 진짜 아무렇지도 않게 느껴져서 저러는 거라는 점이 더욱 나빴다.

어린 시절 치료받고 난 뒤 생겨난 신성력에 대한 아리아드네의 맹신도 베로니카가 보기에는 여러모로 좋지 않았다. 이번에도, 곧바로 신관의 치유를 받는 것을 전제로 세운 계획의 대체 어디가 할 만하고 괜찮은 일인 건지 베로니카로선 이해가 되지 않았다.

'아가씨라면…… 어차피 아프지도 않고, 즉사하는 것도 아니고, 옆에

믿을 만한 신관도 있으니까, 하면서 평소보다 더 무리하게 지르시겠지. 대마법사님이 위태로운 상황이라 마음이 급하신 건 알지만······.'

진짜 여동생이었으면 신성력이 만능인 줄 아냐며 아주 혼을 낼 텐데. 베로니카는 괜히 아리아드네의 진짜 오라비를 흘겨보았다. 그녀의 눈빛을 느낀 에리히가 눈살을 찌푸렸다.

"나라고 안 말리고 싶겠냐? 어? 망할, 나는 쟤 못 말려. 더 나은 대안을 제시할 수도 없는데 무슨 할 말이 있겠냐?"

"무능하네······."

"그래, 나 무능하고 멍청하다. 그러니까 말릴 수 있으면 네가 쟤 좀 말려주라."

그는 마법진에 정령석을 퍽퍽 박아 넣으며 박자에 맞춰 이를 갈았다.

"빌어먹을, 내가, 더, 강해져서, 쟤가, 다신, 무모한 짓, 못 하게, 막고야, 만다. 두고 봐."

아리아드네는 주변이 어떻게 돌아가는지도 모른 채 집중하고 있었다. 한시가 급했으니까. 파이가 그녀를 도우며 빠르게 채널을 정리했다.

[대정령, 거인의 레이스의 현재 상태를 분석 중입니다.]

[분석 완료. 대정령, 거인의 레이스 : 기대감 60%, 의욕 15%, 감탄 10%, 불안 10%, 그 외 감정 통합 5%.]

[거인의 레이스를 제외한 모든 대정령에게 여유 용량 확보를 위한 접속 종료를 요청합니다.]

[요청에 따르지 않는 대정령들은 강제로 채널에서 퇴장시키겠습니다.]

[······준비 완료.]

[대정령, 거인의 레이스를 소환하시겠습니까?]

아리아드네는 행동으로 대답을 대신했다. 자신 안으로 깊게 가라앉는다. 그리고 영혼에 이어진 통로를 통해 대정령을 불러들인다. 텅 비어 있는, 고요한 운하 위에 서서 수문을 여는 듯한 느낌.

곧 운하를 가득 채우며 급류가 쏟아졌다. 열린 수문으로 버거울 정도로 거대한 것이 들어선다. 인간의 그릇으로는 담기 어려울 정도로 장엄한 영혼.

아리아드네는 그릇이 깨어지기 전에 얼른 그것을 몸 밖으로 풀어놓았다. 그녀의 전신을 타고 여러 색이 어우러진 빛이 흘러나와 뭉쳐지며 대정령의 모습이 서서히 드러났다. 거인처럼 큰 형상이었다.

숲을 닮은 머리칼이 구불구불 늘어졌다. 그 머리칼 사이사이로 회백색의 곧은 머리칼이 절벽처럼 길게 흘러내렸다. 두 가지 색이 조화를 이룬 머리 위로 새하얀 눈이 베일처럼 덮여 발치까지 늘어졌다.

여성에 가까운 대정령의 몸은 돌을 매끄럽게 깎아 만든 것처럼 보였다. 파도의 포말이 수십 겹에 이르는 반투명한 레이스가 되어 그 전신에 풍성하게 휘감겼다.

대정령의 잔디로 뒤덮인 발끝이 사뿐히 땅에 내려서자 발아래로 짙푸른 바닷물이 둥근 융단처럼 고였다. 눈을 뜬 거인의 레이스는 제 무릎에도 닿지 않는 조그만 인간들을 굽어보았다. 빙하의 단면처럼 투명한 푸른색 눈동자에 인간들의 모습이 비쳤다.

"맙소사……."

"엘이시여……."

"와……."

"미친……."

악셀을 제외한 그 자리의 모두가 경이로운 자연경관을 맞닥뜨린 인간처럼 절로 벅차오르는 무언가를 느끼고 감탄했다.

"……!"

악셀만이 경이감보다 전신을 짓누르는 위압감에 반응했다. 눈이 뜨거워지며 시야에 불꽃이 춤추듯 어지럽게 어른거렸다. 그에게만 보이는 신기루였다. 극지방에서 모습을 드러낸 어둠 살해자와 처음 대면했을 때와 같은 증상. 그는 반사적으로 눈가를 움켜쥐었다.

어둠 살해자가 킥킥 웃으며 물었다.

도와줄까?

계약을 통해 몸에 대정령의 일부가 직접 깃들었기에, 악셀은 가이드 없이도 어둠 살해자의 의사를 바로 이해할 수 있었다.

'필요 없다.'

악셀은 천천히 심호흡하며 눈에서 손을 뗐다. 시야는 금세 정상으로 돌아왔다.

아리아드네는 숨을 멈춘 채 공동을 가득 채운 대정령을 올려다보았다. 만년설 왕관 때는 정신이 혼미해서 제대로 보지 못했었는데.

'이게…… 진짜 대정령…….'

아름답다.

인간의 아름다움이 아니라 자연의 아름다움이었다. 지금까지 재해를 구현하면서도 느껴보지 못했던 전율이 아리아드네의 전신에 벅차올랐다.

그녀는 대정령을 향해 홀린 듯이 손을 뻗었다. 대정령이 몸을 숙여 앉으며 그녀에게 마주 손을 내밀었다. 아리아드네의 손은 대정령의 커다란 검지 끄트머리만 겨우 덮었다.

거인의 레이스가 빙그레 웃었다. 동시에 회색 폭포가 쏟아지고 있던 공동의 풍경이 완전히 뒤바뀌었다. 까마득하게 치솟은 벼랑 사이로, 육지를 향해 깊게 흐르는 바닷물. 얼어붙은 절벽으로 둘러싸인 좁고 깊은 만의 풍경.

그들이 있던 곳은 만이 내려다보이는 눈이 쌓인 절벽 위로 변했다. 그러곤 대정령을 휘감고 있던 반투명한 레이스들이 폭발적으로 늘어나며 사방으로 흩어졌다.

그것은 흩어지며 부드러운 물거품에서 새하얗게 얼어붙은 결정으로 변했다. 눈보라가 몰아치고 주변이 희게 물들었다. 바다가 차 있던 협만에 시간을 되감은 것처럼 빙하가 자라났다.

세상의 모든 것을 얼어붙게 만드는 냉기가 대정령의 영토에서부터 오염처럼 미궁 속으로 퍼져 나갔다. 회색 늪이 조금씩 얼어붙기 시작했다.

넋이 나가 있던 일행들은 끔찍한 추위에 정신을 차렸다. 에리히가 얼른 준비해 뒀던 마법을 펼쳤다. 불그레한 빛이 연기처럼 흐르며 그들 주위를 감쌌다. 방한 마법이었다.

"엄청나게 춥네. 괜찮아, 아리아?"

고개를 끄덕이던 아리아드네는 코피가 주르륵 흐르는 것을 느꼈다. 그녀가 손등으로 그것을 훔치기도 전에 뤼르가 손을 뻗어 그녀의 코를 살짝 잡았다. 신성력이 은은히 흘러들어 왔다.

"고마워요."

아리아드네는 작게 인사를 하고 대정령과의 연결에 집중했다.

사실 강림한 상태라 가만히 있어도 대정령이 다 알아서 할 테지만, 손 놓고 있기엔 신경이 쓰였다. 대정령이 정령력을 발휘하는 방식을 좀 익혀 놓고 싶기도 했고.

그렇게 채널에 몰입하자 거인의 레이스가 감지하고 있는 것들이 그녀에게도 느껴졌다.

'……어?'

눈을 감고 있는데도 시야가 밝아지는 기분이었다.

거인의 레이스가 가진 영토는 이 미궁과 비교하기가 민망할 정도로 드넓었다. 그 광활한 영토를 제 몸처럼 느끼는 대정령의 감각과 이어지자 거인의 어깨에 올라탄 것처럼 그녀의 감각도 아득하게 확장되었다.

그녀가 펼치는 영토보다 훨씬 넓은 범위까지 손에 잡힐 듯이 뚜렷하게 느껴진다. 아리아드네는 눈을 살짝 치떴다.

'이건 예상치 못한 효과인데. 파이, 알고 있었어?'

[아니요, 감각 공유라니……. 이건 아리아가 처음 알아낸 사실일 겁니다.]

[일반적인 정령사는 대정령을 유지하는 것만으로도 벅차서 대정령의 어깨에 올라타 볼 여유 따윈 없으니까요.]

파이가 감탄하며 중얼거리더니 한시름 놓은 투로 덧붙였다.

[아리아, 당신의 몸 상태가 예상보다 안정적입니다.]

[화산 폭발을 재현했을 때보다 채널의 용량이 많이 늘었군요. 아직도 아리아의 채널은 성장기인 모양입니다.]

'그래? 기쁜 소식이네.'

아리아드네는 반색했다. 확실히 코피만 났을 뿐, 속은 불편하지 않았다. 어지러움도 별로 없고. 그녀는 안심하고 넓어진 감각에 더 집중했다.

물병 속에 얼음을 던져 넣은 것처럼 대정령이 구현한 빙하기의 영토를 중심으로 미궁 내에 순조롭게 추위가 확산되고 있었다.

'늪은 예상보다 쉽게 얼어붙고 있어. 그런데…… 팽창하진 않네.'

역시, 이 회색 액체는 평범한 물과 달라서 언다고 부피가 늘어나진 않는 모양이다. 미궁 벽이 저절로 터지는 건 기대할 수 없을 듯했다.

'거울상이 기상 이변에 반응해야 할 텐데.'

1분이 1년처럼 흘렀다. 거울상들은 아직 접근하는 기색이 없었다.

'……설마 이 정도 추위는 위기로 느껴지지 않는 걸까?'

[거울상들이 있는 늪 근처까지 얼어붙으면 싫어도 반응할 수밖에 없을 겁니다. 걱정하지 마세요, 아리아.]

파이의 확언에도 안심하지 못하고 초조하게 입술을 깨물던 아리아드네의 뇌리에 어떤 발상이 스쳐 지나갔다.

'파이.'

[네, 아리아.]

'생각보다 여유가 있댔지?'

[네……. 그런데 그건 왜 물으십니까?]

되묻는 파이의 음성이 불길함에 떨렸다.

'시도해 보고 싶은 게 있어서.'

아리아드네는 계속 잡고 있던 대정령의 검지를 끌어안으며 이마를 기댔다. 파도에 깎여 나간 바위처럼 거칠고 축축한 감촉이 느껴졌다.

[아리아!]

그녀가 대정령에게 전하려는 의사를 알아차린 파이가 기겁했다.

'번역해 줘.'

[아리아…….]

'파이, 난 후회하고 싶지 않아.'

[……알겠습니다.]

자신의 영토가 탄생하는 과정을 지켜보며 흐뭇해하고 있던 거인의 레이스는 가이드가 번역해 준 정령사의 요청에 상당히 당황했다. 투명한 눈동자가 끔벅이며 작디작은 제 정령사를 내려다보았다. 괜찮겠니, 라고 묻는 듯한 눈빛이었다.

아리아드네는 부러 힘차게 고개를 끄덕였다. 미소 지은 거인의 레이스가 느릿하게 자리에서 일어나더니 베일을 벗어 떨어뜨렸다. 눈을 엮은 베일이 떨어져 빙하와 골짜기의 바닥 사이로 스며들었다. 베일은 금세 녹아 물이 되어 흘렀다.

아래를 내려다보던 대정령이 쿵, 하고 발을 굴렀다. 그러자 빙하들이 일제히 어마어마한 속도로 미끄러지기 시작했다.

대정령이 직접 구현하는 영토는 공간을 밀어내며 대체한다. 정령사가 구현한 영토는 영토 밖에 아무런 영향을 끼치지 못하지만, 대정령의 영토는 영토 바깥의 공간에도 영향을 줄 수 있다는 뜻이다.

'만년설 왕관이 흩뿌린 얼음으로 산을 무너뜨렸듯이, 간접적인 방식이라면.'

아리아드네는 급격히 올라오는 헛구역질을 삼키며 빙하들이 미끄러지는 방향을 바라보았다. 산을 깎아 내던 얼음들이 영토 밖에 있던 얼어붙은 늪에 거세게 충돌했다. 늪이 그대로 부서지며 천지가 뒤집히는 듯한 굉음이 울려 퍼졌다.

그리고 부서진 늪의 얼음이 냉기로 약해져 있던 미궁 벽을 날카롭게 짓눌렀다. 쩍 하고 벽에 금이 가는 무시무시한 소리가 모두의 귀를 때렸다.

시작은 날카로운 얼음 파편이 꽂히며 난 작은 흠집이었다. 빙하에 밀려난 다른 얼음 파편들이 연달아 부딪히면서 그 흠집을 중심으로 금이 갔다.

유리처럼 반들반들한 재질이던 미궁의 벽은 한번 금이 가자 호수의 수압을 버티지 못하고 순식간에 깨어졌다. 은거울 호수의 오염된 물이 깨진 벽 틈으로 콰르르 쏟아졌다. 바닥에만 찰랑거리던 빈 공동의 늪이 금세 꼭대기까지 가득 차올랐다.

일행들은 입을 벌리고 커다란 구멍이 난 미궁의 외벽을 바라보았다. 악셀이 미궁의 벽을 뚫었을 때도 경악스러웠지만, 이건 그보다 더했다. 빙하를 직접 미끄러뜨린 거인의 레이스조차 결과에 놀라 이끼로 이루어진 눈썹을 살짝 추켜세웠다.

정작 아리아드네는 제대로 결과를 보지 못하고 휘청거리며 주저앉았다. 조금 전 구현한 건 굉장히 변칙적인 정령술이었다. 그만큼 대정령이 쓴 정령력의 양도 엄청났다.

그 힘을 끌어들이는 통로인 그녀의 채널에 가해진 부담도 당연히 엄청났다. 아프지는 않은데, 눈앞이 빙글빙글 돌며 구역질이 났다. 귀에서 이명이 울리고 코피가 다시 흘렀다.

[아리아! 당장 강림을 멈춰야 합니다! 위험합니다!]

파이가 다급하게 소리를 지르더니 그녀의 채널을 닫으려 했다. 아리아드네는 가이드의 개입을 거부했다.

'아직 안 돼. 거울상들의 반응을 기다려야……'

[뭘 더 기다리겠다는 겁니까? 당신은 할 만큼 했습니다! 넘칠 정도로요!]

파이의 음성에 분노가 섞이려는 찰나 아리아드네의 위로 그림자가 드리워졌다. 어느새 그녀 앞에 꿇어앉은 뤼르 이나민이 날개를 펼쳐 그녀를 감싸 안고 있었다.

"엘이시여, 제가 제게 합당한 헌신을 하도록 허락해 주소서."

나직한 기도문과 함께 흰 날개에 은은히 흐르던 황금빛이 강해지더니 아리아드네에게로 쏟아졌다. 그러자 이명이 멎고 어지러움이 줄어들었다. 아찔하던 시야도 금방 정상으로 돌아왔다.

정신을 차린 아리아드네가 고개를 들자 뤼르가 손수건으로 그녀의 얼굴에 묻은 피를 닦아주었다.

"고마워요, 뤼르."

"강림을 멈추셔야 합니다, 성녀님."

그는 굳은 얼굴로 파이와 같은 말을 했다.

"이건 임시방편입니다. 지금 계속 내상을 입고 계십니다."

"아직 안 돼요."

아리아드네가 고개를 저었다. 뤼르는 그럴 줄 알았다는 듯 한숨을 쉬고는 그녀의 어깨를 잡고 뒤로 밀었다.

"어, 뤼르?"

휘청 넘어가는 그녀의 등 뒤를 커다란 날개가 푹신하게 받쳤다.

"그럼 제 날개에 기대앉아 계십시오. 계속 치유하겠습니다."

"……진짜 고마워요."

[안심할 게 아닙니다. 아리아, 지금 당신의 통각을 망가뜨렸던 '특별 수업'과 근본적으로 별 차이가 없는 짓을 스스로 하고 있다는 건 자각하고 계십니까?]

'그건 오염수였어. 과장하지 마, 파이.'

[과장이 아닙니다. 제발 좀 더 경각심을…….]

'잠깐.'

돌연 거인의 레이스가 한쪽으로 고개를 돌렸다. 대정령과 여전히 감각이 이어져 있던 아리아드네 역시 거의 동시에 같은 방향을 보았다.

대정령이 감지하는 범위 안으로 인간과 비슷한 크기의 마물 35마리가 다가오고 있었다. 대마법사의 토벌대 인원과 정확히 일치하는 수였다.

"드디어……."

거울상들이 이리로 온다. 아리아드네는 깊게 안도했다.

거인의 레이스가 아리아드네를 내려다보더니, 검지로 그녀의 머리를 조심조심 쓰다듬고는 신기루처럼 사라졌다.

[강림이 끝났습니다. 쉬세요, 아리아.]

'아니, 할 일이 남았잖아.'

대정령이 스스로 돌아가자 빙하기도 끝났다. 추위는 문자 그대로 눈 녹듯이 사라졌다.

이제 그녀가 직접 영토를 펼쳐야 했다.

'파이, 보고해 줘.'

[……대정령들이 다시 접속했습니다.]

[거인의 레이스의 정령력을 사용합니다.]

[대다수의 대정령이 당신의 정령술을 보지 못한 것을 억울해합니다.]

아리아드네는 파이가 덤덤히 읊는 채널의 동향을 들으며 정령술을 썼다.

[거인의 레이스가 최고의 경험이었다며 선물을 보냅니다.]

[정령석 3,000개를 획득했습니다.]

[뒤로 걷는 물이 재주는 자기가 부렸는데 왜 다른 대정령이 득을

보냐며 심통을 부립니다.]

[거인의 레이스가 이런 날을 위해 준비했다며 선물을 추가로 보냅니다.]

[정령석 3,000개를 획득했습니다.]

영토 구현에 집중하던 아리아드네는 아무래도 정령석이 과하다 싶어 입을 열었다.

"거인의 레이스 님, 그렇게 정령석 보내 주시지 않아도 괜찮아요. 다른 정령사들에게 주세요."

그녀는 말을 하면서도 정령술을 이어 갔다. 영토의 변형은 복합 영토나 재해 재현에 비하면 졸면서도 할 수 있을 정도로 쉬웠다. 어디까지나 아리아드네의 기준에서 그렇다는 뜻이다. 그녀의 의지대로 협만의 형태가 빠르게 바뀌었다.

[신록의 그릇이 당신의 건강을 몹시 걱정하고 있습니다.]

"치료받았으니 괜찮아요. 보세요, 멀쩡하죠?"

[신록의 그릇이 당신을 애틋하게 여깁니다.]

[만년설 왕관이 거인의 레이스에게 비밀스러운 전언을 보내고 있습니다. 내용 파악 불가능.]

[거인의 레이스가 만년설 왕관이 아니라 자신을 택한 당신의 안목을 칭찬하며 선물을 보냅니다.]

[정령석 1,000개를 획득했습니다.]

"그만 보내시라니까요."

아리아드네는 한숨을 내쉬었다. 그사이 거울상들이 몰려오고 있는 통로 쪽은 만의 입구가 되고, 일행들이 있는 곳은 만의 곶으로 변했다. 그녀는 곶을 최대한 높였다. 바다에 가로막힌 적들을 곶 위에서 내려다보며 공격할 수 있는 유리한 전장이 완성되었다.

[잠들지 않는 심판의 제안 : 잠들지 않는 심판 소환하…… 무시하겠습니다.]

[대정령, 악마들의 묘지가 당신의 채널에 처음으로 접속했습니다.]

[대정령, 요정의 미로가 당신의 채널에 처음으로 접속했습니다.]

[거인의 레이스가 되새길수록 환상적이라 못 참겠다며 선물을 보냅니다.]

[정령석 581개를 획득했습니다.]

영토 변형을 마무리한 아리아드네는 뤼르의 날개에 파묻혀 축 늘어지며 중얼거렸다.

"……앞으로는 정령석을 일절 받지 않는 편이 나을지도 모르겠네."

갑자기 파이의 보고가 뚝 끊겼다.

잠시 후, 그는 지친 음성으로 말했다.

[아리아, 그런 의논은 채널이 닫혀 있을 때 해주십시오.]

"응? 왜? 다들 반대해서 그래?"

[네. 채널 관리가 힘드니 앞으로는 부디…… 부탁드립니다.]

깊은 한숨을 쉰 파이가 덧붙였다.

[아리아, 영토는 제가 유지할 테니 좀 주무세요.]

"다 끝난 것도 아닌데 무방비하게 잘 순 없어. 끝까지 지켜봐야지."

[……그럼 정말 지켜보기만 하시는 겁니다. 원래 판 깔고 나면 정령사가 할 일은 싸움 구경뿐이잖습니까.]

[제발요, 네에? 파이는 당신이 걱정되어 미칠 것 같습니다.]

파이의 목소리가 울먹이는 것처럼 들렸다. 아리아드네는 그에게 미안해져서 얌전히 고개를 끄덕였다.

"응, 보기만 할게."

아리아드네가 변형시킨 영토는 사전에 일행들과 논의한 대로였다. 곧 몰려올 거울상들, 특히 대마법사의 거울상을 어떻게 상대할지 그들은 이미 계획을 짜 놓았다. 그래서 영토가 변형되기 시작할 때부터 모두가 미리 약속한 대로 움직였다.

악셀은 곳이 만들어지자마자 벼락을 꺼내 올라타고 날아올랐다. 베로니카는 곳의 끝에 서서 물거품을 꺼냈다. 그녀의 손 위에서 연한 보랏빛의 작은 해파리가 퐁 솟아났다. 그녀는 그 정령수를 아래의 바다에 떨어뜨려 놓고 검을 꺼내 들었다.

루드빅은 아르테미스를 들고 곳 아래에서는 보이지 않는 위치까지 한참 물러섰다. 뤼르는 아리아드네와 자신 주위로 피난의 성역을 펼쳤다.

에리히는 막 완성한 마법진 앞에 섰다. 아리아드네가 악셀을 토벌대에 받아들인 이후부터 그녀에게도 비밀로 하고 줄곧 연구하던 마법진이었다.

제대로 된 마법사의 전투는 적이 나타나기 전에 이미 시작된다. 마법사는 전투원이기 이전에 학자이며, 연구자이고, 준비하는 자이다.

그들은 칼로 싸우는 자들처럼 전투 중에 급격히 성장하는 경우가 없다. 물론 직접 싸우면서 얻는 경험도 분명 있지만, 마법사가 그러한 경험으로부터 얻는 것은 이미 할 수 있는 것들을 좀 더 잘하게 되는 것 정도였다.

마법사는 펜으로 성장한다. 학습과 실험과 분석이 그들의 근본적인 실력을 좌우한다.

그런 의미에서 에리히 위버는 악셀 발렌타인에게 패배한 이후부터 지금까지 쉬지 않고 성장하는 중이었다. 그가 틈틈이 휘갈긴 연구 노트에는 많은 것들이 녹아들어 있었다.

예전부터 구상한 마법진. 아리아드네가 준 선물인 '이카로스'. 그녀가 선보인 정령술들. 자신의 거울상과 마주한 경험. 그리고, 할아버지이기 이전에 스승인 대마법사의 거울상과 반드시 싸우게 될 거라는 사실을 깨달은 뒤부터 구상한 대비책까지.

에리히는 들고 있던 조그만 가죽 장정 노트를 주머니에 쑤셔 넣고 어린아이 주먹만 한 검은 구슬을 꺼내 마법진 중앙에 내려놓았다.

성장의 결실이 노트 바깥으로 나올 때가 되었다. 그는 영창을 시작했다.

"……내가 원하는 것은 영원한 메아리."

마법진에 박혀 있는 정령석은 전부 바람 속성이었다. 중앙에 놓인 이카로스가 움찔거리며 황금으로 테를 두른 까만 날개를 펼쳤다.

"그러므로 홀로 울지 못하는 바람을 지금 이곳에 불러 모았나니, 그 바람을 담을 그릇으로 너를 부르노라."

마법진의 선을 타고 마력이 흐르며 마법진 곳곳에 박힌 정령석들에 엷은 빛이 어렸다. 그 빛은 곧 중앙에 있는 가장 큰 정령석으로 모여들었다.

"들어라, 나는 숨을 주어 너를 살리고 피를 주어 너를 기른 자이니, 네 주인 될 자격이 있도다."

날개를 편 이카로스는 바로 그 정령석을 향해 흐물거리는 몸을 뻗었다. 그것은 환하게 빛나는 정령석을 꿀꺽 삼켰다.

"……부름 받은 종이여, 너는 이제 나를 뒤따르는 메아리가 될지어다!"

에리히가 마지막 주문을 읊었다. 그러자 이카로스의 몸 전체에 마법진과 같은 무늬가 어지럽게 떠올랐다. 당황한 듯 퍼덕거리던 이카로스는 둥글게 웅크리며 다시 구슬의 형상이 되었다.

그 구슬의 표면에 푸르스름한 마법진이 선명하게 드러났다. 에리히는 완성된 종의 이름을 불렀다.

"이카로스."

바닥의 마법진과 이카로스에 새겨진 마법진이 동시에 빛을 뿜었다. 바람이 제멋대로 휘몰아쳤다. 에리히는 희열에 찬 눈으로 제 연구의 결실을 바라보았다. 은발의 마법사가 손을 뻗어 바람 속에서 날개를 펴는 것을 움켜쥐었다.

그 순간, 곶 아래의 바다 너머에서 거울상들이 모습을 드러냈다. 검을 들고 앞선 기사들 뒤로 검푸른 로브를 걸친 백발의 노인이 보였다.

대마법사, 솔란 가르시아.

그는 아주 오래전부터 대마법사라 불렸다.

마계의 침공으로 성전이 시작된 건 대략 백 년 전.

초기 10년 정도까지 인류는 미증유의 재난에서 생존하기도 벅찼다. 성전 시작 20여 년 즈음엔 기존 사회 질서가 모조리 붕괴되고 새로운 질서가 형성되었다. 30년이 흐른 뒤엔 성전 이후에 태어난 첫 세대가 전성기를 맞이했다.

성전에 직격당한 세대는 후세대를 위해 희생했고, 그다음 세대는 선대의 폐허에서 새로운 사회를 만들었으며, 그곳에서 자라난 성전 이후 세대가 드디어 반격의 토대를 마련한 것이다.

그들로 인해 미궁을 닫는 방법이 확립되고 가이드 시술이 탄생했다.

그리고 성전 40년대. 앞선 세대가 이룩한 토대 위에서 사람들은 적극적으로 미궁을 공략하기 시작했다. 쫓기고, 숨고, 죽어 나가기만 하던 이들이 최초로 공세로 전환했다.

대마법사는 바로 그 시기를 이끈 사람이었다. 인류 반격의 최전선에서 솔란 가르시아는 역사를 썼다.

수많은 정령사를 희생시켰던 불안정한 가이드 마법을 지금의 형태로 안정시켰고, 미궁의 출몰을 억제하는 방어 마법진과 정령탑의 기초를 세웠다. 오늘날 정령등의 기반이 되는 구조를 처음으로 설계했고, 마탑이 후계자에게만 전수하던 마법의 비전을 모조리 퍼뜨려 마법사를 양산했으며, 대륙 마법사 연맹의 토대를 세웠다.

성전의 역사를 배울 때 솔란 가르시아의 이름이 등장하지 않는 분야가 드물 정도다.

심지어 최초로 최상급 미궁을 봉인한 토벌대를 이끈 사람도 그였다. 그는 마법사들이 토벌대에서 맡는 역할의 기준을 세우고, 동시에 늘 그 기준을 넘어서는 활약을 펼쳤던 사람이다.

그러나 세월이 흘렀다.

정령의 가호를 받는 정령 기사만큼은 아니어도 마법사는 일반인보다 노화가 느린 편이다. 실력이 뛰어날수록 더욱 그렇다.

그럼에도 전성기로부터 근 몇십 년이 지났다. 겉보기엔 60대 정도로 보여도 실제로는 90세가 넘은 대마법사는 체력적 한계로 일선에서 물러난 지 꽤 되었다.

누구보다 대마법사를 잘 아는 에리히 위버는 실제 할아버지와 싸운다면 혼자서도 그를 제압할 수 있다고 확신했다. 수제자이자 손자로서 걸핏하면 하는 게 대마법사와의 마법 대련이었으니까. 에리히는 무영창 이중 마법이 가능해진 뒤로 대마법사와의 대련에서 진 적이 없다.

하지만 근본적으로 마물인 거울상은 다르다.

정령력도, 마력도 쓸 수 없는 거울상들은 무엇으로 인간의 기술을 흉내 내는가. 에리히는 그 답이 '오염'이라고 불리는 마계의 기운에 있다고 판단했다. 따라서 오염된 미궁 내에서 대마법사의 거울상은 거의 무한한 마력과 체력을 가진 존재일 터다.

"우리가 상대하게 될 건 전성기의 대마법사나 다름없어. 심지어 지치지도 않고, 34명이나 되는 토벌대를 거느리고 있는."

에리히가 내린 결론이었다.

"34명의 방해와 다섯 개의 마법을 뚫어야 직접 공격이 가능해."

"다섯 개요?"

"이중 영창으로 2개, 이중 무영창으로 2개, 로브에 새겨진 자동 방어막 1개."

"……토벌대와 할아버지의 거울상을 격리하고, 악셀이 단독으로 처리하는 건 어때요?"

아리아드네의 제안에 에리히가 고개를 저었다.

"마법사는 단독 전투를 하지 않아. 대마법사의 거울상이 순순히 격리될 것 같아?"

보스급 마물처럼 화나게 해서 유인하는 건 무리다. 지형을 이용해서 격리하는 것도 순간이동이 가능한 대마법사를 상대로는 불가능하다.

"그럼 토벌대원의 거울상들을 먼저 처리해야겠네요."

"장기전으로 가면 안 돼. 그것들은 안 지칠 테니까. 한 번에 끝내자. 딱 한 방으로."

아리아드네는 에리히의 의견에 동의했다.

발 디딜 곳 하나 없는 바다를 마주한 거울상들이 잠시 멈칫했다. 정령사의 거울상들이 영토를 펼치려 했다. 아리아드네는 뤼르의 날개에 파묻힌 채로 제 영토를 점령하려는 시도들을 간단하게 쳐냈다. 피로한 상태로도 그녀의 영토 지배력은 저들이 넘볼 수 있는 수준이 아니었다.

영토 점령이 불가능하다는 것을 깨달은 대마법사의 거울상이 마법을 영창하자 얼음 다리가 솟았다. 베로니카가 검을 뽑아 들고 철마에 올라타 얼음 다리 앞을 막아섰다. 그녀는 몰려 올라오는 거울상들을 보며 입가에 미소를 띠었다.

에리히는 베로니카에게 미친 사람 같으니까 칼질하면서 실실 웃지 좀 말라며 질색하곤 했다. 베로니카는 고개를 기울이며 생각했다.

어떻게 안 웃지. 이런 상황에서. 평소엔 자제했던 사람들을 상대로 마음껏 싸울 수 있는 환상적인 기회잖아.

그녀는 웃으며 검을 휘둘렀다. 찔러 오는 검을 그대로 쳐내고 균형이 무너진 기사를 발로 확 걷어찼다. 그녀의 무지막지한 힘에 거울상이 타고 있던 정령수에서 떨어져 바다로 추락했다. 늑대 형태의 정령수가 주인을 뒤따라 뛰어내리더니 주인을 물고 다리에 다시 올라섰다.

그냥 바다에 잠깐 빠졌을 뿐이다. 원래대로라면 바로 다시 일어나 전투에 합류했을 것이다. 하지만 바다에 빠졌던 거울상은 미동도 하지 않았다. 곧 정령수도 휘청거리더니 픽 쓰러졌다.

베로니카가 미리 던져 둔, 독물이 고인 연못에서 태어난 정령수 물거품이 바다에 독을 풀었다. 그녀는 다리를 틀어막고 기어 올라오는 거울상들을 베어 넘기거나 후려쳐 떨어뜨렸다. 떨어뜨리기만 해도 거울상들은 무력해졌다.

겨우 한 명을 뚫지 못하고 길이 막히자 마법사의 거울상들이 후방에서 마법을 쏘아 댔다. 신관의 거울상은 쓰러진 거울상을 치료했다.

비행형 정령수를 가진 정령 기사의 거울상들이 하나둘 날아올랐다. 에리히는 날아오른 거울상들을 마법으로 격추하며, 동시에 방어막을 펼쳐 베로니카를 향해 날아오는 마법들을 막았다. 그러자 다리 아래에서 상황을 지켜보던 대마법사의 거울상이 영창을 시작했다.

벼락을 타고 대기하고 있던 악셀이 그것을 보고 기다렸다는 듯이 움직였다.

"반드시 영창이 시작된 뒤에 공격해야 해. 악셀, 네 역할은 대마법사가 방어막에 마법을 계속 소모하게 하는 거야."

아리아드네가 그에게 내린 명령이었다. 그는 미리 준비하고 있던 융합 기술을 대마법사의 거울상에게 쏘았다. 번개에 휘감긴 빛이 일직선으로 직격했다. 사위가 일순간 환하게 밝아졌다.

악셀은 결과를 지켜보지 않고 곧바로 하강했다. 치켜든 그의 검을 타고 불길이 이글거렸다.

'이 정도에 당하면 대마법사라 불리지도 못하겠지.'

예상대로, 빛이 사그라들자 멀쩡히 남아 있는 반투명한 방어막이 드러났다.

악셀은 속도를 살려 방어막을 내리쳤다. 불길이 휘감긴 검에 방어막이 그대로 찢겨 나갔다. 즉시 새로운 방어막이 형성되었다. 대마법사의 거울상은 방어막 안에서 여전히 영창을 이어나가고 있었다.

위협적인 공격에 마법사와 신관 거울상들을 비롯해 얼음 다리에 아직 올라서지 않았던 거울상들의 이목이 모조리 악셀에게 몰렸다.

악셀은 종횡무진 날뛰면서 다른 거울상들을 무시하고 지속적으로 대마법사의 거울상을 공격했다. 도저히 방어막을 거둘 수 없도록. 그 와중에 발이 느린 정령사의 거울상과 신관의 거울상들이 몇 죽어 나갔다.

[……대마법사의 거울상만 아니었으면 혼자 다 죽이고도 남았겠군요.]

전황을 지켜보던 파이가 질린 투로 속삭였다.

악셀이 미쳐 날뛰자 얼음 다리 위에 있던 거울상들까지 아래에 합류하기 위해 움직였다.

"어딜."

베로니카가 철마의 옆구리를 박찼다. 철마는 얼음 다리를 타고 질주하며 거울상들을 마구잡이로 들이받았다. 독이 풀린 바다로 거울상들이 첨벙첨벙 떨어져 내렸다.

그때 대마법사의 영창이 끝났다. 그로부터 빛나는 사슬이 솟구치더니 사방으로 거미줄처럼 퍼져 나갔다. 그것은 아군을 교묘하게 피해 악셀, 베로니카, 에리히의 사지를 결박하려 들었다. 동시에 하늘에 먹구름이 모여들었다.

에리히는 대마법사의 거울상이 쓰고 있는 마법의 개수를 속으로 세었다.

'얼음 다리, 방어막, 결박, 낙뢰 마법. 총 네 개.'

이제 남은 건 로브에 새겨진 자동 방어막뿐.

그가 통신 아이템에 대고 외쳤다.

[지금!]

그것이 신호였다.

악셀이 제게 휘감기는 사슬을 피하면서 대마법사의 거울상 방어막을 찢어발겼다.

베로니카는 사슬에 결박되기 직전, 철마 대신 그림자나비를 꺼내 거울상들 쪽으로 보냈다. 순간적으로 그림자에 뒤덮인 거울상들의 시야가 가려졌다.

에리히가 무영창으로 시전한 마법이 바람의 칼날이 되어 대마법사의 거울상을 향해 날아갔다. 대마법사의 거울상 로브에 마법진 무늬가 떠오르며 방어막이 자동으로 형성되어 그것을 막아냈다. 무영창 마법 정도로는 뚫을 수 없는 방어막이었다.

로브의 방어막이 번뜩이는 그 순간, 이 틈을 줄곧 기다렸던 루드빅이 아르테미스의 시위를 놓았다. 까마득한 거리에서 소리 없이 쏘아진 화살이 방어막을 꿰뚫었다.

쩡, 유리가 깨지는 듯한 소리와 함께 마지막 방어막이 산산이 부서졌다.

"······눈물처럼 떨어진 빛이 너를 벌할지어다!"

그리고 에리히가 계속 영창하고 있던 낙뢰 마법이 대마법사의 거울상을 향해 내리꽂혔다. 대마법사의 거울상이 그들에게 쓰려던 것과 같은 마법이자, 에리히가 진짜 대마법사에게 배운 주력 마법이었다.

성공인가?

모두가 그렇게 생각하는 찰나. 돌연 끼어든 정령 기사의 거울상이 몸으로 그 낙뢰를 막아섰다.

새카맣게 타버린 거울상의 시체가 픽 쓰러졌다. 그 뒤에서 대마법사의 거울상이 비웃음을 띠며 그들을 바라보았다. 에리히는 그것을 마주 비웃어 주었다.

"역시 가짜군. 우리 할배는 이럴 때 절대 안 웃는데."

그의 손안에서 까만 돌로 만들어진 조그만 앵무새가 툭 튀어나왔다. '이카로스'는 전신에 새겨진 마법진을 빛내며 에리히가 읊었던 영창을 메아리처럼 되풀이했다.

"······눈물처럼 떨어진 빛이 너를 벌할지어다!"

대마법사의 거울상 머리 위로 낙뢰가 신이 내리꽂는 창처럼 직격했다. 새카맣게 탄 대마법사의 거울상이 풀썩 쓰러졌다.

"역시 마물은 마물이야. 힘은 강해도 할아버지보다 한참 어설픈 게."

에리히는 코웃음을 쳤다. 기술은 흉내 내도 대마법사의 노련함이나 임기응변은 흉내 내지 못하는 모양이다. 만일을 대비하여 준비해 둔 다음 수는 쓸 필요도 없었다.

견제하던 대마법사의 거울상이 사라지자, 악셀이 양 떼 속의 늑대처럼 날뛰기 시작했다.

베로니카도 입꼬리를 올린 채 검을 휘둘러 댔다. 악셀이야 다 모르는 얼굴이라지만 베로니카는 익숙한 얼굴의 거울상이 대부분인데도 신경 쓰는 기색이 없었다. 사실 그녀는 그리 섬세하거나 정이 많은 사람이 아니었으므로 당연한 결과였다. 베로니카에게 마물은 어떻게 생겼든 그저 마물에 불과했다. 아리아드네의 거울상이 예외였을 뿐이다.

한 박자 늦게 합류한 루드빅은 미처 날뛰는 두 정령 기사를 보더니 슬금슬금 거리를 두었다. 그는 자신이 저 틈바구니에 끼기에는 지나치게 섬세한 사람이라고 생각했다. 그래서 통로 쪽을 가로막고 달아나려 하는 거울상들만 설렁설렁 쳐냈다.

수가 월등히 많아도 대마법사의 거울상이 없으면 오합지졸이었다. 아리아드네가 대미궁을 목표로 길러낸 정령 기사들에겐 상대가 되지 않았다. 일방적인 전황에 할 일이 없어진 에리히는 퍼덕거리며 돌아다니는 까만 앵무새를 불러들였다.

"이리 와, 이카로스."

"꽤액!"

앵무새가 에리히 주위를 맴돌며 불만스럽게 괴성을 질렀다. 억지로 움켜쥐려 하자 손을 쪼려 했다.

"꽤애애액!"

"이놈의 새 새끼가 주인도 못 알아보네. 갓 태어나서 눈에 뵈는 게 없나?"

인상을 쓴 에리히가 품에서 조그만 정령석 하나를 꺼내 들었다.

"옜다, 연료."

이카로스는 잽싸게 그것을 낚아채더니 에리히의 어깨에 앉아 오물거리며 세상 행복한 표정을 지었다.

[그거 대체 뭐예요, 오라버니?]

귀걸이형 통신 아이템을 통해 아리아드네의 놀란 음성이 전해졌다.

[방금…… 그걸로 마법 세 개까지 중복 시전한 거 맞죠? 세상에. 삼중 영창은 세계 최초 아니에요? 대체 그거 뭐예요? 아이템?]

"아이템과 마법 생물의 중간쯤 되는 놈이야. 이중 영창이 인간의 한계라지만, 마법진을 이용하면 삼중 영창이 가능할 것 같아서 예전부터 연구하고 있었거든. 그 결실이다. 쓸 만하지?"

[쓸 만한 정도가 아니라 천재적이잖아요. 세상에.]

오랜만에 듣는 여동생의 감탄이었다. 에리히의 어깨에 저절로 힘이 들어갔다.

"뭐, 지지부진했는데 네가 준 선물 덕에 돌파구가 떠올라서 대충 완성한 거야."

[그 앵무새 같은 게 이카로스라는 거죠? 그게 오라버니 영창을 따라 하면 마법이 시전되는 거예요?]

"어, 맞아. 아직은 내가 쓰는 마법을 똑같이 반복하는 것밖에 못 하지만…… 개량하면 진짜 삼중 영창도 가능해지겠지."

"꽤애액!"

"앗, 따가!"

그새 정령석을 다 먹은 앵무새가 더 내놓으라며 에리히의 목덜미를 물어뜯었다.

"……우리 새 새끼, 개량할 점이 차암 많아 보이네. 주문 저장 기능도 추가하고, 정령석 소모 효율도 개선하고, 예의범절도 장착해야겠다. 그치?"

"꽤애애액! 꽤애애액!"

"나중에 업그레이드해 줄 테니까 지금은 고만 먹고 자라."

"꿱!"

에리히가 툭 건드리자, 앵무새는 외마디 비명을 남기고 기절했다. 그로부터 공급되던 마력이 끊긴 탓이었다. 그는 동그란 검은 구슬 모양으로 되돌아간 이카로스를 주머니에 쑤셔 넣었다.

[왜 미리 말 안 했어요? 오라버니가 그런 굉장한 걸 만들었다는 걸 계획 짤 때 미리 알았으면…….]

"아니, 뭐, 음, 이게 아직 완성품이 아니라서……. 작동할지 안 할지 모르는 물건을 계획에 포함할 순 없으니까 없는 셈 치는 게 맞지. 이번에 바로 성공한 건 솔직히 운빨이고."

에리히가 웅얼거렸다. 아무래도 실패하면 쪽팔리니까 미리 말하지 않은 듯했다.

[운이라뇨, 노력의 결실이잖아요. 정말 대단해요, 오라버니.]

아리아드네의 격한 칭찬을 들은 에리히가 민망한지 무어라 횡설수설해 댔다. 그녀는 설핏 웃었다.

'역시 가공하지 않고 주길 잘했어.'

하마터면 세계 최초로 삼중 영창을 보조하는 도구가 될 재료를 단순한 비행용 아이템으로 소모할 뻔했다.

'저게 개량될수록 소설 속의 에리히 위버보다 오라버니가 훨씬 더 강해지겠지.'

에리히의 실력이 소설에 나오는 것보다 떨어져서 내심 걱정했었는데 이젠 걱정할 필요가 없어졌다. 그녀가 이끌지 않아도 그는 이미 스스로 성장하고 있었으니까.

기뻐하는 아리아드네에게 더 기쁜 소식이 들려왔다.

[대정령, 굶주리는 용이 당신의 채널에 처음으로 접속했습니다.]

대마법사의 위치를 알려줄 대정령의 등장이었다.

굶주리는 용은 아가사의 채널과 아리아드네의 채널에 동시에 접속해서 두 정령사가 만날 수 있도록 유도했다. 가이드까지 망가진 아가사 쪽은 의사 전달이 거의 불가능했으나 아리아드네에게 있는 파이 덕에 합류가 어렵진 않았다.

두 토벌대는 굶주리는 용이 강림했었던 넓은 방에서 조우했다.

사람보다 영토가 먼저 맞닿았다. 아리아드네는 다른 정령사의 영토가 느껴지는 순간 저도 모르게 달리기 시작했다. 조그만 풀밭이 구현된 영토를 아리아드네가 펼친 신록의 영토가 감싸 안았다.

아슬아슬한 상태로도 동료들을 위해 버티고 있던 아가사는 그제야 정령술을 거두었다.

대마법사는 머리 위로 드리워진 숲의 그늘을 올려다보다가, 스스로 길을 비키는 수풀 사이로 달려오는 아리아드네를 바라보았다. 대마법사를 발견한 그녀의 얼굴에 안도와 환희가 퍼져 나갔다. 젖어 반짝이는 푸른 눈. 한 가닥으로 묶은 백금발이 연둣빛 속에서 꼬리처럼 흩날렸다.

오염된 미궁 내부라는 게 믿기지 않을 정도로 싱그러운 광경이었다. 대마법사의 입이 저절로 헤벌쭉 벌어졌다. 그는 한쪽만 남은 팔을 펼쳐 손녀딸을 맞이했다.

"할아버지!"

"오냐."

아리아드네는 어린 시절처럼 노인의 품에 매달렸다. 따뜻한 온기, 두근거리는 심장 박동. 잃지 않았다. 늦지 않았다. 안도하여 눈물이 고였다.

"제가, 제가 얼마나 걱정했는지 아세요?"

"어찌 이렇게 빨리 왔누. 아가, 어디 다친 데는 없고?"

"그건 제가 할 질문이잖……."

투정 부리듯 이어 가던 아리아드네의 말이 뚝 멎었다. 텅 빈 한쪽 소매가 눈에 들어온 탓이다.

"이, 이거……."

"아, 별일 아니다."

"이게 어떻게 별일이 아니에요!"

아리아드네가 목소리를 높이더니 입술을 앙다물었다. 신체의 일부를 통째로 잃으면 신성력으로도 회복할 수 없다. 떨어진 팔을 따로 챙겨 놨다면 모를까.

그녀는 혹시나 해서 물었다.

"이쪽 팔, 어디 있어요? 챙겨 두셨어요?"

"글쎄, 마물 배 속에 있겠지. 노인네 팔이라 별 영양가는 없었을 게다."

대마법사가 농처럼 껄껄 웃으며 대꾸했다. 아리아드네는 허전한 로브 소매를 양손으로 움켜쥔 채 왈칵 화를 냈다.

"웃으면서 하실 말씀이 아니잖아요!"

그렁그렁 고인 눈물을 본 대마법사가 혀를 차며 주름진 손으로 훔쳐냈다.

"아이고, 이게 뭐라고 네가 우누. 괜찮다니까는."

"윽……."

그녀는 필사적으로 울음을 참았다.

죽은 사람이 한둘이 아니다. 생존자보다 사망자가 더 많았다. 35명의 토벌대원 중 살아남은 건 고작 8명뿐이다. 그러니 대마법사가 살아서 여기 있다는 것만으로도 감사할 일이다.

아는데, 알면서도, 할아버지의 텅 빈 소매가 눈에 아프게 박혀 들어오는 건 그녀로서도 어쩔 수 없는 일이었다.

"흐으, 으······."

"아가, 할아비가 누구냐, 대마법사 아니냐. 이 할아비는 팔 하나쯤 없다고 문제 될 거 하나두 없으니 울지 말고, 응?"

눈가를 닦아주는 대마법사의 손이 거칠고 주름져서, 그리고 따뜻해서 더 눈물이 났다.

'안 돼, 울면 안 돼.'

동료를 잃은 사람들이 보고 있다. 약한 모습을 보여서는 안 되는 악셀도 바로 뒤에서 지켜보고 있었다. 아리아드네는 입을 막고 울음을 삼키려 애썼다.

"······그렇다고 그리 억지로 참으란 건 아니고. 어째 이런 건 어릴 때랑 하나도 안 변했누."

대마법사가 혀를 차더니 하나뿐인 팔로 그녀를 끌어안고 도닥였다.

"그냥 마음껏 울거라. 울고 싶을 땐 울어야 속이 안 썩는 게야."

처음 대마법사를 만났던 날과 똑같은 검푸른 로브가 그녀를 감싸 안았다. 다정한 품이었다. 아리아드네는 결국 아이처럼 울음을 터뜨렸다.

대정령 강림부터 피로가 쌓여 있던 아리아드네는 대마법사의 품에서 울다 그대로 기절하듯 잠들어 버렸다. 다른 사람들은 그동안 캠프를 펼쳤고, 뤼르는 부상자들을 치료하는 중이었다.

한 발짝 떨어져서 지켜보던 에리히가 다가오자 대마법사가 아리아드네를 추슬러 넘겨주었다.

"데려다 편한 곳에 눕혀 줘라."

"손자는 눈에 보이지도 않지요, 할아버지?"

에리히가 아리아드네를 받아 안으며 부러 불퉁하게 말했다. 대마법사는 씨익 웃으며 팔을 벌렸다.

"왜, 너도 안아 주랴? 오랜만에 할아비 품에서 울어 보련?"

"됐습니다. 아주 무사하시네요. 그럴 줄 알았습니다."

진저리를 치며 대꾸한 에리히가 지나가듯 물었다.

"근데 팔 한 짝은 어쨌어요?"

"짝퉁 놈하고 싸우다가 잘렸지."

"짝퉁한테 당하시다니 은퇴하실 때 다 되셨네요. 이번에 돌아가면 진짜로 물러나시죠. 이런 궂은일은 제자나 자식들한테 맡기시고요. 나이 생각 좀 하세요."

"이놈아, 할아비 아직 팔팔하거든? 마법사가 팔 하나 없는 게 뭔 대수라고. 이때껏 사지 멀쩡했던 게 기적이지."

대마법사가 클클 웃고는 덧붙였다.

"사람은 움직일 수 있을 때까진 움직여야 하는 게야. 할 수 있는데 안 하면 나중에 편히 눈 못 감는다."

"……끝낼 겁니다."

"으응?"

"아리아랑 저랑 니카랑 그리고 저놈들, 우리 젊은것들이 그 빌어먹을 대미궁 닫고 다 끝내 버릴 거니까, 늙은 할아버지는 이제 뒤에서 구경이나 하시란 말입니다."

투덜거린 에리히가 아리아드네를 안고 멀어졌다. 대마법사는 손자의 뒷모습을 바라보다 슬며시 웃었다.

"다 컸구먼."

마냥 가볍던 녀석 속에 어느새 묵직한 추가 생겨나 있었다.

"……근데 말 비뚤게 하는 건 누굴 닮아서 저러누. 에른 이놈 자식, 그러게 애 앞에서 말 좀 곱게 하라니깐. 에잉, 쯧."

에른스트 위버 변경백이 들었다면 에리히는 아버지 닮아서 저러는 거라고 억울해할 법한 푸념이었다.

아리아드네는 문득 눈을 떴다. 무한히 겹쳐진 유리 천장. 수없이 많은 황금빛 책장들.

'환상 도서관이네……'

"일찍 깨셨군요."

다정한 음성과 함께 향긋한 냄새가 났다. 그녀는 푹신한 이불에 휘감겨 있던 몸을 일으켰다. 파이가 조그만 트레이를 가지고 그녀에게로 다가왔다.

아리아드네가 엘릭서로 쌓은 어마어마한 부와, 무한한 서재들을 마음대로 드나들 수 있는 파이 덕분에 환상 도서관에는 온갖 물자들이 산더미처럼 쌓여 있었다.

차를 끓이는 도구와 각종 차도 당연히 존재했다. 백발의 청년은 익숙하게 차를 끓이고는 쟁반을 받쳐 찻잔을 내밀었다. 아리아드네가 그것을 받아 들자 파이가 여상히 입을 열었다.

"아리아, 파이는 당신에게 화가 났습니다."

멍하니 차를 머금던 아리아드네는 한 박자 늦게 그의 말을 알아들었다.

"……응? 방금 뭐라고?"

트레이에서 과자 상자를 꺼낸 파이가 차에 곁들일 쿠키를 접시에 담으며 말을 이었다.

"당신이 파이를 믿어 주는 것은 기쁘지만, 그로 인해 자꾸만 더 큰 부담을 짊어지는 것이 화가 납니다."

그는 예쁘게 담긴 쿠키 접시를 그녀에게 내밀며 속삭였다.

"그래서 파이는 아리아가 밉습니다."

잠이 달아났다. 아리아드네가 놀란 눈으로 쳐다보자, 파이는 눈을 내리깔며 그녀의 시선을 피했다. 그가 음울히 말을 이었다.

"아리아를 힘들게 하는 것은 전부 밉습니다. 그게 아리아라 해도."

"……파이."

"아리아를 괴롭히는 사람이 아리아라니, 파이는 어찌할 바를 모르겠습니다."

내리깐 속눈썹에 눈물이 맺혔다. 아리아드네는 허둥지둥 사과했다.

"미안해, 파이. 그렇게 걱정했어? 일부러 그런 게 아니라 어쩔 수가 없어서……."

"압니다."

파이가 고개를 들었다. 흠뻑 젖은 황금빛 눈동자가 물에 잠긴 호박석처럼 영롱했다.

"파이에겐 아리아뿐이지만…… 아리아에게는 파이 말고도 소중한 것들이 많다는 것을, 그래서 때로 당신은 자신을 깎아 내야만 한다는 것을, 파이도 알고 있습니다."

고인 눈물이 한 방울 툭 떨어졌다. 파이는 손등으로 눈을 문질러 닦으며 조그맣게 중얼거렸다.

"파이처럼 아리아의 세계가 이곳뿐이었으면 좋겠습니다. 여기서만 지내면, 그러면 당신은 아무런 걱정도 고통도 없이 편안할 텐데."

아리아드네는 멀거니 파이를 바라보았다. 다 큰 남자가 울먹이는 모습 위로 하얀 머리의 조그만 꼬마가 책을 끌어안고 히끅히끅 울던 모습이 겹쳐졌다.

이 무한한 공간 속에서 홀로 외로운, 너무나 외로운 어린애. 주위에 사람들이 있는데도 그녀에게만 매달리는 악셀과 달리 주위에 사람이 아무도 없어 그녀에게만 매달리는 가여운 아이.

안쓰러워 마음이 울렸다. 파이를 환상 도서관 밖의 세계로 데려가고 싶어졌다. 더 넓은 세상을 보여 주고 싶다. 다른 사람들을 만나게 해 주고 싶었다. 그러면 그도 외롭지 않을 텐데. 파이라면 금방 많은 사람에게 사랑받을 텐데.

그녀는 쟁반을 내려놓고 몸을 일으켰다. 그리고 할아버지가 그녀에게 해주었던 것처럼 파이를 끌어안았다.

"걱정 끼쳐서 미안해, 파이. 앞으로 더 조심할게."

"……."

"하지만…… 너도 알다시피 내겐 어쩔 수 없는 순간이 있어. 그리고……"

아리아드네는 고양이 털처럼 부드러운 하얀 머리카락을 살살 쓰다 듬으며 말을 골랐다.

"……파이, 아무리 조심해도 나는 언젠가 반드시 죽어. 사람이니까."

그녀의 어깨에 고개를 묻고 있던 파이의 몸이 흠칫 떨렸다. 그녀는 조용히 말을 이었다.

"너는 아마 나보다 훨씬 오래 살겠지. 어쩌면 대정령들처럼 영원히 살지도 모르고."

"……."

"그러니까 대미궁을 닫고 나면 함께 찾아보자."

"……무엇을요?"

"네가 바깥세상으로 나올 수 있는 방법."

아리아드네를 끌어안은 파이의 팔에 힘이 들어갔다. 그녀는 그의 등을 토닥였다.

"그러면 여기 혼자 있지 않아도 돼. 나 말고 다른 사람들과도 만날 수 있고."

"……필요 없다면요?"

파이가 낮게 반문했다.

"파이에겐 다른 사람 같은 건 필요하지 않다면요?"

"필요하게 될 거야. 내가 사라지고 나면."

아리아드네 엘디어는 언젠가 죽는다. 사람이므로. 그 필연적인 미래가 새삼스레 소름 끼쳤다. 파이는 순간 호흡을 멈췄다.

사라진다. 끝내 사라지고야 말 것이다. 아무리 열심히 지켜도, 무슨 짓을 하더라도.

그는 부들부들 떨리는 손으로 제 품 안의 사람을 움켜쥐었다. 그녀가 물거품처럼 느껴졌다.

아리아드네가 그의 가슴팍에 이마를 기대며 말했다.

"내가 떠난 뒤에도, 파이가 외롭지 않았으면 좋겠어. 그러니까 같이 방법을 찾아보자. 평생이 걸리더라도 포기하지 않을게."

파이의 유일한 사람이 말한다. 자신을 대신할 사람을 함께 찾자고. 지극히 다정하면서도 지독히 잔인한 제안이었다. 이룰 수 없는 욕망이 치밀어 올랐다. 파이는 그것을 보지 않기 위해 눈을 감았다.

아리아드네는 아직 이른 새벽에 환상 도서관에서 나왔다. 눈을 뜨자 막사 천장이 보였다. 잠들 때는 보지 못했던 천장이다.

'내가 어쩌다 잠들었더라…… 아.'

할아버지 품에서 울다 기억이 끊겼다. 그대로 잠들었던 듯했다.

'어린애도 아니고, 맙소사.'

얼굴이 붉어졌다. 그녀는 손부채질을 하며 시간을 가늠했다. 해가 지기도 전에 잠들었으니 근 반나절은 잔 것 같다. 푹 쉰 덕에 피로는 많이 풀려 있었다.

자리에서 일어나던 아리아드네는 이불 틈에서 깃털을 발견했다. 뤼르가 다녀간 듯했다.

'날개 엄청 푹신했지……. 그래서 깃털이 많이 빠지나?'

열심히 줍고 다니는 것 같은데, 완벽하게 치우긴 힘든 모양이었다. 크기도 그렇고 신성한 것과 별개로 은근히 불편한 날개였다. 아리아드네는 은은히 빛나는 깃털을 이리저리 살펴보다가 슬쩍 챙겼다. 예뼈서 버리기 아까웠다.

'가공해서 깃펜이나 액자 같은 기념품으로 만들면 어마어마하게 잘 팔릴 것 같은데. 이모가 좋아하겠네.'

레베카 가르시아가 알게 되면 역시 내 조카라며 각 잡고 사업을 벌일 게 뻔했다. 무심코 불티나게 팔리는 수호성인 깃털 상품을 상상하던 아리아드네는 고개를 저었다.

'이걸 보면서 이런 생각이나 하다니, 이모한테 물들었나 봐.'

신전이 발칵 뒤집힐 게 뻔한 불경한 발상이었다. 뤼르 본인은 별로 신경 안 쓸 것 같지만.

잠자리를 대강 정리한 그녀는 개인 막사 밖으로 향했다. 중앙의 모닥불을 중심으로 막사들이 둥글게 펼쳐져 있었다. 대마법사의 토벌대를 찾아오기 전에 미리 필요한 보급품들을 환상 도서관에서 꺼내 놓은 덕에 전보다 캠프가 풍성했다.

아리아드네의 막사는 중앙에 있기에 나오자마자 모닥불이 보였다. 커다랗고 검은 그림자가 모닥불 앞에 도사려 있었다. 그녀가 다가가자, 그림자가 움찔 놀라더니 뒤를 돌아보았다. 어둑한 가운데에서 붉은 눈동자가 불티처럼 빛났다.

"악셀."

"……아리아."

"일찍 일어났네."

"불침번을 맡았습니다."

"아예 안 잔 거야?"

"예."

"피곤하겠네."

"괜찮습니다."

아리아드네는 그의 옆자리에 앉았다. 의자 대신 놓인 나무 둥치가 그리 길지 않았기에 잘못 움직이면 팔꿈치가 닿을 정도로 가까운 거리였다.

악셀은 저절로 옆으로 돌아가려는 시선을 애써 모닥불에 고정했다. 아리아드네는 그가 바짝 긴장한 것을 알아채지 못하고 턱을 괸 채 고민했다.

어제 어린애처럼 펑펑 울어 버린 거, 악셀이 다 봤을까. 봤겠지.

실망했을까? 얕보였을까? 약해 보여서 믿지 못하게 되었을까?

이어지던 고민이 툭 튀어 나갔다.

"실망했어?"

"예?"

"나한테."

악셀이 그게 무슨 해괴한 소리냐는 심정이 적나라하게 드러나는 표정으로 그녀를 돌아보았다. 그는 아리아드네의 낯빛을 살피고 그녀가 진심이라는 것을 깨달은 후에야 입을 열었다.

"그런 말을 하시는 이유를 모르겠지만…… 아리아, 저는 당신을 평가할 수 없습니다."

"응?"

"실망은 평가의 결과입니다. 당신을 평가하는 것이 불가능한데, 제가 어떻게 당신에게 실망할 수 있겠습니까?"

전혀 예상 못 한 대답이라 아리아드네는 살짝 입을 벌렸다.

"왜 평가를 못 하는데?"

"저보다 높은 곳에서 넓은 시야로 보는 사람을 제 좁은 시야로 평하는 건 어리석은 짓입니다."

겸손한 말이었다. 악셀 발렌타인과 겸손이라니 너무 안 어울려서 받아들이기가 힘들 지경이다. 아리아드네는 멍하니 그를 보다가 물었다.

"내가 너보다 시야가 넓다고?"

"예."

"대체 뭘 보고 그렇게 판단한 거야?"

"진심으로 물으시는 겁니까?"

악셀은 헛웃음을 흘리고는 말을 이었다.

"지금까지 당신이 제게 무엇을 보여 주셨는지 떠올려 보십시오. 애초에 대체 왜 제가 당신에게 실망했을 거라고 생각하셨습니까?"

"어제…… 우는 거, 다 봤잖아."

"그건……."

그는 잠깐 침묵했다.

놀라긴 했다. 그가 지금까지 봐 온 흔들림 없는 아리아드네의 모습과 눈물을 뚝뚝 흘리며 대마법사의 품에 안기는 그녀의 모습은 차이가 컸으니까.

그래서 무슨 생각을 했냐 하면.

'저자는 아리아가 진심으로 믿고 의지하는 사람이로군.'

질투심에 사로잡혔다.

아리아드네가 대마법사에게 매달린 손과, 기댄 이마와, 그 품에서 흘리는 눈물이 탐이 났다. 당연한 듯이 그녀를 안고 눈물을 닦아 줄 수 있는 대마법사가 부러웠다.

원래 악셀의 목표는 아드리안이 절대 버릴 수 없는 존재가 되는 것이었다. 아리아드네가 다시는 그를 버리지 않겠다고 선언하면서 그 목표는 사실상 이루어졌다. 그런데 그것만으로는 무언가 부족했다. 만족할 수가 없었다. 목표를 제대로 이룬 것 같지가 않았다.

아리아드네에 대해 더 알고 싶다. 그녀에게 더 가까워지고 싶다. 그녀가 누군가에게 기대고 싶을 때 다른 사람이 아니라 자신에게 왔으면 좋겠다. 그녀가 그를 원했으면 좋겠다.

어떻게 하면 그녀에게 선택받을 수 있을까. 어떻게 하면 그녀가 삼키려던 눈물까지 끌어내어 받아 주는 사람이 될 수 있을까.

그 욕망이 그의 관심을 그녀 주위 사람들에게로 이끌었다.

'대마법사는 어떤 사람이기에 아리아드네가 저토록 좋아하는 거지? 그녀가 곁에 두는 사람들은 어떤 사람들이지? 그녀는 그들의 어떤 점을 마음에 들어 하는 걸까.'

그녀가 좋아하는 사람은 어떤 사람인가.

악셀은 불침번을 자청하고 줄곧 그런 생각에 빠져 있었다.

"악셀?"

악셀이 말을 하다 말고 굳어 있자 아리아드네가 의아한 듯 그를 불렀다. 그는 간신히 정신을 차리고 대답했다.

"……그런 일로 당신에게 실망할 리가 없지 않습니까. 당신이 제게 실망한다면 모를까."

"내가 너한테 왜 실망해? 최근엔 계속 감탄하고 있는……."

돌연 꼬르륵, 하는 소리가 났다. 그녀의 배에서 나는 소리였다.

"아."

아리아드네의 얼굴이 살짝 달아올랐다.

"그러고 보니, 식사를 못 하시고 잠드셨지요."

악셀이 자리에서 벌떡 일어나더니 한쪽에 쌓여 있던 짐을 뒤졌다.

그는 곧 식재료가 담긴 냄비와 빵을 가지고 불가로 돌아왔다. 그러곤 제법 능숙하게 재료를 손질하기 시작했다.

"잠시만 기다리십시오. 스튜를 만들어 드리겠습니다."

"괘, 괜찮아. 이거면 돼."

아리아드네는 그가 도마에 내려놓은 큼직한 빵과 빵칼을 집어 들었다. 악셀이 고개를 저었다.

"저번과는 다를 겁니다."

그 말에, 전에 그가 만들었던 기괴한 보라색 스튜가 떠올랐다.

'그때 뭔가 오기가 생긴 것 같더니⋯⋯. 그러고 보니 악셀이 루드빅한테 요리를 배우고 있었지.'

식사 시간마다 루드빅을 보조하던 악셀이 떠올라서 아리아드네는 빵을 자르다 말고 웃어 버렸다.

'그 악셀이 요리를 배울 줄은 몰랐는데. 심지어 루드빅한테.'

루드빅이 시키는 대로 감자를 깎고 양파를 써는 악셀의 모습은 정말 놀라웠다. 지금, 그녀에게 스튜를 끓여 주겠다며 검 대신 국자를 쥔 그의 모습도 새삼 놀랍다. 소설 속 주인공이었다면 상상도 못 할 일이 아닌가.

'엄청 의욕적이네. 그동안 배운 거 자랑하고 싶나 봐.'

악셀의 은근히 뿌듯한 얼굴과 그의 뒤에서 튀어나와 냄비를 달구고 있는 겁화의 꼬리를 보고 있으니 자꾸만 웃음이 나왔다.

'어쩌지, 귀여워.'

신중하게 스튜를 젓던 악셀이 눈썹을 찡그리며 물었다.

"왜 자꾸 웃으십니까?"

"네가 귀여워서."

"예?"

악셀의 목소리가 쩍 갈라졌다. 그는 기가 막힌다는 듯이 그녀를 돌아보았다.

'표정이 다 읽히네. 악셀이 원래 이렇게 얼굴에 심정이 다 드러났던가.'

모르겠다. 어쨌든 잘생겼지만 난폭하던 녀석이 잘생겼는데 귀엽기까지 한 녀석이 되어 가는 거니까 좋은 일 아닐까?

그녀는 악셀을 흐뭇하게 바라보았다. 그 눈길에 당황한 악셀이 냄비로 다시 시선을 돌리고는 제 머리를 거칠게 쓸어 넘기며 한숨을 내쉬었다.

"아리아. 잊은 것 같은데 제가 당신보다 나이가 많습니다."

'새삼 이렇게 보니까 악셀 등 진짜 넓다.'

아리아드네는 국자를 휘저을 때마다 움직이는 악셀의 등 근육에 시선을 빼앗긴 채 아무렇게나 대답했다.

"응."

"네 살이나 많습니다. 당신은 스물도 안 되었고요."

"으응."

'같이 목욕했을 때 본 베로니카 등 근육도 장난 아니었는데. 악셀은 베로니카보다 훨씬 크니까 더하겠지.'

그녀는 악셀의 뒤통수를 바라보며 자르다 만 빵을 다시 자르기 시작했다.

"키도, 덩치도 제가 훨씬 큽니다."

"응, 응. 훨씬 크지."

'겁화 꼬리가 저렇게 나와 있으니까 악셀 꼬리 같네. 귀여워. 겁화도

크고 귀엽지. 나도 붉은 눈이면 한 번쯤 태워 달라고 할 텐데.'

"그러니 귀엽다는 표현은 제가 아니라 당신에게나 어울릴…… 젠장, 듣고 계신 거 맞습니까?"

"듣고 있어."

사실 하나도 안 듣고 있었다. 돌연 침묵하던 파이가 날카롭게 소리를 질렀다.

[아리아, 손! 손을 확인하십시오! 당장 멈춰요!]

'손? 손이 왜?'

거의 동시에, 안 듣고 있을 게 뻔한 그녀에게 무어라 항변하려 뒤를 돌아본 악셀의 시선이 그녀의 왼손에 화살처럼 꽂혔다. 그의 얼굴에서 순식간에 핏기가 싹 빠져나갔다.

"아리아!"

그가 국자를 내팽개치고 그녀의 오른손을 움켜쥐어 비틀었다. 그녀가 쥐고 있던 빵칼이 툭 떨어졌다. 칼날이 붉다. 아리아드네는 어리둥절하여 왼손을 내려다보았다.

"……!"

빵을 쥐고 있던 왼손 엄지가 깊게 베어 있었다. 쏟아진 피로 빵이 새빨갛게 물들었다.

[빵을 자르다 손가락까지 자르고 계셨습니다. 아무런 느낌이 없으십니까?]

파이가 떨리는 음성으로 물었다. 그녀는 멀거니 벌어진 상처를 응시했다. 아무리 그녀가 통각이 둔해도 이 정도면 통증이 느껴져야만 한다. 미약한 욱신거림이나 따끔거림이라도.

'아무것도 안 느껴졌어.'

아리아드네는 금세 원인을 깨달았다. 뤼르가 경고했던 통각 마비가 벌써 진행되기 시작한 모양이었다.

대정령 강림 때 과도하게 힘을 끌어 쓴 여파일까?

[……계속 내상을 입고 치료하는 상태를 유지하는 건, 특별 수업과 별다를 바 없는 짓이라고 말씀드리지 않았습니까.]

사태를 파악한 파이가 우울하게 중얼거렸다.

아리아드네는 크게 동요하지는 않았다. 경고도 들었고, 어느 정도 예상했던 일이다 보니 올 것이 왔다는 느낌에 가까웠다. 따라서 그녀는 충격에 빠지는 대신 제 상태를 정확히 파악하려 했다.

'통각 외의 감각은 남아 있어. 촉각도 그렇고, 온도도 느껴지고. 그럼 왼손의 통각만 마비된 건가? 아니면 다른 부위도?'

아리아드네는 확인을 위해 오른손을 떨어진 빵칼을 향해 뻗었다. 칼로 향하던 그녀의 오른 손목을 거칠거칠한 손이 꽉 움켜쥐어 멈춰 세웠다.

'살짝 아릿한 걸 보니 오른손의 통각은 아직 남아 있어…… 이런.'

악셀 앞이라는 것을 순간적으로 잊고 있었다. 그녀는 내심 혀를 차며 그를 올려다보았다. 그녀를 내려다보는 그의 안색이 새하얬다.

"아리아, 방금……."

붉은 눈동자가 혼란스럽게 그녀의 왼손과 칼을 오갔다. 아리아드네는 목소리를 가다듬었다.

"딴생각하다가 실수로 베였어."

"……."

"뤼르는 자고 있을 테니 깨우지 말고, 물약만 좀 꺼내 줄래?"

"실수입니까?"

"실수가 아니면 뭐겠어. 오른손부터 놔 줘, 악셀. 아파."

악셀이 화들짝 놀라며 그녀의 오른손을 놓았다. 그러고는 빵칼을 발로 차서 치워 버리며 그녀의 왼손을 뚫어져라 바라보았다.

"……이상한 생각 하지 마. 그냥 실수한 거라니까."

"그냥 실수……."

그녀의 말을 되풀이한 악셀의 눈빛이 달라졌다.

"그냥 실수라. 제가 그렇게 어설퍼 보이십니까?"

사납게 물음을 뱉어낸 그는 그녀의 대답을 기다리지 않고 빠르게 움직였다. 그녀가 쥐고 있던 빵을 빼앗아 치워 버리고, 지혈하고, 피를 닦아 내고, 물약을 꺼내 상처 부위에 붓고, 붕대로 빈틈없이 감싸는 일련의 행위가 순차적으로 이루어졌다. 악셀은 붕대의 매듭을 지은 후에야 다시 입을 열었다.

"혹시 통증을 못 느끼시는 겁니까?"

"……."

질문이라기보다 확인이었다. 아리아드네는 대답을 망설였다.

어쩔 수 없이 이미 알게 된 사람들 외에는 알리기 싫은 증상이었다. 별로 언급하고 싶지 않은 과거가 원인이기도 하고, 환자 취급을 받고 싶지도 않고. 게다가 대미궁의 끝까지 동료들을 이끌어야 하는 입장에서 이런 사정을 공개하는 건 여러모로 나쁜 선택이었다.

괜한 걱정을 끼치는 것도 문제고 정령사가 위태로워 보이면 토벌대가 안정되지 못한다는 문제도 있었다. 생존을 책임지는 정령사에 대한 불안과 불신은 토벌대의 사기를 저하시킨다. 정령사는 깃발처럼 꼿꼿이 서서 모두에게 토벌대의 중심이 무사하다는 것을 증명해야 한다. 그래야 사람들이 안심하고 싸울 수 있다.

'악셀한테는 특히 더 알리기 싫었는데.'

어떻게 둘러댈 방법이 없을까. 골치가 아팠다.

그녀가 변명거리를 생각하는 사이 악셀은 정령력을 끌어올렸다. 창백하게 빛나는 기운이 그가 감싸 쥔 아리아드네의 왼손을 한 바퀴 휘돌았다.

그는 의사도 신관도 아니었지만, 인간이 보지 못하는 것까지 감지하는 대정령의 일부를 몸에 품은 초월적인 정령 기사였다. 기운을 거둔 악셀의 얼굴에서 표정이 사라졌다. 그가 무표정하게 그녀를 응시했다.

"누굽니까?"

"……뭐?"

"자연적인 상태도, 질병도 아닙니다. 대체 무엇이 당신을 이렇게 만든 겁니까?"

질문을 던지면서 악셀은 불현듯 '아리아드네 엘디어'에 대해 아는 사실들을 떠올렸다.

그는 아리아드네의 성인식 날 그녀와 재회했다. 그날 그녀는 경악할 만한 고발을 했었다. 공작이 공작 부인을 살해했다는 고발이었다. 이후 아리아드네 엘디어 공녀는 친부이자 전 공작인 프란츠 엘디어를 처형하고 공작위를 계승했다.

그녀는 엘릭서 레시피의 소유자이며, 그 기적의 물약은 프란츠 엘디어가 친딸로 인체 실험을 한 끝에 만들어 낸 것이다.

너무나 큰 스캔들이었고 자극적인 이야깃거리였기에 조금만 귀를 기울여도 소문이 무성하게 들려왔다. 끔찍한 실험을 당한 어린 공녀가 만신창이가 되는 바람에 프란츠 엘디어가 양육권까지 빼앗겼다고 들었다. 그녀의 몸 상태가 왜 이런지 추론하기 너무나 쉬웠다.

"……엘릭서 실험의 후유증입니까?"

악셀은 제가 입 밖에 낸 질문에 스스로 충격을 받았다. 원래 알고 있던 사실이다. 그럼에도 그는 아리아드네가 인체 실험을 당하며 자랐다는 사실을 제대로 인식한 적이 한 번도 없었다.

그녀는 완벽한 아드리안이었고, 부유한 공작이었으며, 위대한 정령사였다. 고통스러운 과거와 후유증이 남은 몸을 가진 피해자로는 보이지 않았다. 상처 하나 없는 것처럼 태연하고, 불안을 모르는 것처럼 흔들리지 않으며, 그늘 한 점 없는 것처럼 눈부신 사람이었으니까.

악셀은 제 물음에 순간적으로 굳는 아리아드네의 얼굴을 보았다. 그녀는 그의 손안에서 제 손을 빼내며 날카롭게 대꾸했다.

"네가 신경 쓸 일이 아니야."

아리아드네는 그대로 자리에서 일어나더니 제 막사로 들어가 버렸다.

어제의 무른 울음과 오늘의 날카로운 반응. 악셀은 비로소 진짜 아리아드네와 대면한 듯한 기분이 들었다.

막사 안에 들어온 아리아드네는 간이침대에 앉아 심호흡했다.

"……딱히 비밀도 아닌데."

괜히 예민하게 반응했다. 그녀는 양손에 얼굴을 묻었다.

원작 소설에서는 프란츠 엘디어가 아리아드네로 인체 실험을 했다는 것이 비밀이었지만, 현실은 그렇지 않았다.

위버에서 아리아드네의 양육권을 가져온 것부터 시작해서 성인식

날의 고발과 공작의 처형, 전 대륙에 퍼져 있는 엘릭서의 유래까지. 소문이 안 날 수가 없는 환경이었다. 시골 어린애조차 전 공작이 엘릭서를 만들려고 공녀를 학대했다는 건 알 정도다.

그럼에도 아리아드네가 그런 소문에 파묻혀 피해자로만 기억되지 않는 건 그녀의 행적 덕분이었다.

그녀가 토벌을 시작하며 세운 기록들이 워낙 대단해서, 그녀의 과거는 전설 속 영웅들에게 으레 있는 불우한 어린 시절 이야기처럼 여겨졌다. 사람들은 그 과거 자체보다 어릴 때부터 그런 고난을 극복해낸 아리아드네의 비범함에 주목하곤 했다.

그만큼 알려진 이야기다.

'그러니 악셀도 모를 리가 없지. 당연히 알고 있었을 텐데……'

자신은 무의식적으로 그가 모를 거라 여기고 있었던 모양이다. 왜? 그가 모르길 바라서? 그에게는 완벽한 사람으로 보이고 싶어서? 그가 약한 면을 보이면 안 되는 주인공이라서? 아니면.

'……됐어, 깊게 생각하지 말자. 더 급한 일들이 많잖아.'

그녀는 한숨을 내쉬며 팔을 들었다. 마비가 어디까지 진행된 건지 알아보아야 했다.

[칼은 쓰지 마세요. 자해도 하지 마시고요.]

파이가 불안한 듯 경고했다. 아리아드네는 고개를 끄덕이곤 정령사가 드는 깃발의 깃대를 잡았다. 그걸로 제 몸을 여기저기 두드려 보고 있는데 갑자기 막사의 입구에 커다란 그림자가 졌다.

"아리아."

악셀이 천막 너머로 조심스럽게 그녀의 이름을 불렀다. 아리아드네는 움찔 몸을 굳혔다.

"식사 준비가 끝났습니다."

"……."

그녀가 대답하지 않자, 악셀은 망설였다.

열고 들어갈까? 대답해 줄 때까지 기다릴까? 그냥 돌아갈까?

다른 사람이었다면 그의 선택은 고민할 것도 없이 무시하고 내버려 두기였겠으나 아리아드네에겐 그럴 수가 없었다.

'어떻게 하지?'

그는 아리아드네의 입장에서 생각해 보려 애썼다. 타인을 이해하려고 고심하는 건 그로서는 정말 낯선 경험이었다.

그녀는 왜 갑자기 막사로 들어갔을까.

아리아드네는 자신이 그녀의 몸 상태를 알아차리고 과거를 들춰냈기 때문에 자리를 떠났다.

'그렇군. 그녀는 자신의 약점을 내게 드러내고 싶지 않은 거다.'

조금 전에 실망했느냐고 묻던 것도 그렇다. 아리아드네는 우는 모습 정도로 그가 그녀에게 실망할 거라 여기고 있었다. 악셀은 자신이 아리아드네에게 신뢰받지 못하고 있다는 것을 깨달았다.

이유는 뻔했다. 그는 그녀와 재회한 후 지금까지 제가 했던 행동들을 되새겨 보았다. 많은 것들이 새롭게 보였다. 악셀 자신은 홀로 존재하는 사람일지라도 아리아드네는 홀로 존재하는 사람이 아니다. 그녀의 곁에 있으려면 그녀 주위 사람들과도 함께 있어야 한다.

아리아드네는 완벽한 아드리안이기도 하지만, 그보다 먼저 '아리아드네 엘디어'라는 한 명의 사람이다. 울 수도 있고, 상처 입기도 하고, 무언가를 두려워하기도 하는, 그런 살아 있는 사람. 그는 그 당연한 사실을 이제야 제대로 이해했다.

막사의 천막 너머로 어른어른 아리아드네의 실루엣이 비친다. 가는 몸집. 부드러운 선. 사람. 여자. 악셀 발렌타인에게 그 누구보다도 중요하고 소중하며 탐나는 존재.

'저 안에 들어가고 싶다.'

들어가서 그녀를 감싸 안고 눈물을 받아 내고 싶었다.

하지만 자신에게는 아직 그럴 자격이 없다. 그 정도로 그녀와 가깝지 않다. 악셀은 이제 그걸 구별할 줄 알았다. 그러자 그에게 아리아드네에게 버림받지 않는 것 다음의 목표가 생겨났다.

그녀에 대해 좀 더 알아가는 것. 그녀를 이해하는 것. 더 가까이 다가가는 것. 그래서 그녀가 삼키려는 눈물까지 받아 줄 수 있는 사람이 되는 것.

'……앞으로 노력해야겠군.'

그녀에게 신뢰를 주려면 우선 그녀 주위 사람들에게 인정받아야 했다. 그리고 그녀의 몸 상태에도 계속 주의를 기울여야 한다.

방금 스스로 손가락을 베면서도 알아채지 못하고 웃던 그녀의 모습이 떠올랐다.

'통각 마비라니. 그것도 그런 일 때문에.'

악셀은 절로 이가 갈리는 것을 참았다. 아리아드네의 아비라는 작자. 이미 죽은 자지만, 무덤이라도 파내어 한 번 더 죽이고 싶어졌다.

'그녀의 몸 상태…… 신관은 알고 있었겠지. 모르고 있었으면 죽어야 할 놈이고. 나중에 얘기를 해 봐야겠군.'

다른 후유증은 없는지, 치료법은 있는지, 그녀의 건강 상태는 괜찮은 건지, 혹 거기서 더 큰 문제가 발생하지는 않는지.

'그런 몸으로 대정령을 소환했다고.'

떠올리니 아찔했다. 과할 정도로 그녀를 걱정하던 이들이 겨우 이 해가 되었다. 그들은 아마 알고 있었을 것이다.

지금은 괜찮은 건지 들어가서 다시 확인해 보고 싶다. 하지만 그럴 수 없다. 그녀가 원하지 않을 테니까.

'……미치겠군.'

그는 초조함과 불안감을 억누르며 막사 안쪽을 향해 말했다.

"아리아, 이 앞에 식사를 두고 가겠습니다."

"……."

아리아드네는 꼼짝도 하지 않고 막사 입구 쪽을 응시하고 있었다.

"……당신이 언급하기를 원하지 않는 이야기를 꺼내서 죄송합니다."

머뭇거리던 커다란 그림자가 무언가를 조심스럽게 내려놓고 멀어졌다.

그가 완전히 사라진 다음, 아리아드네는 아무것도 생각하기 싫은 기분이 되어 깃대로 몸 상태를 점검하는 데에 집중했다.

[……지금은 왼손만이군요. 하지만 이미 시작된 이상, 점점 더 통각이 사라질 겁니다.]

"알아."

그녀는 한숨을 내쉬고 깃대를 내려놓았다. 이제 외면하고 있을 핑계가 없다. 아리아드네는 느릿하게 일어나 입구의 천을 걷었다.

"……!"

예상하지 못한 게 보였다. 막사 바로 앞에 뿔 달린 늑대의 형상을 한 불꽃이 오도카니 앉아 있었다.

"……겁화?"

강아지만 한 크기로 줄어든 악셀의 정령수는 쟁반 위에 앉아 스튜 그릇을 끌어안고 있었다. 아리아드네는 곧 깨달았다.

'스튜가 식을까 봐 악셀이 정령수를 붙여 놓고 간 거구나.'

기분이 이상했다. 그녀는 입구의 천을 쥔 채로 멍하니 조그만 겁화와 쟁반 위의 스튜를 내려다보았다. 이번에 악셀이 끓인 스튜는 보라색이 아니었다. 좋은 냄새가 났다.

그녀가 쟁반에 손을 내밀자, 조그만 늑대가 폴짝 뛰어 물러났다. 그것은 불꽃을 살랑거리며 모닥불 쪽으로 달려갔다. 모닥불 앞에 웅크려 앉은 악셀의 등이 보였다. 겁화는 그의 몸속으로 스며들어 사라졌다.

그의 등이 뒤를 돌아보고 싶은 것처럼 움찔거렸다. 그러나 악셀은 뒤를 돌아보지 않았다.

아리아드네는 잠깐 그 등을 지켜보다가 쟁반을 들고 안으로 들어왔다. 그릇을 쥔 손이 따뜻했다. 온기가 손을 타고 가슴 안쪽까지 흘러들어온다. 천천히 스푼을 들어 스튜를 맛보았다.

"……응?"

보기에는 맛있어 보이는데 뭔가 뒷맛이 쓰고 달았다. 스튜를 휘저어 본 그녀는 금세 원인을 깨달았다.

"음식에 또 약초를 넣다니."

아리아드네는 스푼에 걸린 약초 뿌리를 내려다보며 어이가 없어 웃었다. 체력 보충에 좋은 것으로, 그녀도 아는 약초였다.

'못살아. 그래도 이번엔 손질은 했네.'

원형 그대로 던져 넣었다가 익어 흐물흐물해졌던 예전과 달리 열심히 씻고 다듬어 넣은 다음 쓴맛을 잡겠다고 달달한 뭔가를 잔뜩 넣은 모양이었다. 그 결과 쓴맛과 단맛이 섞인 괴상한 스튜가 되어 버렸지만.

악셀이 나름 애쓴 게 느껴져서 웃음이 나왔다. 그녀는 피식피식 웃으며 스튜를 떴다. 전과 비교하면 확실히 음식 분류에 들어갈 수준은 되었으니 그가 뿌듯해할 만도 했다. 그녀의 감상에 동의하지 못하는 파이가 못마땅한 듯 투덜거렸다.

[아리아, 이딴 건 먹지 마십시오. 입맛만 버립니다.]

'좀 쓰고 달아서 그렇지, 먹을 만해.'

[허기지신 탓에 그러시는 거지, 솔직히 먹을 만한 건 아닌 것 같습니다.]

'아냐, 진짜 먹을 만하다니까.'

한 숟갈씩 먹다 보니 금세 그릇이 비었다. 그녀는 빈 그릇을 들고 일어났다.

악셀은 여전히 모닥불 근처에 웅크려 있었다. 아리아드네가 그 앞에 빈 쟁반을 내려놓았다. 악셀이 약간 놀란 눈으로 그녀를 올려다보았다.

"잘 먹었어."

그녀가 빙그레 웃었다. 악셀은 그 미소가 너무 예뻐 보여서 잠깐 말을 잊었다. 아리아드네가 그의 옆에 앉으며 말을 이었다.

"그런데 다음엔 약초는 넣지 말자."

"……이상했습니까?"

"응. 약초 맛이 많이 났어."

"그 외에는 괜찮았습니까?"

"음, 조금 달더라."

"단 것을 많이 좋아하신다고 들었는데."

루드빅이 그에게 은근히 흘린 조언이었다. 아리아드네가 갸웃하며 말했다.

"디저트가 단 건 괜찮은데, 음식이 단 건 안 좋아해. 디저트도 너무 단 건 별로고."

"그렇군요."

악셀은 내심 루드빅의 평가를 아리아드네의 입맛도 잘 모르는 한심한 놈으로 수정했다. 루드빅이 언제나 아리아드네의 입맛을 완벽히 맞추고 있다는 것을 모르기에 가능한 평가였다.

아리아드네는 모닥불에 시선을 둔 채 입을 열었다.

"나중에."

"예?"

"좀 나중에, 자세히 얘기해 줄게. 어릴 때 있었던 일."

"……굳이 얘기해 주지 않으셔도 됩니다."

"아냐, 할 거야."

네가 라비린토스에서 네 근원을 마주하게 되면.

그녀는 그를 올려다보았다. 일렁이는 모닥불처럼 깜박일 때마다 미세하게 색이 달라지는 붉은 눈동자가 그녀를 내려다보고 있었다.

소설과 많은 것이 달라졌어도 라비린토스에서 기다리고 있을 그의 근원은 소설 속과 같을 것이다.

'그러면 내 이야기가 네게 위로가 될지도 모르니까.'

소설 속에서 근원과 마주한 악셀의 심정은 아주 간결하게 서술되어 있었다.

충격을 받았다. 스스로가 혐오스러워졌다. 자신이 다른 사람들에게 미묘한 거리감을 느끼던 이유를 깨달았다. 책임감을 느꼈다.

고작 몇 줄. 활자로는 그것밖에 되지 않으나 실제 악셀이 느낄 동요는 그리 간단하지도, 짧지도 않을 것이다.

'그래, 나와 비슷한……. 하지만 나보다 악셀이 더…….'

아리아드네는 무심결에 손을 뻗어 악셀의 눈가를 어루만졌다.

"……아, 아리아?"

그가 그녀의 이름을 더듬거리며 불렀다. 그녀는 대답하지 않고 손 끝으로 그의 눈가를 덧그리기만 했다. 그녀의 시선이 깊고 애틋했다. 악셀은 심장 안쪽이 조여드는 듯한 감각을 느꼈다. 입안이 바짝 마르며 손이 움찔거렸다.

그의 손이 그녀를 향해 다가가려던 순간 수상쩍다는 듯한 물음이 그의 뒤쪽에서 들렸다.

"너네 뭐 하냐?"

에리히였다.

아리아드네는 아무것도 아니라는 듯 자연스럽게 손을 떼고 일어 났다.

"오라버니."

"일찍 일어났네. 몸은 좀 괜찮고?"

사촌 남매가 무어라 대화하는 사이, 악셀은 그녀의 손이 닿았던 제 눈가를 만지며 심호흡을 했다. 아무래도 자신이 그녀의 행동 하나하 나를 이렇게 의식하게 되는 이유를 좀 알아봐야 할 것 같다.

은거울 미궁의 핵이 있는 곳은 알기 쉬웠다. 대마법사가 위쪽의 가 짜 미궁을 탐색하며 알아낸 곳과 대칭되는 곳을 찾아내기만 하면 되었으므로. 핵을 지키고 있을 마물이 어떤 놈인지도 대마법사가 상세히 설명해 주었다.

많이 지친 대마법사의 토벌대는 캠프에 남겨 두고, 아리아드네는 제 일행만 이끌고 핵을 파괴하러 갔다. 거대한 애벌레처럼 생긴 보스급 마물과의 전투는 아주 쉽게 끝났다.

"할아버지 말대로 정말 별거 아닌 놈이네. 미궁 수준이랑 안 맞아."

에리히가 기이하다는 듯 중얼거렸다.

"차라리…… 그 거미 문어가, 더 강했어."

베로니카가 끄덕이며 그의 말을 받았다.

"부산물을 챙겨 갈까요? 껍질이 특이한데, 쓸모가 있으려나 모르겠습니다."

루드빅이 유리처럼 투명한 마물의 껍질을 살펴보며 말했다.

"잠시만."

아리아드네는 마물의 시체로 다가가 매끄러운 껍질을 만져 보았다.

'어때, 파이. 이거 쓸모 있어 보여?'

[유사한 재질에 관한 자료가 몇 있긴 한데, 그중 정확히 어느 것인지 잘 모르겠군요. 당장 판단하긴 어렵겠습니다.]

'그럼 조금만 가져가서 분석해 보자.'

반들거리는 표면에 거울처럼 그녀의 얼굴이 비쳤다.

문득 아리아드네는 그 얼굴이 지금의 자신과 조금 다르다는 것을 깨달았다. 두세 살 정도 더 나이 든 것처럼 보이는 얼굴. 옷차림도 달랐다.

'응?'

눈을 깜박이자 평소와 똑같은 제 얼굴이 보였다. 아리아드네는 눈살을 찌푸렸다.

'잘못 봤나?'

유심히 다시 보아도 별 차이가 없었다. 그녀는 곧 잘못 본 것이라 판단하고 껍질에서 시선을 뗐다. 루드빅이 그녀의 명령을 기다리고 있었다.

"루드빅, 이거 일부만 잘라 가자. 분석해 봐야 할 것 같아."

"알겠습니다, 공작님."

루드빅이 마물의 시체를 해체하는 동안 악셀과 베로니카가 핵을 완전히 부수었다.

그렇게 은거울 미궁이 닫혔다.

그해 겨울은 정신없이 지나갔다.

위버에서는 많은 장례식이 치러졌다. 은거울 호수 주변은 오염 지역이 되어 출입이 금지되었다. 그럼에도 최상급 미궁이 영지 내에 출몰한 사태치고는 아주 양호했다.

미궁이 이런 식으로 출몰하면 영지 전체가 몰살되는 경우도 드물지 않다. 경비대와 기사단 외의 영지민들이 거의 다치지 않은 위버의 현황은 오히려 기적에 가까웠다.

소문이 퍼지면서 아리아드네가 이끄는 토벌대의 명예는 더 드높아졌다. 게다가 뤼르가 너무나 눈에 띄는 날개를 달고 나온 덕에 신의 축복을 받은 토벌대라는 소문까지 덧붙었다.

신전은 신관을 파견하여 뤼르를 만나 본 후, 진실로 신께 인정받은 수호성인이라며 그에게 성자의 지위와 혜택을 안겨 주려 했다.

뤼르는 신전에서 금지한 주문을 쓴 자신은 이런 지위를 받을 자격이 없으며, 앞으로 다시 신전에 속할 생각도 없다고 했으나 신전은 아랑곳하지 않았다. 의무 없이 혜택만 받아도 되니 성자의 칭호를 유지해 달라는 식이었다.

곤란해진 뤼르는 자신이 어떻게 해야 할지 아리아드네에게 물었다.

"저는 이제 오롯이 성녀님만을 위해 존재하는 몸입니다. 만인에게 자애를 베풀 수 없는데 제가 어찌 성자라 불리겠습니까."

아리아드네는 확고하게 답을 내어주었다.

"받아들여야 해요, 뤼르."

"제게는 자격이……."

"오염이 퍼지면서 신이 존재하는지 의심하고 절망하는 사람이 늘어나고 있잖아요. 뤼르의 날개는 그들에게 신의 존재를 증명하는 희망이 될 거예요."

"……!"

"신이 아직 죽지도 않았고 이 세계를 버리지도 않았다는 희망. 신전이 어떻게든 뤼르에게 정식으로 지위를 주려 하는 건 그 희망 때문이에요."

"하지만…… 저는 성녀님의 수호성인입니다. 당신께 소속된 제가 당신과 분리되어 동등한 지위에 오를 순 없습니다."

"그런 사소한 문제는 무시하고 받아들여요. 신전의 칭호를 거부하면 뤼르의 날개가 신의 축복이 아니라 다른 능력으로 치부될 수도 있거든요. 그건 여러모로 위험해요. 옳은 일도 아니고요."

"……그렇군요."

뤼르는 결국 성녀 휘하에 속하는 지위를 새로 만드는 것을 조건으로 신전의 제안을 받아들였다.

신전은 '성자나 성녀에게 소속된 수호성인'이라는 지위를 새로 만든 뒤 정식으로 뤼르 이나민을 성녀 아리아드네의 수호성인이라 공표했다. 그로 인해 아리아드네는 엘릭서를 만든 성녀에 이어 최초로 수호성인을 거느린 성녀가 되었다.

성녀로서의 아리아드네가 유명해지면서 그녀의 토벌대도 '성녀의 토벌대'라 불리는 일이 잦아졌다.

얼마 지나지 않아 공작의 토벌대, 새벽 용병단 토벌대, 라랏슈아 토벌대 등등의 다양한 호칭들 중 '성녀의 토벌대'가 일반적인 호칭으로 굳어졌다.

좋은 소식이 드문 세상이다. 사람들은 기적적인 성과를 내는 토벌대와 날개 달린 수호성인의 보호를 받는 엘릭서의 성녀에 대해 이야기하길 즐겼다. 다음에는 성녀의 토벌대가 어떤 성과를 낼지 모두가 기대했다.

아쉽게도 '성녀의 토벌대'는 그 뒤로 한동안 조용했다.

에리히는 겨우내 위버에 머물렀다. 그는 봄이 되어 변경백 부부가 돌아올 때까지 소백작으로서 영지를 책임져야 했다.

아리아드네도 한두 달가량 위버에 있었다. 그녀는 레베카 가르시아가 대마법사를 위한 의수를 제작해 가져오는 것까지 본 뒤에 엘디어 영지로 돌아왔다.

돌아온 그녀를 기다리고 있던 것은 우 대륙에서 돌아온 그녀의 비서 사이먼 덴트였다.

사이먼은 떠날 때와 별다를 바 없이 말끔했다. 그는 두꺼운 보고서 뭉치를 아리아드네의 집무실 책상 위에 올려놓은 뒤 허리를 숙였다.

"오랜만에 뵙습니다, 주인님."

"정말 오랜만이네. 그동안 고생 많았어."

사이먼이 악셀의 행적을 조사하기 위해 우 대륙으로 떠난 건 아리아드네의 18살 성인식 직후의 일이었다. 19살 생일이 지난 지도 좀 되었으니 1년 이상 걸린 셈이다.

아리아드네는 그에게 차를 내주며 물었다.

"저 보고서 더미가 그동안 조사한 내용이야?"

"예. 악셀 발렌타인이 발렌타인 협회로 돌아온 뒤부터 주인님의 성인식 연회에 참석하기까지의 행적을 전부 조사한 결과입니다."

"전부? 그 기간에 있었던 일을 전부 조사했다고? 그게 가능했어?"

"발자취를 따라 모든 구간을 조사했으나 빈 부분도 있긴 합니다. 그가 대체로 혼자 행동한 탓에 흔적이 끊기는 경우가 있어서요. 그래도 타인에게 알려진 정보는 전부 있다고 보셔도 무방합니다. 여러모로 인상착의가 눈에 띄는 자니까요."

사이먼이 보고서 뭉치의 가장 위에 있던 종이를 가져와 그녀에게 내밀었다.

"이게 요약본입니다."

"고마워."

아리아드네는 종이를 받아 읽어 보았다. 시간순으로 악셀의 행적이 일목요연하게 정리되어 있었다. 간혹 빈 곳이 있긴 했으나 대부분은 뚜렷했다. 사건이 표시된 지도도 첨부되어 있어 그간 그가 어디에서 무얼 하며 돌아다녔는지 한눈에 보였다.

그녀는 새삼 제 비서의 유능함에 감탄하며 악셀의 발자취를 대강 훑어보았다.

'엄청나게 돌아다녔네. 업적도 엄청나게 세웠고.'

닫은 미궁만 8개. 심지어 개중 단신으로 공략한 미궁이 3개나 되었다. 신기한 건, 그가 거의 우 대륙 내에서만 움직였다는 점이다.

'이렇게까지 우 대륙에만 집중하게 된 계기가 있었나?'

좌 대륙도 돌아다니긴 했지만 샅샅이 훑은 우 대륙과 달리 자신이 했던 임무 지역들을 돌아보는 정도였다. 수정 오아시스에 들른 뒤 역대급 크기의 칠색 수정 감정을 맡겼다는 부분에 잠깐 그녀의 시선이 붙들렸다.

'그 수정이구나.'

악셀이 생일 선물로 그녀에게 주었던 것. 영지로 돌아온 뒤 브로치로 가공 중인 칠색 수정. 그녀가 묘한 기분으로 그 부분을 보고 있는데, 사이먼이 안경을 추켜올리며 입을 열었다.

"그리고…… 보고서에는 기재하지 않았으나 따로 보고 드리고 싶은 것이 있습니다."

그 말에 아리아드네가 종이를 내려놓고 고개를 들었다. 사이먼은 그답지 않게 꽤 망설이는 기색이었다.

"왜? 뭐든 괜찮으니 말해 봐."

그는 아리아드네가 한 차례 독촉한 뒤에야 겨우 말을 꺼냈다.

"행적을 추적하다 보니 이상한 점들이 눈에 띄었습니다. 우선 그가 아드리안 블랙을 찾아다니면서도 기이할 정도로 우 대륙 위주로 활동한 점."

"확실히, 악셀은 좌 대륙에서 협회 생활을 했는데 우 대륙 위주로 나를 찾아다닌 게 좀 이상하긴 해."

"예. 그래서 그에 관한 소문을 수집하면서 좀 조사를 해 보았는데…… 거기서 더 기이한 점을 발견했습니다."

"어떤 점?"

사이먼은 설명하기가 힘든 듯 눈살을 찌푸렸다. 그는 한참을 머뭇거리다가 겨우 입을 열었다.

"조사하면 조사할수록 누군가가…… 그자를 우 대륙에 묶어 두려는 의도를 가지고 유도하는 것처럼 느껴졌습니다."

"뭐? 그게 무슨 소리야?"

"예를 들면, 여길 보십시오."

사이먼이 지도의 한 곳을 짚었다.

"우 대륙으로 넘어갔던 악셀 발렌타인이 좌 대륙으로 돌아온 적이 있습니다. 넘어온 직후, 그는 바로 이동하여 정령수 아름드리를 얻었습니다."

아리아드네는 그가 짚은 곳을 보았다. 악셀은 망설임 없이 일직선으로 아름드리가 있는 숲으로 향했고 그 정령수를 얻은 뒤엔 곧바로 우 대륙으로 돌아왔다.

마치 처음부터 정령수를 얻으러 잠시 방문한 듯한 행적.

"이건 그곳에 가면 정령수를 얻을 수 있다는 걸 알고 있는 듯한 경로지 않습니까. 우연으로 이렇게 움직일 수는 없습니다. 누군가가 그에게 이 정보를 준 겁니다."

"……나는 아냐."

"압니다. 주인님께서 하신 일이었다면 제가 모를 수가 없으니까요.

다른 누군가입니다.”

“…….”

“정령수를 얻은 뒤 그를 곧바로 우 대륙으로 돌아오게 만든 건, 우 대륙의 동부에서 복합 영토를 만들 수 있는 정령사가 나타났다는 소문이었습니다.”

“…….”

“그건 출처조차 불분명한 헛소문이었습니다. 그런데 별다른 정보 수집 수단도 없고, 심지어 좌 대륙에 있던 그에게 ‘우연히’ 그 소문이 들어간 듯하더군요.”

“…….”

“비슷한 일이 몇 번이나 반복됩니다.”

사이먼은 기록된 악셀의 행적 곳곳을 손으로 짚어 보였다.

“다양한 소문과 정보가 적재적소에서 그를 이끌었습니다. 미궁을 정복하고 정령수와 대정령을 얻으면서 우 대륙 내에서만 머물도록.”

“……우연이 아니라고?”

“우연이라기엔 악셀 발렌타인의 행적이 너무나 이상합니다. 때로는 아무런 소문도 없이 갑작스럽게 어떤 곳으로 직진하기도 하더군요. 배후에서 그를 이끈 무언가가 있었다는 의심이 지워지질 않습니다.”

아리아드네는 소름이 돋는 것을 느꼈다. 그러고 보니 악셀은 이렇게 소설 전개와 달라진 상황에서 어떻게 소설 속 주인공과 똑같은 정령수들을 얻은 걸까. 심지어 대정령까지.

그냥 그녀가 개입하지 않아서 소설대로 흘러간 거겠거니 하고 깊게 파고들지 않았던 부분이었다.

원작대로 흘러간 거라면, 악셀은 왜 원작에선 몇 번 회귀한 뒤에나

가는 우 대륙에서 주로 활동한 걸까. 생각할수록 이상했다. 그녀가 입을 다물고 고심하자 사이먼이 다시 말을 꺼냈다.

"그리고 또 이상한 점이 있습니다."

"또? 뭐가?"

"그가 돌아다닌 경로에 검은 잔을 받은 자들에 관한 목격담이나 사건이 너무 많습니다."

아리아드네는 저도 모르게 종이를 힘주어 움켜쥐었다. 사이먼이 계속해서 말했다.

"처음에는 알아채지 못했습니다. 하지만 조사한 것들을 정리해 보고서를 쓰다가 깨달았지요. 지도에 위치를 표시할 때마다 겹친다는 것을."

"……정확히 어떤 사건들이길래? 목격담은 또 뭐야. 검은 잔을 받은 자들이 그렇게 눈에 띄는 족속은 아니잖아?"

"예, 그 점이 더 기이합니다. 보통은 끔찍한 사건이 발생한 뒤에야 그 배후에 검은 잔을 받은 자들이 얽혀 있다는 것을 알게 되지요. 하지만 악셀 발렌타인의 경로 근처에서 발견된 사건들은 그렇지 않았습니다."

사이먼이 다른 서류 뭉치를 꺼내 건넸다.

"그런 사건을 정리한 자료입니다. 세 가지 공통점이 있더군요."

아리아드네가 서류를 받아 훑어보는 사이, 사이먼이 말을 이었다.

"첫째, 사건을 일으킨 목적이 불분명합니다. 둘째, 사망자가 거의 없습니다. 셋째, 어설픕니다."

"어설프다니?"

"검은 잔을 받은 자들은 일반적으로 교활하고 강력한 존재들이지 않습니까. 그러나 악셀 발렌타인의 경로에 끼어든 자들은 다릅니다. 미숙하고 약하고 허술해서 쉽사리 목격당하고 토벌되더군요."

서류에는 다양한 사건과 목격담이 악셀의 행적이 표시된 지도와 함께 나열되어 있었다. 아리아드네는 그중 눈에 띄는 사건을 읽어 보았다.

한 마을 주민들이 단체로 세뇌되어 며칠 간의 기억을 잃은 사건. 사도나 흑마법사의 짓이 확실하나 목적을 알 수 없음. 사망자 없음. 별다른 피해 없음.

'기억이 사라진 기간 동안 악셀 발렌타인이 해당 마을에 숙박함…….'

그리고 악셀은 그 마을에 들른 다음, 갑자기 가던 길을 바꿔 다른 방향으로 향했다.

아무리 봐도 수상했다.

'이건 마치…… 누군가 마을 사람들을 단체로 세뇌해서, 그들을 이용해 악셀에게 정보를 주고 다른 곳으로 가도록 유도한 것 같잖아.'

아리아드네의 표정이 심각해졌다. 사이먼이 서류 뭉치를 넘겨 한 곳을 짚어 보였다.

"예외도 있긴 합니다. 검은 잔을 받은 자들이 악셀 발렌타인이 소속되어 있던 토벌대를 습격한 사건. 이 사건에선 토벌대원이 거의 다죽고 그도 습격당했다더군요."

"……이런 식으로 악셀이 검은 잔을 받은 자들과 직접 마주한 사건이 또 있어?"

"아니요. 직접적인 습격은 이것뿐입니다. 그 외엔 대체로 간접적인…… 그의 주변이나, 그가 가던 길에서 일어난 일들입니다."

아리아드네는 악셀이 그녀의 거울상을 처리한 뒤에 했던 이야기를 떠올렸다.

"저는 우 대륙에서 사도의 저주로 당신이 죽는 환각을 본 적이 있습니다."

아리아드네가 아드리안인 걸 그가 모르던 시절에 보았다던, 그녀가 죽는 환각 저주.

그 습격 때 당했던 걸까?

사도들은 악셀에게 의도적으로 그런 걸 보여 준 걸까? 대체 왜? 어떻게? 그녀가 아드리안인 건 당시에는 악셀조차 몰랐던 사실인데.

'정말 이 모든 일이 우연이 아니라면.'

만약, 정말로, 누군가가 악셀을 계속해서 유도했다면. 심지어 그러기 위해 검은 잔을 받은 자들을 이용했다면.

그럴 수 있을 만한 존재는 단 하나였다.

'마왕.'

전신이 차가워졌다. 아리아드네는 서늘해진 눈으로 서류를 내려다보았다. 악셀을 유도한 게 마왕이라면 그자는 왜 갑자기 움직이기 시작했고, 무엇을 노리는 걸까.

'악셀에게는 내가 죽는 환각을 보여 줬고…… 나는 악셀의 모습을 한 마왕의 환각을 봤지.'

환각 저주는 상대의 무의식을 헤집어 상대가 싫어하고 두려워하는 장면을 보여 준다. 그래서 본 장면에 큰 의미를 두지 않으려 했다. 그녀 자신의 두려움이 구현된 것뿐이라면 환각 자체는 악몽 같은 것에 불과하니까.

그러나 그녀가 은거울 미궁에서 보았던 환각은 여러모로 저주라엔 이상했다.

'예지몽일지도 모른다고 생각했었지.'

그녀에게 도망치라고 하던 악셀. 그녀를 오염시키려던 악셀. 입안에 도사린 마왕. 다양하게 번역되던 마계어.

'미궁 내에서, 마왕의 영역에서 꾼 꿈이야. 예지몽 같은 게 아니라 마왕의 수작이라고 가정해 보면, 확실한 건.'

마왕이, 나를, 알고 있다.

마왕이 아리아드네 엘디어를 주시하고 있다.

오싹해졌다. 그녀는 팔로 제 몸을 감싼 채 생각을 거듭했다.

'나를, 왜?'

그녀가 지나치게 눈에 띄는 활약을 했기 때문일까?

'아냐. 마왕은 성전의 전황에 큰 관심이 없어. 신이 되기만 하면 언제든 이길 수 있으니까. 마왕이 나를 주시하게 된 건 아마도······.'

악셀 때문일 거다. 대미궁으로 가는 것만을 생각하며 다듬어져야 할 자신의 그릇이 엉뚱한 인간을 찾는 것에만 정신이 팔려 있으니 마왕이 움직인 거다.

'혹은, 악셀이 나랑 같이 대미궁을 공략하면 죽음을 겪지 않으리라는 것을 눈치챘거나.'

그녀가 악셀의 회귀를 막으면서 대미궁을 정복하려 하는 걸 마왕이 알아차렸을지도 모른다.

'마왕은 마신을 죽이고 마신의 권능을 빼앗았잖아.'

마왕이라면 시간을 다루는 그 권능으로 미래를 내다봄으로써 아리아드네의 존재가 자신에게 방해된다는 것을 알게 되었을 수도 있다. 소설에 마왕에게 예지 능력이 있다는 언급은 없지만, 이미 소설에 언급되지 않은 것들이 많이 등장했으니.

한낱 인간에게 시간을 거스르는 능력을 부여할 수 있는 마왕이다. 그자가 미래를 보지 못할 이유가 없지 않은가.

'자신이 실패하는 미래를 봤나? 그래서 악셀과 나를 떼어 놓으려는 건가?'

그렇게 생각하면 그럭저럭 앞뒤가 맞는다. 악셀을 우 대륙에 묶어 두려 유도한 것이나, 그에게 그녀가 죽는 환각을 보여 준 것이나, 그녀에게 악셀의 모습으로 다가와 오염시키려던 것이나.

'그럼 지금도 마왕은 우리를 주시하고 있는 걸까? 설마 은거울 미궁이, 원작에 없었던 그 미궁이 출몰한 것도⋯⋯.'

자신이 일으킨 나비효과일까. 이나민 마을의 참사처럼.

"주인님?"

그녀가 핏기 없는 낯으로 입술을 잘근잘근 깨물고 있자, 사이먼이 조심스럽게 불렀다. 아리아드네는 서류를 내려놓고 간신히 미소를 만들었다.

"굉장히 도움이 됐어, 사이먼. 아, 이 정보들은 나 외의 다른 사람에게는 절대 알리지 마."

"예, 알겠습니다."

"참, 결과가 훌륭하니 성과급 두 배로 줄게."

"감사합니다!"

사이먼은 건조한 인상과 어울리지 않게 희희낙락하며 돌아갔다.

아리아드네는 그를 보낸 뒤로도 한참을 집무실에 남아 있었다. 마왕이 미래를 볼 수 있다면, 그녀를 이미 주시하고 있다면, 지금 악셀의 힘을 모두 마왕이 유도해서 만들어 낸 거라면.

'어떻게 해야 하지?'

원작 소설과 환상 도서관이라는 등불로 환하게 밝혀 두었다고 생각했던 길에, 실은 어둠에 묻힌 부분이 훨씬 더 많을지도 모른다. 무한한 암흑 속에 도사린 마왕이 그녀가 믿는 한 줌의 빛을 비웃고 있을지도 모른다.

아득하고 막막했다. 두려워졌다.

사실 나는 아무것도 모르고 있는 건 아닐까. 원작의 주인공처럼 실패가 예정된 길을 걷고 있는 건 아닐까. 무지의 공포가 목을 조여 왔다.

그 순간 그녀는 은거울 미궁을 떠올렸다. 정보 없이 대면한 첫 미궁. 중압감과 부담감. 두려움.

그렇다고 그녀가 물러났던가? 그녀가 정신을 잃었을 때, 그녀의 동료들은 무력하게 아무것도 하지 못했던가?

'아니. 그렇지 않았지.'

사람들은 미래를 알고 행동하지 않는다. 무엇이 기다리고 있는지 모르면서도 사람은 앞으로 나아간다. 누구나 그렇게 산다.

그러니 자신도 그럴 수 있었다.

'물러설 수는 없어. 뒤에는 아무것도 없잖아.'

어둠 속에 무엇이 있든 밝혀 둔 곳을 따라 나아가자.

마왕이 그녀를 주시하고 있든 말든, 뒤에서 뭘 꾸미고 있든 말든, 그녀가 해야 하는 일은 변하지 않는다. 대미궁을 정복하고 성전을 끝내는 것.

지켜야 할 사람이 많다. 지켜야 할 땅도 있다. 짊어진 믿음과 기대도 있다. 게다가 마냥 어둠 속을 헤매는 다른 이들과 달리 어쨌든 자신에겐 환상 도서관이라는 등불이라도 있지 않나.

등불을 들고 있는 사람이 어둠이 두려워 나아가지 못한다면 대체 누가 앞으로 나아갈 수 있겠는가.

'가자.'

그녀는 흔들림 없는 눈으로 서쪽을 바라보았다. 저주받은 땅, 그 중앙에 있을 라비린토스, 그 멸망한 도시를 짓누르고 있을 대미궁을.

'시간을 끌다간 마왕이 무슨 짓을 할지 모르니, 아무래도 좀 더 빨리 출발해야겠어.'

다행히 은거울 미궁에서 일행들은 모두 그녀의 예상보다 훨씬 나은 모습을 보여 주었다. 베로니카의 검술이 일취월장했고 에리히는 삼중 영창에 근접했다. 루드빅은 저격이 가능해졌고 뤼르는 날개를 얻었으며 악셀은 동료와 함께 싸우는 법을 익혔다.

'대미궁이 원작대로라면 할 만하다 못해 여유가 넘쳐. 이제 우리는 이변이 발생해도 충분히 대응할 수 있을 거야.'

아리아드네는 결정을 내렸다.

'성녀의 토벌대'의 다음 기적을 기대하던 이들에게 들려온 건, 그들이 대미궁을 닫기 위해 저주받은 땅으로 출발할 거라는 소식이었다.

온 대륙이 모두 그 소식으로 들썩였다. 아무리 그래도 너무 이른 것 아니냐, 좀 더 경험을 쌓는 게 낫지 않냐, 진짜 출발하는 거냐, 성공할 가능성이 있긴 하냐, 혹시 정말 성전이 끝나는 거냐.

수많은 물음과 의문, 추측, 걱정, 기대 속에서 성녀의 토벌대는 묵묵히 출정을 준비했다. 그리고 그해 여름의 끝 무렵, 왕성에서 토벌대를 송별하기 위한 승전 기원 연회가 열렸다.

"어릴 때 했던 약속을 이럴 때 써먹다니……."

아비쉘 왕성 내에 있는 귀빈 숙소에서, 위버 백작 부인이자 눈표범 기사단장인 셀리아나 퀴젤라스는 깊은 한숨을 내쉬었다.

"죄송해요."

아리아드네는 미안한 미소를 지어 보였다.

그녀가 여름이 끝나자마자 대미궁으로 출발하겠다고 선언했을 때 가장 반대한 건 대마법사와 변경백이었다. 너무 이르다는 이유였다.

아리아드네는 예전부터 대미궁을 닫겠다는 제 목표를 딱히 숨기지 않았다. 그래서 변경백도, 대마법사도, 백작 부인도 모두 그녀가 언젠가 저주받은 땅으로 가리라는 것을 알고 있었다.

그래도 설마 아리아드네가 스무 살도 되기 전에 출발하려 할 줄은 몰랐다. 그녀 주위의 어른들은 대체로 그녀가 20대 후반쯤에 일을 벌일 거라 각오하고 있었기에 당혹감을 감추기가 어려웠다.

무슨 수를 써서든 아리아드네의 출발을 늦추려던 대마법사와 변경백을 설득한 건 백작 부인이었다. 실상은 셀리아나도 너무 이르다는 입장이었으나 아리아드네가 꺼낸 오래전의 약속 탓에 어쩔 수가 없었다.

"삼촌이나 할아버지가 반대하는 일이 생기면 찾아오라고 하셨잖아요. 그게 뭐든 무조건 한 번은 믿어 주고, 도와주시겠다고."

어린 아리아드네에게 셀리아나가 했던 약속이었다. 그녀는 아리아드네의 치장을 살피며 다시금 깊은 한숨을 내쉬었다.

귀족 여성의 치장은 으레 샤프롱이 마지막으로 점검하곤 했다. 어머니가 없는 아리아드네의 샤프롱은 언제나 백작 부인이었다. 셀리아나 퀴젤라스는 위버의 기사단장으로서 늘 바쁘면서도 아리아드네의 샤프롱 역할을 한 번도 빠뜨리지 않았다.

아리아드네는 거울을 통해 제 뒤에 선 셀리아나를 올려다보았다. 어머니의 빈자리를 채워 준 외숙모가 걱정으로 그늘진 얼굴을 하고 있었다.

아리아드네가 처음으로 토벌에 나서겠다고 했을 때도, 안절부절못하던 변경백이나 대마법사와 달리 대범하게 응원하던 사람이었는데.

"……정말 미안해요."

"왜 자꾸 사과를 하니."

"걱정하게 만들어서요. 저뿐만 아니라 에리히 오라버니랑 베로니카 경까지 끌어들이고."

셀리아나가 픽 웃었다. 그녀는 반묶음으로 올린 아리아드네의 머리 리본을 다듬어 주며 말했다.

"걔들 스물일곱 살이나 먹었다. 엄마나 스승이 앞가림해 줄 나이는 한참 전에 지났어. 자기들이 가겠다는데 내가 뭐라 하겠니."

"그래도요. 제가 결정한 거니까."

"네 결정을 신뢰하고 따르기로 선택한 건 그 애들이야. 그리고 아리아, 나도 너를 믿는단다."

리본 손질을 끝낸 셀리아나가 그녀를 부드럽게 일으켜 세웠다.

"너를 믿지 않으면 아무리 어릴 적에 약속했다 한들, 그런 위험한 곳에 가겠다는 걸 어떻게 내버려 두겠니."

"숙모⋯⋯."

"대마법사님도, 에른도 사실 마찬가지란다. 우리는 네가 해낼 수 있을 거라고 믿는다. 우리가 걱정하는 건 널 믿지 못해서가 아니야. 이해하겠니?"

"네, 이해해요."

무슨 마음으로 걱정하고 반대하는지 모를 리가 있겠는가. 그들은 가족이었다.

"이해하기 때문에 미안한 거예요."

아리아드네는 셀리아나의 손을 가만히 잡았다. 그러자 셀리아나가 그녀를 끌어안으며 속삭였다.

"그래⋯⋯. 네가 마침내 눈보라 속으로 나아가는구나."

"위버의 후손이니까요."

아리아드네는 그녀를 마주 안으며 웃었다.

"게다가 전 강을 길로 만드는 퀴젤라스의 정신도 물려받았고, 광야에서 황금을 찾아내는 엘디어의 핏줄이기도 하니, 눈보라 속에서도 길을 만들고 황금을 찾아낼 수 있을걸요."

"가르시아를 빠뜨렸구나. 대마법사님이 섭섭해하시겠는데."

"아, 이런. 맞아요. 저한테는 언제나 대가를 받아 내는 가르시아의 피도 흐르죠. 마왕한테도 대가를 받아 내야겠어요."

그녀의 능청에 셀리아나가 웃음을 터뜨렸다.

"훌륭하구나. 자 그럼, 눈보라를 넘어 마왕에게 대가를 받아 낸 다음 황금을 가지고 강을 따라 무사히 돌아오렴."

"네, 꼭 그럴게요."

"사랑한단다, 우리 꼬마 전사님."

"저도 사랑해요. 아주 많이요."

모녀 아닌 모녀는 그렇게 서로를 한참 안고 있었다.

연회에는 미혼일 경우 샤프롱이나 부모와 함께, 기혼일 경우 배우자와 함께 입장하는 것이 예의다.

아리아드네는 미혼이고 약혼자도 없기에 성인이라도 샤프롱과 함께 입장해야 한다. 하지만 이번 연회에서는 그러지 않기로 했다. 연회의 주인공은 홀로 입장하는 법이기에.

승전 기원 연회의 주인공은 성녀의 토벌대였으므로, 아리아드네는 토벌대원들과 함께 입장할 예정이었다. 국왕은 성녀의 토벌대에게 타국 왕족이 왔을 때나 내어 주는 귀빈 숙소를 건물 통째로 내어 주었다.

아리아드네는 백작 부인과 함께 숙소의 1층 로비로 향했다. 복도의 난간 너머로 모여 있는 일행들이 보였다. 악셀과 뤼르는 아직 안 왔는지 베로니카, 에리히, 루드빅 셋뿐이었다.

루드빅은 몹시 화려한 제복을 입고 있었다. 어지간한 사람이라면 옷에 파묻힐 요란한 차림이지만, 그는 금발에 붉은 눈이라는 더 화려한 외모 덕에 그런 옷차림도 자연스럽게 소화했다.

프란츠 엘디어도 참 화려한 남자였다. 저런 얼굴과 반짝이는 머리칼에는 저런 옷차림이 확실히 잘 맞는 모양이다.

'잘 어울리네.'

아리아드네는 큰 감흥 없이 그렇게 평하고는 그 옆으로 시선을 돌렸다. 베로니카는 금장식이 들어간 검은 갑옷에 검푸른 망토를 걸치고 있었다. 예식용처럼 보이지만 사실 실전용 갑옷으로, 아리아드네가 이번에 그녀에게 만들어 준 고성능 아이템이었다.

그 갑옷 가슴팍에는 금으로 새긴 나팔꽃 문장과 은으로 새긴 눈표범 문장이 함께 달려 있었다.

베로니카는 눈표범 기사단 소속인 동시에 아리아드네의 호위 기사였다. 그런데 아리아드네가 공작이 되면서 그녀의 소속이 약간 불분명해졌다. 분명 공작의 호위 기사지만, 엘디어의 황금 사슴을 달기엔 애매한 신분.

그래서 아리아드네는 공작이 아닌 자신을 상징하는 문장을 따로 만들어 그녀에게 추가로 달아 주었다.

'가벼운 제복을 입어도 될 텐데. 하긴, 니카는 갑옷을 입었을 때가 훨씬 멋지니까.'

갑옷이 완성된 지 얼마 안 되어서 걸친 모습은 처음 보았다. 검은 머리에 검은 눈의 기사에게 검은 갑옷은 예상보다 더 잘 어울렸다. 나른한 표정으로 서 있는데도 그녀에게서 철벽같은 위용이 느껴졌다. 견고한 아름다움이었다.

아리아드네는 의뢰했던 대장장이에게 보너스를 주어야겠다고 결심했다.

에리히는 평소보다 자수가 훨씬 많은 마법사의 정복을 걸치고 있었다. 헝클어져 있을 때가 많은 짧은 은발도 가지런했다. 그는 자꾸만 베로니카를 흘깃거리더니 건틀릿을 낀 손을 툭툭 쳤다.

"야, 넌 이럴 때도 갑옷이냐."

"왜……? 아가씨께서, 만들어 주신 건데. 편하고…… 마음에 들어."

"그게 아니라, 어, 잘 어울리고 멋지긴 한데, 어, 그러니까, 너, 너, 너, 춤 안 출 거야?"

에리히가 답지 않게 버벅거리며 물었다. 베로니카가 고개를 기울였다.

"출 건데."

"드레스 입고 추라고 만든 춤을 갑옷 입고 추려고? 치맛자락 잡는 동작 할 때 뭐 잡을 거냐? 공기?"

에리히가 인상을 쓰고 툴툴거렸다. 베로니카는 물끄러미 그를 보다가 툭 말했다.

"너하고, 안 출 테니까…… 신경 꺼."

"뭐!? 나, 나랑 춤 안 춘다고?"

"응."

"왜!"

"싫다며."

"내가 언제!"

"이상할, 거라며."

"아냐! 내가 언제! 네가 왜 이상해! 넌 뭘 입어도 안 이상해! 갑옷 입고 춤추는 게 뭐 어때서 그래! 드레스 대신 망토 잡으면 되지!"

"애쓰네…… 이제 와서."

"너, 너, 나 말고 누구랑 춤추려고! 어떤 놈이랑!"

"놈 아니야. 아가씨랑, 출 거야."

"……."

에리히는 멍하니 입을 벌렸다가 빽 소리쳤다.

"그럼 남자는 나랑만 춤추는 거다!"

"내가, 너 말고 다른 남자랑…… 춤을 왜 춰. 귀찮게."

"어…… 어?"

"너니까, 같이 춤추겠다고, 하는 거지……. 어쨌든, 알았어……."

베로니카는 귀찮은 듯 대충 대답하고 고개를 돌렸다.

"……나라서 같이 추는 거라고?"

그녀의 말을 되뇌던 에리히가 입을 뻐끔거렸다. 곧 그의 목덜미부터 이마 끝까지 새빨갛게 달아올랐다.

"와, 와, 잠깐만. 잠깐……."

"왜 그래……?"

"……더, 더워서! 더워서 그런다! 아직 여름이잖아! 아, 덥다!"

그는 괜한 혼잣말을 하면서 옷자락을 펄럭거렸다.

아리아드네의 옆에서 아들이 하는 짓을 고스란히 본 셀리아나가 깊은 한숨을 내쉬었다.

"쟤는 참…… 취향은 제 아버지를 닮았으면서 하는 짓은 대마법사님이랑 아주 똑같다니까. 에른은 우직하고 솔직했는데 말이야."

"할아버지도 연애하실 때 저러셨어요?"

"더했으면 더했지, 덜하진 않으셨던 듯하더구나. 에리히가 니카 앞에서 하는 짓 볼 때마다 젊은 시절 생각나서 괴롭다고 하시더라고."

"그, 그렇군요."

아리아드네는 웃음을 참으려 노력했다. 아래에선 루드빅이 벌게진 에리히를 모른 척해 주려고 노력하고 있었다.

"더우시다니 창문을 열겠습니다, 소백작."

장단을 맞춰 주려 창문을 열던 그가 갑자기 뒤로 훌쩍 물러났다. 곧 푸드득거리는 소리와 함께 뤼르 이나민이 그 창으로 날아 들어왔다.

그는 여전히 직접 물들인 검은 신관복을 입고 있었다. 신전에서 수호성인용으로 새로 신관복을 만들어 주겠다고 했는데도 단칼에 거절하고 말이다. 제 죄를 잊고 싶지 않다는 이유였다.

아리아드네는 그의 의견을 존중하는 대신, 그 낡은 신관복을 수선하고 덧대어 마법적인 기능을 추가했다. 가슴팍에 엘의 문장과 함께 베로니카에게 달아 준 것과 같은 그녀 개인의 문장도 달아 주었다.

그 결과를 본 신전은 수호성인의 신관복을, 기존의 신관복을 검게 물들이고 금실로 수호 대상의 문장을 추가한 것으로 규정해 버렸다. 심지어 수호성인은 수호 대상의 그림자이기에 검은 신관복을 입는 거라는 그럴싸한 명분까지 붙여 놓았다.

살아 있는 신의 증거가 스스로를 죄인이라 하고 다니는 것을 막기 위한 신전의 몸부림이었다.

뤼르는 날아오느라 흐트러진 옅은 갈색 머리칼과 날개를 갈무리하며 어색하게 웃었다.

"제가 늦었습니까?"

"아니요. 비행이 많이 능숙해지셨군요, 신관님."

"아직 서툽니다. 지금도 연습하다가 시간을 미처 못 봐서……."

머리를 긁적인 뤼르가 허리띠에 달고 있던 가죽 주머니를 열었다. 그 주머니는 아리아드네가 대미궁 토벌을 준비하면서 일행 전원에게 마련해 준 대량의 보급품이 든 인벤토리 아이템이었다.

그는 주머니에서 빗자루를 불쑥 꺼내더니 창가에 떨어진 깃털들을 능숙하게 쓸어서 버리기 쉽도록 구석에 모아 놓았다.

'빗자루 넣어 다니라고 준 인벤토리 아이템이 아니었는데…….'

그녀는 내심 한숨을 쉬었다. 다른 이들은 뤼르가 그러는 것에 벌써 익숙해져 그러려니 했다.

"먼저 가서 기다리고 있으마."

백작 부인이 웃으며 말하고는 앞서 내려갔다.

이어 아리아드네가 중앙 계단을 내려오자 일행들의 시선이 쏠렸다. 진주가 별처럼 수놓아진 검푸른 드레스. 드레스에 맞춘 진주 귀걸이와 목걸이. 리본과 생화가 얽혀 있는 달빛 같은 백금발. 오랜만에 고위 귀족다운 정장을 갖춰 입은 그녀는 대단히 아름다웠다.

"공작님."

잠깐 멍해졌던 루드빅이 재빨리 다가와 그녀를 에스코트했다. 아리아드네는 그가 내민 손에 장갑 낀 손을 올리며 물었다.

"다들 모였네. 그런데 악셀은 어디 갔어?"

"글쎄요……."

루드빅이 말끝을 흐리는데 마침 계단에서 인기척이 났다. 그녀는 뒤를 돌아보았다. 중앙 계단을 걸어 내려오던 악셀과 그녀의 시선이 마주쳤다.

찰나, 시야 전체가 그로 가득 차는 듯한 착각이 들었다.

단정히 쓸어 넘긴 머리칼 아래로 깨끗하게 드러난 흰 이마. 곧고 짙은 눈썹. 깊은 눈매 속의 용암처럼 붉은 눈동자. 반듯한 콧날과 강인한 턱.

재킷 사이로 살짝 보이는 팽팽하게 당겨진 흰 셔츠. 튀어나온 목울대. 두꺼운 가슴통에 비해 의외로 늘씬한 허리와 종마 같은 허벅지.

근육으로 뒤덮인, 무기나 다름없는 그 몸을 고상하게 감추고 있는 검은 예복. 검은 가죽 장갑. 그 장갑을 당겨 끼고 있는 뼈대가 굵고 커다란 손. 소매 끝의 루비 커프스.

아리아드네는 순간 그가 낯설어 보였다. 그녀가 아는 야생의 맹수 같은 악셀 발렌타인이 아니라 우아하고 낯선 귀족 남자가 거기에 서 있었다.

그러다가 그의 예복 가슴팍에 달린 작은 나팔꽃 문장이 눈에 띄었다. 베로니카나 뤼르처럼 그에게 그녀가 좌 대륙식 예복을 맞춰 주면서 가문의 문장 대신 달아 준 문장이었다.

눈표범 문장을 함께 단 베로니카나 엘의 문장을 함께 달고 있는 뤼르와 달리 그는 오직 나팔꽃 문장만을 달고 있었다. 그게 문득 제 것이라 도장을 찍어 둔 것처럼 보였다.

그는 제 것이었다. 낯선 남자가 아니라.

'내 것. 내 악셀 발렌타인.'

무심코 든 그 생각에 형언할 수 없는 만족감이 가슴 깊은 곳부터 뿌듯하게 차올랐다. 그녀는 그를 향해 미소 지었다.

"어서 와, 악셀. 예복은 잘 맞아?"

악셀은 계단 중간에 우뚝 선 채로 잠시 말이 없었다. 붉은 눈동자가 깜박이지도 않고 그녀를 담고 있다가 잘게 흔들렸다. 대답은 숨을 세 번은 고를 시간이 흐른 후에야 겨우 나왔다.

"……예."

"다행이네. 자, 가자."

그녀가 돌아서서 걸었다. 악셀은 기계적으로 그 뒤를 따르며 생각했다.

'저번에는 어떻게 태연했었지?'

아리아드네는 성인식 때 더 화려하게 꾸미고 있었다. 공작 취임식 때는 장엄하기까지 했다. 그런데 그때보다 왜 지금이 더 눈을 뗄 수 없는 걸까.

그리고 왜, 그녀를 에스코트하고 있는 루드빅의 손을 꺾어 버리고 싶어지는 걸까.

저주받은 땅은 출입이 금지되어 있기에 들어가려면 국왕의 허락이 필요했다. 어디까지나 형식적인 절차였다.

애초에 어중이떠중이들이 들어가서 생목숨 잃지 말라고 금지해 둔 것뿐인 데다, 갈수록 넓어지는 저주받은 땅의 경계선을 각국에서 삼엄하게 경비하는 건 불가능하기 때문이다.

게다가 현재 대미궁 정복에는 각국 왕실에서 각출한 어마어마한 상금과 다양한 보상이 걸려 있었다. 토벌을 독려하면 했지, 막으려 들진 않는다는 뜻이다. 수준 미달의 토벌대만 아니면 허가는 거의 자동이었다.

그래서 아리아드네도 형식적으로나마 왕실에 허락을 청했다.

그런데 의외로 허가까지 시간이 제법 걸렸다. 연회 준비 때문이었다. 국왕의 허가서는 연회 초대장과 함께 도착했다.

크레타 제국이 멸망하고 저주받은 땅이 생겨난 지 벌써 20년이 넘었다. 하루라도 빨리 대미궁을 닫아야만 한다는 주장은 이미 수도 없이 나왔으나 아무런 대책이 없었다. 들어간 사람이 살아 돌아오지를 못하니 조사조차 이루어지질 않았다. 다들 전전긍긍하고만 있었다.

그 와중에 나타난 기적에 가까운 성과를 내는 토벌대. 차마 대놓고 말은 못 해도 사실 대부분의 사람들이 성녀의 토벌대가 대미궁을 닫아 주길 바랐다.

국왕 또한 그런 이들 중 하나였다. 먼저 제안할 수가 없는 일이라 끙끙 앓고 있었을 뿐. 그런데 엘디어 공작이 스스로 토벌에 나서겠다고 요청서를 보내온 것이 아닌가.

솔직히 국왕은 그녀에게 맨발로 절이라도 하고 싶은 기분이었다. 심지어 아리아드네는 왕실에 지원을 요청하지도, 각국에서 이미 걸어둔 보상 외의 다른 대가를 요구하지도 않았다.

국왕은 그녀가 성녀가 아니라 구세주처럼 보일 지경이었다. 그는 아리아드네의 마음이 바뀔세라 요청서를 받자마자 승전 기원 연회를 준비했다.

급하게 준비된 승전 기원 연회는 그렇게까지 큰 규모는 아니었다. 성전의 전황이 갈수록 나빠지며 왕실에 여력이 부족해 크게 화려하지도 않았다.

그럼에도 손님은 연회장이 미어터지다 못해 정원이 복잡할 정도로 몰려들었다. 아비쉘 왕국뿐만 아니라 타국에서 찾아온 이들도 바글바글했다.

대다수는 기적을 기대하고 있었으나 개중 일부는 불신에 차 있었다. 절망에 가까운 불신이었다.

믿었다가 그마저도 무너지면 견딜 수 없을 것 같아서 희망을 보여주려는 이에게 되레 화를 내고 무시하게 되는 마음. 앞서 도전했던 다른 모든 이들처럼 성녀의 토벌대도 돌아오지 못할 거라는 절망.

그들은 쉴 없이 대화를 나누고 정보를 주고받았다. 성녀의 토벌대가 성공할지, 실패할지에 대해. 기대와 불신이 서로를 설득해 댔다. 연회장은 희망과 절망이 뒤엉켜 들끓는 도가니였다.

그 가운데 드디어 연회의 주인공들이 도착했다.

"아리아드네 엘디어 공작, 에리히 위버 소백작, 루드빅 블레어 남작, 기사 베로니카 브란테, 뤼르 이나민 수호성인, 말렉사이어의 악셀 발렌타인 자작께서 드십니다!"

모두가 약속한 듯이 입을 다물고 입구를 주시했다. 문이 열리고 아리아드네를 선두로 토벌대원들이 들어섰다. 그들은 인간의 형상을 한 희망이었다. 가능성이자, 미래이자, 어둠 속 횃불이었다.

기적을 빌던 누군가는 격정에 울음을 터뜨렸다. 불신 어린 낯을 하던 이들조차 열망 어린 눈빛으로 그들을 바라보았다.

국왕은 왕좌에서 벌떡 일어났다. 본래 단상 위에 선 국왕이 단상 아래에 무릎 꿇은 이에게 근엄하게 깃발을 망토처럼 둘러 주며 축복하는 것이 승전 기원의 법도지만, 국왕은 그런 것을 지킬 여유가 없었다.

그는 단상 아래로 뛰어 내려와 아직 무릎을 꿇지도 않은 아리아드네의 양손을 잡으며 벅차오른 낯으로 말했다.

"나서 주어 고맙네. 정말로. 우리 모두가 그대들이 무사히 돌아오기만을 기도하며 기다리고 있을 테니 부디 승리하시게."

아리아드네는 놀라 눈을 치떴다가 고개를 사뿐히 숙이며 답했다.

"예, 반드시 승리하고 돌아오겠습니다."

허둥지둥 쫓아온 시종이 국왕에게 곱게 접힌 깃발을 바쳤다. 아비쉘의 상징인 유니콘 문장 아래에 토벌대원들의 문장을 나란히 수놓은 흰 깃발이었다.

국왕은 뒤늦게 자신이 절차를 모조리 무시했단 것을 깨닫고 헛기침을 하며 깃발을 들었다.

"신의 축복이 그대들의 앞날에 태양의 광휘처럼 드리우기를."

국왕의 선언과 함께 흰 깃발이 아리아드네의 어깨 위에 후광처럼 내려앉았다.

박수가 터졌다. 그 순간 성녀의 토벌대에게 환호하는 사람들 사이에서 금발의 소녀가 살그머니 빠져나왔다.

"언니는 아빠를 죽였는데도 성녀 소리를 듣네."

그녀는 연회장의 발코니로 나가면서 품에서 조그만 주머니를 꺼냈다.

"아빠가 지옥에서 언니를 많이 보고 싶어 할 거야. 그치?"

주머니에서 나온 건 작은 유리병이었다. 복잡한 금빛 선으로 뒤덮인 병 속에서 검붉은 액체가 찰랑거렸다. 소녀는 그 액체 안에 잠겨 있는, 보석 같기도 하고 씨앗 같기도 한 작은 물체를 탁한 푸른빛 눈동자로 빤히 바라보았다.

"아빠 보러 가자, 아리아드네 언니. 조금만 기다려. 헬레네가 도와줄게."

헬레네 엘디어는 환하게 웃었다.

아리아드네는 연회 도중 뜻밖의 난관에 봉착했다.

시작은 국왕이었다. 대마법사의 가르침을 받던 시절의 추억을 얘기하던 그가 뜬금없이 말을 꺼냈다.

"그러고 보니 엘디어 공이 미혼이었지. 대륙 전체가 자네 결혼에 안달이 나 있는 건 아나?"

"지금은 바빠서 생각 없습니다."

아리아드네가 웃으면서 단호하게 말하자, 국왕이 입맛을 다셨다.

"안 바빠지면 생각해 보겠단 뜻이로군. 흠흠, 우리 막내는 어떤가?"

"아, 아바마마!"

옆에 얌전히 서 있던 소년이 화들짝 놀라 목소리를 높였다. 그는 아비쉘의 막내 왕자로 아리아드네보다 한 살 어렸다.

"가, 갑자기 무슨……."

"그래서, 엘디어 공이 싫으냐?"

국왕이 짓궂게 물었다. 반사적으로 아리아드네를 돌아본 소년 왕자의 얼굴이 새빨갛게 달아올랐다.

"그, 그, 그럴 리가요. 하지만, 제가 감히……."

국왕은 너털웃음을 터뜨리며 횡설수설하는 소년을 가리켰다.

"어떤가, 엘디어 공. 귀엽지 않나? 내 아들이라서가 아니라 객관적으로도 참 잘생겼어. 착하고 순종적인 아이라 자네를 잘 보필할 걸세."

잘생겼다는 건 국왕의 빈말이 아니었다. 소년 왕자는 명화에서 튀어나온 듯한 아름다운 얼굴을 붉게 물들이고는 아리아드네를 힐끔거리다가 고개를 푹 숙였다.

"전하, 저는……."

아리아드네가 무어라 말하려 입을 여는데 왕세자가 툭 끼어들었다.

"안 됩니다, 아바마마."

"으음?"

"엘디어 공은 루이스가 감당하기엔 너무 대단한 사람입니다. 그리고 저기서 도끼눈 뜨고 있는 제 친우가 안 보이십니까?"

왕세자는 약간 떨어진 곳에서 아가씨들에게 포위된 채로 이쪽을 보고 있는 루드빅 블레이르를 가리켰다. 그는 소원대로 붉은 눈이 묻힐 정도의 주목을 받는 중이었으나 아리아드네가 있는 쪽에 신경을 기울이느라 그 관심들을 제대로 즐기지도 못하고 있었다.

"오호라. 그렇구만. 그런데 저자는 나이가 좀 많지 않으냐?"

"수준이 맞는 것이 중요하지요. 엘디어 공 또래 중에는 공과 말이 통할 사람이 없을 겁니다. 어린애들뿐이잖습니까."

"어리면 어린 대로 맞춤으로 가르치는 맛이 있는 법이다. 뭐, 어느 쪽이든 좋겠지."

국왕이 의뭉스럽게 웃었다. 아리아드네는 의아해져서 왕세자가 가리킨 쪽에 누가 있는지 돌아보려 했다.

그런 그녀의 시야를 가리며 하얀 신관복 차림의 여인이 불쑥 끼어들었다. 그녀는 나이가 들어 거동이 힘든 교황을 대신해 참석한 대신 관이었다.

"전하, 수호성인께선 신관이 아니십니다."

뜬금없는 발언이었으나 국왕은 바로 알아들었다. 신관은 결혼하지 못하지만, 수호성인은 신관이 아니니 결혼이 가능하단 소리다. 국왕은 어이가 없다는 듯 되물었다.

"요즘은 신전에서도 중매를 서나?"

대신관이 태연히 대꾸했다.

"성녀님 곁은 수호성인께서 평생 지키실 신성한 자리입니다. 다른 이에게 허락할 순 없지요. 아니 그렇습니까?"

"그래? 수호성인께서도 그리 생각하시는가?"

"그, 그건……."

대신관의 입을 간단히 틀어막은 국왕이 아리아드네를 돌아보았다.

"뭐, 이런 건 당사자의 의견이 가장 중요한 법이지. 엘디어 공, 그래서 공은 누구를 염두에 두고 있나?"

아리아드네는 한숨을 쉬었다.

"말씀드렸지 않나요. 당장은 그럴 여유가 없습니다."

"아니, 지금 꼭 확답해 달라는 건 아니지 않나. 공의 취향이나 이상형 같은 걸 알려 주면 되지."

"그런 걸 생각해 본 적이 없어서 모르겠습니다."

"그럼 지금 생각해 보면 되겠군. 딱 좋은 기회 아닌가."

"……."

"보게, 이곳엔 예시가 많다네. 이 연회장 안에 마음에 드는 사람 어디 없나?"

국왕이 능글맞게 웃으며 연회장 내부를 턱짓했다. 아리아드네는 저도 모르게 주위를 한 바퀴 둘러보았다.

벽 근처의 테이블에 삼삼오오 모여 앉아 있는 귀족들. 변경백과 백작 부인도 그곳에 앉아 오붓하게 대화를 나누고 있었다.

잔을 들고 이쪽을 은근히 힐끗거리는 젊은 귀족 남성들. 그들이 아리아드네에게 다가오지 못하고 있는 건 그녀의 대화 상대가 국왕인 탓도 있지만, 중간에서 노려보고 있는 대마법사 탓도 있었다.

대마법사는 오랜만에 만난 타국의 마법사들과 회포를 풀면서도 손녀를 노리는 귀족들을 하나하나 해부할 듯이 뜯어보는 중이었다.

연회장의 중앙에는 춤추는 사람들이 있었다. 개중엔 에리히와 베로니카도 보였다. 에리히는 누가 봐도 홀딱 빠진 얼굴로 베로니카를 보고 있었고, 베로니카는 그 '누가 봐도' 중 유일한 예외인지 저를 향한 시선을 알아채지도 못하고 있었다.

그녀는 춤을 추며 연회장의 바닥 무늬를 유심히 보더니 무어라 엉뚱한 질문을 했다. 에리히는 불퉁하게 대꾸하면서도 마냥 좋은지 입꼬리가 귀에 걸려 내려오질 않았다.

한 곳에는 유난히 아가씨들이 많았다. 색색의 드레스 자락이 모여 있어 꽃밭처럼 화려했다. 훌쩍 큰 키의 루드빅이 그 안에 파묻혀 있었다.

아리아드네는 그쪽을 보다가 루드빅과 시선이 마주쳤다.

"……!"

그러자 그가 바로 그녀에게 다가오려 했다. 그녀는 얼른 고개를 저었다.

'부른 거 아냐, 루드빅. 즐거운 시간 보내.'

그런 뜻을 담아 손짓하자 루드빅의 낯빛이 묘하게 침울해졌다.

한쪽 구석에는 신관들이 모여 있었다. 흰 날개가 그들 가운데에 튀어나와 있는 걸 보니 뤼르가 거기 있는 듯했다. 처음 보는 수호성인에게 눈도장이라도 찍으려는 건지 근처를 배회하는 귀족들이 꽤 있었다.

갈색 머리칼을 우아하게 틀어 올린 미인이 비서를 거느리고 그런 귀족들에게 접근하여 대화를 나누는 중이었다. 가르시아 상단주이자 아리아드네의 이모인 레베카 가르시아였다.

'수호성인 관련 상품 사업, 진짜 하시려는 건 아니겠지?'

아리아드네는 약간 불안한 생각이 들었다.

마지막으로 발코니와 통하는 창가에 그녀의 시선이 닿았다. 검고 커다란 게 있어서 악셀이겠거니 하고 자세히 보니 정말 그가 맞았다. 그런데.

'……응?'

그가 웬 금발의 여자와 같이 있었다. 아리아드네의 눈이 저절로 가느스름해졌다.

'누구지?'

멀어서 그녀의 얼굴이 잘 보이지 않았다.

돌연 악셀이 여자의 팔을 움켜쥐었다. 그는 여자를 질질 끌고 발코니로 들어가더니 문을 닫았다. 그 서슬에 잠깐 흔들렸던 커튼이 도로 늘어지며 발코니를 완전히 가렸다.

'쟤 지금 뭐 하는 거야?'

아리아드네는 쥐고 있던 잔을 떨어뜨릴 뻔했다.

원래 발코니에 남녀가 단둘이 들어가는 건 방해받지 않고 연애를 해 보겠다는 의미였다. 하지만 악셀이 그럴 리가 없는데. 악셀이잖아.

"엘디어 공?"

국왕이 의아하게 그녀를 불렀다. 아리아드네는 발코니 쪽에서 시선을 떼지 않은 채 잔을 아무렇게나 근처 테이블에 내려놓았다.

"죄송합니다, 전하. 잠깐 급한 일이 생겨서요."

그녀는 건성으로 변명을 주워섬기고 발코니로 향했다.

연회장에서 가장 주목받는 사람이었기에 그녀의 움직임에 수많은 사람의 시선이 따라붙었다. 그녀에게 말 한마디 붙여 보려 길을 가로막는 이들도 있었다.

"엘디어 공작님, 저는……."

"공작님……."

"죄송합니다, 다른 일이 있어서."

아리아드네는 그들을 무시하고 그대로 지나쳤다. 그녀의 걸음은 악셀이 들어갔던 발코니 입구에서 멈췄다.

'잠깐만, 만약에 악셀이 뭔가 사고를 치고 있는 게 아니고 원래 용도대로 발코니를 쓰고 있는 거라면…… 그럼, 함부로 들어가면 안 되잖아.'

그랬다간 아주 무례한 짓이 되어 버린다. 그와 함께 있는 아가씨에게도 굉장한 실례고.

'어느 쪽이지?'

그녀의 감각으로는 발코니 너머에서 무슨 일이 일어나고 있는지, 어떤 대화가 오가는지 하나도 알 수가 없었다.

그녀는 한동안 커튼이 쳐진 발코니 문 앞에 우두커니 서 있었다. 잘 상상이 되질 않았다. 악셀이 그 여자와 무언가…… 농밀한 짓을 하고 있는 광경 같은 건.

'원작에도 그런 건 전혀 없었는데. 애초에 로맨스가 아니라 판타지 소설이었으니.'

머리로는 악셀이 젊고 잘생기고 매력적인 결혼 적령기 남성이니 충분히 그럴 만하다고 판단하는데 가슴이 납득을 못 했다.

'악셀이 그럴 리가 없어.'

비논리적이고 근거도 없는 막연한 믿음이 그녀에겐 확고한 진리처럼 느껴졌다. 그가 직접 말했으니까.

"너를 만나기 전엔 욕망이 무엇인지도 알지 못했다."

"네가 아니면 나는 남자조차 되지 못하는 괴물일 뿐이야."

"당신이 저를 인간으로 만듭니다, 주군."

"제가 당신이 아닌 사람에게 발정할 수 있다고 믿으시는 겁니까? 진심으로? 제정신이십니까?"

몇 번이고, 수없이, 질릴 정도로 그런 말들을 했었으니까…….

악셀 발렌타인은 오직 아리아드네 엘디어의 것이다.

'그러니까 뭔가 다른 일이 있는 거야.'

아리아드네는 자신이 들어 본 기억이 없는 말들을 떠올리고 그것을 바탕으로 결론을 내렸음을 자각하지 못했다.

그 순간, 환상 도서관에 있던 파이는 아리아드네의 채널이 저절로 열리는 것을 느꼈다.

아리아드네는 스스로도 설명할 수 없는 확신에 차서 서슴없이 발코니의 문을 열었다. 열린 문 안으로 발을 들이는 것과 동시에 무의식적으로 열렸던 채널이 닫혔다.

그녀는 자신이 떠올렸던 말들을 다시 잊었다. 찰나의 시간이었다. 파이는 갑자기 열렸던 아리아드네의 채널이 환상 도서관 안의 어딘가와 이어졌다가 곧바로 닫힌 것을 알아차렸다. 그는 의아하게 환상 도서관 내부를 살폈다.

'방금…… 뭐였지?'

그는 그녀의 채널이 어디와 연결되었던 건지 끝내 알아내지 못했다.

한편, 아리아드네는 발코니 안에서 전혀 예상치 못한 사태와 마주했다.

"언니!"

문이 열리고 그녀가 들어서자마자 악셀과 함께 있던 여자가 그녀를 언니라고 부르며 달려왔다. 그 여자가 아리아드네에게 닿기도 전에 악셀이 거칠게 여자를 잡아채더니 발코니 난간 위에 찍어 눌렀다.

"무슨 수작이냐."

그가 으르렁거렸다. 여자가 울먹이며 항변했다.

"아까부터 자꾸 저한테 왜 이러시는 거예요!"

"순순히 불지 않으면 직접 확인하겠다."

악셀은 그녀의 멱살을 잡아 일으켜 세우더니 드레스에 손을 뻗었다. 앳된 여자의 얼굴이 파랗게 질렸다. 그녀가 아리아드네를 향해 애원했다.

"언니, 도와줘요! 이 남자가 지금 저를……."

"언니……? 아니, 잠깐, 잠깐만. 악셀, 이게 대체 무슨 상황이야?"

여자의 드레스 속을 뒤지려던 악셀의 손이 멈칫 굳었다.

그가 연회장에서 바로 여자의 멱살을 잡지 않고 굳이 다른 사람들의 눈을 피해 발코니로 끌고 나온 건 아리아드네 때문이었다. 그녀의 곁에 있으려면 다른 사람들의 시선에 신경을 써야 하니까.

사실 품을 뒤지는 것도 그로서는 나름 자제한 결과였다. 본능대로 움직였다면 목을 친 다음에 소지품을 확인했을 터다.

'아리아가 올 줄은 몰랐는데.'

그는 여자를 제압한 채 고민했다. 뭐라고 설명해야 하지?

"흐윽, 흐윽, 흑……."

그사이 여자는 흐트러진 옷자락을 여미며 서럽게 울고 있었다.

아리아드네는 이마를 짚었다. 솔직히 눈에 보이는 광경만으로 판단하면 억지로 겁탈당할 뻔한 아가씨와 죽어 마땅한 범죄자로만 보였다. 상대가 악셀이 아니었다면 아리아드네는 바로 경비병을 불렀을 것이다. 그녀는 지끈거리는 관자놀이를 누르며 명령했다.

"악셀, 설명해."

"……이 여자에게서 냄새가 납니다."

"냄새? 무슨 냄새?"

"불길하고 불쾌한 냄새가 나서, 확인을…… 젠장."

악셀은 말하다 말고 제 머리를 쓸어 넘기며 욕설을 내뱉었다.

거짓말이 아니었으나 저 스스로 듣기에도 어처구니없는 변명이었다. 아리아드네가 분노해도 할 말이 없었다. 그러나 아리아드네는 분노하지 않았다.

"혹시 저 사람을 당장 죽여야 할 것 같은 기분이 들어?"

"……예?"

악셀이 답지 않게 얼빠진 낯으로 되물었다. 붙들려 있던 여자가 사색이 되어 소리쳤다.

"언니!"

"언니라니, 저는 당신에게 그런 호칭을 허락한 기억이 없습니다. 초면에 무례하군요."

아리아드네는 그녀의 말을 깔끔하게 자른 뒤 악셀을 바라보았다.

원작의 악셀도 사람에게서 불쾌한 냄새를 맡는 묘사가 있었다. 정확히는 냄새가 아니라 그의 예민한 감각에 걸리는 이질적인 기운이었다. 주인공은 자신만 느끼는 그 감각을 설명할 도리가 없어 냄새라고 표현했었다.

'사람의 체향과 오염수 같은 냄새가 뒤섞이면 그냥 오염수보다 더 불쾌하게 느껴진다고 했었지. 죽여서 치워 버리고 싶을 정도로 기분이 나쁘다고.'

실제로 바로 베어 버리는 장면도 있었다.

주인공이 제게 다가오는 남자를 어쩐지 기분이 나빠서 죽이고 나니, 그자가 암습을 준비 중이었던 게 밝혀진 사건.

'오히려 검은 잔을 받은 자들은 완전히 마계에 소속된 것들이라 그런 괴상한 냄새는 안 났대.'

오염수를 연구하는 학자나 마법사에게서도 그런 냄새가 나지 않는다고 했다. 실제로는 냄새가 아니라 마계에 영향을 받은 인간이 풍기는 기운이기 때문이리라.

검은 잔을 받은 자들에게 세뇌된 인간, 그들에게 동조하는 미치광이, 혹은 마계의 낙인이 찍힌 제물들.

'어떻게 보면 동족 혐오 같은 불쾌감이었지…….'

마왕의 낙인이 찍혀 있는 악셀 자신에게도 그런 기운이 감돌고 있을 테니까. 아리아드네는 악셀을 똑바로 응시하며 재차 물었다.

"악셀, 저 사람에게서 정말 기분 나쁜 냄새가 나? 그래서 이러는 거야?"

그녀의 질문에 악셀은 제가 하고 있는 짓을 새삼 살펴보았다. 처음 보는 여자를 대뜸 발코니로 끌고 와서 품을 확인하려 하는 자신.

'……'

추행을 하려 드는 개새끼로 보여도 할 말이 없는 꼴이었다.

애초에 그는 상대의 성별을 의식하는 일 자체가 드물었던 데다, 옷을 벗기려던 것도 아니고 드레스 허리께의 주름에 숨겨져 있는 안주머니를 찾으려던 것뿐이라 미처 자각하지 못했다.

이런 모습을 보고도 아리아드네는 그가 한 변명을 일단 믿어 주는 것이다.

감동인지 감격인지 감사함인지 모를 동요가 그를 뒤흔들었다. 악셀은 나름 최선을 다해 설명했다.

"……예. 이 인간에게서 위험한 냄새가 납니다. 오염수와 비슷한데 오염수는 아닌…… 무언가가, 제겐 분명히 느껴집니다. 무슨 수작을 꾸미고 있는 건지 확인해 보아야 합니다."

"언니! 설마 이런 헛소리를 믿는 건 아니죠? 이 남자, 제정신이 아니라고요!"

여자가 버둥거리며 항변했다. 아리아드네는 여자를 무시하고 악셀에게 계속 물었다.

"어쩌다 발견한 거야?"

"이 여자가 먼저 당신의 여동생이라면서 제게 접근했습니다. 아리아, 당신에겐 형제자매가 없잖습니까."

"난 엘디어야!"

여자가 악을 쓰듯 외쳤다. 아리아드네는 눈살을 찌푸렸다. 엘디어의 성을 쓸 수 있는 직계 중에 저런 사람은 없었다.

'저 금발은…… 확실히 엘디어스럽긴 한데.'

아리아드네가 여자의 정체를 추궁하려는데, 여자가 먼저 다급하게 말을 쏟아 냈다.

"언니! 저는 헬레네 엘디어예요! 제 아버지는 프란츠 엘디어구요! 전 언니의 이복동생이란 말이에요! 진짜 혈육이라고요!"

"……뭐라고?"

아리아드네는 귀를 의심했다. 헬레네? 헬레네 엘디어? 잊고 살았던 이름이었으나 절대 잊어버릴 수 없는 이름이기도 했다.

원작에서 프란츠 엘디어의 양녀로 나오는 방계 출신 소녀. 아리아드네의 영혼으로 만들어진 아이템 글라무스를 이용해 천재 정령사 행세를 하다가 주인공에게 글라무스를 빼앗기고 몰락하는 인물.

아리아드네는 공작위 계승을 준비할 때 헬레네 엘디어에 대해 조사한 적이 있다. 헬레네는 소설에서 등장이 거의 없었기에 자세한 행적을 직접 알아보아야 했다.

엘디어의 방계 핏줄을 죄다 훑은 뒤에야 간신히 찾아낸 헬레네는 부모 아래에서 자라고 있는 평범한 여자아이였다.

헬레네 엘디어가 아닌 헬레네 드레드. 원작에서도 글라무스 없이는 아무것도 아니었고, 실제로도 그 애는 특별한 능력이나 정령술 재능 따윈 없었다.

소설 속에서 프란츠가 헬레네를 양녀로 삼은 건 아마 엘디어의 피를 조금이라도 이은 아이들 중 그 애가 가장 엘디어스러운 금발을 타고난 데다가 나이가 적당했기 때문일 것이다. 정령술 재능이 없는 아이라서 글라무스로 통제할 수 있다는 점도 가산점이었을 거고.

그렇게 결론을 내리고 잊어버렸었다. 그녀가 바꾼 전개 속에서 그 애가 등장할 일은 없다고 생각했으니까.

그런데 이복동생이라고?

"정령술 재능이 있는 어린아이가 필요하니, 정령사들이랑 애 좀 만들어 오라고 시켰거든."

"다행히 프란츠가 그거 하난 잘해서. 얼굴도 신분도 끝내주고 돈도 많잖아? 덕분에 네 이복 남매가 잔뜩 생겼단다. 7명인가, 8명쯤?"

흑마법사 레다 피카로가 깔깔 웃으며 했던 말이 퍼뜩 떠올랐다.

정령사의 자식이 반드시 정령사가 된다는 보장은 없다. 확률이 높아질 뿐이다. 단적인 예로 프란츠 엘디어가 있지 않은가.

엘디어는 대대로 정령사가 많이 태어나는 가문이다. 프란츠의 부모, 즉 아리아드네에겐 조부모인 이들도 정령사였다고 한다. 그럼에도 프란츠는 정령사가 아니었다. 그에게선 엘릭서 실험체의 조건에 부합

하지 않는 정령사가 아닌 아이들도 여럿 태어났을 거다.

그중 하나가 헬레네였다면? 정령술 재능을 타고나지 않은 덕에 실험체의 운명에서 제외되었고, 그래서 방계 집안에 맡겨져 평범하게 자랐다면?

소설 속 프란츠가 아리아드네를 글라무스로 만든 후, 이왕이면 친자식을 후계로 삼고 싶어서 그 애를 다시 불러들인 거라면?

'말이 되잖아.'

그녀가 내렸던 결론보다 훨씬 말이 된다. 아리아드네는 멍한 기분으로 헬레네 엘디어를 바라보았다. 듣고 보니 저 금발이나 오밀조밀 화려하고 섬세한 생김새, 푸르스름한 눈동자에서 익숙한 얼굴이 보이는 듯했다.

'프란츠 엘디어……'

아리아드네는 복잡해지려는 머릿속을 빠르게 정리했다. 그녀가 프란츠 엘디어를 직접 고발하고 처형대에 올린 건 모르는 사람이 없다. 그런 그녀에게 아버지가 같은 혈육이라고 해맑게 말하며 찾아온 이복 동생이라.

심지어 그녀보다 어리다. 나이 차이가 많이 나는 것 같지는 않으니 글로리아가 아리아드네를 임신 중일 때, 혹은 막 출산했을 때쯤 프란츠가 불륜을 저질렀다는 뜻이다.

흑마법사인 레다 피카로의 사주로 태어났을 아이. 정식 공녀인 아리아드네와 달리 숨겨져 자랐으니 성장 과정에서도 레다의 영향이 있었을지도 모른다.

'게다가 악셀이 저 애에게서 냄새까지 맡았어.'

반기기 이전에 꺼려졌고, 총체적으로 수상했다.

'……우선 냄새 확인부터. 악셀한테 몸수색을 맡기는 건 좀 그렇고, 니카한테 부탁해야겠다.'

만약 당장 드러나는 게 없으면 감시인을 붙여 별장을 하나 내주고 사이먼에게 조사해 달라고 하자.

그녀는 그렇게 판단을 끝내고 뒤숭숭한 감정을 삼켰다. 그녀의 짧은 침묵을 어떻게 해석했는지 헬레네가 득의양양해졌다.

"짐작 가는 게 있으시죠? 그럴 줄 알았어요. 공식적으로 찾아뵈면 언니가 곤란하실 것 같아서 이렇게 비공식적으로 찾아온 건데, 이자가……."

"……정말로 당신의 혈육인 겁니까?"

당황한 악셀이 헬레네의 말을 끊고 물었다. 아리아드네는 한숨을 내쉬고 대꾸했다.

"일리는 있어. 자세한 건 확인해 봐야겠지만."

"확인하지 않아도 돼요, 언니! 저한테 증거가 있어요! 아빠가 직접……."

헬레네가 품에서 무언가를 꺼내려 했다. 악셀은 반사적으로 저지하려다가 아리아드네의 눈치를 보았다. 이 여자가 그녀의 진짜 혈육이라면 아무리 냄새가 난다 해도 자신이 이런 식으로 무례하게 굴어선 안 된다.

그 짧은 망설임 덕에 헬레네는 원하던 것을 꺼냈다.

작은 유리병.

아리아드네는 그 유리병을 보자마자 무엇인지 한눈에 알아차렸다. 공부방에서 질릴 정도로 보았던, 오염수를 담기 위해 특수 제작된 유리병이었다. 그녀는 앞뒤 가릴 것 없이 외쳤다.

"악셀, 저거 빼앗아!"

악셀은 그녀의 명령에 즉시 움직였으나 한 박자 늦었다. 간발의 차로 여자는 발코니 밖 정원으로 그 병을 집어 던지는 것에 성공했다. 악셀이 그녀를 잡아채어 다시 난간에 짓눌렀다. 헬레네는 깔깔 웃음을 터뜨렸다.

"아하하, 하하, 하하하! 언니! 언니! 눈치 빠르네!"

아리아드네는 그녀를 무시하고 다급하게 말했다.

"악셀, 방금 그거 오염수 담는 병이었어. 당장 확인해야······."

"언니, 그거 그냥 오염수 아냐."

"뭐?"

헬레네가 고개를 돌려 그녀를 보았다. 흐트러진 금발 사이로 푸른 눈동자가 보였다. 생선처럼 탁하고 번들거리는 눈동자였다. 그 눈이 둥글게 휘어졌다.

"씨앗이야."

"······?"

"원래 언니한테 몰래 먹이려 했는데, 이 남자 뭐야? 대체 어떻게 알아챈 거람."

"뭐?"

"난 언니 배 속에서 그 씨앗이 싹 트고 터지는 걸 보고 싶었거든······. 아쉽게 됐네."

소름 끼치는 소망이었다. 악셀이 헬레네의 목을 거칠게 움켜쥐었다. 당장에라도 꺾어 버리고 싶은데 간신히 참는 듯 그의 손이 떨렸다.

아리아드네는 헬레네의 소망보다 그녀가 술술 뱉어 내는 유리병의 정체에 집중했다. 그녀에겐 자신을 향한 악의보다 지금 헬레네가 무슨 짓을 벌였는지가 더 중요했다.

"씨앗이라고? 저게 무슨 씨앗인데?"

"언니는 미궁이 어떻게 피어나는지 본 적 있어? 난 본 적 있어. 아름답더라."

"……미궁?"

그 순간 두웅, 하고 땅이 울렸다.

다음 순간, 악셀은 헬레네를 내팽개치고 아리아드네에게 달려와 그녀를 안고 바닥으로 엎어졌다. 그가 한 손으로 그녀의 뒤통수를 감싼 덕에 뒤로 넘어지면서도 아리아드네는 다행히 머리를 찧지 않았다.

그녀는 단단한 가슴팍에 짓눌린 채 그의 어깨 너머로 섬광이 허공을 가르는 것을 보았다. 폭탄 수백 개가 한 번에 터지는 듯한 굉음이 들렸다.

"봐! 봐! 아름답잖아! 보라고!"

헬레네의 목소리가 굉음 속에 아스라이 묻혔다. 발코니 문의 유리가 깨지며 유리 조각이 우박처럼 떨어졌다. 악셀은 아리아드네를 제 품속으로 더 깊게 밀어 넣으며 등을 곧추세웠다. 그녀에겐 이제 그의 검은 옷자락밖에 보이지 않았다.

그의 심장이 빠르게 뛰고 있었다. 불안한 리듬이었다. 그녀를 감싸 안은 그의 등으로 온갖 파편이 우수수 쏟아지는 게 맞닿은 그녀에게까지 느껴졌다.

"악셀, 괜찮아?"

아리아드네가 다급히 물었다. 악셀이 몸을 일으키며 답했다.

"물론입니다."

어느새 불꽃 같은 정령수의 가호가 그를 휘감고 있었다. 그가 비켜서며 그녀를 한 팔로 가볍게 일으켜 주었다.

"다치신 곳은 없습니까?"

"난 괜찮아."

"……."

악셀은 실수했다는 생각을 했다. 아리아드네에게 괜찮냐고 물어보는 건 아무런 의미가 없는데.

그는 초조한 기분으로 아리아드네의 몸을 샅샅이 살폈다. 다행히 눈에 띄는 상처는 없었다.

'보이지 않는 곳을 다쳤으면 그 신관이 알아채고 날아오겠지. 명색이 수호성인이니.'

악셀은 안도하면서 한편으로는 심기가 뒤틀렸다.

그녀의 몸 상태를 언제 어디서든 알아챌 수 있는 사람이 자신이 아니라 다른 자라는 게 마음에 들지 않았다. 자신은 보지 않으면 알 수가 없는데.

그사이 아리아드네는 주변을 둘러보고 있었다. 발코니 쪽으로 난 유리문들이 죄다 깨졌다. 커튼이 다 찢어진 탓에 연회장이 훤히 드러났다. 놀라 움츠렸던 사람들이 웅성거리며 일어나는 것이 보였다.

헬레네는 발코니 난간에 딱 붙어 숨어 있다가 그들을 향해 방긋방긋 웃었다.

"보라니까, 왜 숨고 그래. 아깝게. 예쁘단 말이야."

쏟아진 유리 조각과 부서진 난간 파편에 여기저기 상처 입고도 아랑곳하지 않는 얼굴이었다. 아무래도 제정신이 아닌 것 같았다.

그런 그녀의 등 뒤로, 반쯤 무너진 발코니 난간 너머로, 풍경을 점령해 가는 기이한 색채가 보였다.

밝았던 하늘에 낮도 밤도 아닌 텁텁한 색이 번져 간다. 싱그럽던 여름의 정원이 보라색, 검은색, 회색, 붉은색이 제멋대로 섞인 기괴한 식물로 뒤덮인다. 맑은 물이 쏟아지던 분수대에서 검붉은 오염수가 흐르기 시작한다.

그리고 그 모든 변화의 중심에 하늘을 반쯤 가릴 정도로 거대한 봉오리가 있었다. 그 봉오리에서 반투명한 유리 같은 재질의 꽃잎이 겹겹이 펼쳐졌다.

끔찍해지는 풍경 속에서 피어나는 그 커다란 꽃은 흙탕물 속에서 피어나는 연꽃처럼 아름다웠다. 아름다우면 안 될 것이 아름다워서 더욱 소름 끼쳤다.

아리아드네는 자신이 지금 미궁이 생겨나는 광경을 보고 있다는 것을 깨달았다. 완전히 피어난 봉오리 안에 미궁의 핵이 있었다.

핵은 보통 미궁 내에선 반구형으로 발견된다. 그런데 지금 모습을 드러낸 핵은 온전한 구형이었다. 오염수가 흐르는 거미줄 같은 혈관이 그 둥근 핵을 휘감고 있었다.

유리 꽃잎이 전부 펼쳐져 바닥에 고정되자 허공에 떠 있던 핵이 아래로 떨어졌다. 그것은 꽃잎들 사이에 반쯤 파묻히더니, 꽃잎과 결합하며 미궁 내에서 발견되는 핵과 똑같은 반구형이 되었다.

이어 핵에 얽혀 있던 혈관 같은 것들이 퍼져 나가며 꽃잎들 위를 뒤덮었다. 그러자 반투명하던 꽃잎이 기이한 색으로 물들며 형태가 변하기 시작했다. 형태가 변한 꽃잎은 피었던 속도보다 훨씬 빠르게 다시 오므라들었다.

기괴하게 비틀리고 꺾이며 더는 꽃잎이라 부를 수 없게 된 조각들이 핵을 품고 퍼즐처럼 맞물린다. 그렇게 '미궁'이 완성되었다.

기묘한 형상의 탑이었다. 꼭대기부터 하단까지는 보통 탑처럼 길쭉한 기둥 형태인데 하단부터 갑자기 갈라지더니 네 갈래로 나뉘어서 땅에 닿았다. 엄청나게 커다란 포크를 땅에 꽂아 둔 것 같은 생김새였다.

[채널을 개방합니다.]

아리아드네는 반사적으로 채널부터 열었다. 미궁은 생성과 동시에 오염을 퍼뜨린다. 정원이 오염되었으니 왕성까지 오염되는 건 순식간일 것이다.

[신록의 그릇의 정령력을 사용합니다.]

[신록의 그릇이 연회에 간다더니 벌써 저주받은 땅에 들어온 거냐며 놀랍니다.]

[창백한 푸름이 당신의 치장을 보고 설마 연회 중인 거냐고 묻습니다.]

"네, 여긴 저주받은 땅이 아니라 아비쉘 왕국 왕성이에요."

그녀를 중심으로 신록이 물감처럼 퍼져 나갔다. 나팔꽃 덩굴이 가득한 초원. 그 주위를 감싸 안는 연둣빛 숲. 연한 푸른빛으로 채색되는 하늘. 압도적인 넓이로 구현된 영토가 왕성을 완전히 뒤덮었다.

금과 대리석으로 치장된 호화로운 왕성이 오랜 세월 버려져 있던 멸망한 나라의 성처럼 덩굴과 이끼와 수풀에 파묻혔다.

[검은 누님이 인간의 왕성을 숲으로 뒤덮은 건 처음 본다고 합니다.]

[하얀 동생이 묘하게 인상적이라고 평합니다.]

[뒤로 걷는 물이 숲으로 인간의 왕성을 점령한 것처럼 보인다며 재미있어합니다.]

[대다수의 대정령이 당신이 펼친 영토를 흥미롭게 여깁니다. 흥미 급상승 중.]

[최근에 새로 접속한 대정령들 대부분의 우호도가 올랐습니다. 우호적인 대정령이 늘어납니다.]

[거인의 레이스가 신록의 그릇에게 인간 왕국을 점령한 소감이 어떠냐고 묻습니다.]

[신록의 그릇의 수줍음이 급상승합니다.]

[굶주리는 용이 영토의 규모에 감탄하고 있습니다.]

발코니가 있던 벽이 반파되는 바람에 연회장에서도 정원의 기괴한 풍경과 미궁이 고스란히 보였다. 가장 안전할 것으로 생각했던 장소에서 실시간으로 미궁이 생겨나는 것을 본 사람들은 대부분 공포에 질렸다.

비명을 지르며 달아나려는 사람, 넋을 놓고 주저앉는 사람, 신을 찾는 사람, 울며 절망하는 사람까지.

그러나 다행히 그들은 곧 공포에서 벗어났다. 온화하고 부드러운 연둣빛이 사방을 물들인 덕이었다. 꽃향기가 섞인 녹음의 냄새가 눈을 감고 웅크렸던 사람까지 고개를 들게 만들었다.

그들이 올려다본 하늘에는 허공에 선을 그어 둔 것처럼 이질적인 빛과 맑은 빛이 대치하고 있었다. 그것은 천국과 지옥의 경계선 같았다. 이곳은 오염으로부터 안전하다는 확신을 주는 풍경이었다.

살아남기 위해 달아날 필요가 없어진 사람들은 한곳을 바라보았다. 왕성을 전부 뒤덮고도 남는 어마어마하게 거대한 영토. 이곳에 이런 영토를 구현할 수 있는 정령사는 한 명뿐이었다.

아리아드네 엘디어.

발코니에 서 있던 그녀가 마침 뒤를 돌아보았다. 스스로 구현한 햇빛을 받아 후광처럼 반짝이는 백금발. 왕성에 미궁이 생겨난 초유의 사태에도 차분한 얼굴.

그녀가 서 있는 발코니는 생생한 나팔꽃 덩굴로 뒤덮인 채 따사로운 햇살에 잠겨 있었다. 그녀의 뒤편으로는 섬뜩한 하늘, 기괴한 미궁, 지옥으로 변한 정원이 보였다. 그래서 아리아드네가 발을 디디고 있는 곳의 싱그러움이 더욱 기적처럼 느껴졌다.

그녀의 곁에는 그림자처럼 검은 남자가 그녀를 수호하듯 서 있었다. 그자의 섬뜩한 붉은 눈도 그녀의 곁에 있으니 그저 특별해 보였다.

이 순간 이미 희망을 품고 있던 이들은 확신을 얻었다. 절망하고 있던 이들은 희망의 단면을 보았다.

기대할 수밖에 없었다. 저들이 마침내 대미궁을 정복하고 멸망해 가는 이 세계를 구하리라고.

한편 아리아드네는 연회장 내부를 살펴보고 안심했다.

'폭발에 다친 사람은 별로 없어 보이네.'

폭발이 일어나자마자 펼쳐진 두 겹의 마법 방어막 덕분이었다.

"뭐든 터지면 재깍 방어 마법부터 펼치는 게 기본 아니더냐? 툭 치기만 해도 방어막이 자동으로 튀어나오게 훈련했어야지."

"……."

"마법사란 것들이 어찌 이리 어설프누. 에잉, 한심한 것들."

대마법사가 혀를 차며 하는 소리에 마법사들은 억울해하거나 기막혀했다. 다들 우리가 당신 같은 줄 아느냐는 표정이었다.

에리히만이 투덜거렸다.

"전 방어막 쳤는데요. 묶어서 한심하다고 하지 마시죠."

"이놈아, 너는 못 쳤으면 한심한 게 아니라 나가 뒈져야지. 당연한 일로 생색내지 말아라."

"예에? 너무하시는 거 아닙니까?"

"너무하기는! 이 정도도 반응 못 하는 놈이 대미궁에 가겠다고 했으면 내가 토벌이고 나발이고 서쪽 탑에 처박아 놨을 게다."

"아, 그래서 반응했잖아요! 제가 제 주제도 모르고 거길 가겠단 소리 할 것 같습니까, 스승님?"

"그러니까 탑에 안 처박고 보내 주겠단 거 아니냐, 한심한 제자 놈아!"

대마법사와 에리히가 티격태격했다.

넋을 놓고 있던 국왕이 그들의 다툼에 정신이 든 듯, 빠르게 명령을 내렸다. 근위기사단이 일사불란하게 사태를 수습하기 시작했다. 사람들의 안전을 확인하고 안도하던 아리아드네의 옆에서 갑자기 비명이 터져 나왔다.

"아야야!"

슬며시 달아나려던 헬레네를 악셀이 붙잡아 반쯤 부서진 난간에 다시 찍어 누르고 있었다. 그가 어떻게 할지 정해 달라는 얼굴로 아리아드네를 돌아보았다.

"기절시켜서 묶어 놔. 배후를 캐야 하니까."

그녀의 말에 악셀이 헬레네의 목뒤를 후려쳤다. 여자가 축 늘어졌다.

"참, 그 애가 검은 잔을 받은 게 아닌 건 확실하지?"

아리아드네가 물었다. 악셀은 무어라 답하려다 멈칫하더니, 대뜸 검을 뽑았다. 그의 검은 단번에 헬레네의 발목 힘줄을 잘라 냈다. 붉은 피가 허공으로 팍 튀어 올랐다.

"아, 악셀?"

"평범한 피인 걸 보니 검은 잔을 받아먹진 않았나 봅니다."

검은 잔을 받은 자들의 피는 오염수와 비슷한 검붉은 색이 된다.

'확실히 피를 보는 게 제일 정확하긴 한데……'

솔직히 발목을 통째로 자른 줄 알고 좀 놀랐다. 아리아드네는 가슴을 쓸어내리며 물었다.

"피가 엄청 튀었는데. 너무 많이 벤 거 아니야?"

악셀은 인벤토리에서 꺼낸 밧줄로 헬레네를 묶으며 대꾸했다.

"힘줄만 베었습니다. 발목을 자르면 쇼크로 죽어 버릴 수도 있어서……. 어쨌든 이러면 깨어나도 도망치진 못할 겁니다."

자비심이나 배려 따위는 없는 판단이었다. 아리아드네를 해치려 한 이상 악셀에게 헬레네는 명백한 적이었다. 그녀의 혈육이건 뭐건 상관없다.

"……그래."

아리아드네는 피투성이가 되어 축 늘어진 소녀를 가만히 내려다보았다. 앳된 얼굴이었다. 저지른 행동도 어리고 어설펐다. 미궁을 불러낸 건 충격적이었지만, 그건 이 애의 배후에 있는 자의 힘이지 이 아이의 힘이 아닐 것이다.

'연회장엔 헬레네 드레드로서 들어온 거겠지. 누군가가 이 아이를 이용한 거야.'

드레드 가문은 그럭저럭 살 만한 귀족이었다. 엘디어의 방계라 이번 연회에도 초대받았을 거고.

마지막으로 알아봤을 땐 분명히 가족들과 잘 살고 있던 평범한 여자애가 어쩌다 왕성 한복판에 미궁을 불러낸 테러범이 된 걸까. 검은 잔을 받은 것도 아니면서.

'딱히 접점도 없던 나한테 악의는 왜 품었지? 내가 프란츠 엘디어를 사형대에 올려서?'

설마 그 작자가 헬레네에겐 좋은 아빠이기라도 했던 건가. 아니면 자신에게 그랬던 것처럼 그자의 좋은 아빠인 척하는 연기에 속아 넘어간 걸까.

복잡한 심경이 되었다. 아리아드네는 헬레네에게서 시선을 떼고 막 완성된 미궁을 돌아보았다.

아비쉘 왕국은 대미궁으로 제국이 멸망한 이후 좌 대륙에서 가장 강대한 왕국이 된 만큼 왕성도 다른 나라보다 미궁 대비가 훨씬 잘되어 있었다.

왕성에는 정령탑에 방어 마법진까지 몇 겹이나 있다. 인류가 실현 가능한 모든 수단으로 보호되고 있는 곳. 그런데 그런 곳에서마저 미궁이 솟아났다. 위버의 영지 내에서 솟구친 은거울 미궁처럼 정령탑이나 방어 마법진을 모조리 무시하고 말이다.

'그 씨앗이란 것의 효과일까?'

헬레네가 그녀를 노린 이유는 그저 개인적인 원한일까, 아니면 마왕의 사주일까.

'······둘 다일 수도 있겠네.'

고민하던 아리아드네는 곧 고개를 내저었다.

'됐어, 지금은 다 근거 없는 추측일 뿐이야. 나중에 차근히 알아보자.'

악셀이 갑자기 그녀를 불렀다.

"아리아."

"응?"

"상황이 심상치 않습니다."

"왕성 한복판에 미궁이 생겼는데 당연히 심상치 않겠······ 맙소사, 저거 뭐야?"

악셀의 시선을 따라가 그와 같은 것을 본 아리아드네는 절로 신음이 나왔다. 마물이었다.

미궁은 출몰과 동시에 마물을 생산한다. 그리고 미궁 내부에 마물이 가득 차면 외부의 오염 지역으로 기어 나오게 된다.

바꿔 말하자면 갓 생긴 미궁에는 마물이 거의 없다. 미궁 외부까지 마물이 튀어나오려면 아무리 빨라도 하루 이틀은 걸린다. 그런데 저 포크 같은 미궁에선 벌써 마물이 튀어나오고 있었다.

'그러고 보니 오염이 퍼지는 속도도 너무 빨라.'

영토 때문에 눈에 안 띄지만, 영토를 펼친 당사자인 아리아드네는 확실히 감지할 수 있었다. 저 미궁의 오염 지역은 최상급 미궁보다도 훨씬 빠르게 확산되고 있다.

'이런 속도로 오염 지역이 늘어나면……'

[분석, 추측, 예상. 24시간 안에 수도 전체가 오염 지역이 됩니다. 48시간이면 중부지방 대부분이 오염되며 72시간이면 엘디어 영지 최남단까지 오염이 퍼집니다.]

[아리아, 이 정도면 대미궁이 크레타 제국을 멸망시킬 때와 유사한 오염 속도입니다.]

파이가 나직하게 보고했다. 아리아드네의 낯빛이 창백해졌다.

'수도가 전부 오염되기까지 24시간이라고.'

24시간 안에 모든 사람이 대피하는 건 불가능하다.

'차라리 정령사들을 동원해서 수도 전체를 영토로 덮어씌우는 게 낫겠어.'

그러나 수도 근처에 사는 정령사를 죄다 동원해도 수도가 한계다. 중부지방까지 다 영토로 덮진 못한다. 중부 대부분이 오염되기까지 48시간. 사흘째부터는 걷잡을 수 없게 된다.

'영토를 펼치면서 대피 작업을 한다 해도 어마어마한 사망자가 나올 거야.'

차라리 마물이 상대라면 사람이 싸우거나, 도망치거나, 숨을 수라도 있다. 그러나 오염은 정령사의 영토나 정령등 외에는 버틸 방법이 없는 재앙이다.

'하지만 정령사는 수가 적고, 정령등은 연료인 정령석 가루가 귀해.'

일가족이 반나절 간 버틸 수 있는 정령등 연료를 비축하고 있으면 잘사는 집이라 할 수 있다. 대다수는 반나절은커녕 몇 시간 분량이 고작일 터.

정령 기사는 자기 자신만 지킬 수 있고, 마법사는 마력이 오염되면 대체로 무력해지며, 신관은 오랜 시간을 들여 천천히 오염 지역을 정화할 순 있어도 당장 닥쳐오는 오염을 버텨 내는 데엔 도움이 되지 못한다.

'바로 미궁을 닫아야 해. 어떻게든.'

아리아드네는 결단을 내렸다. 곧바로 돌아서서 국왕에게 향했다.

"전하."

"오오, 엘디어 공. 대체 이게 무슨 일인지…….'"

"저 미궁에서 오염이 퍼지는 속도가 심상치 않습니다. 이대로면 하루 만에 수도 전체가 오염 지역이 됩니다."

"뭐, 뭐라고?"

"이틀이면 중부지방 전체로 오염이 퍼질 거고요. 저주받은 땅이 생겨날 때와 비슷한 속도입니다."

"그런…… 그, 그 정도란 말인가?"

"대피를 진행하면서 동시에 동원령을 내려 정령사들에게 영토를 구현하게 하셔야 합니다."

"……왕국의 모든 정령사를 끌어모아도 중부지방 전체를 영토로 덮을 순 없네."

"예, 그러니 시민들에게 정령등 연료도 배급해야 합니다. 엘디어에서 연료로 사용할 정령석 10만 개를 기증하겠으니 보관할 공간을 내주세요."

"10만!"

국왕의 눈이 휘둥그레졌다. 그는 더듬더듬 답했다.

"고, 고맙네, 엘디어 공. 왕실 차원에서 반드시 보답하겠네."

"그 연료의 제작과 배급은 가르시아 상단에서 책임지겠습니다."

어느새 다가온 레베카 가르시아가 끼어들었다. 가르시아 상단이 관리한다면 정령석이 빼돌려질 염려 없이 시민들에게 전달될 것이다. 아리아드네는 윙크를 하는 이모에게 미소로 답했다.

국왕은 충격을 받았지만, 현실을 부정하거나 시간을 지체하지는 않았다. 대륙 최강의 제국이 일주일 만에 멸망한 게 고작 20여 년 전의 일이다. 국왕에겐 아직도 그때의 기억이 생생했다. 그는 바로 시종장과 대신들을 불러들여 명령을 내렸다.

아리아드네는 시종장을 따라 비어 있는 창고로 이동해 채널에서 10만 개의 정령석을 쏟아 냈다. 압도적인 물량이었다. 반짝이는 색색의 보석들이 창고를 가득 채우는 것을 보며 시종장은 입을 다물지 못했다.

그러고도 아리아드네의 채널에는 여전히 10만 개에 가까운 정령석이 남아 있었다. 대정령들로부터 받은 것도 많았으나 넘쳐 나는 돈으로 꾸준히 매입한 정령석이 더 많았다.

[많은 대정령이 정령석 더미를 보고 감탄하고 있습니다.]

[황금 무덤이 과거에 했던 제안을 창피해합니다.]

[잠들지 않는 심판이 헛기침을 합니다.]

[신록의 그릇이 당신의 기증을 자랑스러워합니다.]

[아비쉘 왕국 내에 영토를 가진 대정령들이 불안해하고 있습니다. 공포심이 생성되었습니다.]

[만년설 왕관이 말없이 선물을 보냅니다.]

[정령석 1,000개를 획득했습니다.]

아리아드네는 대정령들의 반응에 신경 쓸 겨를이 없었다. 정령석을 가루로 만들어 배급하는 과정은 레베카에게 맡기고, 그녀는 바로 승전 기원 연회장으로 돌아갔다.

연회장의 손님들은 몇몇을 빼고 전부 다른 곳으로 이동한 상태였다. 남아 있는 건 국왕과 논의 중인 대신들, 수도 근처에 영지가 있는 귀족들, 그리고 아리아드네의 가족과 일행들이었다.

근위기사단은 발코니로 기어오르려는 마물들과 이미 전투를 벌이고 있었다. 다행히 아직 마물의 수가 적어 전황은 안정적으로 보였다.

아리아드네는 우선 제 공식 비서인 이자벨에게 엘디어 영지에 대한 사항을 지시했다. 그리고 황금뿔 기사단장인 벨바렛과 새벽 용병단장인 일라타에게도 대피 협조에 관한 몇 가지 명령을 내렸다.

그러고 나서 변경백에게 기절한 헬레네 엘디어를 맡겼다.

"이 애가 미궁을 불러냈는데, 자기가 제 이복동생이라고 주장하고 있어서 왕실에 바로 맡길 수가 없어요. 오해를 사지 않도록 사실을 정확히 파악한 뒤에 넘겨야 할 것 같아요."

"이복…… 뭐?"

아리아드네는 간단히 추측한 내용을 알렸다. 변경백과 대마법사와 백작 부인의 표정이 일제히 일그러졌다.

"……염병할 놈이 죽어서까지 애를 먹이누. 역시 낯짝을 지져 놨어야 했는데."

대마법사가 이를 갈며 중얼거렸다. 주어가 빠져 있지만 누구에게 하는 소린지는 뻔했다.

"확실히 바로 왕실에 넘겼다간 음모의 수단으로 쓰일 수도 있겠구나."

백작 부인이 아리아드네의 의견에 동의하며 헬레네를 맡았다.

그렇게 모든 일을 순식간에 처리한 뒤, 그녀는 기다리고 있던 동료들을 불러모았다.

"하루 안에 저 미궁을 닫아야 해. 늦어도 이틀."

말도 안 되는 소리였다. 그러나 그녀의 사람들은 불가능하다며 반박하지 않았다. 대신 어떻게 해야 할지를 논의했다.

"하루라……. 미리 탐사할 시간은 없겠습니다. 미궁 등급 판정도 불가능하고."

악셀이 중얼거렸다. 루드빅이 제안했다.

"어차피 하루 안에 끝내야 한다면 인원을 늘리는 건 어떻습니까?"

"좋은 생각인데, 정령사가 모자라. 당장 수도 전체를 영토로 덮어야 해. 토벌이 늦어지면 중부지방까지도."

아리아드네는 고개를 저었다.

"정령사 없이 늘어나는 인원은 성녀님의 부담만 가중할 겁니다."

뤼르가 거들었다. 루드빅은 한숨을 내쉬며 수긍했다.

"그러면 저희만으로 등급도 알 수 없는 저 미궁을 최대한 빠르게 공략해야 한다는 소리군요."

"어쩔 수 없지. 대미궁 공략 예행연습이라고 생각하자."

쓴웃음을 지어 보인 아리아드네가 일행들을 둘러보았다.

"출발 전에 준비해야 할 거 있는 사람?"

"다 인벤토리에 있는데 뭐. 옷만 갈아입으면 돼."

에리히가 어깨를 으쓱였다. 베로니카가 설핏 웃었다.

"전, 갈아입을 필요도…… 없어요. 갑옷을…… 입고 오길, 잘했네요."

대미궁에 갈 각오를 하고 있던 이들이다. 여기서 머뭇거릴 사람은 없었다.

"좋아, 그럼 잠시만."

아리아드네는 연회장에 딸려 있는 휴게실로 가서 빠르게 옷을 갈아입었다.

그녀는 머리를 장식하고 있던 생화와 리본을 손에 잡히는 대로 대충 푼 후 가죽 옷과 부츠 차림으로 휴게실에서 나왔다. 반묶음으로 틀어 올렸던 머리카락이 풀리며 흐트러졌다. 큰 장식은 다 빼냈으나 자잘한 꽃들이 남아 긴 머리칼 곳곳에 매달려 있었다.

에리히가 혀를 찼다.

"좀 빗겨 줄까?"

"괜찮아요, 바쁜데."

그녀는 건성으로 머리를 털고는 질끈 묶으며 부서진 발코니에 올라섰다. 꽃 섞인 백금발이 햇빛 아래에서 깃발처럼 나부꼈다.

"준비됐어요?"

이번엔 동료들을 향한 물음이 아니었다. 아리아드네가 미궁을 닫으러 가겠다는 말에 국왕이 급히 준비시킨 정령사를 향한 물음이었다. 그 정령사는 그녀를 올려다보며 넋이 나가 있었다.

"정령사님?"

아리아드네가 재차 부르자 그가 화들짝 놀라며 정신을 차렸다.

"죄, 죄송합니다. 자, 잠시만요."

그는 통신용 아이템에 손을 대고 무어라 중얼거리더니 고개를 끄덕였다.

"네. 이, 이제 영토를 거두셔도 됩니다."

아리아드네야 혼자서 왕성 전체를 영토로 덮었지만, 원래 이 정도 범위를 영토로 뒤덮으려면 왕실 정령사가 10명은 필요했다. 사실 10명도 최소한의 인원이고 무리하지 않으려면 12명은 되어야 했다. 그들은 현재 왕성 곳곳에서 구역을 나눠 영토를 펼칠 준비를 하고 있었다.

"그럼, 갈게요."

아리아드네가 자연스럽게 악셀에게 손을 내밀자, 그가 반사적으로 그녀를 안아 올렸다. 그녀의 턱짓에 악셀이 발코니 밖으로 훌쩍 뛰어 내렸다. 동시에 그에게서 아름드리가 튀어나왔고, 그들은 기괴해진 정원에 사뿐히 착지했다.

아리아드네의 영토가 그녀를 따라 이동하며 줄어들었다. 신록이 후퇴한 자리를 12명의 정령사가 각자의 영토로 채웠다. 들판, 강변, 황무지, 모래밭, 산비탈 등등이 구현되며 왕성을 각양각색으로 물들였다.

성녀의 토벌대는 그런 왕성을 뒤로하고 숲을 이끌며 미궁을 향해 달렸다. 마물이 달려오는 그들을 향해 덤벼들었다. 정령 기사들이 검을 뽑았다. 붉고, 푸르고, 검은 가호에 휘감긴 검들이 접근하는 마물들을 베어 냈다. 그들은 왕성으로 몰려드는 마물의 흐름을 가르며 질주했다.

땅에 꽂힌 포크 같은 미궁의 형상이 금세 가까워졌다. 시력이 제일 뛰어난 악셀이 가장 먼저 눈살을 찌푸렸다.

"아리아."

아리아드네는 파이에게 이번 미궁도 은거울 미궁처럼 관련 정보가 없다는 보고를 듣고 있다가 한 박자 늦게 대답했다.

"응, 왜?"

"입구가 여럿입니다. 어떻게 할까요?"

"뭐?"

곧 그녀의 육안으로도 미궁의 입구들이 보였다. 네 갈래로 나뉘어 땅에 꽂힌 탑. 그 탑마다 새카맣게 입을 벌린 구멍이 하나씩 있었다. 그 입구는 몹시 좁았다. 말을 탄 사람 한 명이 간신히 통과할 수 있는 크기였다.

"시작부터 지랄맞네."

에리히가 욕을 내뱉었다. 파이의 당황한 목소리가 아리아드네의 귓가에 울렸다.

[입구가 여럿인 미궁이 처음은 아니지만…… 이번엔 난감하군요. 어떤 입구가 옳은지 알 수가 없습니다.]

입구가 여러 개인 미궁은 보통 입구마다 다른 함정이 있곤 했다. 드물게 핵이 있는 방과 아예 연결되지 않는 가짜 입구가 있는 경우도 있었다.

아리아드네는 늘 환상 도서관을 이용해 돌파하기 쉬운 진짜 입구를 고르곤 했지만, 이번에는 그럴 수가 없었다.

"겉보기엔…… 다 똑같네요."

베로니카가 고개를 기울였다. 에리히는 마력의 흐름을 확인해 보려니 한숨을 푹 쉬며 아리아드네를 돌아보았다.

"해골, 혹시 뭐 좀 알겠냐? 난 전혀 모르겠다."

"저도 모르겠어요. 여긴 저번 은거울 미궁처럼 정보가 없어서."

"그럼 어떡하지?"

아리아드네는 아름드리 위에서 악셀의 가슴팍에 기댄 채 고민하다가 입을 열었다.

"고민할 시간이 아까우니, 그냥 찍죠."

"어? 진짜?"

에리히가 놀라 되물었다. 아리아드네는 차분히 답했다.

"시간이나 인력에 여유가 있다면 지원을 요청하고 차근차근 조사하겠지만, 지금은 그럴 여유가 없잖아요. 나눠서 조사하기엔 위험하고요."

"그건 그렇지만……."

"함정이 나오는 건 어떤 미궁이든 똑같고, 최악의 경우는 가짜 입구라 막혀 있을 경우인데…… 그러면 엘릭서로 벽을 뚫고 가면 되겠죠. 은거울 미궁에서 그랬던 것처럼요."

"……그러네?"

미궁 벽을 뚫을 수단이 있다는 건 굉장한 이점이다. 에리히는 흘깃 위를 보았다.

"흠…… 겉으로 보이는 구조대로면 어딜 택하든 결국 저 가운데 탑으로 올라가게 될 것 같긴 해."

"아마도 그렇겠죠. 뤼르."

"예?"

"입구 하나만 골라 주세요."

"제, 제가 말입니까?"

그는 당황한 듯 날개를 파르르 떨었다. 아리아드네가 태연히 끄덕였다.

"뤼르가 고르면 신께서 도와주실지도 모르잖아요. 밑져야 본전인 거고, 틀려도 되니까 골라 줘요."

"아, 아, 알겠습니다."

뤼르는 눈을 감고 짧게 기도하더니 왼쪽에서 두 번째에 있는 입구를 가리켰다.

"저곳으로 하겠습니다."

"와…… 진짜, 계시예요?"

베로니카가 커진 눈으로 물었다. 신관은 머쓱하게 뒷머리를 긁적였다.

"아뇨, 최근 엘께서 종들의 기도에 답을 잘 주지 않으셔서……. 그냥 찍은 겁니다."

"그거면 충분해요. 고마워요."

아리아드네는 웃으며 인사하고는 악셀을 돌아보았다. 그가 자연스레 아름드리를 움직였다.

입구가 좁아 나란히 들어갈 수가 없었다. 악셀과 아리아드네가 탄 아름드리가 가장 먼저 안으로 들어섰다. 안쪽은 아무것도 보이지 않는 칠흑이었다. 아리아드네를 따라 움직이는 좁은 영토만이 밝았다.

"앞에 뭐가 있는지 하나도 안 보이네. 악셀, 뭐가 보여?"

아리아드네는 나무로 된 사슴의 머리 위에 턱을 괸 채 물었다. 그러나 악셀은 앞을 보고 있지 않았다.

"아리아, 문이 사라졌습니다."

"응?"

아리아드네는 깜짝 놀라 뒤를 돌아보았다. 악셀의 덩치가 커서 뒤쪽이 잘 보이지 않았다. 그녀는 제 허리를 감은 악셀의 팔에 의지해 상체를 확 기울였다.

"……맙소사, 진짜 사라졌잖아."

그들이 들어온 문 대신 짙은 어둠만이 보였다. 심지어 다른 일행들도 보이지 않았다.

"이거, 우리 둘이 들어오자마자 닫힌 건가?"

아리아드네는 신음을 흘렸다.

아리아드네의 추측은 정확했다. 미궁의 입구는 아름드리가 들어서자마자 오므라들더니 벽이 되어 버렸다. 당황한 베로니카가 철마에서 뛰어내려 벽의 이곳저곳을 더듬었다. 단단한 돌벽에는 틈 하나조차 없었다.

"아, 아가씨……."

"뭐 이딴 미궁이 다 있어!"

급하게 정령등과 엘릭서를 꺼내 든 에리히가 신경질을 냈다. 입구가 사라지자 아리아드네의 영토도 사라져서 신체가 오염되고 있었다. 뤼르 역시 빠르게 정령등을 켜고 엘릭서를 한 모금 마셨다. 반사적으로 가호를 두른 덕에 멀쩡한 루드빅이 혀를 찼다.

"이건 무슨…… 다른 입구도 똑같을까요?"

"해 보면 알겠지."

에리히가 빈 엘릭서 병을 집어 던지며 대꾸했다. 벽을 걷어차다 돌아온 베로니카가 철마 위에 다시 올라탔다.

"어때? 엘릭서로 뚫어 볼까?"

에리히의 물음에 그녀가 고개를 저으며 되물었다.

"퇴각…… 하려고? 난, 악셀 같은 힘, 없어."

"미궁을 뚫고 나면 지쳐서 아무것도 못 하게 될 거라는 뜻이지?"

"응, 최후의…… 수단이야."

"그럼 방법은 하나뿐이네. 다른 입구로 들어가는 거."

"가자."

베로니카는 철마를 몰아 바로 옆 입구로 향했다. 루드빅이 그런 그들을 말렸다.

"정령사 없이 들어가는 건 위험하지 않겠습니까? 입구가 사라진다는 건, 퇴로도 막힌다는 소린데."

"루드빅 경, 우린 정령등 연료가 엄청 많잖아. 엘릭서도 많으니 최악의 경우엔 벽 뚫고 퇴각하면 돼. 물러날 거면 여력을 남길 필요가 없으니까."

에리히가 허리춤의 인벤토리 아이템을 가리키며 말했다. 베로니카가 무표정하게 말을 이었다.

"아가씨가…… 들어가셨는데, 가만히 있을 수는, 없어."

"아 참! 루드빅 경, 우리 들어가고 나서 혹시 또 입구가 사라지면 후발대를 위해서 정보 좀 남겨 줘."

에리히의 말을 끝으로 철마가 가장 왼쪽 입구로 돌진했다. 역시나 그들이 들어서자마자 입구가 사라졌다.

루드빅은 모래바람에서 내려 근처에 있는 정원 조각상 받침대로 다가갔다. 오염되어 울퉁불퉁해진 조각상에서 그나마 매끈한 부분을 찾아 미궁 입구에 대한 설명을 칼로 새겨 넣으면서, 그는 곰곰이 생각했다.

'그냥 밖에서 기다릴까.'

추가 지원을 받는 건 무리였다. 지금 수도에 있는 정령사들은 시민들을 지키기에도 모자랐다. 애초에 국왕은 토벌이 아니라 퇴각에만 집중하고 있을 것이다. 성녀의 토벌대가 나섰으니 혹시나 하고 기대를 거는 거지, 다른 토벌대였으면 시민들 대피나 도우라고 했을 터다.

'그럼 달랑 둘이서 저길 들어가야 한다는 소린데……'

아무래도 죽기 딱 좋아 보였다.

루드빅은 명예를 얻고 싶었지만 명예보다는 생존이 중요했고, 아리아드네를 좋아하지만 그녀를 위해 목숨까지 버리고 싶진 않았다.

'그래, 그냥 기다리자. 여차할 때를 위해 밖에서 대기하는 사람도 필요하잖아?'

그렇게 합리화를 끝내고 조각상 받침대를 입구에 박아 넣었다. 그는 받침대에 새겨 넣은 설명이 잘 보이는지 확인하고 뒤로 돌아섰다. 그러곤 신성한 황금빛 눈동자와 시선이 마주쳤다.

"……"

"……루드빅 기사님?"

뤼르가 멀거니 선 그를 보고 고개를 갸웃거렸다.

"안 가십니까?"

"……"

당연히 들어가리라 생각하고 있는 신관을 보니 도저히 그냥 밖에서 기다리잔 소리가 안 나왔다. 진심으로 기다리는 게 옳다고 여겨서 내린 판단이 아니라 안전하게 있으려고 만들어 낸 변명이라는 걸 스스로가 가장 잘 아니까.

루드빅은 신관의 등에 돋은 날개를 보았다. 뤼르 이나민이 아리아드네 엘디어를 위해 목숨을 바친 증거. 문득 루드빅의 낯빛이 붉어졌다.

아리아드네의 사람들. 그녀에게 목숨을 바칠 수 있는 사람, 이미 목숨을 바친 사람, 목숨을 걸고 그녀를 믿는 사람, 목숨만큼 그녀가 소중한 사람. 그들이 가진 마음에 비하면 루드빅 자신이 품은 아리아드네를 향한 마음은 한참 부족했다.

만약 자신이 아니라 악셀 발렌타인이 이 자리에 있었다면 그는 한 치의 망설임도 없이 뛰어들었을 것이다. 안전한 상황인지 어떤지는 고민도 않겠지. 아리아드네도 악셀이 그러리라는 것을 알기에 이동할 때마다 그가 아니라 악셀의 정령수에 타는 게 아닐까.

'이러고도 내가 공작님과 결혼할 수 있을 거라 믿었다니.'

새삼 부끄러워서 낯이 화끈거렸다.

'모자라. 나는…… 더 사랑해야 해.'

루드빅 블레이르는 본래 명예와 권력을 위해 아리아드네와 결혼하고 싶었고, 적당히 호감이 있는 적당한 상대가 되려 했었다. 비합리적인 사랑 같은 걸 할 생각은 없었다. 진심이 되지 않게 조심했다.

그녀와의 결혼 자체가 아니라 결혼으로 얻을 수 있는 것들이 그의 목적이었으므로.

'공작님께 선택받으려면 더 열렬하게 사랑해야만 해. 그래야 겨우 출발선에 선다.'

어느새 선택의 대가가 아니라 선택받는 것 자체로 목적이 바뀌고 있었으나 그는 자각하지 못했다.

"루드빅 기사님?"

뤼르가 초조하게 그를 불렀다. 망설임을 지운 루드빅은 성큼성큼 걸어가 모래바람에 올라탔다.

"갑시다."

그는 정령수를 몰아 세 번째 입구로 향했다. 입구에 들어서자마자 뒤를 돌아보았다. 예상했듯이 들어온 문은 사라지고 어둠만이 가득했다.

"빛을 밝혀 볼까요?"

"예, 주위에 딱히 마물의 기척이 느껴지지 않으니 그래도 될 것 같습니다."

루드빅이 끄덕이자 뤼르가 손을 모아 기도했다.

"엘이시여, 암흑 속을 헤매는 불우한 이들에게 광명을 베푸소서."

신성 마법이었다. 따스한 황금빛 덩어리들이 신관으로부터 솟아올라 사방을 밝혔다. 외벽과 똑같은 진한 회색의 우둘투둘한 돌벽과 돌바닥만이 보였다.

"……아무것도 없군요."

"저기에 오르막길이 있습니다."

루드빅이 가리킨 곳에 위로 올라가는 길이 보였다. 나선 계단 같은 길이었다. 사방은 쥐죽은 듯이 조용했고 길 외에는 아무것도 없었다. 어둠 속에서 구불구불 뻗어 올라가는 길은 하늘로 기어오르는 뱀처럼 보였다. 묘하게 섬뜩했다.

"……일단 다른 게 없으니, 올라가 봐야겠군요."

뤼르는 허리에 매단 정령등을 점검하고 나서 몇 가지 축복을 그들에게 걸었다.

길이 좁아 정령수를 타고 올라가는 건 무리였다. 루드빅은 모래바람을 집어넣은 뒤 검을 뽑아 들고 앞장섰다. 오르막길에 발을 디디는 순간 무언가 서늘한 감각이 목덜미를 훑고 지나갔다. 그들은 동시에 제 목을 더듬었다.

"방금……."

"뭐였는지 잘 모르겠지만, 어쩐지 불경한 느낌이었습니다. 주의해야겠군요."

정령 기사와 신관은 잠시 머뭇거렸으나 곧 다시 걸음을 옮겼다.

"이거, 저주 같은데."

마력을 풀어 나선형 길을 탐색하던 에리히가 뒷머리를 긁적였다. 베로니카가 고개를 갸웃거렸다.

"무슨, 저주?"

"환각 계열이야. 그런데 어…… 좀 특이해."

"왜?"

"환각 계열 저주 흑마법은 일반적으로 촉각형 마력 구조로 대상에 대한 탐지와 분석이 선행되고, 그 뒤에 도로시-빅터식 배열이나 코쿨라 미궁식 배열이…… 아니, 아니다."

습관적으로 설명을 늘어놓던 에리히가 고개를 내젓고는 간단히 말했다.

"이런 저주가 보여 주는 환각은 보통 우리 안에서 끄집어내는 거야. 맞춤형 악몽 세트라고."

"그런데……?"

"이건 달라. 저주가 우리 머릿속을 뒤지는 게 아니라 미리 계획된 환각을 보여 줄 거야."

"그럼…… 뭐가 달라져?"

"허접해지지."

에리히는 어깨를 으쓱였다.

"환각인 걸 알고 들어갔는데 나 자신과 관계없는 것들이 보이면 가짜인 걸 알아채기가 너무 쉬워. 아무 능력도 없는 민간인이면 모를까, 토벌 다니는 전투원에게는 일부러 속아 주기도 어려운 허깨비가 된다고."

"감각은…… 느껴질 거 아냐. 진짜처럼."

"야, 그것도 다 우리 내부의 감각을 조정해서 느끼게 만드는 거야. 몸에 저절로 소름이 돋는 거랑 제발 소름 좀 돋아 주세요, 하고 옆에서 찬 바람 불어넣는 거랑 같겠냐?"

"결론이 뭐야, 그래서."

"허접하니까 별로 걱정할 필요 없다고."

에리히가 픽 웃으며 길에 발을 디뎠다.

"마법사가, 어딜 앞장서."

미간을 찡그린 베로니카는 그의 뒷덜미를 잡고 홱 뒤로 뺀 다음 자신이 앞섰다.

아리아드네는 에리히의 분석과 비슷한 분석을 파이로부터 듣고 악셀에게 전달해 주었다.

"그러니까 좀 내려 주지 않을래?"

"그래도 조심하는 편이 낫습니다."

정령수를 타고 접근할 수 없는 길이 나타나자, 악셀은 한 팔로 아리아드네를 안아 든 상태였다. 그녀는 한숨을 푹 내쉬었다.

"내 발로 걸을 수 있어."

"그러다 함정에 발을 다치셔도 모르고 계속 걸으시겠지요."

악셀이 퉁명스럽게 대꾸했다. 아리아드네는 그의 어깨를 밀어내며 반박했다.

"왼손만 그렇지 다른 곳은 아직 통각이 남아 있다니까? 말도 안 되는 소리 말고 내려 줘."

"싫습니다."

"이러면 싸우기 불편하잖아."

"지켜 줄 사람이 없는 상황에서 당신을 떼어 놓고 있는 게 더 불편합니다."

"안 무거워?"

"제게 당신의 무게가 느껴지기나 할 것 같습니까? 대체 저를 뭘로 보시는 겁니까."

인상을 쓴 악셀이 그대로 걸음을 옮겼다. 그의 어깨에 턱을 괸 아리아드네가 재차 한숨을 내쉬었다.

"너한테 내 증상을 들키는 게 아니었……."

오르막길에 발을 디디는 순간 선뜩한 감각이 악셀의 목덜미를 훑었다. 동시에 푸념하던 아리아드네의 말이 뚝 끊겼다.

"아리아?"

악셀은 아리아드네가 축 늘어지며 품에서 미끄러져 떨어지려는 것을 황급히 붙들었다. 손아귀에서 바스러지는 듯한 감촉이 느껴졌다. 그녀의 몸이 모래처럼 부서져 손가락 사이로 흘러내렸다.

"……아리아?"

악셀은 멍청히 그녀의 이름을 불렀다. 이게, 무슨, 상황이지.

품에 있던 아리아드네는 사라지고 하얗게 빛나는 모래 더미만이 남았다. 그마저도 안개에 휩쓸려 날아가기 시작했다.

안 돼.

악셀은 허둥지둥 손을 뻗어 모래를 그러안으려 애썼다. 부질없는 노력이었다. 그는 아무것도 남지 않은 손을 허망하게 내려다보다가 주위를 둘러보았다. 안개가 심해처럼 짙었다.

'언제 이런 안개 속에 들어온 거지?'

떠오른 의문이 허물어졌던 이성을 일으켜 세우려던 찰나. 사나운 음성이 뇌리에 울렸다.

[또 시작이군, 제기랄.]

어디서 들어 본 듯한 목소리였다. 어디였지?

'은거울 미궁에서 아리아드네가 죽는 환각을 봤을 때……. 맙소사, 그걸 어떻게 까맣게 잊고 있었지?'

그 충격적인 환각을 자신은 조금 전까지 전혀 기억하지 못하고 있었다. 기가 막혔다.

[이번엔 무슨 수작이지?]

"뭐?"

악셀이 무심코 되물었다. 목소리는 신경질적으로 대꾸했다.

[네놈한테 물은 게 아니다. ……하. 뭘 하나 했더니 샤이탄 이 개자식이 감히…….]

"넌 누구지?"

악셀의 물음에 목소리가 뇌까리던 혼잣말이 뚝 멎었다.

[……디메토르(Dimetor). 나는 디메토르다.]

목소리는 한껏 비웃음을 머금은 채 제 이름을 말했다. 낯선 이름이
었다.

[꺼져. 이제 가서 네 할 일이나 해라.]

그 말을 마지막으로 안개가 훅 걷혔다. 악셀은 제가 미궁의 오르막
길 중간에 멍하니 서 있다는 것을 깨달았다.

'환각에서 빠져나온 건가.'

그는 황급히 아리아드네부터 찾았다. 그녀는 그보다 한참 뒤쪽, 길
의 초입에 주저앉아 있었다.

"아리아!"

악셀은 한달음에 그녀에게 달려갔다. 그녀의 어깨를 잡으려던 손이
일순 멈칫했다.

조금 전 보았던 환각이 망막에 어른거렸다. 아리아드네가 그의 손
안에서 바스러지더니 모래가 되어 날아가던 장면이.

'그건 이 길에 걸려 있던 환각 저주였다. 실제가 아니야.'

악셀은 이를 악물었다. 아리아드네가 분명 외부에서 주입되는 환각
이라 별것 아닐 거라고 했었는데 왜 이렇게 생생한 건지 모르겠다.

'디메토르…… 그자는 정체가 뭐지?'

저번처럼 기억이 사라질까 봐, 악셀은 그 이름을 입속으로 몇 번이
나 되뇌며 외웠다. 그러면서 아주 조심스럽게, 이슬 맺힌 거미줄을 쥐
는 기분으로 고개를 숙이고 있는 아리아드네의 어깨를 쥐었다.

"아리아, 괜찮습니까?"

그녀는 대답이 없었다. 호흡을 확인해 보니 잠든 것처럼 안정적이었다. 아무래도 아직 환각 속에 있는 듯했다.

'빨리 이 길에서 벗어나는 게 좋겠군.'

특정 지역에 걸려 있는 환각 저주는 그곳을 벗어나면 자연히 풀린다. 악셀은 정신을 잃은 아리아드네를 안아 들고 걸음을 옮겼다.

"에리히?"

베로니카는 에리히의 어깨를 흔들었다. 그가 길에 올라서자마자 픽 쓰러져서 얼마나 놀랐던가. 상태를 확인해 보니 다행히 잠든 것뿐이었다. 아무래도 환각에 빠진 듯했다.

"하여간."

베로니카는 한숨을 내쉬고는 그를 둘러업었다. 그녀의 눈에 안개의 환각이 길을 휘감고 있는 것이 보였다.

"진짜…… 허접하긴, 허접하네."

어찌나 허술한지 반투명한 환각 너머로 나선형 오르막길이 고스란히 보였다. 이 지역을 벗어나면 되겠지. 악셀과 같은 판단을 내린 그녀는 축 늘어진 에리히를 업고 걸음을 옮겼다.

에리히는 그녀보다 키도 크고 무거웠지만 정령 기사인 그녀에게는 새끼 고양이 수준으로 가볍게 느껴졌다. 힘들이지 않고 성큼성큼 길을 따라 올라가던 그녀는 문득 어깨가 축축해진 것을 깨달았다.

"……!"

어깨 쪽을 돌아본 베로니카는 화들짝 놀랐다.

"어?"

에리히가 눈물을 흘리고 있었다. 아주 고통스럽고 지독하게 절망적인 얼굴로. 그녀가 처음 보는 표정이었다.

"에리히……?"

베로니카가 걱정스럽게 불렀지만 에리히는 대답이 없었다. 여전히 정신을 잃은 상태였다. 불안해진 베로니카는 달리기 시작했다. 최대한 빨리 이 길을 벗어나야 한다는 직감이 들었다.

에리히 위버는 환각 속에서 또다시 환각 함정에 빠졌다.

환각 속의 환각. 마물이 눈보라성을 피바다로 만들고 있다. 그 속에서 24세의 어리석은 에리히 위버는 베로니카 브란테의 탈을 쓴 마물 '흉내쟁이'에게 속아 넘어간다.

방심하고 있는 그의 등 뒤에서 흉내쟁이가 입을 쩌억 벌린다. 진짜 베로니카가 달려와 그를 밀쳐 낸다. 마물이 그녀를 삼킨다. 한심하고 나약한 에리히 위버는 뒤늦게 울부짖는다. 안 돼!

베로니카는 그렇게 마물에게 잡아먹혔다. 시체도 찾지 못했다. 시체가 없어서. 텅 빈 관. 비어 있는 무덤. 무의미한 흰 꽃. 그녀의 머리카락 한 줌조차 쥐지 못하고. 빈손. 아무것도 남지 않은. 비로소 깨닫게 되는.

비로소.

베로니카, 베로니카. 나는 사실 널 좋아했었어.

열네 살, 처음 만났던 그날부터 십 년 동안, 하루도 널 좋아하지 않았던 날이 없었어.

그때 누군가가 텅 빈 무덤 앞에서 울부짖는 그의 멱살을 잡고 뺨을 후려쳤다.

〈마법사란 놈이 고작 환각에 빠져 징징대다니.〉

피처럼 붉은 눈동자가 그를 노려보다가 주위를 흘깃 살폈다.

〈이 함정이 네 기억을 현실에 구현하는 것 같군. 당장 파훼해라, 마법사.〉

에리히는 눈물로 젖은 입꼬리를 비틀었다.

〈……그냥 기억이 아니라 최악의 기억이지. 트라우마가 된 기억.〉

〈그래서 못 하겠나?〉

〈망할, 누가 못 한대? 비켜.〉

그는 붉은 눈의 남자를 밀쳐 내고 손을 뻗었다. 마력이 그의 손을 타고 빛을 머금었다.

루드빅은 반투명한 안개를 손끝으로 휘적거렸다.

"진짜 풍경이 환각 너머로 죄다 보이다니……. 이쯤 되면 환각을 거는 의미가 없지 않습니까?"

주위를 둘러본 뤼르가 고개를 끄덕였다.

"확실히 그렇습니다. 이 미궁, 등급이 의외로 낮을지도 모르겠네요."

"신관님, 아까 불경한 감각이 느껴진다고 하셨는데 그건 어떻습니까?"

"아마 이 환각 저주에 빠지면서 느껴진 감각이었던 듯합니다. 별것 아닌데 괜히 예민하게 반응한 것 같군요. 죄송합니다."

뤼르가 머쓱한 듯 뒷머리를 긁적였다. 루드빅은 싱긋 웃어 보였다.

"예민할수록 유리한 거지요, 미궁 공략이라는 건. 앞으로도 잘 부탁드립니다, 신관님."

"저야말로 잘 부탁드립니다, 기사님."

"흠, 앞으로 대미궁까지 같이 갈 동료 사이인데 우리 서로 너무 딱딱한 것 같지 않습니까?"

"편하게 말씀하셔도 됩니다."

"저만 그럴 순 없지요. 실례지만 신관님 나이가 어떻게 되십니까?"

"서른하나입니다."

"⋯⋯예?"

한가롭게 걸음을 옮기던 루드빅이 멈춰 서서 뤼르를 돌아보았다.

"몇 살이시라고요?"

"올해 봄에 서른한 살이 되었습니다만⋯⋯ 왜 그러십니까?"

"⋯⋯."

루드빅은 말없이 뤼르를 훑어보았다. 순하게 처진 눈매, 부드럽고 온화한 얼굴, 깨끗한 피부. 솔직히 루드빅은 뤼르가 자신보다 나이가 적을 줄 알았다. 뤼르는 정령 기사라 노화가 둔한 그와 비슷하거나 조금 더 어려 보였으니까.

'스물에서 스물둘 정도일 줄 알았는데⋯⋯.'

그런데 다섯 살이나 연상이라고?

'저 얼굴로?'

신관도 노화가 느린가? 아닌데, 다른 신관들은 제 나이로 보이던데. 신의 축복인가? 비결이 뭐지?

'안 그래도 공작님보다 내 나이가 좀 많아서 신경 쓰였는데, 혹시

특별한 비결이 있다면……'

"루드빅 기사님?"

심각하게 뤼르를 살피던 루드빅이 흠칫 놀라 정신을 차렸다.

'……신관이 뭔 피부 관리 비결이야. 타고난 거겠지.'

그는 한숨을 쉬고 빠르게 걸음을 옮겼다.

"잠시 딴생각을 하느라…… 미안합니다. 얼른 갑시다."

뤼르는 갸웃거리며 그의 뒤를 따랐다. 그들은 시야에 약간 거슬리는 흐릿한 안개 환상 외에는 아무런 방해도 받지 않고 오르막길을 끝까지 통과했다.

아리아드네는 아리아드네를 보고 있었다. 이상한 말이지만 문자 그대로의 사실이었다. 눈을 깜박였을 뿐인데 갑자기 눈앞에 자기 자신의 모습이 나타났다. 정확히는 지금보다 어린 자신의 모습이.

'열네 살? 아니, 열다섯 살쯤인가? 얼굴은 그 정도로 보이는데 몸집이 왜 저렇게 작지?'

작고 마른 소녀는 푸석푸석한 백금발을 늘어뜨리고 멍한 눈으로 허공을 보고 있었다. 드러난 팔뚝은 온통 상처투성이였다.

'잠깐만, 내가 저랬던 적이 있었나?'

저 나이 때 자신은 계속 위버에 있었고, 저렇게 상처투성이가 된 적도 없었는데.

아리아드네는 불현듯 소녀가 주저앉아 있는 방이 무척 익숙하다는 것을 깨달았다.

'여기…… 엘디어의 공부방이잖아.'

오래된 두려움이 치솟았다. 그녀는 입술을 깨물며 침착해지려 애썼다.

'이건 내 기억이 아니야. 나는 일곱 살 이후로 공부방에 들어간 적이 없어.'

그럼 이건 무슨 상황인 걸까. 꿈? 환상?

'아, 환각 저주구나.'

파이가 오르막길에 환각 저주가 걸려 있다고 했었다. 그 저주로 공부방에 갇힌 악몽이 재현되는 모양이다. 그녀는 안도하려다 다시 의아해졌다.

'파이가 이번 환각 저주는 내 기억과 관계없는 환상이 보일 거라고 했었는데?'

파이는 이 저주가 외부에서 끌어온 정해진 환각을 보여 주는 방식이라고 했었다. 그녀 자신과는 전혀 상관없는 환상을 보게 될 테니 크게 걱정할 필요가 없다고.

'그냥 공포영화나 재난영화 속에 들어가 보는 느낌일 거라고 했었어.'

아리아드네는 다시 주위를 둘러보았다. 익숙한 공부방, 조금 상태가 이상하긴 하지만 아무리 봐도 그녀의 어린 시절 같은 소녀의 모습.

'……내가 보이고, 내가 아는 장소인데, 이게 나랑 관계없이 만들어진 환상이라고?'

혼란스러운 가운데 한 가지 가설이 떠올랐다.

'이 환상이 원작의…… 진짜 아리아드네의 기억을 바탕으로 만들어진 환상이면 나와 관계없는 게 맞긴 해.'

그녀 속에 있던 악몽이 아니라 '원작 아리아드네'의 악몽을 보고 있는 거라면 말이 된다. 그녀와 그 '아리아드네'는 별개의 존재일 테니까.

프란츠 엘디어에게서 벗어나지 못했던 그 '아리아드네'는 16살까지 공부방에 드나들었을 테니 이 방에 이런 모습으로 있는 것도 이상하지 않다.

'하지만…… 내가 있는데 원작의 아리아드네가 동시에 존재할 수 있나? 어떻게?'

파이의 분석이 틀린 걸까? 그냥 이것도 일반적인 환각 저주라 그녀가 무의식적으로 두려워하는 장면을 보여 주는 것뿐일까?

'파이. 파이?'

아리아드네는 파이를 부르며 환상 도서관으로 이동하려 했다.

'……역시 안 되네.'

아무런 반응이 없었다. 그녀는 우두커니 서서 주저앉아 있는 소녀를 내려다보았다. 이 아이는 정말 '원작의 아리아드네'일까, 아니면 그냥 악몽 속의 자기 자신일까.

'모르겠어……'

아리아드네는 아무런 결론을 내리지 못하고 그저 소녀를 관찰했다. 퀭한 얼굴에 흐릿한 푸른 눈동자. 살짝 벌어진 입술에는 하얗게 거스러미가 일어나 있었다.

'눈동자가 이상해. 미동도 안 하는데……. 설마 안 보이나?'

갑자기 창문이 활짝 열렸다. 요란하게 덜컹거리는 소리가 났는데도 소녀는 그쪽을 돌아보지 않았다. 아예 들리지 않는 듯한 태도였다.

'귀도 안 들리는 거야?'

당황하던 아리아드네는 열린 창문으로 들어오는 사람을 보고 기절할 듯 놀랐다.

악셀 발렌타인이었다. 19살에서 20살 즈음으로 보이는 주인공이 엘디어의 공부방 창을 넘어 들어오고 있었다.

'네가 왜 여기에 있어!'

아리아드네는 저도 모르게 소리를 질렀지만, 그 소리는 음성이 되어 나오지 못했다. 악셀이 유령을 통과하듯 그녀를 통과해 지나가더니 쪼그려 앉은 소녀 앞에 섰다.

'……이 환상 속에선 보는 것밖에 못 하는구나. 그런데 얘가 왜 여기에 있지? 이건 대체 무슨 상황이야?'

이해가 가지 않았다. 아리아드네는 얼이 빠진 채 눈앞에 펼쳐지는 광경을 그저 바라보았다. 악셀 발렌타인은 소녀를 못마땅한 듯 내려다보더니 중얼거렸다.

〈글라무스로는 아무래도 부족해서 원본을 찾으러 왔더니……. 이거 상태가 이상한데.〉

그가 발끝으로 소녀를 툭 건드렸다. 소녀는 그제야 누군가 있다는 것을 알아차린 듯 화들짝 놀랐다. 말라붙은 나뭇가지 같은 팔이 허공을 더듬었다.

〈눈이 멀었나?〉

악셀은 제가 말을 하고 있는데도 영 엉뚱한 곳을 더듬는 소녀의 팔을 보고 눈살을 찌푸렸다.

〈귀도 먹었나 보군. 젠장, 기껏 고생해서 회귀 시기를 조정했는데 원본이 봉사에 귀머거리라고?〉

그는 소녀의 상태를 좀 더 제대로 확인하려는 듯, 소녀의 턱을 붙잡아 치켜올리더니 이리저리 돌려 보았다. 물건을 감정하는 듯한 태도였다. 소녀가 제 턱을 쥔 그의 손을 양손으로 붙잡았다.

〈아, 아.〉

소녀의 벌린 입에서는 말이 아니라 신음만 흘러나왔다. 악셀의 미간이 구겨졌다.

〈말도 못 하나. 아무래도 못 써먹겠군. 제기랄, 대체 얼마나 손해를 본 거지.〉

그는 소녀를 놓고 일어서려 했다. 하지만 소녀가 그를 놓지 않았다. 바짝 마른 손가락이 그의 손을 생명줄인 양 움켜쥐고 매달렸다.

〈아, 아…….〉

성가신 듯 소녀의 손을 뿌리치려던 악셀이 멈칫했다. 소녀가 울먹이며 제 목덜미를 가리켰다. 가느다란 목에 두꺼운 쇠로 된 구속구가 채워져 있었다. 그 구속구의 표면에서 언뜻 짙은 무늬를 본 붉은 눈이 가늘어졌다.

〈이건…….〉

그는 손끝으로 구속구에 새겨진 무늬를 더듬었다.

〈……마법진이군. 설마?〉

악셀은 쇳덩이를 움켜쥐고 힘을 주었다. 불꽃이 그의 손을 휘감으며 타올랐다. 그 불은 소녀의 목덜미까지 그슬렸지만, 그는 신경 쓰지 않고 계속 힘을 주었다. 그러자 점점 쇳덩이가 녹아내리며 흐물흐물해졌다.

〈……!〉

목 바로 옆에서 쇠가 벌겋게 달아오르는 탓에 살까지 익어 가고 있으니 끔찍하게 아플 텐데, 소녀는 입술을 깨물고 약간 떨 뿐 피하려 하지 않았다. 보이지도 들리지도 않으면서 그가 뭘 하고 있는지 아는 듯한 태도였다. 아픔을 잘 못 느끼는 것 같기도 하고.

악셀은 그 태도가 마음에 들었는지 비뚜름하게 웃었다.

〈눈치는 있군. 머리도 나쁘지 않은 것 같고.〉

그가 녹아내린 구속구를 맨손으로 종잇장처럼 찢어 뜯어 냈다. 쇳덩이가 바닥에 투두둑 떨어졌다. 동시에 소녀의 눈에 초점이 돌아왔다.

〈아…… 아아.〉

소녀는 제 눈과 귀와 입을 더듬으며 가쁘게 숨을 몰아쉬었다. 눈물이 유리구슬처럼 쏟아졌다. 황홀한 듯 눈을 깜박이던 그녀가 문득 그를 올려다보았다. 물기 어린 새파란 눈동자. 깨물어 피가 터진 입술이 천천히 열렸다.

〈네가 누구든, 목적이 무엇이든.〉

잔뜩 쉰 목소리가 느릿느릿 흘러나왔다. 맹세를 새기듯이, 느리지만 뚜렷하게.

〈너는 내 구원자야.〉

소녀가 미소 지었다.

〈반드시 보답할게.〉

그 말을 마지막으로 소녀는 눈을 감았다. 마른 몸이 바닥으로 허물어졌다. 악셀 발렌타인은 정신을 잃은 소녀를 한동안 말없이 내려다보았다.

〈……제법 쓸모가 있을지도.〉

나직이 중얼거린 그는 곧 소녀를 짐짝처럼 들어 올려 어깨에 얹었다. 그러고는 방 안을 한 바퀴 돌며 엘릭서 재료들을 정확하게 골라내서 인벤토리에 쑤셔 넣더니, 창밖으로 뛰어내렸다.

아리아드네는 자신이 지금 뭘 본 것인지 알 수가 없었다.

'……프란츠가 원작의 아리아드네에게 감각을 봉인하는 구속구를 채우고 가둬 키웠고…… 악셀이 글라무스보다 쓸모가 있을까 싶어서 회귀 시기를 바꿔 그녀를 구하러 온 건가?'

주인공이 회귀 시점을 조정할 수 있었다고? 그런 얘기는 소설에 전혀 안 나왔었는데.

'거짓말이지?'

그녀의 혼란에도 아랑곳하지 않고 장면은 순식간에 바뀌었다.

숲속에 있는 작은 오두막집이 보였다. 한때 마법사가 살았을 것 같은 그 집엔 오래된 핏자국과 마물의 흔적이 곳곳에 남아 있어 집주인이 어떻게 되었는지 짐작할 수 있었다. 악셀은 그곳에 '아리아드네'를 데려다 놓고 책을 한 권 던져 주었다.

〈이게 뭐야?〉

〈정령술 교습서다. 다음에 올 때까지 익혀 놔라.〉

〈…….〉

〈혹시 글을 모르나?〉

〈알아.〉

고개를 저은 소녀가 그를 올려다보았다.

〈너는 내가 정령사가 되길 원해?〉

〈그래. 넌 최고의 정령사가 될 거고, 내겐 그런 정령사가 필요하다.〉

〈내가 최고의 정령사가 된다고? 그걸 어떻게 알아?〉

악셀은 그 질문을 무시했다.

〈이 집은 나만 아는 곳이니 공작도 추적해 오지 못할 거다. 식사는 여기 있는 것들로 해결하면 된다.〉

그는 소녀에게 온갖 식재료가 가득 담긴 포대를 쌓아 놓은 지하실을 보여 주었다. 그러고 나서 바로 나가려는 그의 옷깃을 '아리아드네'

가 붙잡았다.

〈어디 가?〉

〈할 일이 많다.〉

〈무슨 일?〉

〈알 것 없다.〉

악셀은 성가신 듯 그녀를 쳐냈다. 살집이라곤 하나도 없는 소녀는 그의 가벼운 손짓에 종이 인형처럼 날아가 구석에 처박혔다. 그렇게까지 밀쳐 낼 생각은 없었는지 악셀이 짧게 혀를 찼다.

〈……식량은 아끼지 말고 마음껏 먹어라. 그런 몸으론 미궁에 들어가지도 못하겠군.〉

그는 그 말만 남기고 그대로 오두막집을 나갔다.

그러자 다시 장면이 바뀌었다.

난롯가의 테이블에 '아리아드네'가 스튜 그릇을 내려놓았다. 지도를 들여다보고 있던 악셀은 그것을 한 숟갈 머금었다가 도로 뱉었다.

〈이건 대체 뭐냐.〉

〈뭐냐니, 스튜잖아.〉

〈개죽만도 못하군.〉

〈의외로 입맛이 까다롭네.〉

'아리아드네'는 태연히 제 몫의 스튜를 떠먹었다. 악셀이 그녀의 그릇을 빼앗더니 제 그릇과 함께 난롯가에 앉아 있던 겁화에게 던져 버렸다. 외뿔 늑대는 나무 그릇과 스튜를 한 번에 씹어 불태운 다음 꿀꺽 삼켰다.

〈무슨……!〉

〈이딴 것만 먹고 사니 말라비틀어져서 살이 안 찌는 거다.〉

그는 부엌으로 가서 큼지막한 고기를 버터와 함께 굽고 스튜를 새로 끓였다.

〈먹어라.〉

〈……고마워.〉

'아리아드네'는 악셀을 힐끗거리며 식사를 했다. 그러나 그는 그녀에게 한 번도 시선을 주지 않고 지도만 들여다보았다.

그릇을 다 비운 '아리아드네'가 악셀을 향해 물었다.

〈요리 잘해? 나한테도 가르쳐 줄 수 있어?〉

악셀은 고개도 들지 않고 대답했다.

〈못한다.〉

〈그럼 방금 한 건 뭐야?〉

〈그게 잘 만든 요리로 느껴졌나? 공녀답지 않군.〉

〈내가 공녀답게 살았을 것 같아?〉

고개를 든 악셀이 물끄러미 '아리아드네'를 바라보았다. '아리아드네'는 그의 시선을 피하지 않았다. 그가 문득 물었다.

〈너, 붉은 눈이 뭘 의미하는지는 알고 있나?〉

〈……의미가 있었어?〉

〈…….〉

〈무슨 의미인데? 신관들 눈이 전부 금색인 거랑 비슷해?〉

악셀은 보던 지도를 접고 귀찮은 듯 한숨을 내쉬었다.

〈가르쳐야 할 게 많겠군. 뭔가 제대로 배운 적은 있나?〉

〈일곱 살 때까지는 제대로 후계자 교육을 받았어. 어머니가 살아 계셨거든.〉

〈그 뒤로는 줄곧 그렇게 갇혀 살았나?〉

〈······응. 사슬은 열네 살 때 탈출에 실패한 뒤부터 차게 됐고.〉

〈지금 몇 살이지?〉

〈열여섯 살.〉

〈정신이 멀쩡한 게 기적이군.〉

〈······이 있었으니까.〉

'아리아드네'가 조그맣게 중얼거렸다.

〈뭐라고?〉

〈나한테 뭘 가르칠 거야?〉

〈정령사가 되기 위해 필요한 것들.〉

〈네가 직접 가르치려고?〉

〈그래. 공작이 눈이 뒤집혀서 널 찾는 중이라 따로 선생을 불러들이는 건 위험하다.〉

〈······넌 안 위험해?〉

그녀의 질문에 악셀이 헛웃음을 흘렸다.

〈위험하지 않다. 귀찮을 뿐이지.〉

다시 장면이 바뀌었다.

훌쩍 자라 지금의 아리아드네와 거의 똑같아진 '아리아드네'가 영토를 펼치고 있었다. 숲이 오염된 땅을 뒤덮으며 진격했다. 마찬가지로 지금의 악셀과 비슷한 나이로 보이는 악셀이 만족스러운 듯 웃었다.

〈손해는 아니었군, 확실히.〉

그가 아름드리를 타고 영토 위를 달렸다. 거대한 마물과 번개에 휘감긴 그의 검이 부딪치려는 찰나, 또다시 장면이 바뀌었다.

'아리아드네'는 피투성이가 되어 쓰러져 있었다. 악셀은 그녀를 내려다보며 인상을 썼다.

〈왜 가로막았지? 나는 버틸 수 있을지 몰라도 너는 절대 못 버틸 공격이었다.〉

'아리아드네'가 웃었다.

〈반드시 보답하겠다고 했었잖아.〉

그 말을 마지막으로 그녀는 숨을 거두었다. 악셀은 기묘하게 굳은 얼굴로 '아리아드네'의 시신을 내려다보다가, 곧 자리를 떠났다.

아리아드네는 눈을 깜박였다. 원점이었다. 푸석한 백금발을 늘어뜨린 '아리아드네'가 쇠사슬에 묶여 있는 공부방 안이 보였다.

아리아드네는 반사적으로 창가를 바라보았다. 기다렸다는 듯이 창문이 벌컥 열리고 20살쯤 되어 보이는 악셀 발렌타인이 안으로 들어섰다.

그는 저번과 달리 창가에 우두커니 서서 소녀를 한참 바라보았다. 무언가 망설이듯이.

〈……손해는 아니었지.〉

그렇게 중얼거린 그는 '아리아드네'에게로 다가가더니 곧바로 목에 걸린 구속구를 붙잡았다. 이번에는 불로 녹이는 게 아니라 가호를 받은 육체의 힘으로 그것을 뜯어 냈다.

되찾은 감각들에 잠깐 황홀경에 빠졌던 소녀가 곧 선명해진 눈으로 그를 올려다보았다.

〈날 구한 게 너야?〉

그는 무표정하게 대답했다.

〈그래.〉

〈반드시 보답…….〉

〈아리아드네 엘디어. 내겐 정령사로서의 네가 필요하다. 그러니 구

해 준 보답은 내 정령사가 되는 것으로 끝내라.〉

〈……응?〉

〈그러면 충분하니, 그 이상의 보답 같은 건 할 생각 말라는 소리다. 알겠나?〉

쏘아붙이듯 말을 쏟아 낸 악셀이 그녀를 가볍게 안아 들었다. 그리고 다시, 휙 바뀌는 장면.

악셀이 '아리아드네'의 시신 앞에 서 있었다.

〈……분명히 그 이상의 보답은 필요 없다고 하지 않았나.〉

죽은 자는 말이 없었다. 그는 무표정하게 그녀의 시신을 내려다보다가 마른세수를 했다.

〈나는 네 구원자 같은 게 아니니 쓸데없는 생각 따윈 하지 말라고…….〉

말끝을 흐린 악셀이 이를 악물었다.

〈멍청한 여자.〉

그가 돌아서서 자리를 떠났다. 그것을 지켜보던 아리아드네가 눈을 깜박이자, 새로운 광경이 펼쳐졌다.

똑같이 악셀이 '아리아드네'의 시신 앞에 있었다.

하지만 조금 전과는 확실히 다른 장면이었다. 옷차림도, 주변 풍경도, '아리아드네'의 부상도 달랐으니까. 악셀도 우두커니 서 있지 않았다. 이번에 그는 시신 가까이에 무릎을 대고 앉아 있었다.

그가 나직이 중얼거렸다.

〈너는 너무 쉽게 죽는군.〉

죽었다는 걸 이미 알면서도 그는 몇 번이나 더 그녀가 살아 있는지 확인했다.

〈체력도 부족하고, 건강도 나쁘고, 오감은 반쯤 망가졌고, 통각은 완전히 엉망진창이지. 가진 힘은 그토록 거대한데 힘을 담은 그릇은 유리보다 약해서 걸핏하면 깨어지고, 부서지고.〉

호흡을 확인하고, 체온을 확인하고, 맥박을 확인하고.

〈내가 너 하나 때문에 회귀할 때마다 번제를 치르면서 시간을 4년이나 더 돌린다는 걸 알고 있나?〉

마침내 포기한 그가 손을 거두었다.

〈아리아드네 엘디어. 나는 네게 가장 많은 시간을 썼다. 그러고도 모자라서 매번 점점 더 많은 시간을 네게 허비하게 된다. 너는 비효율적인 존재다.〉

악문 턱에 힘이 들어가는 것이 보였다.

〈……지극히 비효율적이지만, 글라무스 같은 것으로는 너를 대체할 수가 없다. 나는 또 너를 구하러 가겠지. 그리고 너는 또, 반드시 보답하겠다면서 내게…….〉

말을 이어 가던 그가 돌연 '아리아드네'의 멱살을 움켜쥐었다.

〈내가, 내게 보답할 필요 따윈 없다고 몇 번이나 말하지 않았나! 내 말을 귓등으로 듣는 건가? 너는 대체!〉

그가 흔드는 서슬에 '아리아드네'의 팔이 힘없이 툭 떨어졌다. 그것을 본 악셀은 입을 다물었다.

〈빌어먹을…….〉

그는 그녀를 내려놓고 자리에서 일어섰다. 그러곤 제 망토를 벗어 '아리아드네'의 위에 덮어 주었다.

〈……앞으로는 선생이나 자습 따윈 없다. 처음부터 끝까지 내가 직접 단련시켜 주지. 이렇게 허무하게 죽는 일 따윈 다신 없도록 만들

어 주마.〉

이어 새로운 장면이 펼쳐졌다.

마법사가 쓰던 오두막집 안. 부엌에서 나온 악셀이 스테이크를 '아리아드네'의 접시에 덜어 주며 말했다.

〈오늘은 잠깐 나갔다 오겠다.〉

〈왜? 무슨 일 있어? 어디 가는데?〉

악셀이 자리를 비우는 게 낯선 듯, '아리아드네'가 크게 놀랐다. 악셀은 제 몫의 접시를 들고 그녀의 맞은편에 앉으며 대답했다.

〈네게 가이드 시술을 해 줄 마법사를 데리러 간다.〉

〈아…….〉

〈내가 돌아올 때까지 마법진을 어디다 새길지 정해 둬라.〉

'아리아드네'는 고민하듯 눈을 굴리다가 입을 열었다.

〈……저기, 가이드 마법진 위치는 어디가 좋아?〉

〈어깨가 무난하지.〉

〈어깨?〉

〈가슴이나 목은 시술하기 위험한 부위고, 손이나 발은 마법진이 망가지기 쉽고, 얼굴은 너무 눈에 띄고, 등 쪽은 누울 때 불편하다더군.〉

〈악셀은 정령 기사면서 이런 걸 되게 잘 아네?〉

'아리아드네'가 신기한 듯 눈을 동그랗게 떴다. 악셀이 설핏 웃었다.

〈네가 내게 매번 물어보니까.〉

〈응? 내가 언제?〉

〈…….〉

그는 대답하지 않고 자리에서 일어났다.

그리고 장면이 바뀌었다. 기괴하고 역겨운 늪지대 속에 싱그러운 초원이 외딴 섬처럼 떠 있었다. 신록의 그릇이 구현된 영토였다.

낯선 사람들과 익숙한 사람들이 몇 보였다. 악셀 발렌타인이 가장 앞서서 걷고 있었고, '아리아드네'가 초원과 함께 그를 뒤따랐다.

그 옆에 에리히 위버도 보였다. 그는 '아리아드네'와 서먹한 사이인지, 나란히 걸으면서 대화를 한마디도 나누지 않았다. '아리아드네'를 가족으로 여기지 않고, 다른 동료들에게도 무관심하고. 베로니카를 잃어버린 에리히는 얼음장처럼 서늘해 보였다.

'이게 원작의 에리히 위버인 걸까……'

너무 낯설어서, 아리아드네는 그녀를 해골이라 불러 대는 에리히가 그리워졌다.

그들은 얼마 지나지 않아 늪지대의 끝자락에 다다랐다. 까마득하게 높고 이질적일 정도로 매끄러운 벽이 그들 앞을 가로막았다. 벽의 중앙 부근에 사람 하나가 간신히 통과할 수 있을 듯한 작은 문이 있었다.

문 앞에 선 악셀이 '아리아드네'를 돌아보며 말했다.

〈여기까지 온 건 처음이군. 네 덕이다.〉

'아리아드네'가 고개를 갸웃거리더니 물었다.

〈나 모르게 대미궁에 온 적이 있었어? 어째 여러 번 도전했던 것처럼 들리는데.〉

〈지긋지긋해질 정도로 왔었고, 한 번도 늪지기의 영역을 넘지 못했었지. 드디어 이 영역을 벗어나는군.〉

넋을 잃고 펼쳐지는 장면들을 지켜보던 아리아드네는 깜짝 놀랐다.

'여기가 대미궁이라고? 정말로?'

그녀는 급하게 주위를 살폈다. 소설로는 대미궁 묘사를 죄다 외울 정도로 봤지만, 실제로는 본 적이 없어서 이게 진짜 대미궁인지 제 무의식이 꾸며낸 환상인지 확신이 서지 않았다. 그녀가 좀 더 자세히 살펴보려는데 또 빠르게 풍경이 바뀌었다.

〈악셀!〉

'아리아드네'가 비명을 지르며 악셀에게 달려왔다. 그가 그녀를 거칠게 밀쳐냈다.

〈다가오지 마라.〉

그 움직임에 그의 가슴팍을 꿰뚫은 상처에서 울컥 피가 솟구쳤다. 그 피는 검붉게 오염되어 있었다. '아리아드네'는 차마 더 다가가지 못하고 제자리에서 몸을 떨었다.

〈왜 그랬어, 악셀? 왜?〉

〈……〉

〈맨날 그랬잖아. 절대 안 도와줄 거니까 내 목숨은 내가 알아서 챙기라며! 그래 놓고 이게 뭐야? 왜 도와줬어? 왜? 심지어 방금은 완전히 내 실수였는데!〉

〈너무 많이 봤다.〉

〈뭘?〉

〈네 보답.〉

〈……뭐? 무슨 소리야?〉

〈이번엔 보기 싫어서.〉

그가 눈을 감았다. 그러자 주위 풍경도 눈을 감는 것처럼 검어지더니, 금세 눈을 뜨듯 밝아지며 다른 장면이 드러났다.

오염된 예배당 같은 공간이었다. 짐승의 내장이나 혈관처럼 보이는 기괴한 살덩이들이 스테인드글라스와 아치를 온통 휘감고 있었다. 벌레가 꿈틀거리는 알이 그득한 강단 뒤에는 기이하게 일렁이는 아지랑이가 벽을 이루고 있었다.

악셀이 그 벽을 가리키며 말했다.

〈저곳을 영토로 점령할 수 있겠나?〉

〈해 볼게.〉

'아리아드네'가 손을 뻗었다. 나팔꽃 덩굴이 뻗어 나가며 수풀과 잔디가 아지랑이와 충돌했다. 초록빛이 아지랑이에 번졌다가 사그라들길 반복했다. '아리아드네'의 이마에 식은땀이 맺혔다. 그녀가 휘청거리자 악셀이 그녀의 팔을 움켜쥐었다.

〈그만. 무리하지 마라.〉

〈하지만…….〉

〈어차피 원래 그냥 지나쳤던 곳이다. 은둔자의 영역에 예배당 같은 공간이 있는 게 수상해서 시도해 보려는 거지, 무시하고 지나가도 문제는 없다.〉

〈악셀은 대미궁에 정말 익숙한 것 같아.〉

〈내가 대미궁에서 살아 돌아온 유일한 인간인 걸 잊었나?〉

〈한 번이 아니라 수백 번은 와 본 사람 같다고.〉

〈……오늘은 여기서 쉬고 내일 다음 구역으로 넘어가자.〉

악셀은 그대로 다른 일행들에게 휴식을 알리러 갔다. '아리아드네'는 아지랑이 벽에 가만히 손을 올려 보았다.

〈어쩌면…… 할 수 있을지도.〉

그녀가 슬그머니 동료들을 살폈다. 캠프를 치느라 모두 정신없는 것을 확인한 뒤, 가죽 견갑을 벗고 소매를 걷어 어깨를 드러냈다. 복잡한 마법진 문양이 보였다. '아리아드네'는 문양의 정중앙에 박혀 있는 정령석에 손을 올렸다.

〈방전시켜 버리면 가이드가 잠시 마비되겠지.〉

그녀는 정령석에서 정령력을 뽑아 영토에 흩트려 버렸다. 마법진의 정령석은 금세 빛을 잃었다.

그렇게 가이드 시스템을 멈춘 '아리아드네'는 아지랑이 벽 앞에 앉았다. 곧 그녀의 전신이 은은한 연둣빛으로 물들었다. 단발로 자른 백금색 머리카락이 바람도 없는 허공에 흩날리기 시작했다.

아리아드네는 '아리아드네'가 무엇을 하는 건지 바로 알아차렸다.

'가이드를 끄고 대정령을 소환한다고? 파이도 없이? 무모해!'

말리고 싶어도 환상에 그녀가 참견할 방법이 없었다. 아리아드네는 '아리아드네'가 신록의 그릇을 강림시키는 것을 불안하게 지켜보았다.

새잎이 돋아난 나뭇가지로 엮인 관을 쓴 여인의 형상이 햇살로 이루어진 숄을 걸치고 모습을 드러냈다. 대정령의 머리카락은 수많은 꽃이었고, 피부는 부드러운 흙이었으며, 옷은 이슬을 머금은 잔디였다.

신록의 그릇이 눈을 떴다. 흙 속에 묻힌 에메랄드 같은 눈이었다.

대정령은 눈을 뜨자마자 품에 안고 있던 커다란 그릇을 기울였다. 이끼가 레이스처럼 장식된 황금빛 그릇에서 꽃과 나뭇잎이 폭포처럼 쏟아졌다. 그것이 범람하며 숲이 자라나더니 아지랑이 벽을 뒤덮었다.

사람들은 갑작스러운 기적에 얼이 빠졌다.

〈너!〉

오직 악셀만이 대정령에 정신 팔리지 않고 곧바로 달려와 '아리아드네'를 붙잡았다.

〈대체 무슨 짓을……!〉

〈봐, 점령했어.〉

'아리아드네'는 코와 귀와 입에서 피를 쏟으면서도 만족스러운 듯 웃었다.

〈점령해 보라고 했었잖아.〉

〈그 말 말고, 무리하지 말라는 말은 못 들었나 보지?〉

악셀은 이를 갈며 그녀를 번쩍 들더니 신관에게 떠밀었다.

〈회복시켜 놔라. 완벽하게.〉

기겁한 신관이 '아리아드네'에게 신성력을 퍼붓는 것을 확인한 뒤, 그는 아지랑이 벽으로 다가갔다. 신록의 그릇에 점령당한 벽은 더 이상 벽의 기능을 하지 못했다. 악셀은 늘어진 이끼와 나무 덩굴을 걷어내고 별다른 방해 없이 아지랑이 안쪽으로 들어갔다.

아지랑이 너머에는 작고 둥근 방이 있었다. 바닥과 벽, 천장까지 빽빽하게 마법진이 새겨진 방이었다.

〈흑마법이네. 마계 놈들이 여기다 뭘 봉인해 둔 것 같은데.〉

뒤따라 들어온 에리히 위버가 마법진들을 흘깃 보고는 말했다. 악셀은 방의 중앙에 시선을 주었다. 그곳에는 마물의 창자 같은 것으로 칭칭 감긴 새카만 관이 놓여 있었다.

〈마왕이 대미궁 깊숙한 곳에 숨겨둔 관이라.〉

중얼거린 악셀이 검을 뽑아 관을 얽어매고 있는 것들을 단칼에 베어 내고 관을 열려 했다. 하지만 관 뚜껑은 잠긴 것처럼 쉽사리 열리지 않았다. 에리히가 주위에 빽빽하게 새겨진 마법진들을 가리켰다.

〈야, 넌 저 마법진들을 보고도 그게 그냥 열릴 것 같냐? 하여간 기사란 것들은……. 저거 다 파훼해야 열릴 거다.〉

악셀은 말없이 정령력을 끌어올렸다. 작은 태양이 떠오르며 그의 전신을 광채로 물들였다.

그는 빛을 휘감은 채 관 뚜껑을 움켜쥐었다. 팔 근육이 터질 듯이 부풀더니 관에서 우드득 하는 소리가 났다. 사방의 마법진들이 발광하다가 불이 꺼지듯 빛이 순식간에 사그라들었다. 악셀은 박살 난 관 뚜껑 파편들을 아무렇게나 집어 던지며 말했다.

〈보급품도 떨어져 가는데 어느 세월에 저걸 다 파훼하고 있을 건가. 멍청하게 굴지 마라, 마법사.〉

〈……괴물 같은 새끼.〉

에리히는 기가 막힌다는 표정으로 조각 난 관 뚜껑과 악셀을 번갈아 보았다. 악셀은 관 안쪽을 들여다보더니 눈살을 찌푸렸다.

〈인간……?〉

〈뭐? 인간이 왜 대미궁에 봉인되어 있어?〉

에리히가 황당하다는 듯 되물으며 관으로 다가왔다.

〈살아 있는 인간이야?〉

〈시체 같군.〉

〈비켜 봐, 마법으로 확인해 보게.〉

악셀이 비켜섰다. 아리아드네는 관 안쪽을 보고 경악했다.

'파이?'

새하얗고 풍성한 머리카락이 관 안을 구름처럼 가득 채우고 있었다. 제 머리카락에 파묻힌 채로 눈을 감고 잠든 것처럼 누워 있는 사람은 파이가 가끔 취하는 여성형 모습과 완벽히 똑같았다.

'파이가 왜…… 대미궁에?'

지금까지 본 것들만 해도 충격적인데 더한 것들이 계속 나왔다. 아리아드네는 갈수록 혼란스러워졌다.

그때, 치료가 끝난 '아리아드네'와 신관이 방 안으로 들어섰다. 신관은 들어오자마자 홀린 듯이 관으로 다가가더니 털썩 무릎을 꿇었다.

〈아아, 엘이시여! 어찌하여 이런 곳에 잠들어 계시나이까!〉

〈뭐? 누구라고?〉

에리히가 놀라 펄쩍 뛰었다. 신관이 빛이 어른거리는 제 금안을 가리켜 보였다.

〈신께서 주신 은총이 반응하고 있지 않습니까. 주인께서 주신 눈으로도 주인을 알아보지 못하면 종이 될 자격이 없지요. 이분은 틀림없이 우리의 신이십니다.〉

악셀은 의심스러운 표정으로 관에 누운 여자의 멱살을 잡아 반쯤 들어 올렸다. 생기 없는 몸이 시체처럼 축 늘어졌다.

〈이런 게 신이라고? 신관, 진심인가?〉

〈불경합니다! 감히 신체(神體)를!〉

신관이 기겁하며 여자의 멱살을 잡은 그의 손에 매달리더니 어떻게든 떼어 내려 낑낑댔다.

〈모르겠습니까? 그분이야말로 바로 빛 속에 깃드시는 엘, 엘리시움의 창조주, 단 하나뿐인 우리의 신이시란 말입니다! 당장 예를 갖추십시오!〉

〈……이야, 세상이 이 꼬라지가 되도록 내버려 두고 신이란 작자가 어디서 뭘 하고 있나 했더니 대미궁에서 처자고 있었어?〉

에리히가 비웃음을 띠었다.

〈거참 존경스럽고 위대한 신이시네. 이러니 우리가 마계에 처발리고 있지.〉

〈잠든 게 아니라 죽은 것 아닌가?〉

악셀이 반문하자 에리히가 어깨를 으쓱였다.

〈신이 이미 뒈졌으면 신관들이 신성력을 어떻게 쓰겠냐? 숨은 붙어

있겠지.〉

악셀은 달라붙은 신관을 가볍게 내던지고 '엘'의 호흡을 확인하더니 무심히 대꾸했다.

〈숨 안 쉰다. 맥박도 없고.〉

〈그게 진짜 신의 육체면 인간이랑 구조가 다르지 않겠어? 죽은 것처럼 보여도 사실 잠든 것뿐이라거나.〉

〈마법사, 네가 보기엔 이게 정말로 신인 것 같나?〉

〈대미궁의 숨겨진 방에 봉인된 존재인 데다가, 신관도 저렇게 난리니 진짜일 확률이 높겠지.〉

에리히가 불현듯 눈을 빛냈다.

〈흐음…… 한번 제대로 살펴볼까? 진짜 신인지, 신이면 살아 있긴 한 건지도 확인해 볼 겸.〉

그의 녹색 눈동자가 광기에 가까운 호기심으로 번들거렸다. 악셀이 해 보라는 듯 팔짱을 끼고 물러섰다. 경악한 신관이 발을 굴렀다.

〈이 불경한 자들이! 뭘 하려는 겁니까!〉

에리히는 신관을 무시하고 돌연 '아리아드네'를 돌아보았다.

〈정령사님, 잠깐 와서 이거한테…….〉

갑자기, 재생되던 영상을 누군가 억지로 뚝 끊은 것처럼 사방이 어두워졌다.

그러고 나서 보인 것은 아까와 똑같은 예배당이었다.

다만, 이번에는 사방이 온통 피바다였다. 사람들이 여기저기 죽어 있었다. 눈도 감지 못하고 죽은 에리히 위버의 시체가 보였다. 아리아드네는 입을 틀어막았다.

악셀 발렌타인은 스테인드글라스 아래의 벽에 기대앉아 있었다. 전신이 상처투성이였다. 그로부터 흘러나온 피가 새빨간 웅덩이를 이루었다.

'아리아드네'가 죽어 가는 그의 품에 안겨 있었다. 그녀는 겉으로는 다친 곳이 없으나, 내상을 입었는지 검붉은 피가 입에서 흘러나왔다. 그녀 역시 죽어 가는 중이었다.

그녀는 쿨럭거리며 핏물을 뱉어 내더니 목소리를 쥐어짰다.

〈왜?〉

〈…….〉

〈방금 넌 살아남을 수 있었잖아. 왜 되돌아왔어?〉

악셀이 인상을 찌푸렸다.

〈모르겠다.〉

〈뭐?〉

〈이렇게 죽는 건 멍청한 짓인 걸 알면서도…… 젠장.〉

〈멍청한 짓인 걸 알면 하지 말았어야지!〉

'아리아드네'가 화를 냈다. 그녀의 눈시울에 고여 있던 눈물이 흘러넘쳤다.

〈너라도 살아 나가야 할 거 아냐! 그래야 다음 토벌대를 구성해서……!〉

악셀이 그녀의 뺨을 적시는 눈물을 물끄러미 내려다보더니 갑자기 고개를 숙였다. 그의 입술이 그녀의 눈물 자국을 타고 위로 올라가 눈시울에 닿았다. 눈물을 삼키는 듯 그의 목울대가 움직였다.

'아리아드네'는 멍해졌다.

〈……지금 뭐 한 거야?〉

〈팔이 안 움직인다.〉

〈아니, 그게 아니라…… 대체 무슨…… 쿨럭, 쿨럭.〉

그녀는 피를 토하느라 말하다 말고 멈췄다. 붉은 피가 입술에서 넘쳐 턱으로 흘렀다. 그러자 악셀이 더 깊게 고개를 숙였다. 그의 입술이 그녀의 턱으로 넘쳐흐른 피를 삼키며 올라왔다. 핏물이 고인 그녀의 입술에 그의 입술이 닿았다.

'아리아드네'는 눈을 치떴다가, 천천히 감았다. 그의 입술이 떨어졌다. 그녀가 속삭이듯 물었다.

〈이건 무슨 뜻인데?〉

〈팔이 움직이지 않는다고 했잖나.〉

〈……그래서 닦아 준 것뿐이라고?〉

〈싫은가?〉

'아리아드네'는 다시 요란하게 피를 토했다. 그러고는 무심코 손등으로 턱에 흐른 피를 닦아 내려가다가, 멈칫했다.

그녀가 그를 올려다보았다. 턱을 닦으려던 손은 턱 대신 그의 목에 걸렸다. 푸른 눈이 느릿하게 감겼다.

〈아니.〉

속삭이듯 나온 대답이었다. 악셀이 고개를 숙였다. 다시금 턱을 적신 피를 핥아 삼키며 입술로 향했다.

입술과 입술이 맞닿은 시간은 길지 않았다. 얼마 지나지 않아 그의 목을 안고 있던 그녀의 손에서 힘이 빠지더니 툭 떨어졌다.

숨결이 조용히 잦아들었다. 그는 그녀의 마지막 숨을 삼켰다. 입술을 뗀 그가 '아리아드네'를 내려다보며 중얼거렸다.

〈번제를 치르며 죽는 게 아니라서, 다음번에는 너를 구할 수 없다.〉

이미 숨을 거둔 '아리아드네'는 대답이 없었다.

〈……너는 어차피 기억하지 못할 테니 나를 기다리지도 않겠지만.〉

그는 그녀의 목덜미에 이마를 기대고 눈을 감았다.

〈그래도, 오래 기다리게 하진 않겠다.〉

주위가 점차 흐리고 어두워지더니 곧 아무것도 보이지 않게 되었다. 아리아드네는 지끈거리는 머리를 부여잡았다.

'이 환상들은 대체 다 뭐야……'

회귀 시점을 조정하는 주인공. 그가 키운 '아리아드네'. 그와 '아리아드네'의 묘한 관계.

입맞춤.

'원작 아리아드네와 악셀은…… 서로를 사랑했던 걸까.'

몹시 이상한 기분이 들었다. 그녀는 무의식적으로 제 입술을 손끝으로 더듬었다. 방금 본 장면이 자꾸만 망막에 어른거렸다. 점점 기분이 이상해져서 아리아드네는 애써 다른 쪽으로 생각을 돌렸다.

대미궁. 은둔자의 영역에 숨겨진 기괴한 예배당. 봉인된 관 속에 있는, 파이의 여성형과 똑같은 '신'.

'잠든 신. 신의 의식…… 영혼 같은 건 다른 곳에 있나? 그게 파이인가? 파이가 정말 신이라면, 왜 아무것도 기억하지 못하는 채로 환상 도서관의 내 서재에 있는 거지?'

혼란과 의문으로 머리가 터질 것 같았다. 본 것들을 이해하기에도 벅찼다. 한편으로는 이 모든 것들이 가짜고, 거짓말이고, 저주가 만들어 낸 악몽일 뿐이라는 의심이 가시지 않았다.

그러나 환각은 그녀가 침착하게 생각할 여유를 주지 않았다. 또다시 원점. 주위가 엘디어의 공부방으로 변했다.

악셀이 창을 열고 들어왔다. 그는 이제 아주 익숙하고 깔끔하게 상처 하나 남기지 않고 '아리아드네'의 목에 걸린 구속구를 부쉈다. 그리고 '아리아드네'가 눈을 떴다.

아리아드네는 그 순간 그녀가 무언가 달라졌다는 것을 깨달았다. '아리아드네'는 돌아온 감각에 넋을 잃지 않았다. 그녀는 바로 악셀 발렌타인을 올려다보았다. 그녀가 웃으며 속삭였다.

〈기다리고 있었어, 악셀.〉

아직 악셀이 이름을 알려주지도 않았는데, 이게 '아리아드네'에겐 악셀과의 첫 만남이어야 하는데, 그녀가 그의 이름을 불렀다.

〈……!〉

악셀은 대미궁에 봉인되어 있던 신의 관을 보았을 때보다 더 크게 놀랐다. 지켜보고 있던 아리아드네 역시 충격을 받았다.

'아리아드네'는 담담히 말했다.

〈네가 시간을 되돌리고 있다는 걸 알아.〉

〈……뭐?〉

〈네가 이 시점으로 시간을 돌리려고 매번 무슨 짓을 했고, 나를 몇 번이나 구해 냈는지, 나와 얼마나 많은 시간을 보냈는지, 그리고 대미궁에서 우리가 함께 겪었던 고난과 죽음까지, 전부 알게 됐어.〉

악셀은 드물게 제 심정을 고스란히 얼굴에 드러냈다.

대체 어떻게? 언제부터?

굳어 버린 그와 달리 '아리아드네'는 멈추지 않고 말했다.

〈그러니까 악셀, 이젠 너 혼자 시간을 반복하지 않아도 돼. 우리는 같은 시간을 살게 되었으니까.〉

〈…….〉

〈몇 번을 실패하든, 몇 번의 죽음을 맞이하게 되든, 나는 되돌려진

시간들을, 너를, 영원히 기억할 거야.〉

악셀은 숨을 쉬는 것마저 잊은 듯했다. '아리아드네'가 고개를 기울였다.

〈전에 내게 말한 적이 있지. 너는 내 구원자 같은 게 아니라고.〉

〈그건…….〉

죽은 '아리아드네' 앞에서 했던 말이었다. 따라서 그녀가 그처럼 죽자마자 회귀한 거라면 기억할 수 없는 말이기도 했다.

〈어떻게?〉

되묻는 악셀의 음성이 떨렸다. '아리아드네'는 차분하게 하던 말만 이어갔다.

〈그 말은 틀렸어. 누가 내 구원자인지는 내가 정하는 거야. 네가 아니라, 내가.〉

그녀가 잘 움직이지 않는 팔을 힘겹게 들어 올리더니 그에게 뻗었다.

〈그러니 나는 앞으로도 여기서 너를 기다릴 거야.〉

아리아드네는 문득 '아리아드네'가 결코 담담한 상태가 아니라는 것을 깨달았다. 그녀의 눈동자는 흠뻑 젖어 있었다. 붉어진 눈시울에서, 희미하게 올라간 입꼬리에서, 내민 손끝의 떨림에서, '아리아드네'가 애써 억누르고 있는 감정이 보였다.

그것은 오감이 해방된 것보다 더 격한 해방감이었고 더 깊은 황홀함이었다.

악셀은 눈을 깜박이지도, 그녀에게서 눈을 떼지도 못했다. 홀린 것처럼, 혹은 압도된 듯이. '아리아드네'가 환하게 미소 지었다.

〈악셀 발렌타인, 내 구원자님. 다른 누구도 아닌 너를…….〉

구속구가 풀리자마자 무리한 그녀는 말을 끝맺지 못하고 허물어졌다. 악셀이 급히 그녀를 받아 안았다.

〈아리아드네.〉

그는 정신을 잃은 '아리아드네'의 얼굴을 떨리는 손으로 더듬더니, 그녀의 목덜미에 이마를 묻으며 제 품으로 당겨 안았다.

〈아리아드네, 아리아드네.〉

나직한 부름이 계속해서 흘러나왔다. 확인하듯, 기도하듯, 감사하듯, 간절하고 애틋하게.

〈……아리아.〉

장면이 빛에 파묻히며 사라졌다.

익숙한 마법사의 오두막집이 보였다.

〈나는 이제 가이드 시술을 받지 않아도 돼. 정령술 기초 훈련도 필요 없어.〉

난롯가의 안락의자에 파묻힌 '아리아드네'가 말했다. 난롯불 대신 앉아 있는 겁화의 머리 위에는 컵이 하나 올려져 있었다. 그 컵을 집어 들던 악셀이 그녀를 돌아보았다.

〈채널이 이미 열려 있기 때문인가?〉

〈응. 게다가 예전에 네게 배운 것들, 훈련한 것들, 치렀던 전투들까지 다 기억하고 있으니까.〉

〈놀랍군.〉

악셀은 빙하의 일부를 꺼내 달구어진 컵을 살짝 식힌 후에 그녀에게 건넸다.

지켜보던 아리아드네는 대체 어떻게 '아리아드네'가 회귀를 기억하게 된 건지 너무나 알고 싶었다. 물론 그 외에도 묻고 싶은 것들이 많았다.

'관 속의 신은 대체 뭐였어? 혹시 당신도 환상 도서관에 드나들 수 있어? 가이드 시술이 필요 없어졌다는 건, 파이를 만났다는 뜻이야?'

그러나 그녀의 물음은 그들에게 닿지 못했고, 그들은 금방 화제를 바꾸었다. '아리아드네'가 컵을 받아 들며 말했다.

〈그러니까 그 시간에 다른 걸 했으면 좋겠어.〉

〈다른 것이라니, 하고 싶은 일이라도 있나?〉

〈응, 있어.〉

따뜻한 차를 한 모금 마신 후에 그녀가 말을 이었다.

〈공작이 될 거야. 그리고 네게 확고한 신분을 만들어 줄 거고.〉

〈……?〉

〈악셀, 너는 늘 별다른 신분이 없었지. 작위를 받은 적도 없고.〉

〈딱히 필요를 못 느꼈으니까.〉

〈물론 대미궁에서 살아 돌아오면 신분이고 뭐고 상관없어지긴 해. 하지만 그건 4년 후잖아. 지금 당장은 대미궁 토벌대도 없고, 대미궁에 가려는 사람도, 대미궁 토벌을 지원해 줄 사람도 없으니까.〉

〈대미궁에 다녀오려면 나 혼자서도 얼마든지 다녀올 수 있다.〉

〈너 혼자 다녀오면 누가 알아주는데? 아무도 모르는 기적은 권력이 되지 못해.〉

〈권력이 필요한가?〉

〈대미궁 토벌에는 어마어마한 지원이 필요해. 그런 지원을 끌어내려면 권력이 있어야 하고.〉

〈지원 따위 없어도 필요한 건 뭐든 전부 내가 구할 수 있다.〉

〈알아. 하지만 악셀, 네가 그런 걸 일일이 구하러 다니는 건 너무 비효율적이야.〉

'아리아드네'가 한숨을 내쉬었다.

〈자본, 인재, 보급품, 아이템, 그런 걸 마련하는 일은 다른 사람들에게 맡기고 우리는 토벌에 집중해야지. 그러기 위해서 권력이 필요하다는 거야.〉

〈……〉

〈마침 나는 엘디어의 정당한 계승자고, 현 공작은…… 잠깐만. 너그 사람 아직 안 죽였지?〉

악셀이 눈썹을 꿈틀거렸다.

〈널 여기에 데려오고 나서 죽이러 갈 예정이었다.〉

〈또 대뜸 쳐들어가서 때려죽이려고?〉

〈이번에는 불에 태울 거다. 아무래도 그자는 타 죽을 때 제일 고통스러워하는 듯해서.〉

〈그러지 마. 아니, 불에 태우지 말라는 게 아니라 가서 죽이지 말라고.〉

〈……너는 그런 짓을 당해 놓고도 그자를 아비로 여기는 건가?〉

〈그게 아니라, 네가 그렇게 대놓고 프란츠를 죽이면 현상 수배범이된단 말이야. 최근엔 나를 구할 때마다 계속 그랬었지? 수배되면 대미궁 토벌대 모집할 때까지 여기서 나랑 숨어 살고.〉

'아리아드네'가 재차 한숨을 내쉬었다.

〈몇 년 지나면 그런 현상 수배쯤은 상관없어진다지만…… 그동안쓸데없이 쫓기게 되잖아. 이젠 나를 훈련시킬 필요도 없는데 4년이나숨어서 뭘 하려고?〉

〈들키지 않도록 해 보겠다.〉

〈흑마법사가 붙어 있는데 안 들키는 건 불가능하지.〉

〈그 흑마법사까지 죽여 버리면 된다.〉

〈그러지 말라니까.〉

〈그럼 내버려 두라는 건가? 네 몸을 그렇게 만든 자들을?〉

'아리아드네'는 속이 타는 듯 차를 한 모금 더 마셨다.

〈내버려 두자는 게 아니야. 정식으로 사형대에 올리겠다는 거야.〉

〈……쉽지 않을 거다.〉

〈할 수 있어.〉

그녀가 빙긋 웃으며 자신을 가리켜 보였다.

〈나는 엘디어의 적법한 후계자이자, 그자가 저지른 죄에 대한 살아 있는 증거니까.〉

눈 깜박하는 사이에 풍경이 바뀌었다. 이번에는 처형장이었다.

어마어마한 인파가 모여 있었다. 악셀은 후드를 눌러쓴 '아리아드네'와 함께 군중 속에 서 있었다. 프란츠 엘디어가 괴성을 지르며 끌려나왔다. 사람들의 야유가 더 커서 그의 괴성은 거의 들리지 않았다.

엘릭서, 폭리, 독점, 횡포, 악마 같은 단어가 곳곳에서 튀어나왔다. 그들은 절규하고 있었다.

아내가, 남편이, 형제가, 남매가, 부모님이, 아이가, 엘릭서를 살 돈이 없어 죽었어.

저놈을 쳐 죽여라, 찢어 죽여라, 목을 내걸어라.

사람들이 흥분하여 발을 구르자 악셀이 자연스럽게 '아리아드네'의 뒤로 움직였다. 주변보다 훌쩍 큰 그는 성벽처럼 그녀를 감쌌다.

그가 그녀의 귓가에 무어라 속삭였다. '아리아드네'는 간지러운 듯 고개를 움츠리더니 귓가를 손으로 가렸다. 그리고는 발돋움을 해서 그의 귓가에 입을 가까이했다. 악셀은 허리를 굽혀 그녀의 말에 귀를 기울였다.

아리아드네는 그들이 무슨 대화를 하는지 듣지 못했다. 주위가 시끄러워서 하나도 들리지 않았다.

귓속말을 끝낸 '아리아드네'가 흐릿하게 웃었다. 물끄러미 그녀를 보던 악셀이 '아리아드네'의 흘러내린 머리카락을 귀 뒤로 넘겨 주었다. '아리아드네'는 귓가에 닿은 그의 손에 지그시 뺨을 기댔다.

또다시 휙 장면이 바뀌었다. 이번에는 연회장이었다.

금실로 장식된 검은 제복. 어깨부터 허리로 맨 붉은색 볼드릭(baldric) 벨트. 사슴의 머리가 옆모습으로 새겨진 황금 문장. 황금뿔 기사단의 정복을 걸친 악셀 발렌타인이 아름답게 치장한 아가씨들에게 둘러싸여 있었다. 와인 잔을 가지러 왔다가 포위된 듯했다.

악셀이 인상을 썼다. 무어라 재잘거리는 여자를 밀쳐 내려고 들어 올렸던 손이 멈칫 굳었다. 그는 고개를 들어 '아리아드네'가 있는 곳을 바라보았다. 그녀는 공작새 같은 남자들에게 둘러싸여 있었다.

아리아드네는 그 남자들 중에서 익숙한 사람을 발견하고 약간 놀랐다.

'루드빅이잖아.'

그녀에겐 친근한 사람이 '아리아드네'에겐 낯선 타인인 듯했다. 묘한 기분으로 바라보는 사이 악셀의 분위기가 살벌해졌다. 주위에 몰렸던 여자들이 기겁하며 슬금슬금 물러났다.

자유로워진 그가 살기를 흩뿌리며 '아리아드네'에게 다가갔다. 그러자 그녀 주위의 남자들도 창백해져서 슬그머니 물러났.

어느새 주변이 텅 비었다. 악셀은 태연한 얼굴로 '아리아드네'에게 들고 있던 와인 잔을 하나 건넸다. 그녀가 잔을 받아 들며 물었다.

〈할 만해?〉

〈이딴 짓이 할 만할 것 같습니까?〉

〈왜 존대를 하고 그래.〉

〈예법 선생이 최소한 공식 석상에선 공작님께 예를 지켜 달라고 빌더군요. 개인적으로 무슨 사이든 공식적으론 기사와 주군이라고.〉

〈지금은 주위에 아무도 없잖아. 그냥 평소대로 해.〉

〈보는 사람이 많습니다.〉

악셀이 와인을 맥주처럼 벌컥 들이켰다. 이런 자리가 맞지 않아 짜증이 솟구치는 듯했다. '아리아드네'가 웃더니 그를 테라스로 이끌었다. 유리문을 닫고 커튼을 내리자 단둘만 남았다.

〈이제 괜찮지?〉

그녀의 물음에 악셀이 답답했는지 제복의 목깃을 풀며 대꾸했다.

〈좀 낫군.〉

〈불편하면 먼저 들어가서 쉬어.〉

〈너는?〉

〈엘디어 공작으로서 연 첫 연회잖아. 난 끝까지 있어야 해.〉

〈그럼 됐다. 기다리지.〉

그가 미간을 구겼다. '아리아드네'는 테라스 난간에 턱을 괸 채 미소를 지었다.

〈그래도 생각보다 잘하던데. 아가씨들한테 인기도 많고.〉

〈끔찍하군.〉

〈왜, 싫어? 그냥 네게 호의를 보이는 거잖아. 무례하게 구는 사람은 없는 것 같던데.〉

〈귀찮다. 왜 저러는지 이해도 안 되고.〉

〈마음에 드는 사람에게 가까워지고 싶은 욕망을 느끼는 건 자연스러운 일이야. 너는 그런 적 없어?〉

〈없었다.〉

악셀이 그녀에게 시선을 주었다.

〈얼마 전까지는.〉

정확히 입술에 와 닿는 시선에 '아리아드네'가 무언가를 떠올린 듯 입가를 가렸다. 그가 희미하게 입꼬리를 올렸다.

〈기억하고 있나 보군.〉

〈……당연히 기억하지.〉

〈그동안 내내 기억 못 하는 것처럼 굴었잖나.〉

〈너도 그랬잖아.〉

'아리아드네'가 들고 있던 와인 잔을 난간에 내려놓았다.

〈무슨 의미였어?〉

〈모르겠다.〉

그녀가 얼굴을 찌푸렸다. 악셀이 이어 말했다.

〈내 기억을 봤으니 너도 나에 대해 잘 알겠지. 내 근원을 보았을 테니까.〉

〈…….〉

〈나는 죄악의 결정체고 근원이 낳은 괴물이다. 제대로 된 인간이 아니야.〉

〈그렇게 비하하지 마. 네가 원해서 그렇게 태어난 게 아니잖아.〉

〈비하든 뭐든 내가 정상이 아니라는 건 명백한 사실이다. 그러니 네가 정해라.〉

〈뭘?〉

〈의미.〉

'아리아드네'는 정원에 시선을 둔 채 한참 말이 없었다. 그러다 조용히 입을 열었다.

〈악셀, 너는 사람을 상대로 욕망을 느껴 본 적이 없다고 했었지.〉

〈그래.〉

〈내게는?〉

악셀이 설핏 웃었다.

〈너를 만나기 전엔 욕망이 무엇인지도 알지 못했다.〉

그녀가 멍하니 그를 올려다보다가 물었다.

〈지금도 느껴?〉

〈그렇게 묻는 걸 보니 내가 제법 잘 숨기고 있는 모양이군.〉

〈…….〉

〈아니면, 네가 나보다 더 욕망이 뭔지 모르고 있다거나.〉

'아리아드네'가 갑자기 발돋움하더니 악셀의 목에 팔을 둘러 끌어내렸다. 그녀의 힘으론 움직이는 게 불가능할 강건한 육체가 순순히 굽혀졌다.

그녀가 그에게 먼저 입을 맞췄다. 그러자 그가 그녀의 뒷머리와 허리를 움켜잡으며 제게로 당겼다.

입맞춤이 깊어졌다. 그녀를 잡는 손은 새털 같은데 버티는 힘은 강철 같아서 '아리아드네'는 옴짝달싹 못 하고 그에게 붙들렸다.

그렇게 한참의 시간이 흐르자, 그녀가 그의 어깨를 퍽퍽 쳤다. 악셀은 그제야 그녀에게서 떨어졌다. '아리아드네'는 가쁘게 숨을 몰아쉬었다.

〈……인간적으로 너무 길잖아.〉

〈미안하군. 멀쩡한 인간이 아니라서.〉

〈어디서 그런 핑계를 대? 너 인간 맞거든?〉

투덜거리는 그녀의 입술이 붉게 달아올라 번들거렸다. 악셀은 그 입술을 바라보며 물었다.

〈그래서 싫었나?〉

'아리아드네'는 잠깐 침묵하다가 속삭이듯 대답했다.

〈아니.〉

악셀이 고개를 숙였다. '아리아드네'는 그의 목에 다시 팔을 감았다. 입술이 떨어졌을 때, '아리아드네'는 제 허리를 감은 그의 팔에 몸을 의지해 겨우 서 있었다. 악셀이 혀를 찼다.

〈기억은 있는데 몸은 약해 빠진 그대로라니. 체력 훈련이 필요하겠군.〉

〈하고 있어.〉

〈더 해라.〉

〈그래 봤자 너한텐 못 맞춰. 네가 나한테 맞춰야지.〉

'아리아드네'가 불평하며 그에게서 벗어나 제 발로 서려고 하자, 악셀이 아예 그녀를 훌쩍 들어 올렸다.

〈그럼, 그냥 내 몸을 쓰면서 체력을 아껴라.〉

〈뭘 어떻게 쓰라고?〉

〈뭐로든. 지금은 의자로 쓰면 되겠군.〉

웃음을 터뜨린 '아리아드네'가 자세를 고치며 그의 가슴팍에 편안하게 기댔다.

아리아드네는 흠칫 놀랐다. '아리아드네'를 바라보는 악셀은 그녀가 처음 보는 눈빛을 하고 있었다. 이글거리는 핏빛도, 검붉게 굳은 색도 아닌 꿀에 절인 체리 같은 색.

'악셀이 저런 눈빛도…… 할 수 있구나.'

가슴 안쪽이 술렁였다. 약간 어지러운 듯도 했다. 이마를 짚던 그녀는 불현듯 '아리아드네'와 시선이 마주쳤다. 환각 속의, '원작의 아리아드네'가 푸른 눈으로 그녀를 똑바로 응시하고 있었다.

'아리아드네'가 입을 열었다.

"부러워?"

오싹 소름이 돋았다. 돌연 환각이 정지했다. 일시 정지 버튼을 누른 화면처럼 완전히. 그 속에서 오직 '아리아드네'와 아리아드네만이 움직이고 있었다.

'아리아드네'가 악셀의 품에서 벗어났다. 그녀가 한 걸음씩 다가오자 아리아드네는 저도 모르게 뒷걸음질했다.

'아리아드네'는 발끝에 어둠을 달고 있었다. 그녀가 다가올수록 풍경이 멀어졌다. 어느새 그들은 새카만 암흑 속에 서 있었다. '아리아드네'가 멀어져 아른아른 보이는 테라스의 풍경을 가리키며 말했다.

"저건 내 이야기야."

그녀가 아리아드네를 돌아보며 덧붙였다.

"네 이야기가 아니라, 내 거라고."

"……네가 누군데?"

아리아드네가 되묻자 '아리아드네'는 황당하다는 듯 웃었다.

"그거 내가 할 말이잖아. 너야말로 누군데?"

"……."

"넌 누구길래 내 몸을, 내 자리를, 내 삶을 차지하고 있냐고."

아리아드네는 순간 말문이 막혔다. '아리아드네'가 그녀에게 바싹 다가왔다.

"누구냐고 묻고 있잖아. 너, 누구야?"

"나는……."

"아리아드네라고 대답할 거면 그만둬. 그건 내 이름이지, 네 이름이 아니니까."

아리아드네는 입을 다물었다. '아리아드네'가 비스듬히 고개를 기울였다.

"너는 내 이야기 속으로 들어와서 내 자리를 차지했을 뿐이야. 진짜가 아닌 가짜라고."

"아냐, 나는 처음부터 아리아드네였……."

"네가 진짜라고? 진심으로 그렇게 생각해? 거짓말!"

'아리아드네'가 웃음을 터뜨렸다.

"너도 사실은 알고 있잖아? 넌 진짜가 아니니까, 진짜 '아리아드네'는 어떤 사람일지 궁금해했던 거잖아. 안 그래?"

원작의 아리아드네는 어떤 사람이었을까, 그런 생각을 간혹 하곤 했었다. 온몸의 피가 식는 기분이었다. 아리아드네는 저도 모르게 몇 걸음 더 물러났다. '아리아드네'가 그런 그녀에게 다가오며 단언했다.

"넌 아리아드네가 아니야."

아리아드네는 아무것도 없는 암흑 속으로 더 물러섰다. 그녀의 발목을 타고 어둠이 차올랐다.

"넌 내 삶을 훔친 가짜일 뿐이야."

'아리아드네'가 손을 뻗었다.

"이제 돌려줘, 내 삶."

아리아드네는 더 이상 움직이지 못하고 굳어 버렸다. 어둠이 넘실거리며 그녀를 타고 올랐다. 발끝부터 얼어붙는 듯한 감각이 느껴졌다. '아리아드네'가 그런 그녀의 어깨를 밀쳤다.

"여긴 네 자리가 아니니까, 꺼지라고!"

휘청 넘어지는 아리아드네의 뒤로 암흑이 입을 벌렸다. 시야가 새카맣게 물들었다. 그녀는 한없이 추락했다. 떨어지는 그녀를 향해 수많은 속삭임이 들려왔다.

"너는 누구야?"

"너는 아리아드네가 아니야."

"너는 누구야?"

"너는 가짜야."

"너는 누구야? 누구야? 누구야? 누구야?"

아리아드네는 멍한 머리로 생각했다. 아리아드네가 아니면, 나는 누구지? 전생의 기억이 뇌리를 스쳐 지나갔다. 28년 동안 이곳이 아닌 다른 세계에서 살았던 그 사람이 나인가?

'하지만 그 사람은 이미 죽었는데.'

그 삶은 진작 끝을 맺었다. 전생의 기억들은 이제 까마득한 과거처럼 느껴졌다. 전생의 이름조차 이제 가물가물했다.

'그럼 나는 뭐지?'

물에 빠진 것처럼 숨이 막혀 왔다. 아니, 실제로 숨이 막히고 있었다. 그녀를 집어삼키고 있는 어둠은 밤처럼 새카만 물이었다. 물을 먹게 될까 봐 아리아드네는 손으로 입과 코를 틀어막았다. 그러자 귓가에 울리던 속삭임이 점차 커졌다.

"너는 누구야?"

"마셔."

"너는 누구야?"

"마시면 편해져."

"너는 누구야?"

호흡이 막히면서 눈앞이 흐려졌다. 점점 몽롱해진다. 아리아드네는 필사적으로 생각했다.

'내가 누구냐고?'

그녀는 자신이 태어나 살아온 생을 되돌아보았다. 아리아드네로 태어났고 아리아드네로 살아온 생을.

"잔을 받아들여."

"너는 누구야?"

"네가 누군지 알게 될 거야."

"너는 누구야?"

어린 시절, 아침에 그녀를 깨우던 나팔꽃 덩굴. 공부방에서 그녀를 끌어내리던 나팔꽃 덩굴. 엄마의 나팔꽃.

자신을 사랑해 주었고, 자신이 사랑했던 엄마는 누구였지?

글로리아 위버.

"마시고 가짜가 아니라 진짜가 되는 거야."

"너는 누구야?"

글로리아 위버의 딸은 누구인가?

솔란 가르시아의 손녀는 누구인가? 에른스트 위버와 레베카 가르시아의 조카는 누구인가? 에리히 위버의 여동생은 누구인가?

셀리아나 퀴젤라스가 정령등을 걸어 주고, 샤프롱을 맡아 준 사람은 누구인가? 베로니카 브란테가 죽지 않고 살아서 호위하고 있는 사람은 누구인가?

프란츠 엘디어를 고발한 사람은 누구인가? 그를 처형하고 엘디어 공작이 된 자는 누구인가?

루드빅 블레이르를 영입한 사람은 누구인가? 뤼르 이나민이 수호하는 사람은 누구인가?

파이가 만날 수 있는 유일한 사람은 누구인가? 악셀 발렌타인이 '아드리안'이라 불렀던 마스터는 누구인가?

"마셔!"

"너는 누구야?"

처음부터 고민할 이유가 없는 질문이었다. 복잡하게 생각할 필요도 없었다. 원작이 어쨌든, 전생이 어쨌든 간에.

"잔을 받으라고!"

"너는 누구야?"

지금 그녀가 살아가고 있는 삶은 처음부터 끝까지 그녀 자신이 쌓아 올린 온전한 그녀의 것이었다. 원작의 아리아드네가 누구인지, 어떻게 되었는지는 모르겠으나 그것만은 더없이 확실했다. 이 삶은 자신의 삶이었고 현재의 아리아드네는 자신이었다.

"너는 누구야?"

그러므로 확신할 수 있었다. 아리아드네는 선언했다.

"나는 아리아드네 엘디어야."

사방을 채우고 있던 검은 물이 썰물처럼 빠져나갔다. 그러자 드러난 건 희뿌연 안개로 가득한 공간이었다.

겨우 호흡이 가능해졌다. 아리아드네는 숨을 몰아쉬며 주위를 둘러보다가 화들짝 놀랐다. 악셀 발렌타인이 무표정한 얼굴로 그녀를 내려다보고 있었다. 아리아드네는 그를 부르려고 입을 열었다.

'악셀.'

목소리가 나오지 않았다. 팔을 뻗어 보았다. 손끝이 모래처럼 바스러지며 흘러내렸다.

"……?"

아무것도 할 수 없었다. 그녀는 제 몸이 부서져 사라지는 것을 멀거니 바라보았다. 악셀은 묵묵히 그런 그녀를 내려다보기만 하다가 입을 벌려 웃었다. 벌어진 입안에 형언할 수 없는 무언가가 도사려 있는 것이 보였다.

'마왕!'

그 광경을 마지막으로 시야가 어두워졌다. 그리고 속삭임들이 다시 들려왔다.

"네가 아리아드네라고?"

"네가 아리아드네라면."

"이 기억들은 뭐야?"

아리아드네는 암흑 속에서 멈칫 굳었다.

정말 뭘까.

단순한 환각이나 악몽이라기엔 너무나 구체적이면서 묘하게 그럴듯한 장면들. 심장의 술렁임.

'가짜가 아니라면 누구의 기억인 거지……?'

원작의 아리아드네가 겪었던 삶일까? 하지만 원작에는 그런 내용이 없었는데. 만약 이 기억들이 진짜고, 소설은 실제로 있었던 일의 일부만이 담겨 있는 거라면.

'이 기억들이 다 사실이라면.'

정말로 회귀 시기를 조절할 수 있는 주인공이 소설보다 훨씬 과거로 시간을 돌렸다면. 아무도 기억하지 못하고 있을 뿐, 지금 이 삶이 사실 이미 회귀한 삶이라면.

불현듯 목이 무거워졌다. 그녀는 손으로 목덜미를 더듬었다. 차가운 쇠의 감촉이 느껴졌다. 쇠사슬이 연결된 구속구였다.

'설마.'

그녀는 이리저리 시선을 돌려 보았다. 아무것도 보이지 않았다. 들리는 것도 없었다. 주위를 더듬는 손에는 거친 카펫의 촉감만이 느껴졌다. 입을 벌려 보았다. 귀가 안 들리니 말이 나오고 있는 건지 아닌지조차 구별이 되지 않았다.

그렇게 한참. 얼마나 시간이 흐른 건지 알 수가 없었다. 시간의 흐름도 잘 느껴지지 않았다. 끔찍할 정도로 답답했다. 미쳐 버릴 것 같았다.

그 순간, 누군가가 그녀의 목에 걸린 구속구를 잡아당겼다.

'설마……'

빛이 어둠을 죽이며 쏟아졌다.

실상은 부드럽고 은은한 달빛이었으나 암흑 속에 오래 있었던 그녀에게는 눈부시게 쏟아지는 광명처럼 느껴졌다.

그 빛 속에 선 남자가 붉은 눈동자로 그녀를 내려다보았다. 악셀 발렌타인. 그가 그녀에게로 허리를 숙이더니 뺨을 감쌌다.

〈늦어서 미안하다.〉

아리아드네는 자신이 웃는 것을 느낄 수 있었다. 그녀의 입이 저절로 움직였다.

〈안 늦었어.〉

〈아니, 저번보다 일주일이나 늦었다. 더 빨리 오려 했는데……〉

악셀이 이를 악물었다. 아리아드네는 그런 그에게 팔을 뻗으며 말했다.

〈회귀 시기를 바꾸는 것도 어려운 판국에 그렇게 날짜까지 섬세하게 조절하길 바라다니, 욕심이 많네.〉

〈네가 오래 기다리는 것이 싫다.〉

〈난 기다려도 괜찮아. 반드시 네가 오리라는 걸 아니까.〉

그녀의 팔이 자연스럽게 그의 목에 감겼다. 그가 그녀를 조심히 안아 올리며 중얼거렸다.

〈더 노력해야겠군.〉

그의 말이 끝나자마자 장면도 끝났다.

암흑이 차올랐다. 어둠 속에서 '아리아드네'가 그녀를 바라보고 있었다. '아리아드네'는 몹시 안쓰러운 듯이 그녀를 바라보았다.

수많은 속삭임이 다시 들려왔다.

"네가 아리아드네라고 생각해?"

"네가 정말로 아리아드네라면."

"회귀했다는 거네."

"회귀했는데 기억을 못 하는 거야."

"시간을 돌리는 건 마왕의 권능이야."

"마왕의 권능을 쓰면 마왕의 것이 되지."

"이미 마왕의 것이라면, 끝났어."

"마왕이 강림할 거야."

"배드 엔딩이야."

"소설과 같아."

"네 노력은 무의미한 발악이었어."

"이미 회귀했으니까."

'아리아드네'가 그녀에게로 다가왔다. 그녀의 모습이 허물어지면서 검게 물들었다. '아리아드네'는 커다란 잔으로 변했다. 새카만 잔 안에 잔보다 더 검은 물이 찰랑거렸다.

속삭임이 이어졌다.

"아리아드네가 아니라면 너는 아무것도 아니야."

"아리아드네라면 너는 이미 실패한 거야."

"어느 쪽이건 끝났어."

"포기해."

"편해지자."

"이제 희망이 없어."

검은 잔에서 달콤한 냄새가 났다. 의식이 흐려질 정도로 단 냄새였다.

"새로운 삶을 줄게."

"진짜 너를 위한 삶."

"실패하지 않은 삶."

"받아들이면 돼."

"행복해질 거야."

속삭임들이 잔 주위를 맴돌며 유혹했다. 담겨 있는 검은 물의 수면에 무언가 아름다운 것들이 어른어른 비쳤다.

아리아드네는 다가가서 그 안을 들여다보는 대신, 그 잔 자체를 가만히 응시했다.

검은 잔.

환각 저주. 유혹하는 속삭임.

갑자기 생겨난 미궁.

이전에 겪었던 환각들. 그녀를 주시하고 있을 마왕.

마왕의 수작.

'지금 내게 보이는 이 환각들의 의도가 뭘까.'

마왕의 의도.

비로소 머리가 명료해졌다. 아리아드네는 천천히 입을 열었다.

"사실은 다 끝난 게 아니구나?"

쉼 없이 이어지던 속삭임이 멎었다.

"나한테 검은 잔을 받게 하려고 이렇게 수작을 부리는 걸 보니까…… 이래야만 하는 이유가 있나 봐?"

대답은 돌아오지 않았다. 그녀는 스스로 생각을 정리하기 위해 계속해서 말했다.

"내가 아무런 소용이 없는 노력을 하고 있다면 마왕이 내게 검은 잔을 주려 할 이유가 없잖아. 내버려 둬도 어차피 실패할 텐데."

검은 잔에선 더 이상 달콤한 냄새가 느껴지지 않았다.

"이 기억들이 가짜건 진짜건 하나는 확실히 알겠어."

갑자기 웃음을 참을 수가 없었다. 그녀는 웃으며 말을 이었다.

"내게 해피 엔딩으로 가는 길이 있다는 것."

악셀이 성장한 배후에 마왕이 있을지도 모른다고 추측했을 때. 마왕이 자신을 주시하고 있다고 확신했을 때.

소설처럼 실패가 예정된 길을 걷고 있는 게 아닌가 두려워했었다. 절망뿐일 수도 있다고 각오하면서도 등불을 들고 있기에 가려던 길이었다.

그런데 그 길에 희망이 존재한다는 것을 방금 깨달았다.

'마왕이 방해하려 한다는 건, 우리에게도 승리할 방법이 있다는 뜻

이니까.'

웃음이 나올 수밖에 없었다. 그녀는 미소를 지으며 검은 잔을 들어 올렸다.

"포기하고 편해지자니, 그럴 거였으면 애초에 시작도 안 했어."

아리아드네는 그것을 그대로 쏟아 버렸다.

"난 계속 갈 거야."

빈 잔이 나뒹굴었다. 쩡, 하며 어둠에 금이 갔다.

코앞에 악셀의 얼굴이 있었다. 내쉬는 숨이 와 닿을 정도로 가까웠다.

아리아드네는 기겁하며 일어나려 했다. 묵직한 팔이 부드럽게 그녀의 어깨를 눌렀다. 맨살에 거친 손바닥의 감촉이 느껴졌다.

〈더 자라.〉

'아직도 환각 속이야? 아니 잠깐만, 맨살?'

이불의 감촉이 피부에 그대로 와 닿았다. 설마 다 벗고 있는 거야?

놀라서 머리가 하얗게 비었다. 그러나 그녀의 경악과 별개로 그녀의 몸은 태연히 하품하고는 입을 열었다.

〈몇 시야, 악셀?〉

〈아직 동트기 전이다. 더 자라.〉

〈그럼 조금 더 쉬어도 되겠네. 잠은 이미 깼지만.〉

그녀는 눈웃음을 짓고는 이불 속에서 꾸물꾸물 움직였다. 아리아드네는 저절로 움직이는 몸뚱이를 내버려 두고 상황을 파악하려 노력했다. 가만 보니 자신이 베고 있는 건 베개가 아니라 악셀의 팔이었다. 멀쩡한 베개가 근처에서 나뒹굴고 있었다.

그녀의 몸이 움직이며 그에게 좀 더 가까워졌다. 악셀이 흘러내린 이불을 끌어 올려 그녀를 감싸 안았다. 그의 품에 파묻히자 단단하고 뜨거운 가슴팍의 감촉이 고스란히 느껴졌다. 그도 맨몸이었다.

'이거, 이 상황, 설마, 설마 진짜······?'

아리아드네는 내적 비명을 질렀다. 마음대로 움직이지 않는 몸 탓에 그녀의 비명은 속에서만 맴돌았다.

'맙소사. 세상에. 맙소사.'

이게 무슨 상황인지 깨달은 아리아드네는 필사적으로 다른 생각을 하려 했다.

'그런데 악셀 체온 엄청 높구나. 아니, 아니, 이게 아니고, 여긴 어디야?'

그녀는 시야에 들어오는 주위 풍경에 집중했다. 천장에는 거미줄로 뒤덮인 샹들리에가 달려 있었다. 올리브 나뭇가지에 둘러싸인 소의 머리가 황금과 보석으로 새겨져 있는 커다란 문도 보였다. 금박이 들어간 벽지는 찢어지고 곰팡이가 피어 엉망이었다. 침대에 드리운 캐노피도 여기저기 삭아 있었다.

예전에는 입이 떡 벌어질 정도로 호화로운 방이었을 것이다. 그러나 지금은 낡은 폐허에 가까웠다. 그나마 잠자리를 마련하기 위해 치웠는지 침대 주변은 깨끗했고, 그들이 쓰고 있는 침구도 새것이었다.

아리아드네는 문에 달린 문양을 보고 이곳이 어디인지 알아차렸다.

'크레타 제국의 수도 라비린토스. 대미궁이 있는 곳······. 여긴 옛 황궁인가?'

올리브 가지로 둘러싸인 소머리는 멸망한 크레타 제국의 문장이었다. 돌연 그녀의 몸이 저절로 손을 들어 올리더니 악셀의 뺨을 살짝 어루만졌다.

〈괜찮아?〉

애틋한 음성이었다. 악셀이 어이없다는 듯 헛웃음을 흘렸다.

〈누가 할 질문을. 너야말로 괜찮나?〉

〈응?〉

〈제정신이 아닌 괴물과 몸을 섞었는데, 역겹지는 않나.〉

〈누가 괴물이라는 거야.〉

아리아드네가 쓰다듬다 말고 그의 볼을 잡아당기며 투덜거렸다.

〈너, 이런 얼굴이랑 몸으로 자기가 괴물이니 뭐니 하면 다른 남자
들한테 욕먹어.〉

〈그렇게 생각하는 건 너 혼자일 거다.〉

악셀은 제 볼을 마구잡이로 늘이는 아리아드네를 내버려 둔 채로
덤덤하게 말을 이었다.

〈네가 아니면 나는 남자조차 되지 못하는 괴물일 뿐이야.〉

〈악셀.〉

아리아드네가 양손으로 그의 얼굴을 붙잡더니 그늘진 붉은 눈과 시
선을 마주했다.

〈몇 번이나 말했지. 너는 괴물이 아니라 사람이라고.〉

〈네게만 그렇지.〉

〈아니야.〉

〈동료들이 근원을 목격하고 나서 내게 던지는 시선을 너도 보았잖
나. 그것을 보고도 나를 대하는 태도가 바뀌지 않는 건 언제나 너뿐
이었다.〉

〈악셀, 다른 사람들이 그러는 건 네가 그들에게 마음을 연 적이 없
기 때문이야.〉

⟨……?⟩

⟨나처럼 너와 가까워지고 너에 대해 알게 되면, 네가 좀 특이하게 태어났을 뿐이지 그냥 사람이라는 걸 누구나 알 수 있을걸.⟩

그녀가 미소 지었다.

⟨내가 특별한 게 아니라, 네가 곁을 내준 게 나뿐인 거야.⟩

⟨아니.⟩

악셀이 그녀의 이마에 입술을 누른 채로 덧붙였다.

⟨네가 특별한 거다.⟩

이마에 입술이 움직이는 감촉이 고스란히 느껴졌다. 아리아드네는 정신을 차릴 수가 없었다. 그녀의 사정과 별개로 그녀의 몸은 태연히 종알거렸다.

⟨그게 아니라니까. 사람들에게 조금만 더 곁을 내줘. 나한테 하는 것처럼. 그럼 누구라도…….⟩

⟨정말 그래도 되겠나?⟩

⟨응?⟩

악셀이 묘하게 웃더니 그녀를 제 품으로 확 끌어당겼다. 그의 가슴팍에 뺨이 닿았다.

⟨다른 사람에게 '이렇게' 곁을 내줘도 되겠냐는 말이다.⟩

그가 귓가에 속삭였다.

⟨나는 네가 다른 자에게 웃어 주는 것만으로도 속이 뒤틀리는데.⟩

⟨…….⟩

⟨너는 그렇지 않나?⟩

귀에 와 닿는 온도 높은 저음에 전신이 찌릿했다. 열이 오르는 듯한 기분이었다. 아리아드네는 차라리 아까처럼 제삼자가 되어 지켜보고 싶어졌다. 자극이 과했다.

'환각 저주 깨진 거 아니었어? 왜 이젠 직접⋯⋯. 이 환각은 대체 언제까지 진행되는 거야?'

그녀의 정신과 별개로 그녀의 몸은 아무렇지도 않게 항변했다.

〈그런 뜻으로 곁을 내주라는 게 아닌 거 알잖아! 그냥 좀 동료들하고 잘 지내라고⋯⋯.〉

〈여러모로 다행이군.〉

뺨에 닿은 가슴팍이 진동했다. 악셀이 낮게 웃고 있었다. 아리아드네는 한숨을 내쉬었다.

〈말 돌리지 마, 악셀. 난 진지하게 얘기하는 거야.〉

〈솔직히 나는 네가 아니라면 누가 나를 괴물로 보든 별로 상관없다. 다른 인간은 필요도, 관심도 없으니.〉

〈⋯⋯그러지 말고. 네가 지금처럼 동료들을 대하면 대미궁 공략에도 도움이 안 돼.〉

악셀은 잠깐 침묵하다가 입을 열었다.

〈그런데, 아리아.〉

〈응.〉

〈넌 괴물이라는 말은 그렇게 열심히 부정하면서, 어제 내가 제정신이 아니었다는 건 부정하지 않는군.〉

〈그건 사실이잖아.〉

아리아드네가 그의 가슴팍을 밀며 그의 품에서 벗어났다. 일어나 앉은 그녀는 그를 노려보며 투덜거렸다.

〈넌 제정신도 아니었고 양심도 없었어. 안 그래? 할 말 있어?〉

〈⋯⋯미안하다.〉

〈사과는 어제도 많이 들었는데. 뒤에 '조금만 더.' 같은 사족이 자꾸 붙어서 그렇지.〉

〈정말 미안하다. 내가…….〉

그녀를 따라 일어나서 쩔쩔매던 악셀이 아리아드네의 표정을 보고는 팔을 가슴팍에 대고 한쪽 무릎을 꿇었다. 아마도 그가 정식으로 배운 유일한 사과법일, 기사가 주군에게 사죄를 청하는 자세였다.

그가 고개를 숙이며 간청하듯 말했다.

〈죄송합니다. 어떤 벌이든 달게 받겠으니 부디 용서를.〉

〈……나한테 쓰라고 예법 익히게 한 거 아니야, 악셀.〉

아리아드네는 어이가 없다는 듯 표정을 풀고 웃었다.

〈됐어. 네가 경고했는데도 괜찮다고 한 건 나니까.〉

그녀가 그에게 다가앉으며 덧붙였다.

〈근원을 마주한 날이었잖아. 매번 보게 된다지만 그런 것에 익숙해질 순 없지. 익숙해져서도 안 되고……. 그래서 각오는 했었어.〉

그의 턱을 살짝 들어 올린 아리아드네가 그에게 입을 맞췄다. 가벼운 버드 키스였다.

〈그러니까 괜찮아, 악셀.〉

악셀이 그녀의 뺨을 감싸 쥐더니 그녀보다 조금 더 깊게 입을 맞추었다. 아리아드네는 그에게 호응하며 눈을 감고 그의 목에 팔을 둘렀다. 감은 눈꺼풀 위로 그의 시선이 진득하게 느껴졌다.

그녀가 입술을 떼며 눈을 뜨자, 살짝 돌아버린 눈으로 그녀를 보고 있는 그가 보였다. 그는 갈급한 목소리로 물었다.

〈그럼, 지금도 괜찮나?〉

〈안 괜찮아! 힘들어!〉

아리아드네가 버럭 소리를 질렀다. 악셀이 설핏 웃었다.

〈목소리를 들으니 체력은 꽤 회복된 것 같은데.〉

〈더 회복해야지! 대미궁에 들어가야 하니까!〉

〈이틀 정도 쉬고 들어가자고 했었잖나. 그러니…….〉

그가 그녀의 허리를 끌어안으려 했다. 그녀는 옆에 나뒹굴고 있던 베개를 들어 그의 얼굴에 들이밀었다.

〈진짜 양심 없어? 잠이나 더 자.〉

베개에 밀려난 악셀이 문득 머리카락 사이로 드러난 그녀의 목덜미를 뚫어지게 쳐다보았다. 아리아드네는 그 부분을 만져 보았다. 따끔거렸다.

자국이 남았구나. 그녀는 천천히 제 몸을 내려다보았다. 화끈 낯이 달아오르는 게 느껴졌다.

〈아리아드네.〉

악셀이 나지막하게 그녀를 불렀다. 고개를 들자 아까보다 더 눈이 돌아간 그가 보였다.

깨진 유리창으로 스며든 여명이 날것 그대로 드러난 그의 상체 위에 어룽졌다. 극한까지 단련된 육체에 빛이 조각상처럼 깊은 음영을 새겼다. 오래된 흉터마저 장식처럼 보이는 몸이었다.

그를 흠뻑 적신 여명은 곧 그녀에게 와 닿았다. 홀린 듯이 그녀를 바라보던 그가 신음처럼 그녀의 이름을 불렀다.

〈아리아, 너는…….〉

매혹당한 남자의 얼굴은 지독하게 아름다웠다. 지나치게 자극적이어서 아리아드네는 눈을 돌리고 싶었다. 하지만 그녀의 몸은 눈을 돌리기는커녕 그에게서 눈을 떼지 못했다. 그녀가 그에게 팔을 뻗었다.

그의 얼굴이 가까워졌다.

그 순간, 간절한 부름이 들려왔다.

"아리아!"

그리고 모든 것이 안개처럼 사라졌다.

누군가가 그녀의 어깨를 조심스럽게 흔들고 있었다. 아리아드네는 힘겹게 눈을 떴다.

코앞에 악셀의 얼굴이 있었다. 내쉬는 숨이 와 닿을 정도로 가까웠다.

기겁한 아리아드네는 그를 밀쳐 내려 했다. 마음대로 움직이지 않던 환각에 그새 익숙해져서 손에 힘이 과하게 들어갔다. 짝 소리가 났다.

"아리아……?"

난데없이 뺨을 맞은 악셀이 얼떨떨하게 그녀를 바라보았다. 아리아드네는 빨갛게 달아오른 얼굴로 가쁘게 숨을 몰아쉬었다.

"너…… 너…….'"

그녀는 제대로 말을 하지 못하고 입만 뻐끔거렸다. 얼마나 놀란 건지 자기가 방금 그의 뺨을 때렸다는 것도 인식하지 못하는 듯했다.

악셀은 얻어맞은 뺨을 슬쩍 문질러 보았다. 아리아드네로선 꽤 세게 친 거 같은데 솔직히 하나도 안 아팠다.

'잠깐, 방금 왼손이었는데.'

혹시 손목이 부러지진 않았을까. 접질렸거나 뼈에 금이 갔을 수도 있다. 어떻게 다쳤든 그녀는 전혀 못 느낄 것이다. 그는 다급히 아리아드네의 왼손을 움켜쥐고 확인했다.

'다행히 괜찮군.'

안도하며 힘을 풀자 아리아드네가 얼른 손을 빼내며 뒤로 물러났다. 명백하게 그와 거리를 두려는 듯한 움직임이었다. 악셀은 의아해져서 고개를 기울였다.

"아리아? 괜찮습니까?"

"……."

"환각 저주가 걸린 구간을 벗어났는데도 당신이 정신을 차리지 못해서 걱정했습니다."

"……악셀?"

그녀가 의심스러운 얼굴로 그를 보았다. 악셀이 눈살을 찌푸렸다.

"뭘 보셨길래 그렇게 놀라시는 겁니까? 별로 위험한 환각은 아니라고 하시더니."

"……지금 이거 환각 아니지?"

"아닙니다."

아리아드네는 멀거니 눈을 깜박이다가 주위를 둘러보았다. 나선형 길이 몇 걸음 뒤에 있었다. 길의 끝은 길쭉한 복도였고, 그들은 그 복도의 중간에 앉아 있었다.

그들 주위만 옅은 초록빛의 잔디밭이었다. 영토 바깥은 온통 진한 회색 돌로 둘러싸여 천장까지 막혀 있었다.

영토에서 조금 떨어진 곳, 복도의 정중앙에 해당하는 곳에 나선형 오르막길이 하나 있었다. 그들이 올라온 좁은 길보다 훨씬 넓은 통로였다.

그렇게 주변을 살피다 보니 느릿하게 정신이 돌아왔다. 이곳은 아비셀 왕성에 생긴 포크 모양 미궁 안이었다.

환각 저주가 걸린 길을 악셀이 그녀를 데리고 통과한 듯했다. 복도 중앙에 있는 오르막 통로는 밖에서 보았을 때 포크의 손잡이처럼 보이던 탑 부분으로 보였다.

환각 속에서 본 것들 때문에 머리가 터질 것 같았다. 아리아드네는 지친 듯 손으로 얼굴을 문질렀다.

갑자기 악셀이 복도 왼쪽을 돌아보았다. 잠시 후, 그쪽에서 베로니카의 목소리가 들려왔다.

"어? 와…… 다행이다."

복도 왼쪽 끝에 있는 오르막길로 올라온 베로니카가 반가운 얼굴로 그들에게 다가왔다.

"니카?"

"다행이에요, 아가씨……. 걱정했는데……."

그녀는 짊어지고 있던 에리히를 복도 벽에 기대어 내려놓았다. 아리아드네는 눈물로 얼굴이 흠뻑 젖은 채 기절한 그를 보고 당황했다.

"오라버니는 왜 이래?"

"모르겠어요……. 별거 아니라더니, 하여간……."

"어?"

이번엔 다른 쪽에서 루드빅의 목소리가 들려왔다. 악셀은 기척을 이미 느꼈었는지 그쪽을 돌아보지도 않았다.

"입구부터 수상쩍어서 걱정했는데 이렇게 간단하게 다시 만날 줄이야……. 다행입니다."

루드빅이 반가워하며 다가왔다. 뒤따라 올라온 뤼르가 복도에 기대 앉아 있는 아리아드네를 보고 깜짝 놀라며 다가왔다.

"성녀님, 어디 다치셨습니까? 제게는 위험이 감지되지 않았는데……."

"아뇨, 다친 곳은 없어요."

아리아드네가 고개를 젓는데 악셀이 불쑥 끼어들었다.

"왼손을 확인해 봐라, 신관. 내가 이미 보긴 했지만 혹시 모르니."

"알겠습니다."

뤼르가 그녀의 왼손을 조심스럽게 살폈다. 아리아드네는 그에게 손을 내준 채 동료들을 살펴보았다. 에리히와 그녀를 제외하면 모두 아무 일도 없었던 것 같은 모습이었다.

'나만, 아니지. 오라버니랑 나만 뭔가 본 건가? 무슨 기준이지?'

아리아드네는 악셀에게 뭔가 본 게 있는지 물어보려다 멈칫했다. 지금은 도저히 악셀의 얼굴을 제대로 바라볼 수가 없었다. 아직도 귀가 뜨끈뜨끈했다. 그녀는 대신 베로니카에게 물었다.

"니카, 오르막길에서 아무것도 못 봤어?"

"그냥…… 안개 같은 게, 보였는데…… 엄청 허술했어요."

베로니카가 갸우뚱하며 대답했다. 아리아드네가 이어 루드빅을 바라보자, 그가 알아서 술술 말했다.

"저도 안개를 봤습니다. 헤매지는 않았고요. 환각이 뚜렷하지 않아서 길이 고스란히 보이더군요."

그녀의 왼손 확인을 끝낸 뤼르도 고개를 끄덕이며 동의했다.

"저도 루드빅 기사님과 같은 환각을 보았습니다. 혹시 성녀님께는 다른 것이 보였습니까?"

"……네."

"안색이 좋지 않으십니다. 어떤 환각을 보셨기에……."

어떤 환각이었냐고. 아리아드네는 입을 벌렸다가 곧바로 꾹 다물었다. 한마디도 설명할 수가 없었다. 그녀는 그냥 에리히 쪽을 가리켰다.

"뤼르, 에리히 오라버니 상태 좀 봐 줄래요?"

"아, 네."

걱정스럽게 그녀를 보고 있던 뤼르가 얼른 일어나서 에리히 쪽으로 갔다. 그가 앉았다 일어난 곳에 깃털이 몇 개 떨어져 있었다. 신이 존재한다는 증거. 자연히 환각 속에서 보았던 신이 잠든 관이 떠올랐다. 아리아드네는 깃털에 시선을 둔 채 멍하니 생각했다.

'……진짜일까, 마왕이 꾸며낸 가짜일까. 진짜라면…….'

[아리아, 무슨 일이 있었습니까? 외부에서 주입될 환각이라 크게 걱정하지 않았는데, 아리아가 몹시 지쳐 보입니다.]

열려 있는 채널을 통해 파이가 걱정스럽게 물었다. 아리아드네는 양손으로 얼굴을 덮었다. 그녀가 본 환각은 대부분 파이에게도 말하기 어려운 것들이었지만, 몇 가지는 반드시 그와 논의할 필요가 있었다. 특히 대미궁의 관 속에 있던 존재에 대해.

'나중에…… 환상 도서관에서 자세히 얘기할게.'

[……알겠습니다.]

[채널 내의 대정령들이 당신의 반응에 의아해하고 있습니다.]

[대부분의 대정령이 당신을 걱정하고 있습니다.]

그녀가 이렇게 혼이 빠진 얼굴로 주저앉아 있는 일이 흔치 않으니 대정령들이 이상하게 여길 만도 했다. 아리아드네는 표정을 가다듬었다.

"으아악!"

옆에서 비명과 함께 에리히가 벌떡 일어났다. 그는 눈물을 뚝뚝 흘리며 정신없이 주위를 살피더니 베로니카를 대뜸 붙잡았다.

"니카, 베로니카, 베로니카 브란테."

"……?"

"너 살아 있는 거지? 진짜지? 가짜 아니지?"

"뭔…… 헛소리야. 정신 차려."

베로니카가 눈살을 찌푸리며 달라붙는 그를 밀어 냈다. 평소라면 그녀와 투닥거렸을 텐데, 에리히는 오히려 그 말에 울음을 터뜨리더니 그녀에게 더 엉겨 붙었다.

"살아 있어, 망할, 네가 살아 있다고! 니카, 니카, 정말, 아, 그래, 이거 다 꿈인 거지? 제기랄, 꿈이라니, 이런 건 너무, 아니, 아니야, 헛것이라도 좋아……."

베로니카는 횡설수설하면서 제 이마에 입을 맞추려 하는 남자의 얼굴을 건틀릿을 낀 손으로 사정없이 눌러 치웠다.

"너 갑자기, 왜 이래? 드디어 미쳤어?"

에리히는 그녀에게 밀려나면서도 울음을 멈추지 않았다. 그는 서늘하고 우아한 얼굴을 형편없이 일그러뜨리더니 절박하게 말했다.

"사랑해."

"……?"

"사랑해, 베로니카. 이 말을 못 한 게 너무 후회됐었어."

"무, 무, 뭐?"

말이 느리긴 해도 더듬지는 않는 베로니카가 드물게 말을 더듬었다. 에리히는 눈물 때문에 흐려진 초점을 잡으려고 애쓰면서 베로니카의 어깨를 부둥켜안았다.

"꿈에서라도 다시 보게 되면 꼭 말하고 싶었어. 사랑해, 처음부터 계속 사랑했어."

"에리히?"

"넌, 내가 너 처음 봤을 때 얼마나 충격받았는지 모르지?"

"어?"

"시체가 널린 마을에서 홀로 살아남은 피투성이 여자애가 제 몸보다 몇 배는 큰 쇳덩이 말을 타고 날뛰는데…… 마물의 피와 살점이 눈보라처럼 휘날리고, 네가 흘린 피도 흩뿌려지고……. 그 속에서 네가 이를 악물고 우는데, 그러다가 웃어서, 울면서 웃는 게, 그게, 그런 네 모습이, 내가 그때까지 봤던 그 누구보다도 엉망진창이고 날것인데도 눈을 뗄 수가 없어서……."

에리히가 흠뻑 젖은 얼굴로 바보처럼 웃더니 행복한 듯 속삭였다.

"그때 이미 반했어. 돌이킬 수 없을 정도로."

그러고선 그대로 픽 쓰러졌다. 베로니카는 얼결에 그를 받아 안았다.

"……."

모두가 갑작스러운 에리히의 고백에 당황해 침묵할 때, 아리아드네만이 다른 방향으로 당황했다.

'설마 오라버니가 환각 속에서 니카의 죽음을 본 건가? 원작처럼?'

에리히도 검은 잔의 유혹을 받았을까?

정말 그 환각이 전부 과거에 실제로 있었던 일일까? 그럼 이 삶은 대체 몇 번째 삶인 걸까? 그 과거 속의 '아리아드네'와 자신은 다른 사람인가? 아니면 같은 사람인데 기억하지 못할 뿐인가?

'지금이 이미 회귀한 삶이라면 내 서재에 있던 그 원작 소설의 정체는 뭐지? 그리고 왜 회귀의 주체인 악셀조차 아무것도 기억하지 못하는 거지?'

혼란스러운 와중에 뤼르가 조심스럽게 입을 열었다.

"마법사님께서 환각 탓에 큰 충격을 받으신 것 같습니다. 여파에서 벗어나시려면 좀 쉬셔야 할 것 같은데……."

"우리에겐 시간이 없죠."

간신히 침착을 되찾은 아리아드네가 그의 말을 받았다. 수도 오염까지 24시간. 중부지방 전체 오염까지 48시간. 평범한 미궁이라면 여기서 캠프를 치고 하루 푹 쉬었겠지만, 지금은 그럴 여유가 없었다.

'앞으로 핵까지 얼마나 남았는지도 몰라. 가는 데에만 하루를 쓸 수도 있어.'

계획은 최악의 상황을 가정하여 세워야 한다. 그녀는 머릿속으로 생각을 정리한 다음 다시 입을 열었다.

"뤼르, 여기서 에리히 오라버니를 돌봐 줘요. 우리는 계속 전진할게요."

"예? 하지만……."

"제게 무슨 문제가 생기면 뤼르가 알아차릴 수 있잖아요. 먼저 가고 있을 테니 쉬고 있다가 나중에 합류해요."

그녀는 뤼르의 대답을 기다리지 않고 루드빅을 돌아보았다.

"루드빅, 여기 같이 남아서 뤼르와 에리히 오라버니를 지켜 줘."

"저, 저도 말입니까?"

"빠르게 합류하려면 정령수가 있어야 하는데, 바람 속성인 모래바람이 철마나 아름드리보다 빠르잖아. 부탁해."

"알겠습니다……."

루드빅이 침울한 얼굴로 납득했다. 아리아드네는 그들이 가진 정령등이 잘 작동되는지 확인한 뒤에 자리에서 일어났다. 그녀가 악셀과 베로니카를 돌아보며 말했다.

"우리는 일단 가 보자. 핵이 어디 있는지라도 알아내야지. 니카, 괜찮아?"

복잡미묘한 표정으로 에리히를 보고 있던 베로니카가 고개를 획획 젓더니 양손으로 제 볼을 가볍게 쳤다.

"네에, 괜찮아요……."

전투 중에 생각을 비우고 아리아드네의 명령에 집중하는 건 베로니카의 특기였다. 그녀는 그새 잡념을 지우고 담담해진 낯으로 아리아드네를 바라보며 덧붙였다.

"준비됐어요."

"그럼, 가자."

이미 아름드리를 꺼낸 악셀이 당연하다는 듯 아리아드네를 향해 손을 뻗었다. 아리아드네는 그 손길을 자연스럽게 지나쳐 베로니카에게 다가갔다.

베로니카는 별다른 의문 없이 바로 아리아드네를 철마에 태웠다. 10년이 넘도록 아리아드네의 호위 기사였으니 그녀에겐 익숙한 일이었다.

의문을 품은 건 악셀 혼자였다.

'왜?'

토벌대에 합류한 뒤로 아리아드네를 태우는 건 언제나 자신이었는데. 그는 내밀었던 손을 허망하게 거두며 고민했다.

'방금 일부러 나를 피하신 건가?'

철마가 앞서서 복도 중앙의 오르막길로 달려갔다. 악셀 역시 아름드리를 몰아 뒤따르며 앞을 노려보았다.

몸집이 작은 아리아드네는 베로니카에게 완전히 가려져 긴 머리카락밖에 안 보였다. 검은 갑옷을 입은 기사의 등 너머로 생화가 섞인 백금발이 나풀나풀 흔들렸다.

제 품에 안겨 있어야 할 사람이 왜 저기에 있는지 모르겠다.

그러고 보니 환각에서 깨어난 뒤로 그녀와 눈을 한 번도 마주치지 못했다. 그뿐인가. 그녀는 아까 그를 피해 물러나기까지 했다.

'……설마, 아니겠지.'

지금까지 아무렇지도 않게 그를 대하던 아리아드네가 이제 와서 그와 거리를 둘 이유가 없었다.

제 착각일뿐이다. 그래야만 했다.

악셀은 지그시 이를 물었다.

통로는 몹시 길었고 불빛이 전혀 없었다. 모두가 바짝 긴장한 것이 무색하게 오르는 동안 아무것도 나타나지 않았다. 환각 저주 등의 함정마저 없었다. 아래에 있던 복도는 금세 어둠 속에 묻혀 보이지 않게 되었다. 위쪽 역시 깊은 어둠에 가려져 있었다.

아리아드네를 중심으로 펼쳐진 작은 영토만이 화사한 햇빛과 싱그러운 녹음 덕에 밝았다. 영토의 빛은 영토 외부까지 영향을 미치진 못하기에, 영토 밖은 빛 한점 없는 어둠이었다.

길은 그저 나선을 그리며 줄곧 위로 이어지기만 했다. 그러다 어느 순간 길이 끝났다. 텅 빈 원형의 공터였다. 그들은 공터 안을 한 바퀴 돌아보았다.

"아무것도…… 없네요?"

베로니카가 의아한 듯 중얼거렸다. 악셀이 아름드리를 몰아 그들 옆에 나란히 서며 말했다.

"핵조차 보이지 않습니다."

"그러게."

아리아드네가 그의 반대로 고개를 돌리며 대답했다. 악셀의 시선이 뒤통수에 짙게 느껴졌다.

'도저히 똑바로 못 보겠어.'

그녀는 계속 그를 외면한 채로 입을 열었다.

"악셀, 어둠 살해자로 주변을 좀 밝혀 볼래?"

"……알겠습니다."

악셀이 작은 태양을 끄집어냈다. 사위가 일순 환하게 밝아졌다.

"어, 저기……!"

베로니카가 천장을 가리켰다. 천장에 둥근 핵이 반구형으로 박혀 있었다.

"핵이…… 그냥 있네요? 지키는 마물은, 어디 가고……."

그녀가 고개를 갸우뚱했다. 파이 역시 기이하다는 듯 중얼거렸다.

[다른 함정이나 마물도 없이 바로 핵이 나오다니, 이상한 미궁이로군요. 분명 존재감이나 오염도는 최상급 미궁 이상이었는데…….]

불현듯 가설 하나가 떠올랐다. 아리아드네는 파이에게 채널을 통해 물었다.

'지금도 그래?'

[예?]

'지금도 이 미궁이 최상급 이상으로 느껴져? 다시 분석해 봐.'

아리아드네는 파이가 분석하기 쉽도록 영토를 확장하여 공터를 가득 채웠다. 곧 파이가 이해가 되지 않는다는 투로 말했다.

[……이상합니다. 오염 농도가 급격히 줄어들었습니다. 이 정도면

평범한 하급 미궁보다도 못합니다. 이럴 리가 없는데. 오염 농도가 변하는 미궁이라니…….]

'그런 미궁이 이미 있잖아.'

[네?]

'대미궁.'

[……!]

파이가 헛숨을 들이키더니 잠시 침묵했다. 그사이 핵이 있는 천장까지 영토의 범위 안에 들어왔다. 아리아드네는 악셀에게 명령했다.

"악셀, 저거 부숴 봐."

"예."

악셀이 아름드리 대신 벼락을 꺼내 날아올랐다. 아리아드네는 용을 탄 기사가 불을 휘감은 검으로 핵을 쪼개는 것을 올려다보며 생각했다.

'대미궁이 다른 미궁과 결정적으로 다른 점.'

미궁이란 주변으로 오염을 퍼뜨리고 마물을 생산하는 구조물이다. 미궁이 존재하는 목적은 엘리시움의 마계화다.

그러나 대미궁은 다르다. 그것은 마왕이 엘리시움으로 이동해 오면서 뒤따라 형성되었다. 대미궁이란 마계화를 위해 만들어진 구조물이 아니라 마왕이 구현한 영토 같은 것이다.

대미궁은 오염을 뿌리지 않는다. 그저 그곳에 마왕이 존재하기에 주위가 오염되는 것뿐이다.

'마왕은 거기 틀어박혀 숨만 쉬고 있었는데도 크레타 제국이 일주일 만에 망했지.'

신에 필적하는 존재의 영향력이란 그 정도다.

[⋯⋯무슨 뜻인지 잘 모르겠습니다, 아리아.]

'이 미궁이 대미궁 수준의 오염 농도를 보이다 줄어든 이유가 이 미궁 자체의 특징이 아닐 수도 있다는 뜻이야.'

[아.]

파이가 무언가 깨달은 듯 짧은 신음을 흘렸다.

[여기에 마왕이 잠시 다녀갔을 거란 말입니까?]

'그냥 가정이지만.'

아리아드네는 자신을 유혹했던 검은 잔과 지나치게 실감 나고 깊었던 환각을 떠올렸다. 다른 사람에게는 조악한 수준이었던 환각 저주가 그녀에겐 치명적이었던 게, 어쩌면.

'마왕이 직접 손을 쓴 걸지도 몰라.'

[하지만 마왕의 육체는 제대로 움직일 수도 없는 상황 아닙니까? 대미궁의 가장 깊은 곳에서 가만히 '악셀 발렌타인'이 그릇으로 완성되길 기다리고 있는 이유도 그 때문일 텐데요.]

'몸을 못 움직인다고 해서 힘도 못 보내는 건 아니잖아? 대정령이 영토에 가만히 앉아서도 정령사를 매개로 힘을 쓸 수 있는 것처럼.'

[⋯⋯맙소사. 그렇군요.]

그녀가 파이와 대화를 나누는 동안 악셀은 핵을 거침없이 박살 냈다. 천장에 고여 있던 핵 속의 오염수 웅덩이가 완전히 말라붙었다.

허탈하게도, 겨우 그것으로 끝이었다.

아비셸 왕성에 출몰한 미궁은 미궁 내의 토벌대보다 바깥이 더 치열한 전투를 치렀다.

성녀의 토벌대는 고작 세 시간 만에 미궁을 닫는 데 성공했다. 하지만 그 세 시간 사이에 수도의 5분의 1에 달하는 지역이 오염되었으며 천 명 이상이 사망했다. 엘디어 공작의 정령석 기부와 가르시아 상단의 빠른 배급이 아니었다면 아마 만 단위의 사망자가 나왔을 터였다.

그러나 이 사건이 낳은 가장 큰 피해는 사망자의 수나 왕국의 수도에 생긴 오염 지역이 아니었다.

공포였다.

지금까지 사람들은 방어 마법진과 정령탑의 범위 안에 있으면 미궁의 위협으로부터 안전할 거라 믿었다. 그 신뢰가 모조리 부서졌다.

공포에 물든 사람들은 통제가 되지 않았다. 소문이 퍼지는 곳마다 무법 지대가 되어 갔다. 성전이 시작된 초기 같은 혼돈이 재림하려 하고 있었다. 그래서 왕실은 어떻게든 미궁이 생겨난 원인을 찾아내려 했다. 찾지 못하면 문자 그대로 왕국이 붕괴될 판이었다.

아리아드네가 헬레네 드레드와 그녀의 배후에 관한 정보를 정리하자마자 곧바로 왕실에 전달한 건 그 때문이었다.

헬레네는 아리아드네보다 약 10개월 늦게 태어났다.

프란츠 엘디어는 아리아드네를 위버에 빼앗기고 난 뒤 처음으로 드레드가에 방문해 헬레네를 만났다. 그들이 무슨 대화를 나누었는지, 프란츠가 무슨 의도였는지는 아무도 모른다.

이후 프란츠가 처형되자 헬레네의 상태가 이상해졌다고 한다. 아리아드네를 엄청나게 증오하게 되었다고.

그 뒤로 헬레네는 뒷골목을 드나들며 수소문하여 검은 잔을 받은 자들과 만나려고 애썼다. 그러다가 정말로 검은 잔을 받은 자와 만난 듯했다. 우연인지, 아니면 그들이 일부러 접근한 건지는 알 수 없었다.

어쨌든 그 결과가 이번 사태였다. 피해가 너무 컸다. 헬레네는 사형을 면할 수 없을 것이다.

아리아드네가 직접 정황을 밝힌 뒤에 신고했기에, 헬레네가 프란츠의 사생아라는 이유로 엘디어에 책임을 돌리는 사태는 일어나지 않았다. 헬레네에게 미궁의 씨앗을 건넸던 검은 잔을 받은 자는 왕실에서 추적할 예정이었다.

아리아드네는 헬레네를 왕실로 압송하기 전날, 지하 감옥에서 그녀와 독대했다.

"언니, 안 죽었네?"

헬레네가 몹시 안타깝다는 듯 말했다. 아리아드네는 잠깐 침묵하다가 입을 열었다.

"헬레네 드레드, 정말 그런 걸로 날 죽일 수 있을 거라고 믿었어?"

"언니 업적 다 조작이라며. 미리 꾸며 놓은 상황이 아니니까 당연히 죽을 줄 알았지. 근데 왜 안 죽었어?"

"……누가 그래? 조작이라고?"

"왜? 찔려? 아빠가 다 가르쳐 줬어."

헬레네가 흐흥, 하고 웃었다. 뽐내는 어린아이 같은 웃음이었다. 아리아드네는 짧게 한숨을 내쉬었다.

"그 말을 믿었어?"

"그럼 내가 아빠를 죽인 언니를 믿어야겠어?"

"……그 사람이 무슨 죄목으로 처형된 건지는 알지?"

"다 언니가 씌운 누명이잖아. 아빠가 불쌍해."

헬레네는 그녀를 노려보며 눈물을 글썽였다.

대체 프란츠 엘디어가 이 아이에게 무슨 짓을 한 걸까. 어떤 사탕발림을 했기에.

'……그러고 보니 소설에서도 헬레네는 몰락하는 프란츠에게 끝까지 충성했지.'

아리아드네는 창살 너머에서 억울함으로 씩씩거리는 소녀를 내려다보다가 나직이 물었다.

"후회하지 않아?"

"뭘?"

"네가 저지른 짓."

"뭘 후회하라는 거야? 언니를 못 죽인 거?"

"……드레드 자작이 자살했어. 남편은 실신해서 아직도 못 깨어나고 있고."

헬레네가 고개를 기울이며 되물었다.

"그래서?"

"네 양부모님이야. 네 소식을 듣고 그렇게 되신 거고."

"그게 뭐?"

"널 버리고 몇 번 만나지도 않은 프란츠는 네 아빠고, 그분들은 네 부모님이 아니야?"

"실제로도 부모가 아니잖아? 그 사람들은 나를 낳은 적 없어. 나는 아빠 자식이라고."

"혹시 드레드 가문 사람들이 너를 괴롭혔니?"

"아니? 좀 귀찮게 하긴 했지. 어디 가냐, 언제 오냐, 누굴 만난 거냐, 돈은 왜 가져갔고 어디에 썼냐……. 음, 괴롭힌 거 맞네. 엄청 귀찮았으니까."

헬레네가 짜증 난다는 듯 투덜거렸다. 드레드 가문은 애지중지까진 아니어도 친딸처럼 헬레네를 키웠다. 학대 같은 건 하지 않았다는 사실도 이미 조사를 통해 알고 있다.

아리아드네는 멀거니 불퉁한 표정의 헬레네를 응시했다. 혹시 레다 피카로가 이 아이에게 뭔가 한 건 아닐까. 흑마법이라든가. 그러고 보니 헬레네의 친모가 누군지 아직까지 모른다. 헬레네 본인도 모르는 듯하고.

"네가 어떤 벌을 받게 될지는 알아?"

"알아. 처형당하겠지? 아빠를 만날 수 있겠네."

"……"

"언니를 못 데리고 가는 건 아쉽지만, 그래도 만족스러워."

"만족스럽다고? 대체 뭐가?"

"난 오직 언니를 죽이고 싶어서 미궁을 피워 냈어."

헬레네가 해맑게 웃더니 덧붙였다.

"그러니까 그 미궁으로 죽어 버린 사람들은 전부 언니 때문에 죽은 거야."

"……"

"내 양부모의 일도 언니 때문이고, 내가 죽는 것도 언니 때문이야. 알겠어? 다 언니 때문이라고."

헬레네는 즐거워 참을 수 없다는 듯이 웃어 댔다.

"언니는 이제 평생 죄책감을 가지고 살겠지? 날 떠올릴 때마다 찝찝해질 거고. 어쨌든 난 언니 동생이니까!"

미쳐 버린 눈이었다. 아리아드네는 표정을 지웠다.

"……내가 왜 죄책감을 가질 거라 생각해?"

"언니는 나름 성녀 소리를 듣는 데다가 영웅처럼 굴잖아? 뻔하지."

"내가 한 일들은 전부 조작이라며. 그런 사람이 너 때문에 찝찝해하고, 네가 저지른 짓을 자기 책임이라고 여길 것 같아?"

"거짓말. 언니는 평생 괴로워할 거야. 언니 착하잖아. 나 다 조사했다?"

"내가 착해? 네 아빠한테 누명 씌워서 죽인 내가, 착하다고 생각해?"

"……."

"너, 프란츠가 거짓말한 거 사실 다 알고 있구나."

헬레네의 웃음이 멈췄다. 아리아드네가 묵묵히 바라보자, 소녀의 표정이 서서히 일그러졌다.

"아니야. 아니야. 아니야…… 아니야! 아빠는 거짓말 안 했어!"

헬레네가 철창에 달라붙더니 악을 썼다.

"언니는 아빠도 죽이고 동생도 죽인 사람이 될 거야! 날 평생 못 잊을 거라고! 내가 죽고 나면 언니한텐 가족이 하나도 남지 않을 테니까!"

"헬레네. 프란츠가 누가 진짜 내 가족인지 구별하는 법을 아주 잘 가르쳐 준 덕에, 나는 너처럼 내 가족이 누군지 헷갈리지 않아."

아리아드네는 발광하는 그녀를 내버려 두고 돌아서며 덧붙였다.

"너는 내 가족이 아니야."

"혹시 이번 일로 죄책감을 느끼는 건 아니지요? 아리아가 잘못한 건 아무것도 없습니다."

환상 도서관에 있는 그녀의 서재 안에서, 파이가 찻잔을 건네며 물었다.

"알아."

아리아드네가 잔을 받아 들며 대답했다. 파이는 애매한 표정이 되었다.

"그럼 그 기부금은 뭔가요?"

아리아드네는 아비셀 미궁의 피해 복구를 위해 어마어마한 기부금을 내놓은 상태였다. 정령석 기부만으로도 기겁했던 왕실이 당황할 정도로 많은 금액이었다.

"……귀족의 의무를 다한 것뿐이야."

"드레드 가문의 뒤를 봐주신 것도 귀족의 의무였나요?"

"……."

"아리아, 파이한테는 솔직해지셔도 됩니다."

파이가 부드럽게 웃었다. 아리아드네는 차를 한 모금 머금은 뒤 찻잔을 내려놓았다.

"정황상 이번 미궁은 마왕이 내게 검은 잔을 받게 하려는 목적으로 만든 미궁일 거야."

"아마 그렇겠지요."

그녀로부터 대략적인 환각 내용을 들은 파이는 미묘하게 굳은 얼굴로 대답했다.

아리아드네는 여러모로 사적인 장면들은 빼고 얘기했다. 그럼에도 그 환각 속에서 악셀이 '아리아드네'의 구원자였으며, 그들이 연인 관계였다는 건 알 수밖에 없었다.

그 이야기를 들으면서 파이는 진심으로 '아리아드네'와 아리아드네가 별개의 존재이길 바랐다. 아리아드네가 '아리아드네'라면 그러지 않아도 거의 없던 가능성이 완전히 사라져 버릴 테니까.

환상 도서관에 얽매인 정체불명의 존재인 자신에겐 애초에 그녀의 남자가 될 자격이 없었다. 그걸 알면서도 파이는 마음이 가는 것을 막지 못했다.

연인이 될 수 없다면 최소한 그녀에게 누구보다 가까운 존재가 되고 싶었다. 그녀가 유일하게 약한 모습을 보일 수 있고, 기댈 수 있고, 그녀에 대해 누구보다 잘 알며, 가장 깊은 비밀까지 알고 있는 영혼의 동반자 같은 존재 말이다.

그런데 저 환각이 진짜라면 파이보다 악셀 발렌타인이 그녀에게 더 가까워진다. 그와 그녀는 파이가 알지 못하는 수없이 많은 시간을 공유했다는 뜻이니까.

'게다가 아리아가 그 여자와 다른 사람이라 해도, 아마 앞으로는……'

그녀는 이제 악셀 발렌타인을 '주인공'이 아닌 다른 의미로 의식하게 될 것이다.

속이 뒤틀리는 기분이 들었다.

파이는 박제된 활자로 감정을 배웠다. 머리로는 알아도 실제로 느껴 볼 수는 없는 메마른 시체 같은 감정들.

파이에게 아리아드네는 그 감정들에 생기를 불어넣어 주는 사람이었다. 기다림, 반가움, 기쁨, 슬픔, 애정, 분노, 아름다움, 경탄, 그 외에도 많은 것들을 그녀를 통해 체감했다.

그리고 이번에도 아리아드네는 파이가 글로만 알고 있던 감정 하나를 생생한 날것으로 살려 냈다.

진득하고 질척한, 질투.

파이는 악셀 발렌타인을 환상 도서관에 처박고 그자 대신 자신이 아리아드네의 곁에 사람으로 서고 싶었다. 아니면 아리아드네가 환상 도서관에 갇혀 바깥으로 나가지 못했으면 좋겠다.

'그러면 아리아에게는 파이밖에 없을 텐데. 파이에게 아리아밖에 없듯이.'

나쁜 욕망이었다.

그는 표정을 가다듬었다. 아리아드네에게는 고운 부분만 보이고 싶으니까.

"……마왕이 누군가에게 검은 잔을 받게 하려 직접 나선 건 처음일 겁니다. 당신은 그 함정을 멋지게 돌파해 냈어요. 그리고 위기에 처해 있던 수많은 사람을 구했죠."

"……."

"죽은 사람이 아니라 당신이 살린 사람을 생각하세요, 아리아. 그 죽음들에 당신의 책임은 없습니다. 헬레네 드레드도 마찬가지고요."

"……그게 마음대로 안 돼."

아리아드네가 쓰게 웃었다. 무릎을 끌어안은 채 쪼그려 앉은 그녀는 어린아이처럼 작아 보였다.

"난 마왕이 날 주시하고 있다는 걸 알고 있었어. 그러면서도 연회 같은 델 갔지."

"아리아."

"더 빨리 대미궁으로 출발했다면……. 헬레네에 대해서도 한 번 알아봤다고 끝낼 게 아니라 계속 주시하고 있었다면……. 그 애가 자길 평생 못 잊게 될 거라고 하는 걸 부정했었는데…… 쉽지 않겠네."

그녀는 세운 무릎에 고개를 묻었다. 내리깐 속눈썹이 잘게 떨렸다.

"나도 알아. 이건 무의미한 죄책감이라는 거. 진심으로 내 잘못이라고 여기는 것도 아니니까 순수한 마음도 아니야. 내가 잘못한 게 아니라고 생각하면서도 내 탓이라고 느끼다니, 오만하고 방어적이지."

"······."

"차라리 내가 아니라 마왕과 프란츠의 잘못이라고 끊어 내고 깔끔하게 잊는 게 낫잖아. 토벌에 집중하기도 좋고, 이중적이지도 않고. 그래야 하는데, 아는데, 그런데 자꾸 맴돌아. 이랬더라면, 저랬더라면 하고."

한심하지, 하고 아리아드네가 조그맣게 중얼거렸다. 파이는 찻잔을 치우고 그녀에게 바짝 다가앉았다.

"한심하지 않습니다."

파이 자신이 버리지 못하고 있는 욕망과 비교하면 그녀가 스스로 비하하고 있는 마음은 아무것도 아니었다. 아리아드네가 실수로 수도 인간들 전체를 몰살시켰다 해도 크게 신경 쓰지 않을 파이에게, 그녀의 죄책감이란 이해가 안 되다 못해 고결하게 느껴질 지경의 감정이었다.

하지만 납득이 안 되어도 받아들일 수는 있다. 아리아드네니까.

"······아리아, 죄책감을 느끼건, 잊지 못하건 괜찮습니다. 당신의 감정이니까요. 무슨 마음이든 참지 마세요. 파이에게 쏟아 내세요."

파이는 눈매를 접으며 최대한 예쁘고 순하게 웃었다.

"아리아가 그런 감정들은 파이에게 맡기고 편해졌으면 좋겠습니다. 파이는 당신의 가이드고 언제나 당신의 편입니다."

아리아드네가 고개를 들었다. 약간 충격을 받은 듯한 표정이었다.

"아니야, 파이."

"예?"

"자기 감정은 자기가 책임져야지, 남한테 떠넘겨선 안 돼. 내가 너한테 그래서는 더더욱 안 되고."

"아니요, 아리아는 파이에게 얼마든지 그래도 됩니다. 파이는……."

"아니, 안 돼."

아리아드네는 새삼 되새겼다.

파이는 그녀에게 맹목적이다. 다른 선택지가 없으니까. 이런 상황에서 그녀가 파이에게 제 감정을 쏟아붓거나 위로를 원하는 건 일종의 폭력이 될 수도 있다.

'순전히 내 마음의 문제에 불과한데, 괜히 꺼냈어.'

그녀는 마음을 추스르며 내심 반성했다.

"너한테는 좋은 것만 줘도 부족할 텐데. 미안해, 파이."

"……."

아리아드네가 한 걸음 멀어졌다. 파이는 그렇게 느꼈다. 물리적인 거리가 아니라 마음의 거리가.

약해졌던 아리아드네는 어느새 침착하고 차분한 낯을 하고 있었다. 그녀가 갑자기 흔들리지 않게 된 것이 아니다. 흔들림을 감추는 거다.

'파이를 위해 거리를 벌린 거라는 건 알지만…….'

싫다. 차라리 더 무너졌으면 했는데.

파이는 매달려 애원해 볼까 고민하다가 참았다. 아마 그러면 아리아드네는 겉으로는 그를 달래면서 속으로는 도리어 더 단단히 결심할 테니까. 앞으로 파이에게 위태로운 모습을 보이지 않겠다고 말이다.

그래서 그는 그냥 웃었다. 살짝 애교를 섞어서 투정처럼.

"파이는 정말 괜찮은데요, 아리아."

"파이는 다정하니까."

엷게 미소한 아리아드네는 곧 화제를 바꿨다.

"파이, 네 생각엔 어때? 내가 본 환각들."

"글쎄요……."

파이가 비스듬히 고개를 기울이더니 말을 이었다.

"그냥 마왕이 당신을 유혹하기 위해 꾸며 낸 거짓 아닐까요."

"하지만 너무 구체적이었어. 게다가 그 관 속에 있던 것…… 정말 신인 걸까. 네 여성형하고 똑같았단 말이야. 그럼 설마……."

"아리아는 그게 실제로 있었던 일이라고 믿는 겁니까? 그냥 검은 잔이 피워 낸 악몽이 아니라?"

"솔직히 모르겠어. 반반이야. 아니, 반보다는 사실 같다는 쪽에 조금 더 치우쳤나."

아리아드네는 관자놀이를 꾹꾹 누르며 신음을 흘렸다.

파이는 다 거짓이라 믿고 싶었기에 관 속에 있던 게 제 여성형이든 신이든 뭐든 별로 상관없었다. 그는 고민하는 아리아드네를 물끄러미 응시하다가 입을 열었다.

"직접 확인해 보시면 되겠지요."

"응?"

"대미궁에서 말입니다."

"아."

그녀는 바로 파이의 말뜻을 깨달았다.

"은둔자의 영역에 가서 그 예배당을 찾고, 관을 열어 보자는 거구나."

"예."

파이가 고개를 끄덕이며 덧붙였다.

"그 환각이 마왕이 꾸며낸 거짓이라면 거기에 진짜 신이 있을 리가 없겠죠."

"오히려 함정이겠지."

"네. 그리고 만약 정말 거기에 무언가 있다면…… 그게 진짜 신의 육체라면."

"내가 본 환각이 뭔지 알 수 있겠지. 최소한 단서라도."

파이의 말을 받은 아리아드네는 마른세수를 했다.

"그래, 그렇게 하자. 그때까지는 그냥 잊고 있는 게 낫겠어. 답이 안 나오는 고민이니까."

결심과 달리 아리아드네는 도저히 그 환각들을 잊고 지낼 수가 없었다. 악셀과 마주칠 때마다 여명으로 적셔졌던 그의 몸과 그녀를 바라보던 돌아 버린 눈이 떠올라서.

대미궁으로 떠날 준비를 하는 동안, 아리아드네는 바쁘다는 핑계로 악셀을 은근히 피했다. 절대 단둘이 있지 않았고 용건이 있을 때는 시선을 피한 채 대화를 나눴다.

심지어 악셀의 23살 생일에도 마찬가지였다.

예전에 18살 생일을 기념하여 보냈던 미스릴 검을 악셀이 우 대륙에서 잃어버렸다기에, 아리아드네는 그의 생일 선물로 다시 미스릴 검을 준비했다. 이번에는 가명인 아드리안이 아니라 아리아드네로서 주려고 했는데 어영부영 건네주기만 하고 눈도 제대로 못 마주쳤다.

그로 인해 악셀 발렌타인은 난데없이 제 인내심을 시험하게 되었다. 그는 쌓이는 불만을 겨우겨우 참는 중이었다. 그 심정은 애꿎은 대련 이나 요리 연습에 반영되곤 했다.

베로니카는 대련이 험해질수록 크게 만족했고, 루드빅은 악셀이 요 리에 가망이 없어 보일수록 기분이 좋아졌기에 별다른 문제는 없었지 만. 베로니카의 대련 부상을 치료하는 뤼르만 한숨이 늘었다.

한편 에리히 위버는 연구실에 처박혀 한 걸음도 밖으로 나오질 않 았다. 안에서는 가끔 괴성과 함께 무언가 부서지는 소리가 났다. 아리 아드네는 에리히가 망각초를 미친 듯이 사들이는 것을 말릴지 말지 고민하다가 그냥 모른 척해 주기로 했다.

망각초는 어차피 일시적인 효과밖에 없다. 특정한 기억을 골라 지 우는 것도 불가능하다. 그녀는 에리히를 막는 대신 루드빅에게 식사 를 준비할 때 에리히를 조심하라고 살짝 알리고, 뤼르에게 망각초 해 독법을 준비해 두라고 부탁했다.

정작 베로니카는 이미 망각초를 먹은 것처럼 평소와 똑같이 지냈 다. 가끔 멍해지긴 했지만, 사실 그녀는 원래 자주 그랬기에 에리히의 고백 때문인지 아닌지 구별이 되지 않았다.

그렇게 열흘 즈음이 흘렀고, 가을이 왔다.

마침내 대미궁으로 출발할 때가 되었다.

7

저주받은 땅(1)

저주받은 땅.

20여 년 전에는 크레타 제국이라는 강대한 국가의 영토였으나 이제는 거대한 오염 지역이 되어 버린 곳. 수많은 사람이 다양한 이유로 들어갔으나 아무도 돌아오지 못한 땅.

대미궁은 제국의 정중앙에 있는 수도 라비린토스의 지하에 있다. 라비린토스로 가는 가장 빠른 경로는 가르시아 가도를 따라가는 것이다. 정식 명칭은 가르시아 가도지만, 보통 그 길은 저울길이라고 불렸다.

전 대륙을 누볐던 가르시아 상단은 많은 교역로를 개척했다. 그들이 닦은 길에는 언제나 가르시아의 문장이 새겨진 이정표가 꽂혀 있었다. 그 문장이 금화와 핏방울이 올려져 있는 양팔 저울이라 저울 표시판이 있는 길이라고 불리다가 자연히 저울길이 되어 버린 것이다.

모든 저울길은 결국 가르시아로 통한다. 그리고 가르시아 영지는 제국의 수도 라비린토스의 바로 아래에 붙어 있었다.

엘디어에서 가장 가까운 저울길은 근처의 국경도시 하이즌에서 시작되는 하이즌-가르시아 가도였다. 성녀의 토벌대는 새벽 용병단과 함께 엘디어에서 출발한 지 이틀째 되는 날 하이즌에 진입했다. 토벌대의 전력 보존을 위해 저주받은 땅에 들어갈 때까지는 새벽 용병단이 그들을 호위할 예정이었다.

하이즌은 엘디어보다 위버와 가까운 도시였다. 위버 가문 사람들이 그곳에서 그들을 기다리고 있었다.

"니카, 오랜만에 실력 한번 볼까."

셀리아나는 그렇게 말하며 베로니카를 데려갔다. 그리고 대마법사는 에리히를 따로 불러냈다.

"잠깐 와 봐라, 손자 겸 제자 녀석아."

그동안 아리아드네는 변경백과 독대했다. 변경백은 눈시울이 벌겠다. 울기라도 한 것처럼.

"받거라."

그가 묵묵히 꾸러미를 건넸다. 열어 보자 손바닥만 한 은빛 랜턴이 나왔다. 허리띠에 걸 수 있도록 만들어진 정령등이었다. 바닥에는 위버의 눈표범 문양이, 앞의 조절 버튼에는 나팔꽃 무늬가, 버튼 주위로는 아리아드네의 이름이 조그맣게 새겨져 있었다.

예전에 백작 부인으로부터 난생처음으로 받았던 정령등 목걸이가 떠올랐다. 세월이 흘러 제대로 기능하지 못하게 되었지만 아리아드네는 아직도 그걸 잘 간직하고 있었다.

"다 함께 준비했단다. 마법진은 네 할아버지가 직접 새겼고."

변경백이 잠긴 목소리로 설명했다. 모두가 어떤 마음으로 준비한 선물인지 너무나 잘 알 것 같아 아리아드네는 울컥 치미는 감정을 겨우 삼켰다.

어른이 아이에게 첫 정령등을 선물하는 건 첫 심부름이나 외출에서 무사히 돌아온 것을 축하할 때. 정령등은 혼자 다닐 수 있게 된 아이에게 앞으로도 늘 무사히 집으로 돌아오기를 기원하며 주는 선물이었다.

"……감사합니다."

변경백은 말없이 아리아드네를 꽉 안아 주었다.

이외에도 변경백은 위버에서 그녀의 전담 하녀였던 루시가 구운 쿠키들과 주치의였던 제일린이 만든 환약을 전해 주었다. 제일린이 만든 약은 복용법이 첨부되어 있었다. 통각 마비를 늦추는 데 도움이 될 거라는 메모와 함께.

아리아드네는 받은 것들을 하나하나 소중히 챙겼다.

잠시 후 돌아온 에리히는 검푸른 로브를 걸치고 있었다. 언젠가 어린 아리아드네를 대신해 오염수를 막아 주기도 했었고, 방어막 마법을 자동으로 펼치기도 했던 대마법사의 로브였다.

"할아버지가 이건 평생의 역작이니 물려받는 걸 영광으로 알라고 하시더라. 네 멍청함을 한두 번쯤은 너끈히 무마해 줄 거라나? 멍청하긴 누가 멍청하다고……."

에리히는 투덜거리면서도 그 로브를 벗지 않았다. 대신 원래 입던 로브를 인벤토리에 쑤셔 넣었다.

이어 돌아온 베로니카는 셀리아나가 예전에 쓰던 애검을 들고 있었다. 오래된 검이었으나 정성껏 관리하여 반들반들했다.

"이건…… 스승님이, 절 구할 때, 쓰셨던…… 검이에요."

"받은 거야?"

"네……. 이겼거든요, 대련. 훌륭하대요."

베로니카는 들뜬 얼굴로 그 검을 몇 번이고 들여다보다가 조심스럽게 챙겨 넣었다.

위버가 사람들은 나머지 토벌대와 새벽 용병단을 위한 선물도 마련해 두었다. 용병단을 위해 준비한 건 거나한 식사였고, 토벌대원에게는 실용성 높기로 유명한 위버 특제 단검을 맞춤 제작해서 주었다. 뤼르에게는 가벼운 호신용을, 루드빅에게는 도축에 유리한 것을, 악셀에게는 어지간해선 잘 부서지지 않게 튼튼하고 묵직한 것으로.

일행은 하이즌에서 하룻밤 머문 뒤, 위버가 사람들의 배웅을 받으며 다시 출발했다.

저울길에 들어선 뒤로는 쭉 길을 따라 이동하면 되었다. 하이즌-가르시아 가도는 루드빅의 고향인 듀리도트 왕국을 통과해 저주받은 땅으로 이어졌다.

듀리도트 왕국에 속한 가도는 듀리도트와 아비쉘 사이를 오가는 상인들이 여전히 이용하는 터라 나름 정비되어 있었다. 마차를 탈 수 있을 정도였다.

그러나 저주받은 땅에 가까워질수록 길이 험난해졌다. 도로가 끊기고, 자꾸만 오염 지역이 끼어들었다. 결국 중간에 마차를 돌려보내야만 했다.

예상했던 일이기에 일정에 큰 변화는 없었다. 그렇게 이어진 여정 끝에 그들은 마침내 저주받은 땅 입구에 도달했다.

엘디어에서 출발한 지 12일째 되는 날이었다.

원래라면 말끔하게 돌로 포장되어 있었을 길은 여기저기 이가 나가 엉망이었다. 비스듬히 기울어진 이정표에는 저울 문양과 함께 라비린토스까지의 거리가 새겨져 있었다. 정령수를 타고 쉬지 않고 이동한다면 2주쯤 걸릴 거리. 실제로는 휴식과 전투를 고려해서 최소 한 달은 잡아야 했다.

이정표에서 몇 발자국 떨어진 곳부터는 기괴한 풍경이 펼쳐졌다. 밤도 낮도 아닌 하늘. 짐승의 내장 같은 것이 걸린 나무. 보랏빛, 혹은 탁한 회색의 촉수 다발처럼 보이는 수풀들. 비 온 뒤의 웅덩이처럼 곳곳에 고여 있는 오염수. 피에 흠뻑 젖은 것처럼 검붉게 보이는 흙.

단풍이 든 가을 숲에서 그 기괴함 속으로 이어지는 저울길은 천국에서 지옥으로 향하는 길처럼 보였다.

일행은 이정표 앞에서 멈춰 섰다. 새벽 용병단은 여기까지였다.

"기다리고 있겠습니다, 단장님."

부단장 일라타가 하나뿐인 눈으로 아리아드네를 바라보며 말했다. 아리아드네는 문득 그녀를 영입하러 갔을 때를 떠올렸다.

어느 가문의 기사였던 일라타는 영지에 미궁이 생겼을 때 자신이 도주할 수 있도록 호위하라는 영주의 명령을 거부했다.

생겨난 미궁은 고작 하급이었다. 영주가 지나치게 겁을 먹었을 뿐이다. 명령대로 영지를 버리고 영주 일가와 함께 도망치면 영지민들은 대부분 죽을 것이다. 그래서 그녀는 뜻을 같이하는 이들과 함께 미궁에 들어갔다.

미궁을 공략하고 나오자 영주는 그녀를 해임했다. 일라타는 묵묵히 그 결정을 받아들였다. 그로 인해 일라타는 주군이나 영지민을 지키는 것보다 제 명예를 우선하여 제멋대로 미궁에 뛰어든 기사라는 오명을 지게 되었다.

그녀는 뛰어난 검술 실력 하나로 기사가 되었으나 원래 평민 출신이었고 정령 기사도 아니었다. 어느 가문도 오명을 쓴 그녀를 받아들여 주지 않았다.

이후 일라타는 기사가 아닌 용병으로 살아왔다. 자식이 셋이나 있는 데다 함께 해임된 동료들도 있어 그녀의 생활은 꽤 빠듯했다.

아리아드네가 접근했을 때, 일라타는 그녀가 철없는 귀족 어린애인 줄 알고 단칼에 거절했었다.

'경멸하는 눈으로 바라봤었지.'

그래서 아리아드네는 그녀를 정령 기사로 만들어 주었다. 원작대로 흘러가도 어차피 몇 년 지나면 정령 기사가 될 사람이었다. 잘 맞는 정령수를 아직 만나지 못했을 뿐이라 아리아드네에겐 어렵지 않은 일이었다.

물론 일라타에게는 인생을 바꿔 놓은 경험이었다. 아리아드네가 용병단을 만들겠다며 그녀의 동료들까지 모조리 받아들였을 때도 상당히 놀랐고, 첫 월급을 받았을 때는 진심으로 충격을 받았으며, 다른 동료들의 월급까지 확인한 뒤에는 제정신이냐는 눈으로 아리아드네를 바라봤었다.

그 뒤로 수년이 흘렀다. 이제 일라타는 존경과 애정이 담긴 눈으로 그녀를 본다.

"……반드시 돌아오셔야 합니다."

일라타가 건틀릿을 낀 손을 내밀었다. 아리아드네는 가죽 장갑을 낀 손으로 그녀의 손을 마주 잡았다.

"응, 무사히 다녀올게."

이미 정령수에 올라탄 그녀의 동료들이 뒤에서 그녀를 기다리고 있었다.

요즘 베로니카를 슬슬 피해 다니는 에리히가 루드빅의 정령수에 올라타 있었다. 뤼르는 악셀의 정령수에 올라타려다 그의 무시무시한 눈빛을 받고 난감해져서 식은땀을 흘리는 중이었다.

아리아드네는 이제 당연하다는 듯이 베로니카에게로 향했다. 악셀은 이를 악물고 그것을 지켜보다 그제야 겨우 뤼르를 태워 주었다.

신록의 영토가 펼쳐졌다. 세 마리의 정령수가 저울길을 따라 저주받은 땅으로 달려 나갔다. 지켜보던 새벽 용병단의 모습과 아름다운 가을 숲의 풍경이 점점 멀어졌다. 영토 바깥으로 보이는 것들은 점점 끔찍해졌다.

저주받은 땅의 초입을 돌아다니는 마물은 그렇게까지 강하지도, 많지도 않았다.

물론 어디까지나 그들의 기준에서는 그랬다.

토벌대는 접근하는 마물만 쳐내며 쉼 없이 달리다가 해가 지자 머물 곳을 찾았다. 오염 지역에서는 밤낮이 구별되지 않지만, 신록의 그릇을 그대로 구현한 영토 내에서는 노을이 지는 것이 확실히 보였다.

그들은 원래 저울길을 오가는 사람들을 대상으로 운영했을 법한 길가의 여관 폐허에서 머물기로 했다. 어차피 영토에 캠프를 치고 쉴 테지만, 그래도 지붕과 벽이 남아 있는 곳이 나았으므로.

오랜만에 토벌대원끼리만 갖는 식사 시간이었다. 그동안은 엘디어 성에서 각자 따로 식사하거나, 새벽 용병단원들과 함께 식사를 했었다.

왁자지껄한 용병단이 사라진 식탁에는 몹시 어색한 분위기가 맴돌

앗다. 에리히는 그릇에만 고개를 처박고 있었다. 아리아드네는 일부러 악셀과 거리를 두고 앉았고, 악셀은 식사를 하는 둥 마는 둥 그런 그녀만 뚫어져라 쳐다보는 중이었다.

침묵이 흘렀다. 루드빅은 슬그머니 눈을 굴렸다. 이 분위기를 수습해야 하나, 말아야 하나. 뤼르는 해탈한 건지 득도한 건지 모를 낯으로 식전 기도를 하더니 식사에 집중했다.

그 어색한 분위기를 깬 건 베로니카였다. 그녀는 순식간에 비운 그릇을 내려놓자마자 입을 열었다.

"에리히."

"······왜, 왜?"

"대답, 원해?"

"무, 무, 뭐? 무슨 대답?"

"너, 고백했잖아, 나한테. 울면서······."

"아아악! 아악! 아아악!"

에리히가 비명을 지르며 일어나더니 베로니카의 입을 틀어막고 캠프 뒤쪽으로 질질 끌고 갔다. 베로니카는 충분히 버틸 수 있었지만 멀뚱멀뚱한 낯으로 그냥 끌려가 주었다.

에리히는 자신이 겪은 환각을 단순히 저주로 인한 악몽으로만 여기고 있었다. 아리아드네처럼 검은 잔이 나온 것도 아니고, 눈을 뜬 직후부터 꿈을 꾸고 일어난 것처럼 환각에 대한 기억이 점차 흐려졌기 때문이었다.

결국 그에게 남은 건 슬픔과 절망의 어렴풋한 흔적과 자신이 울면서 횡설수설했던 고백뿐이었다.

아리아드네는 내심 이 기회에 오라버니의 첫사랑이 잘되길 빌었다.

'그냥 이참에 잘된 거라고 생각해요, 오라버니. 지금은 창피하겠지만⋯⋯.'

그 순간 악셀이 그녀를 불렀다.

"아리아."

"응?"

아리아드네는 그를 돌아보았다가 눈이 마주치자마자 시선을 홱 돌렸다. 그녀를 노려보고 있는 악셀의 뜨거운 붉은 눈이 다른 의미로 뜨거워 보여서 차마 보고 있을 수가 없었다.

그녀는 루드빅이 후식으로 내준 과일 셔벗에 스푼을 꽂으며 되물었다.

"왜, 악셀?"

악셀이 이를 악문 채로 말했다.

"제게 할 말이 있지 않으십니까?"

"⋯⋯딱히 없는데."

"전 있습니다."

"어? 뭐, 뭔데 그래?"

아리아드네가 버벅거리며 되물었다. 악셀이 이글거리는 눈으로 물었다.

"왜 저를 피하십니까?"

"네가 또 뭔가 잘못했겠지."

옆에 있던 루드빅이 끼어들며 대꾸했다. 악셀은 목을 뽑아 버릴 듯한 얼굴로 그를 돌아보았다. 루드빅은 흠칫 놀랐지만 물러서진 않았다.

"아니면 공작님께서 별다른 이유도 없이 널 피하시겠어?"

"닥쳐라, 루드빅 블레이르."

"불쌍해서 도와주는 거다, 이 눈치 없는 놈아. 공작님께선 네가 스스로 자기 잘못을 알아채기를 기다리고 계신 거라고."

루드빅이 너무나 자신 있게 말하자 악셀의 기세가 약간 누그러졌다. 정말 제가 뭔가 잘못한 게 있는지 고민하는 기색이었다. 아리아드네는 악셀에게 네 잘못이 아니라고 말하려다가 멈칫했다.

그럼 그를 피하는 이유를 알려 줘야 하는데, 대체 뭐라고 설명한단 말인가? 환각 속에서 봤던 네 벗은 몸이 자꾸 떠올라서 도저히 널 똑바로 못 보겠다고?

'미쳤어. 절대 안 돼. 너무 불순해.'

아리아드네는 스푼을 내려놓고 머리를 부여잡았다.

'아니, 그렇다고 계속 이럴 수도 없잖아. 토벌 도중에도 피할 거야? 정신 차리자, 아리아드네.'

그녀가 끙끙거리고 있는데 고민하던 악셀이 입을 열었다.

"죄송합니다, 아리아. 앞으로는 훈련장을 부수지 않겠습니다."

"어? 뭐? 훈련장? 그건 부수라고 만들어 놓은 건데 그게 왜?"

"……그럼 주방을 태운 것 때문입니까?"

"주방? 주방은 언제 태웠는데? 어느 주방?"

아리아드네가 깜짝 놀라자, 루드빅이 보란 듯이 어깨를 으쓱이며 일러바쳤다.

"저놈이 출발하기 며칠 전에 북쪽 탑 주방을 홀랑 다 태워 먹었습니다. 복구 비용은 자기가 댈 테니 공작님껜 비밀로 해 달라고 하더군요."

"세상에, 어쩌다 주방을 태운 거야?"

"바싹 구우라고 했더니 저 멍청이가 겁화한테 입김을 불게 시키지 뭡니까. 같이 있던 사람이 제가 아니었으면 크게 다쳤을 겁니다."

"……"

아리아드네가 황당하다는 듯 악셀을 쳐다보았다. 그가 푹 고개를 숙였다.

"죄송합니다. 다시는 안 그러겠습니다."

"……아, 응, 그래. 앞으론 조심하자. 근데 난 그거 지금 처음 알았어. 그런 이유로 널 피하는 게 아냐."

그녀는 대체 뭐라 둘러댈지 고민하며 한숨을 내쉬었다. 그러자 악셀이 슬그머니 그녀의 눈치를 보았다.

"……혹시 이자벨이 다 말한 겁니까?"

"이자벨이 여기서 왜 나와?"

그녀의 비공식 비서인 사이먼과 달리 이자벨은 대외적인 부분을 관리하는 공식 비서였다. 갑자기 나온 비서 얘기에 아리아드네가 어리둥절해하자 악셀이 황급히 고개를 저었다.

"아무것도 아닙니다."

"아니긴 뭐가 아냐. 무슨 짓 했어, 악셀? 너 설마 이자벨 괴롭혔어?"

그녀가 가느스름한 눈으로 그를 노려보며 추궁하니 이번에는 악셀이 그녀의 시선을 피했다.

"그런 건 절대 아닙니다. 그럼, 뒷정리를 해야 해서 먼저 일어나겠습니다."

그는 벌떡 일어나서 큰 손을 활용해 빈 그릇을 모조리 들어 올리고는 캠프의 뒤쪽 수풀 쪽으로 향했다.

아리아드네가 캠프용으로 늘 구현하는 영토의 구석에는 나무에 가려진 작은 개울이 있었다. 아무래도 하루 머물려면 개울이 있는 게 씻기도 편하고, 식사를 준비하기에도 편해서 그녀는 일부러 개울 근처의 초원으로 영토를 구현하곤 했다.

악셀은 설거짓거리를 한가득 들고 거기로 사라졌다. 벌떡 일어난 뤼르가 당황한 투로 중얼거리며 그의 뒤를 따라갔다.

"기사님, 설거지는 제 담당인데……!"

정령사인 아리아드네를 제외한 토벌대원들은 캠프를 칠 때 매번 역할을 나눠 일을 하곤 했다.

정령사는 계속 영토를 유지해야 하는 데다가, 식수와 땔감을 구현하느라 정령력을 더 소모해야 하기 때문에 이런 일에선 제외되는 것이 보통이었다. 그 시간에 잠이라도 한숨 자며 체력을 회복하는 게 정령사가 토벌대를 위하는 길이었다.

아리아드네의 토벌대에선 보통 베로니카가 막사를 설치하고, 에리히가 막사 설치를 도우면서 방범 및 경계용 마법진을 설치한다. 루드빅은 식사 준비를 하고, 악셀은 모닥불을 피우며 식사 준비를 보조한다. 뤼르는 설거지와 청소 담당이었다. 할 일을 빼앗긴 신관이 급하게 악셀을 뒤쫓아 갔다.

둘만 남자 루드빅이 슬쩍 그녀에게 물었다.

"그런데 공작님께선 무엇 때문에 악셀을 피하시는 겁니까?"

그는 악셀이 큰 실수를 했길 바라고 있었다.

'관대한 공작님께서 대놓고 피하실 정도면 정말 치명적인 실수겠지.'

악셀의 실수가 루드빅에게는 기회였다. 그는 기분 좋은 티를 내지 않으려 애쓰면서 아리아드네를 살폈다. 아리아드네가 재차 한숨을 내쉬며 되물었다.

"그렇게 티가 많이 났어?"

"네. 대놓고 피하신 것 아니었습니까?"

"정신이 없어서…… 내 생각보다 더 못 숨겼구나."

아리아드네는 그늘진 얼굴로 또다시 한숨을 내쉬었다. 루드빅은 찰나 불길한 예감이 들었다. 공작님이 지금 벌써 몇 번째 한숨을 쉬시는 거지? 이거 뭔가 예상한 거랑 다른 이유 같은데?

"이유를 알려 주실 수 있습니까? 제가 도움이 될지도 모릅니다."

그가 은근히 캐물었다. 아리아드네는 망설이다가 뜬금없는 질문을 던졌다.

"……루드빅, 연애해 본 적 있어?"

"네? 예? 네?"

루드빅의 눈이 휘둥그레졌다. 순간적으로 그의 머릿속에 아리아드네가 저런 질문을 하는 이유에 대한 수십 가지의 가정과 어떻게 대답해야 할지에 대한 수많은 가정이 스쳐 지나갔다.

아리아드네는 당황하며 손을 내저었다.

"아니, 뭐 별다른 뜻이 있는 건 아니고, 그냥, 어…… 음, 연애 경험이 있는 사람에게 물어보고 싶은 게 있어서."

"……뭘 묻고 싶으신 겁니까?"

"그, 음, 으음, 그러니까……."

막상 물어보려니 입이 안 떨어진다. 그녀는 한참을 우물거리다 결국 포기했다.

"아냐, 됐어. 아무것도 아니야."

"공작님?"

"미안해, 괜한 걸 물어서."

아리아드네는 도망치듯 자리에서 일어나 가 버렸다. 홀로 남은 루드빅은 심각해졌다.

"……공작님이 연애 관련 질문을 하신다고?"

그는 연애 경험이 없지 않았다. 붉은 눈이 아니었다면 아마 훨씬 더 많았을 것이다.

'악셀 놈을 왜 피하시냐고 물었는데 연애 경험이 있냐고 되물으시다니…….'

아무래도 느낌이 안 좋았다.

아리아드네는 제 막사의 간이침대 위에 엎어졌다.

"미치겠네……. 루드빅이 오해하는 건 아니겠지?"

연애 경험이 있다면, 자신이 상대방에게 관심이 있다는 걸 언제 어떻게 무슨 계기로 깨달았는지 물어보려 했었다. 그런데 막상 물어보려니 이건 그녀가 악셀을 그런 의미로 의식하고 있다고 대놓고 떠드는 거나 다름없어서 도저히 말이 안 나왔다.

"그런 게 아닌데……."

……아닌 게 맞나?

아리아드네는 새삼 제 상태에 대한 고찰에 들어갔다.

'아리아드네'는 악셀을 진심으로 사랑하고 있었다. 그녀는 그 환각을 보았지만, 그렇다고 '아리아드네'처럼 악셀을 바라보게 된 건 아니었다. 애초에 환각 속의 악셀과 그녀가 기물 시절부터 봐 온 악셀은 꽤 다르지 않나.

아리아드네는 문득 제 목덜미를 더듬었다. 구속구가 풀리고 쏟아지던 빛과 그 속에 서 있던 그녀의 구원자.

'아니야. 내 구원자가 아니야.'

그건 '아리아드네'의 구원자다. 그녀가 키운 악셀이 그 악셀과 다르듯, 그녀도 '아리아드네'가 아니다. 아닐 것이다.

'하지만 만약에 그게 정말로 있었던 일이라면……'

머리와 가슴이 동시에 복잡해졌다. 아리아드네는 입술을 지그시 깨물었다.

'생각하지 말자. 파이 말대로 은둔자의 영역에서 관을 확인해 보고 나서 고민해도 안 늦어.'

확실한 건 아직 아무것도 없다. 그런 환각을 봤다고 갑자기 그녀가 악셀을 사랑하게 된 것도 아니었다.

지금까지 그녀에게 악셀은 그저 악셀이었다. 주인공. 그녀가 12살 때부터 돌봤던 소년. 그녀가 책임져야 할 사람.

지나치게 은밀한 장면까지 보는 바람에 그가 남자라는 걸 괜히 의식하게 되었을 뿐이다.

'그래, 아니야. 솔직히 누구라도 그런…… 그런 걸 보고 나면 의식하게 될 수밖에 없잖아.'

또 생각나 버렸다. 낯이 화끈 달아올랐다. 손부채질을 하던 그녀는 입술을 지그시 깨물고 벌떡 일어났다.

'이제 저주받은 땅 안에 들어오기까지 했는데 계속 이럴 순 없어.'

악셀이 슬슬 제 막사에 돌아왔을 것이다. 그를 찾아가 볼 작정이었다. 마침 적당한 핑곗거리도 있었다.

'이자벨한테 뭘 한 건지도 알아내야지.'

[아리아?]

파이가 조심스럽게 그녀를 불렀다. 그를 잠깐 잊고 있었던 아리아드네는 기겁했다.

"왜, 왜? 무슨 일이야?"

[아무 일도 없습니다. 아리아가 무언가 고민하는 기색이기에 무슨 일인가 하고…….]

채널을 통해 의사를 전한 게 아니라서 파이는 그녀가 무슨 생각을 하고 있는지 알 수 없었다.

"별일 아니야, 괜찮아."

그녀는 대충 얼버무리며 막사에서 나왔다. 파이나 지켜보는 대정령들에게 별로 알리고 싶지 않은 일인데 정령술을 쓰는 중이라 채널을 닫을 수가 없었다.

아리아드네는 결국 채널이 그녀의 외부 상황을 제대로 감지하지 못하도록 슬쩍 조절했다. 잠들 때와 유사한 상태로 만들면 되어서 그리 까다로운 일은 아니었다.

악셀의 막사에서 인기척이 느껴졌다. 그녀는 곧바로 그를 불렀다.

"악셀, 안에 있어?"

입구의 천이 걷히더니 악셀이 모습을 드러냈다. 그는 막사 기둥에 팔을 짚고 서서 그녀를 내려다보았다.

"무슨 일이십니까?"

그의 덩치에 비해 막사의 입구는 좁고 작았다. 아리아드네는 시야가 온통 그로 가득 차는 듯한 기분이 들었다.

군신의 조각상 같은 얼굴, 내리깐 붉은 눈, 얇은 셔츠 너머로 팽팽히 드러나는 두꺼운 몸.

아리아드네는 그를 피해 달아나려는 시선을 아슬아슬하게 붙들었다. 몸이 아니라 눈에 집중하려고 그의 눈을 똑바로 올려다보았다.

별로 좋은 선택은 아니었다.

그녀를 바라보며 조여드는 붉은 홍채. 저 눈이 놀라울 정도로 달게 변하던 장면이 어른거렸다. 짙고 탁해지며 초점이 나가던 것도.

아리아드네는 간신히 말을 꺼냈다.

"아까 하다 만 말 때문에. 들어가도 돼?"

악셀은 표정 없는 얼굴로 그녀를 가만히 내려다보더니 느릿하게 비켜섰다. 그녀는 안으로 들어서며 심호흡을 했다. 그 환각 그만 생각하자, 그만 좀. 저주라서 그런가 머리에서 떠나질 않는다.

악셀은 아리아드네를 간이침대에 앉도록 하고 자신은 막사 기둥에 기대섰다.

"너도 앉아."

"괜찮습니다."

"얘기가 길어질 것 같아서 그래."

아리아드네는 침대 가장자리로 물러나며 제 옆을 가리켰다. 악셀이 팔짱을 낀 채 물었다.

"절 피하고 계신 거 아니었습니까?"

"……일부러 그런 거 아니야. 네가 뭘 잘못해서 피하는 것도 아니고. 이제 안 그럴 테니까 앉아 봐."

물끄러미 그녀를 바라보던 악셀이 팔짱을 풀고 다가왔다.

그들이 쓰는 개인 막사는 인벤토리 아이템 덕분에 일반적인 여행용 텐트보다는 훨씬 컸다. 간이침대를 놓고도 꽤 공간이 남을 정도로. 하지만 그래 봤자 기둥 위에 천을 덮은 좁은 천막일 뿐이다. 사람 간의 거리가 가까워질 수밖에 없다.

덩치가 큰 악셀이 움직이자 안 그래도 좁은 내부가 더 비좁아 보였다. 아리아드네는 뒤늦게 흠칫했다.

그녀가 앉아 있을 때는 넓어 보였던 간이침대가 다가오는 악셀과 비교하니 좁아 보였다.

그녀는 흔들리는 눈으로 제가 앉아 있는 간이침대를 내려다보았다. 그러고 보니 간이침대고 뭐고 어쨌든 이건 침대였다. 흰 시트가 깔려 있는 침대.

뇌리에 어른거리는 장면에 그녀는 저도 모르게 벌떡 일어날 뻔했다. 정확히는 반쯤 일어났다가 시트를 움켜쥐며 도로 엉덩이를 붙였다. 어떻게든 멈추긴 했지만 피하려던 게 확연히 티가 나는 움직임이었다.

침대 앞에서 멈춘 악셀의 표정이 일그러졌다. 아리아드네는 반사적으로 시선을 피했다. 악셀은 울컥 치미는 불을 꾹 삼켰다. 성질대로라면 억지로 붙들어서라도 시선을 맞춘 다음 대체 왜 피하는 거냐고 캐물었겠지만.

상대는 아리아드네였다. 그녀에게 그럴 수도 없을뿐더러 그러고 싶지도 않았다. 그래서 그는 그냥 잔디가 난 흙바닥에 그대로 앉았다. 털썩 주저앉는 소리가 들리자 그제야 아리아드네가 고개를 돌렸다. 그녀의 발치에 앉은 악셀이 비딱하게 그녀를 올려다보았다.

"앉았습니다. 이제 말씀하십시오."

"……옆에 앉으라니까."

"원래 제겐 당신의 옆이 아니라 아래가 더 어울립니다."

"이젠 기물과 마스터 사이도 아닌데 무슨 소리야."

"그럼, 이제 당신과 저는 무슨 사이입니까?"

아리아드네는 잠깐 말을 잃었다가 가까스로 대답했다.

"……함께 대미궁을 토벌할 동료 사이잖아."

그 당연한 대답에 악셀은 스스로도 이해할 수 없는 충격을 받았다.

동료. 고작 그것뿐이라고? 그 정도 관계로는 도저히 만족이 되질 않는데.

얼마나 더 가까워져야 자신이 만족할 수 있을지는 모르겠지만, 이걸로는 부족하다는 갈급함만은 절실히 느껴졌다.

'그저 동료 중의 하나라니.'

그럴 바에는 차라리 기물이던 시절이 낫다. 그때는 그녀의 기물들 중에서 그가 가장 특별하고 유일한 존재였으니까.

그는 떨리는 눈으로 아리아드네를 올려다보았다. 그녀는 여전히 그의 시선을 피하고 있었다. 바로 앞에, 손 닿는 곳에 있는데, 아리아드네는 그를 보고 있지 않았다. 시트를 움켜쥔 그녀의 손이 달아나고 싶은 것을 간신히 참느라 움찔거리는 게 쓸데없이 예민한 감각에 적나라하게 느껴졌다.

대체 어떻게 해야 당신에게 더 가까워질 수 있는가.

노력하고 있는데. 당신의 기준을 배우고, 당신의 사람들을 인정하고, 당신에게 필요한 사람이 되려 애쓰고 있는데, 왜 당신은 내게서 더 멀어지려는 건가.

'동료에서 더 나아가도 목이 마를 텐데, 이런 식이면 거기서 더 멀어질 수도 있나.'

왜?

제게 잘못된 점이 있다면 고칠 것이다. 그녀가 싫어하는 부분이 있다면 바꿀 것이다.

그런데 아리아드네는 그가 뭔가 잘못해서 그를 피하는 게 아니라고 했다. 일부러 피하는 것도 아니라고.

원인이 그가 아니라 그녀에게 있는 거라면 자신이 뭘 하든 소용이 없다. 그에게는 아리아드네를 바꿀 방법도, 자격도 없으니까.

그러면 이대로 계속 그녀와 멀어지는 건가? 아무것도 하지 못하고?

막막했다. 악셀은 처음으로 혼자서는 절대로 극복할 수 없는 '관계'라는 문제와 직면했다.

힘으로도, 노력으로도 안 되면 대체 어떻게 해야 하지? 어떻게 내가 아닌 사람을 바꿀 수 있지?

악셀은 본능적으로 움직였다. 몸을 반쯤 일으키며 여전히 자신을 외면하고 있는 아리아드네에게 손을 뻗었다.

문득 그녀가 손안에서 모래가 되어 사라지던 환각이 떠올랐다. 움켜쥐고 싶은데 움켜쥘 수가 없다. 허공을 배회하던 손이 그녀의 무릎 옆 시트를 짚었다.

"……피하지 마십시오."

그가 작게 중얼거렸다. 무언가 고민에 빠져 있던 아리아드네는 그의 속삭임을 듣지 못했다. 그는 그녀가 무슨 고민을 하고 있는 건지 짐작조차 할 수가 없었다. 짐작할 수가 없으니 더욱 두려워졌다.

"제발, 아리아, 저를 피하지 마십시오."

목소리가 절로 떨렸다.

악셀은 사람이 어떤 순간에, 어떤 심정으로 애원하게 되는지 처음으로 깨달았다. 평생 이해할 수 없으리라 생각했던 상대의 자비를 구걸하는 짓을 제가 하고 있었다. 설득이란 걸 제대로 해 본 적이 없는 그로서는 이 방법밖에 떠오르지 않았다. 그는 시트를 그러쥐며 고개를 숙였다.

"다시는 저를 버리지 않겠다고 약속하셨잖습니까……! 또다시 절 버리실 겁니까?"

좀 더 간절하고, 좀 더 큰 애원이었다.

아리아드네는 '그냥 솔직하게 말할까? 어떻게 말해야 좀 괜찮을까? 그나저나 악셀이 무릎 너머에서 저런 얼굴로 올려다보니까 더 똑바로 보기 어렵네. 어떡하지.' 같은 생각에 빠져 있었다.

그러다가 들려오는 심상치 않은 말에 화들짝 놀랐다. 그녀는 다급히 그를 돌아보았다.

"무슨 소리야, 악셀! 내가 왜 널 버려!"

"버리시려는 것 아닙니까?"

"난 이제 버리고 싶어도 널 못 버린다고 했잖아. 그게 거짓말 같았어? 게다가 여긴 저주받은 땅이야. 여기까지 와 놓고 널 버릴 리가 있겠어? 대체 무슨 생각을 하는 거야."

악셀이 느릿하게 고개를 들었다.

"버리시려는 게 아니고, 제가 뭔가 실수한 것도 아니라면."

그는 그녀의 무릎 양옆을 손으로 짚은 채 그녀에게로 몸을 기울였다.

"그러면 저를 피하시는 이유가 대체 뭡니까?"

타오르는 눈이 아리아드네의 코앞으로 다가왔다. 그녀는 숨을 멈췄다.

너무 가깝다. 피하고 싶었다. 걸터앉은 상태라 상체를 뒤로 물리려면 침대에 드러누워야 했다. 그럴 순 없어서 그녀는 그의 옆으로 빠져나가려 했다. 그러나 기둥처럼 그녀의 양옆을 가로막은 악셀의 팔 때문에 빠져나갈 수가 없었다.

"왜 저와 눈을 마주치지 않으십니까? 왜 제가 다가가면 거리를 벌리시는 겁니까?"

그가 형형한 눈으로 말을 쏟아 내며 점점 더 가까워졌다. 피하는지, 피하지 않는지 시험하려는 듯이. 어쩔 수 없이 아리아드네는 그를 피해 물러나는 것을 택했다. 눕다시피 상체가 기울어졌다. 그녀는 침대에 팔꿈치를 괴고 겨우 몸을 지탱했다.

"악셀, 잠깐만, 너무……."

그녀가 그를 밀어내려 손을 뻗었다가 닿기 직전에 움츠렸다. 악셀은 그 멈칫거림을 보고 입매를 비틀었다.

"전에는 아무렇지도 않게 제 입속까지 만지셨으면서, 이젠 제게 닿지도 않으려 하시는군요."

"그건……."

"제가 닿기도 싫을 만큼 끔찍하게 느껴지십니까? 그래서 피하시는 겁니까? 그렇다면……."

"아니야!"

아리아드네가 손을 뻗어 그의 입을 틀어막았다. 악셀의 말이 뚝 멈췄다. 그가 구름 낀 석양처럼 흐려진 눈으로 그녀를 내려다보았다. 저러다 비가 쏟아지는 건 아닐까 걱정될 정도였다. 그녀의 목소리가 절로 약해졌다.

"……그런 게 아니라……."

악셀이 뭔가 이상한 오해를 하는 것 같다. 아리아드네는 이자벨 얘기를 꺼내며 은근히 이 문제를 넘어가려던 것을 포기하고 그냥 입을 열었다.

"악셀, 왕성 미궁에서 환각 저주에 걸렸을 때…… 내가 그냥 옛날 악몽을 꿨다고 했었지."

환각 내용을 설명하기 어려워서 모두에게 대충 그렇게 둘러댔었다. 에리히도 악몽을 꾼 듯이 굴었고, 아리아드네에겐 악몽이 될 만한 과거가 워낙 많았기에 다들 그러려니 했다. 그녀는 한 손으로 그의 입을 막은 채로 계속해서 말을 이었다.

"사실 그 저주 함정 속에서…… 악몽 말고 다른 환각도 봤었어."

"……?"

악셀의 눈이 커졌다. 그녀는 마른침을 삼켰다. 아무리 그래도 도저히 다 말하진 못하겠고, 일부만.

"그, 환각에서, 음, 대체 왜 그런 게 나왔는지 모르겠는데, 거기서 네가…… 그, 옷을, 제대로 안 입고 나왔거든……."

더듬더듬 말하면서 그녀의 목덜미가 조금씩 달아오르더니 곧 귀까지 빨갛게 물들었다.

"그게…… 너 볼 때 그게 자꾸 생각나서…… 그러면 안 되잖아. 너한테 미안하고, 부끄럽기도 하고……. 그래서 잊어버리려고 했는데 너무 놀라서 그런지 잘 안 잊히더라고……. 미안해. 그래서, 그래서 피한 거야. 그거 잊으려고 피한 거라고. 그냥 그뿐이야."

커졌던 악셀의 눈이 그녀의 말이 이어질수록 점차 가느스름해졌다. 아리아드네는 슬그머니 그의 입을 막았던 손을 뗐다.

"알겠지? 네가 싫어졌다거나 버리려 한다거나 그런 이유 아니니까 쓸데없는 생각 하지 말고."

"······환각 속에서 제가 다 벗고 있었습니까? 아래까지?"

악셀이 덤덤하게 물었다. 그녀는 질겁하며 고개를 저었다.

"그, 그 정도는 아니었어!"

사실 그 이상이었지만 거기까진 죽어도 못 말할 것 같다.

'빌어먹을 마왕은 대체 왜 그딴 환각을 보여 준 거지? 하필 왜?'

마왕을 죽여 버리고 싶은 이유가 하나 더 늘었다. 악셀은 유심히 그녀를 살피더니 다시 질문을 던졌다.

"혹시 벗은 제 모습이 흉하고 보기 싫으셨습니까?"

자신을 괴물이라고 말하던 환각 속 악셀이 떠올랐다. 그녀는 단호하게 부정했다.

"아니. 그럴 리가 없잖아."

"그러면 마음에 드셨습니까? 제 몸."

"······."

침묵은 곧 긍정이었다. 악셀의 눈이 짙어졌다.

아리아드네는 사들인 망각초로 뭔가 만들어 낸 게 있는지 에리히에게 물어보고 싶어졌다.

"······언제까지 이러고 있을 거야? 좀 비켜 봐, 악셀."

"죄송합니다."

그녀와 달리 악셀은 기분이 좋아진 듯했다. 그는 그녀가 상체를 일으키는 것을 도와준 다음, 물러나 간이침대에서 몇 걸음 떨어진 곳에 섰다. 턱을 문지르던 그가 천천히 입을 열었다.

"그러니까······ 아리아는 저를 볼 때마다 제가 벗고 있는 환각이 자꾸만 떠올랐고, 그 환각이 마음에 들긴 했지만 그래도 어떻게든 잊으려고 절 피하셨는데 결국 지금까지도 못 잊으신 거군요. 맞습니까?"

아리아드네가 양손에 얼굴을 파묻으며 대꾸했다.

"굳이 그렇게까지 적나라하게 되짚어 주지 않아도 돼. ……미안해. 빨리 잊을게."

잠깐 고민하던 악셀이 그녀를 불렀다.

"아리아, 저를 보십시오."

"……왜?"

그녀가 우울한 얼굴로 고개를 들자 악셀이 말했다.

"제가 당신을 도와드릴 수 있을 것 같습니다."

"응? 어떻게?"

"그 환각을 잊어버리는 법 말입니다."

그가 설핏 웃었다.

"실제로 보시면 허상인 환각 같은 건 금방 잊히지 않겠습니까? 그러면 더는 저를 피하지도 않으실 테고요."

아리아드네는 제 귀를 의심했다. 지금 악셀이 뭐라고 한 거지?

그녀가 그의 말뜻을 제대로 해석하기도 전에 악셀은 직접 해석을 보여 주었다. 그는 걸치고 있던 셔츠의 단추를 툭툭 풀더니 아무렇지도 않게 벗어 내려놓았다.

아리아드네는 분명 악셀을 말리려고 했다. 눈을 돌리고 뭐 하는 짓이냐며 야단칠 작정이었다. 그런데 어슴푸레한 등불 빛에 드러난 그의 몸이, 너무나 완벽해서.

눈을 뗄 수가 없었다.

그녀는 홀린 듯이 그를 바라보았다. 환각 속에서 '아리아드네'가 왜 그에게서 눈을 떼지 못했는지 비로소 알 것 같았다. 악셀은 그런 그녀를 유심히 관찰하더니 입꼬리를 올렸다.

"이제야 저를 똑바로 바라보시는군요."

"……."

"환각 속에서 보신 것과 비교하면 어떻습니까?"

"……조금 달라."

아리아드네는 멍하니 손을 들었다. 그녀는 가늘게 뜬 눈으로 그의 몸을 바라보며 허공에 덧그리듯 손가락을 움직였다.

"이쯤에…… 흉터가 있었거든. 아주 오래된…….".

위치상 로버트 블랙에게 배신당했을 때 입은 부상이 남긴 흔적일 것이다. 환각 속의 악셀이 원작대로 살았다면 말이다. 그녀의 악셀에겐 그 흉터가 없었다. 그곳엔 매끈하게 갈라진 복사근만 있을 뿐이다.

"그리고 여기랑, 여기에도…… 흉터가 있었어."

하얀 손가락이 등불 빛 속에서 선을 그리며 움직였다. 악셀은 침대에서 몇 걸음 물러나 있었기에 그녀의 손으로부터 한참 떨어져 있었다. 그럼에도 그녀가 허공에서 그의 몸 위를 덧그릴 때마다 그녀가 직접 닿는 것처럼 아찔하게 느껴졌다.

제 침대 위에 늘어진 긴 백금발. 그의 모습이 비치는 새파란 눈동자. 몽롱한 눈빛. 살짝 벌어진 입술. 가느다란 목. 목덜미에 달라붙은 잔머리. 그를 향해 뻗은 흰 손끝. 오롯이 제게만 집중하고 있는 아리아드네는 미치도록 아름다웠다.

소유하고 싶다.

제 몸에 못 박힌 그녀의 눈길이 몹시 만족스러웠다.

소유당하고 싶다.

악셀 발렌타인은 이제야 겨우 깨달았다. 자신이 그녀와 어떤 관계가 되고 싶은지를.

그의 내부에서 맴돌던 형체 없던 갈망에 비로소 이름이 붙었다. 싹이 움튼다. 이미 뿌리가 깊으니, 앞으로는 거침없이 자라나기만 할 것이다.

"아, 여기엔…… 환각에는 없었던 흉터가 있네. 이건 어쩌다 다친 거야?"

그녀가 살짝 눈살을 찌푸리며 물었다. 걱정스러운 목소리. 달게 들렸다. 어떻게 그녀는 목소리까지 완벽한가. 저 목소리를 통째로 마시고 싶어졌다. 저런 소리를 내는 입술까지 같이.

악셀은 욕심이 묻어나오지 않도록 주의하며 대답했다.

"……우 대륙에서 사도들의 습격을 당했을 때 입은 부상입니다."

"꽤 깊었던 것 같은데…… 지금은 괜찮은 거지?"

안타까운 듯 처지는 눈썹. 흉을 지우고 싶은 듯 허공을 어루만지는 손끝. 저 손이 몸에 직접 닿으면 어떤 기분일까. 저 몸을 품에 안으면 어떤 기분일까. 그녀의 머리카락이 제 맨살에 스친다면.

악셀은 현기증을 느꼈다. 머리와 가슴에 열이 오른다. 치달은 욕망이 불쑥 입 밖으로 튀어 나갔다.

"만져 보시겠습니까?"

"응?"

"직접."

제발, 부디, 저를 탐해 주십시오. 그러면 저도 정당하게 당신을 탐할 수 있으니. 입을 열면 애걸하게 될 것 같아 그는 입을 다물었다. 대신 그녀에게 성큼 다가갔다. 그녀가 뻗고 있던 손끝에 그의 가슴팍이 닿았다.

"어……?"

아리아드네는 몇 차례 눈을 깜박이고는 꿈에서 깨어난 사람처럼 화들짝 놀랐다. 그 얼굴에 곧 낭패한 듯한 표정이 떠올랐다.

"아, 아냐, 됐어. 괜찮아."

그녀는 당황하며 손을 거두었다. 그러곤 침대에서 벌떡 일어나 악셀이 벗어 놓은 셔츠를 주워 들더니 고개를 돌린 채 그에게 내밀었다.

"이제 옷 입어, 악셀. 그, 그리고 앞으로는 이러지 말고. 아무렇지도 않게 이러면 안 돼. 위험하다고. 알겠어?"

"뭐가 위험합니까?"

악셀의 반문에 아리아드네는 손으로 얼굴을 덮었다.

"……그런 게 있어. 어쨌든 아무한테나 이러지 마."

"아무한테나? 제가 다른 사람에게도 이럴 것 같습니까? 당신이라서……."

"알겠으니까, 일단 옷부터 입자. 제발."

아리아드네는 그의 상체에 막무가내로 셔츠를 뒤집어씌운 뒤에야 숨을 돌렸다. 악셀은 부러 느릿느릿 단추를 잠그며 그녀를 빤히 쳐다보았다.

'몸은 확실히 마음에 드신 것 같은데.'

어떻게 해야 그녀에게 지금보다 더 가까워질 수 있을지 조금 알 것 같다.

'내 몸의 어떤 부분을 좋아하시는 거지? 내 얼굴은 마음에 드시나? 목소리는? 걸음걸이나 체향은?'

그녀가 탐내는 존재가 되고 싶었다. 지금까지도 그랬지만, 이제는 무력이나 기술적인 면이 아니라 다른 의미로도 말이다.

아리아드네는 그가 자신의 반응을 관찰하고 있다는 것을 알아채지 못했다. 그럴 정신이 없었다. 그녀는 셔츠의 단추를 잠그는 그의 손 움직임을 멍하니 눈으로 따라가다가 정신을 차리기 위해 마른세수를 했다.

"……그러고 보니 이자벨 얘기는 뭐야? 그거 물어보러 온 거였는데."

악셀이 멈칫했다. 잠시 굳어 있던 그가 잠그던 단추를 도로 풀며 말했다.

"너무 짧게 보신 것 같은데, 더 보셔야 환각을 잊기 수월하실 듯합니다."

나름 야심 찬 한 수였다. 하지만 너무 뻔한 수이기도 했다. 아리아드네는 엄한 얼굴이 되었다.

"말 돌리지 마, 악셀."

그녀는 손을 뻗어 그가 풀어 버린 단추를 도로 채워 주었다.

"솔직히 말해. 무슨 사고 쳤어?"

"……."

악셀의 말문이 막힌 건 그녀가 직접 그의 셔츠 단추를 잠그고 있기 때문이었지만, 아리아드네는 그가 대답을 회피하려 한다고 여겼다.

"말 안 하면 이자벨한테 내가 직접 물어본다?"

목 끝까지 단추를 전부 채워 버린 그녀가 눈썹을 모으며 추궁했다. 가슴팍에 그녀의 보드라운 손이 닿는 것으로도 모자라 숨결까지 느껴졌다. 악셀은 어질어질한 기분으로 간신히 대답했다.

"거래를…… 했습니다."

"무슨 거래?"

"……우 대륙에 판로를 개척할 때 도움이 될 만한 정보를 제가 이자벨에게 제공하는 대가로……."

당신에게 청혼서를 보낸 자들이 누구누구인지 들었다. 라는 진실은, 아무리 악셀이라도 곧이곧대로 대답하기가 어려웠다. 대체 무엇 때문에 그걸 알아내려 했냐고 물으면 할 말이 궁했다. 사실 그로서도 자신이 왜 그 잡놈들을 목록까지 만들면서 알아 두려 했는지 그 당시엔 잘 몰랐으니까.

이제는 좀 알 것 같지만.

"대가로 뭘 받았는데?"

그가 말을 하다 말자, 아리아드네가 재차 물었다. 악셀은 변명이나 거짓말에 능하지 않았다. 그렇다고 솔직히 말할 수도 없었다. 대체 뭐라고 둘러대야 할지 갈등하고 있는데 뜻밖의 구세주가 등장했다. 그는 한쪽으로 휙 고개를 돌려 어딘가를 바라보았다.

"아리아, 누군가 영토로 다가오고 있습니다."

"응? 마물이야?"

"기척이 마물 같지는 않습니다. 곧 외곽의 마법진에 걸리겠군요."

"마물이 아니라면 인간 같다는 거지?"

"예. 확인해 보아야 할 것 같습니다."

악셀은 그녀가 선물해 줬던 검을 집어 들고 서둘러 막사를 빠져나 갔다. 내심 누군지 몰라도 고마우니 특별히 안 아프게 죽여 주겠다고 결심하면서.

아리아드네도 그를 뒤따라 나왔다. 그는 고개를 저었다.

"여기 계십시오. 금방 살펴보고 오겠습니다."

"괜찮아. 누군지 알 것 같으니까."

"예?"

"여긴 저주받은 땅이야. 여기서 살아 움직이며 접근하는 마물이 아닌 존재라고? 뻔하지."

삐이익, 하고 호각 소리 같은 경고음이 영토에 울려 퍼졌다. 경계용 마법진을 누가 건드렸다는 뜻이다. 루드빅과 뤼르가 각자의 막사에서 튀어나오고, 에리히와 베로니카가 수풀 속에서 함께 튀어나왔다.

"이건 사람이 접근할 때의 반응인데…… 뭐지?"

당황하며 중얼거리는 에리히의 낯에 붉은 열기가 남아 있었다. 베로니카는 평소 그대로 태연한 얼굴이었다. 아리아드네는 베로니카와 그가 뭘 하고 있었는지 몹시 궁금했지만, 그건 나중의 일로 미뤘다.

그녀는 수면 중일 때와 유사하게 만들어 놓았던 채널을 원래대로 되돌리며 에리히에게 대꾸했다.

"저주받은 땅에서 자유롭게 돌아다닐 수 있는 인간이 누구겠어요."

"……검은 잔 나부랭이들이냐?"

"열네 명…… 아니, 열다섯 명이네요. 만나게 될 거라 예상하긴 했는데 첫날 밤부터 습격해 올 줄이야."

검은 잔을 받은 자들은 주로 오염 지역에서 지낸다. 이미 마계의 족속이 된 그들에겐 오염 지역이 다른 곳보다 편하기 때문이다. 따라서 가장 큰 오염 지역인 저주받은 땅에는 검은 잔을 받은 자들이 아주 많이 살고 있었다.

대미궁으로 떠났던 토벌대들이 돌아오지 못한 이유 중 삼 분의 일 정도는 그들 때문이었다. 저주받은 땅에서 검은 잔을 받은 자들에게 습격당하는 건 소설 속에서도 매번 일어나던 일이다.

당연히 아리아드네는 이런 상황을 미리 예상했다.

[대정령, 요정의 미로의 정령력을 추가로 사용합니다.]

그들이 있는 캠프의 주변으로 둥글게 석순과 석주가 자라났다. 하늘 대신 빽빽한 종유석으로 이루어진 천장이 위를 덮었다. 그리고 미로처럼 얽힌 석주들 사이로, 반딧불 같은 알록달록한 빛 덩어리들이 어룽어룽 날아다니기 시작했다.

아지랑이가 안개처럼 짙게 바닥에 깔리며, 석순 끝마다 석영이 꽃처럼 화려하게 피어났다. 빛 덩어리들은 꽃에 앉는 나비처럼 석영 끝에 앉아 깜박거렸다.

그건 빛의 정령들이었다. 지하 호수의 수면에 반사되는 빛과 석영에 맺힌 빛에서 태어나, 깜박이는 찰나를 살다가 하루살이처럼 사라지는 조그만 정령들.

눈에 보이지 않는 다른 정령들과 달리, 빛의 정령들은 빛이라는 특성 때문인지 이렇게 반짝이며 보통 사람들의 눈에도 보이곤 했다. 그 덕에 요정이라 불리게 되었고, 빛의 정령들이 가득한 이 특이한 석회 동굴에는 요정의 미로라는 별명이 붙었다.

조밀한 석주와 빛의 정령들이 왜곡하고 굴절하는 빛으로 인해 만들어지는 신기루 때문에 끝없이 헤매게 되는 천연의 미로. 순식간에 구현된 석회 동굴 미로가 잔디밭 근처를 둘러쌌다.

[요정의 미로가 당신이 구현한 자신의 영토를 보고 감탄하고 있습니다.]

[요정의 미로가 진작 접속할 걸 그랬다며 선물을 보냅니다.]

[정령석 500개를 획득했습니다.]

[뒤로 걷는 물이 당신의 채널에 있었던 경력을 자랑하며 으스댐

니다.]

[검은 누님이 뒤로 걷는 물은 한 번도 영토가 구현된 적이 없다며 비웃습니다.]

[뒤로 걷는 물이 해석하기 어려운 전언을 연속적으로 보내고 있습…… 알아서 처리하겠습니다, 아리아.]

'……응, 고마워.'

갈수록 채널 내의 대정령들이 칭얼대는 어린애처럼 느껴진다.

'아냐, 이러면 안 되지. 다들 수천수만 년을 살아온 대정령인데. 방심하지 말자.'

아리아드네는 속으로 한숨을 내쉬고 영토에 집중했다. 침입자들이 갑작스레 생성된 미로에 갇혀 당황하는 것이 영토를 통해 느껴졌다.

차라리 마법적인 함정이었다면 쉽사리 파훼했을 텐데, 자연적인 미로다 보니 제대로 대응하기가 어려울 것이다. 세상에 미로에서 길을 찾는 마법 같은 건 없으니까.

개중 사도들은 어떻게든 그녀의 영토를 점령하려 들었다. 아리아드네는 모닥불 가에 앉아 그 보이지 않는 공격을 방어하며 정령 기사들에게 지시했다.

"미로에 가둬 놨으니까 흑마법사나 흑기사를 골라 두어 명만 생포해 와. 알아내야 할 게 있거든."

"알겠습니다."

"나머지는, 어떻게 할까요?"

베로니카가 물었다. 아리아드네는 단호하게 말했다.

"전부 죽여."

검은 잔을 받은 자들에게 자비는 불필요했다. 그들은 이미 인간이 아니라 마물이니까.

그녀는 아, 하며 덧붙였다.

"특히 사도들은 번제를 치르지 못하게 한 번에 처리해야 해. 알고 있지, 악셀?"

"잘 압니다. 이번에는 실수하지 않겠습니다."

이를 드러내며 웃은 악셀이 석주들 사이로 스며들었다. 베로니카와 루드빅도 각자 다른 방향으로 향했다. 1인당 검은 잔 네다섯을 상대하게 되겠지만, 아리아드네는 그들이 그다지 걱정되지 않았다.

'그렇게 농도가 짙은 놈도 없어 보이는걸.'

그녀의 기사들은 저런 조무래기들에게 당할 자들이 아니었다.

에리히는 혹시 모를 상황을 대비해 캠프 주위에 추가로 마법진을 만들기 시작했다. 뤼르는 사도와 보이지 않는 영향력 다툼을 하고 있을 아리아드네의 상태를 살피며 모닥불에 장작을 넣었다.

문득 아리아드네의 통신구가 울렸다.

[아가씨.]

베로니카였다. 그녀가 약간 당황한 어조로 말했다.

[아이가, 있어요.]

"응?"

[검은 잔 아니고…… 그냥 아이가, 있어요. 끌려가던 중인 것…… 같아요.]

"뭐?"

깜짝 놀란 아리아드네가 되물었다.

"검은 잔 아닌 게 확실해?"

[네, 붉은 피를…… 흘려요.]

검붉은 오염수가 아니라 붉은 피가 흐른다면 확실히 사람이었다.

'검은 잔을 받은 자들이 왜 어린애를 끌고 다니지? 포로인가?'

포로라니. 소설에서 그자들은 친혈육도 살려 두는 법이 없었는데.

퍼뜩 이나민 마을의 사례가 스쳐 지나갔다. 원작과 너무나 다른 사건. 그녀가 엘릭서 레시피를 공개함으로써 생겨난 나비효과.

'설마……'

어쨌든 간에 사람이라면 구해야 했다. 아리아드네는 급히 통신구를 붙들었다.

"그 애, 구할 수 있겠어?"

[솔직히, 무사하게는…… 힘들 것, 같아요. 일단, 해 볼까요?]

"잠시만 기다려."

아리아드네는 베로니카가 간 방향에 좀 더 신경을 기울였다. 아까 애매하게 느껴져서 검은 잔을 받은 자들이 14명인지 15명인지 헷갈리게 했던 약한 기운이 그쪽에 있었다.

그녀는 발치로 손을 뻗었다. 잔디 사이에서 흙이 뭉클뭉클 솟아나더니 위에서 내려다본 듯한 조그만 석회 동굴의 모형이 만들어졌다. 베로니카가 간 방향의 동굴이었다. 전에도 몇 번 해 본 일이라 파이는 그녀가 무엇을 원하는지 빠르게 알아차렸다.

[영토 내 생명체 분석 결과를 모형에 반영합니다.]

쇳가루가 뭉쳐지며 석주 틈에 몸을 숨긴 손톱만 한 기사의 형상을 만들어 냈다. 다섯 개의 검붉은 진흙 덩어리가 솟았다. 둘은 검을 들고 있고, 하나는 로브 차림, 나머지는 평범했다.

'흑기사 둘, 흑마법사 하나, 사도 둘.'

흑마법사의 뒤에 흰 모래로 만들어진 조그만 형상이 생겨났다. 베로니카가 말한 어린아이인 듯했다.

'목줄인가? 흑마법사가 쥐고 있는 것 같은데.'

베로니카가 망설일 만한 구도였다.

아이를 빼내고 나서 죽이자니 사도 둘이 번제를 치를까 걱정되고, 사도 둘을 먼저 죽이자니 그사이 아이가 다치거나 흑마법사가 아이를 데리고 달아날까 걱정될 터. 그리고 어느 쪽이건 흑기사 둘과 흑마법사의 공격을 감당해야 하는데, 그것들의 공격이 꼭 베로니카를 향하리란 법도 없었다.

루드빅이라면 저격으로 처리할 수 있고, 악셀이라면 그냥 뛰어들어 속전속결로 죽이겠지만, 베로니카는 이렇게 인질이 있는 상황에선 불리하다. 아리아드네는 잠깐 고민하다가 귀에 손을 올렸다.

"니카."

[네, 아가씨.]

"아직 안 들켰지?"

[네에.]

"아이를 따로 분리할 테니까, 그대로 조용히 따라가다가 아이가 떨어지면 사도부터 죽이고 나머지 처리해. 생포는 생각하지 말고."

[네!]

베로니카가 약간 들뜬 어조로 대답했다. 다른 사람이었다면 어떻게 아이를 분리할 거냐는 의문을 가졌을 수도 있지만, 그녀는 그런 생각을 전혀 하지 않았다. 아리아드네가 하겠다면 당연히 이루어질 테니까. 베로니카의 성정을 알기에 아리아드네도 굳이 자세히 설명하지 않았다.

'파이, 다른 쪽 관리 좀 부탁해.'

[맡겨 주십시오.]

그녀는 모형 위로 손을 뻗어 정령력을 끌어올렸다. 많은 양은 필요하지 않았다. 지금 필요한 건 정교함이니까.

석주의 위치를 바꾸고 교묘하게 종유석을 늘어뜨려 길을 막는다. 피어나는 석영의 형태와 개수를 변화시켜 빛의 정령들이 다른 방식으로 춤추도록 만든다.

섬세한 작업이었다. 아리아드네의 이마에 식은땀이 맺혔다. 땀방울이 흘러 눈꺼풀로 떨어지려는 것을 지켜보고 있던 뤼르가 손수건으로 닦아 주었다. 아리아드네가 고맙다는 뜻으로 눈인사를 하자 뤼르가 걱정스러운 얼굴로 그녀의 손을 살짝 잡았다. 은은한 황금빛이 어리며 몸이 좀 편해졌다.

그사이 미로에서 헤매며 욕설을 내뱉던 검은 잔을 받은 자들은 자연스럽게 일렬로 늘어서서 좁은 통로를 통과하게 되었다. 아이는 그들의 중간에 있었다. 아리아드네는 우선 아이의 앞에서 행렬을 자르기로 했다.

'지금.'

쾅, 소리와 함께 종유석이 아이의 코앞에 추락했다. 아이와 아이의 뒤에 있던 흑마법사와 흑기사가 놀라 뒷걸음질했다.

아리아드네는 그 틈에 영토를 변형했다. 동굴 중간에 있는 까마득한 낭떠러지를 잘라다 종유석이 떨어진 곳에 이어 붙였다. 그러자 조금 전까지 길이었던 곳이 시커멓게 입을 벌린 벼랑이 되었다.

흑기사와 흑마법사가 무어라 옥신각신 다투었다. 아리아드네는 그들을 다시 분리하려고 종유석을 준비하다가 흠칫 놀랐다. 흑마법사가 낭떠러지가 신기루인지 아닌지 확인하기 위해 목줄을 꽉 쥔 채 아이를 냅다 떠밀었다.

'저 망할 자식이!'

아리아드네는 급하게 벼랑을 다른 지형으로 교체했다. 석영이 꽃처럼 흐드러지게 핀 지하 호수로. 그러면서 통신 아이템에 대고 외쳤다.

"니카, 들어가!"

아이가 호수에 빠지며 첨벙, 물소리가 났다. 동시에 튀어나온 베로니카는 흑마법사가 쥐고 있던 목줄로 단검을 던지면서 건너편에 있던 사도 둘에게 덤벼들었다. 사도 하나는 철마의 말발굽에 짓이겨졌고, 다른 하나는 베로니카의 검에 목이 날아갔다. 둘 다 즉사였다.

아이의 목과 연결된 목줄이 잘렸고, 사도들이 처리됐다. 조심할 이유가 사라진 베로니카가 흑기사 둘과 흑마법사를 상대로 신나게 날뛰는 동안 아리아드네는 호수의 바닥을 높였다.

허우적거리던 아이는 어느새 얕아져 발목께에서 찰랑거리는 물에 주저앉게 되었다. 베로니카는 검은 잔을 받은 자들을 모두 처리한 뒤 아이에게 다가갔다. 상황 종료였다.

[요정의 미로가 당신의 정교한 솜씨에 감탄하며 선물을 보냅니다.]

[정령석 1,000개를 획득했습니다.]

[요정의 미로가 즐거워하고 있습니다.]

[신록의 그릇이 당신을 자랑스러워합니다.]

[……뒤로 걷는 물을 경고 누적으로 24시간 동안 추방하겠습니다.]

[굶주리는 용이 뒤로 걷는 물을 부끄러워합니다.]

[하얀 동생이 굶주리는 용을 위로하고 있습니다.]

[……그 외의 잡다한 소란은 생략하겠습니다.]

파이가 한숨을 쉬며 보고했다.

아리아드네에게 신성력을 쏟아부으며 같이 모형을 들여다보던 뤼르가 자리에서 일어났다.

"모포를 준비해야겠군요."

루드빅이 흑기사 하나를, 악셀이 흑마법사 하나를 각각 생포해 왔다. 아리아드네는 에리히에게 그자들의 심문을 맡겼다.

"저자들이 모여 사는 성이 있어요. 자기들끼리는 먹구름이라는 별명으로 부르는 곳이죠. 그곳으로 들어가는 암호를 알아내야 해요."

먹구름은 원작에서도 등장하는 성이었다. 주인공은 그 성을 두어 번 때려 부쉈다. 대미궁에 들어가려면 꼭 필요한 아이템이 있는데, 그걸 가장 확실하게 구할 수 있는 방법이 먹구름을 때려 부수는 것이었기 때문이다.

'나중에는 먹구름 찾아내는 게 귀찮아지고, 가진 능력이 늘어나면서 다른 방법으로 대미궁에 들어가게 되었지만…….'

아리아드네는 그냥 먹구름에서 그 아이템을 얻을 작정이었다. 그게 더 효율적이니까.

다만 먹구름에 대해 알아도, 그 성은 특성상 그들이 먼저 찾아가는 것이 불가능했다. 먹구름은 이름 그대로 저주받은 땅의 하늘을 떠다니는 부유성이기 때문이다. 그래서 성을 찾아가는 게 아니라 특정한 방법과 암호를 이용해 그들이 있는 곳으로 성을 불러내야 했다.

'중반부터 주인공이 먹구름을 부수는 것 말고 다른 수단을 쓰기로 한 건 성을 불러내는 방법을 모르는 탓도 있었지.'

파이가 환상 도서관을 통해 먹구름을 불러내는 법을 알아낸 덕에 아리아드네는 굳이 다른 수단을 쓸 필요가 없었다. 하지만 일주일 마다 바뀐다는 암호는 검은 잔을 받은 자들로부터 직접 알아내야만 했다.

에리히가 고개를 갸웃거렸다.

"암호라고?"

"저자들이 어느 군주를 모시는지만 알아내면 돼요. 그 군주의 이름이 암호거든요."

먹구름에 거주하는 검은 잔을 받은 자들은 파벌별로 돌아가며 외부 활동을 한다. 그리고 그 파벌의 이름, 즉 그들이 모시는 군주명이 곧 그 주간의 암호가 된다. 소설에서는 나온 적 없지만 파이가 서재들을 뒤져 알아낸 정보였다.

"그거야 저놈들이 가진 기운을 분석하면 어렵지 않지. 그런데 거긴 왜? 대미궁에 바로 가야 한다며?"

"대미궁에 들어가려면 거기서 반드시 얻어야 할 게 있거든요. 찾고 나면 보면서 설명해 드릴게요."

에리히는 호기심이 잔뜩 솟은 모양인지 알겠다며 냉큼 포로들 쪽으로 향했다.

그를 보낸 뒤 아리아드네는 베로니카가 구해 온 아이가 있는 곳으로 향했다. 악셀은 당연하다는 듯 그녀 뒤에 그림자처럼 따라붙었다. 아리아드네는 이제 그를 굳이 피하지 않았다. 예전처럼 스스럼없이 건드리진 못하지만.

베로니카가 제 막사에 데려다 놓은 아이는 아홉 살쯤 되어 보이는 빨간 머리 소녀였다. 소녀는 모포를 뒤집어쓴 채 자신을 치료하는 뤼르에게 매달려 있었다.

"천사님, 천사님, 도와주세요. 제발…… 우리 오빠 좀 구해 주세요……."

"저는 천사가 아닙니다, 어린 자매님."

"거짓말! 그럼 그 날개는 뭔데요? 천사님이시잖아요!"

"이건 수호성인이라서……."

뤼르가 쩔쩔매며 아이를 달래고 있었다. 루드빅이 끼어들어 어느새 만들어 온 코코아를 내밀었다.

"자, 꼬마 숙녀님, 일단 이걸 좀 마시고 진정하는 게 어떨까?"

생크림 위에 별 모양으로 조각낸 작은 초콜릿이 장식되어 있는 예쁜 음료였다. 루드빅은 자신 있게 그것을 내밀었다. 하지만 소녀는 루드빅을 돌아보지도 않고 뤼르의 옷깃을 붙잡은 채 펑펑 눈물을 쏟기 시작했다.

"천사님, 우리 오빠…… 오빠가…… 죽을 거예요……. 오빠를 살려 주세요……."

"자매님, 진정하시고 처음부터 얘기를……."

조금 시무룩해진 루드빅은 코코아를 소녀 옆에 내려놓고 막사를 나오다가 들어오는 아리아드네와 마주쳤다.

"어떻게 된 거래?"

아리아드네가 루드빅에게 슬쩍 물었다.

"제대로 말할 수 있는 상태가 아닌 것 같습니다. 우느라 정신이 없어요."

루드빅이 답하더니 덧붙였다.

"오빠를 구해 달라는데, 그 오빠가 어디에 있는지도 말을 안 하고 있습니다."

"오빠라……."

문득 아리아드네는 소녀 옆에 놓인 화려한 코코아 잔을 보았다.

"그새 저런 걸 준비했어? 역시 루드빅은 사려 깊네."

"……별것 아닙니다."

"별것 아니긴. 루드빅이 언제나 주변을 살피면서 할 수 있는 일을 찾아서 하는 거 알아. 늘 고마워."

그녀는 가볍게 건넨 말이었으나, 루드빅은 순간 벼락을 맞은 듯한 얼굴이 되었다.

루드빅 블레이르는 붉은 눈이고, 버려진 왕자이며, 평생을 떨떠름한 수군거림 속에서 살아왔다. 그는 제 약점을 모두 뒤덮을 수 있을 만큼 거대한 명예를 원했고, 부정적인 호기심을 묻어 버릴 수 있을 만큼 많은 관심을 바랐다.

소년 시절의 루드빅은 정신없는 주방에서 호의와 관심을 받기 위해 주변을 살피면서 할 수 있는 일을 찾아내야 했다. 땀을 흘리는 사람에게는 수건을, 목이 마른 사람에게는 물을, 요리하느라 제대로 식사도 못 하는 사람을 위해서는 한입에 들어갈 음식을 준비했다.

싹싹하게 굴었고, 유쾌하고 명랑한 태도를 유지했으며, 요리사들에게 귀염받기 위해 외모도 열심히 가꾸었다. 그렇게 노력하지 않았다면 그는 주방 구석의 포대 자루나 시궁쥐와 다를 바 없는 신세가 되었을 것이다.

그런 습관은 결국 루드빅의 일부가 되었다. 그는 늘 주위를 살피고 사람들의 입맛과 취향을 기억하기 위해 노력하곤 했다. 타인에 대한 관심이 필요한 일이었다. 루드빅은 스스로 관심을 원하는 만큼 다른 사람에게도 관심이 많았다.

하지만 대체로 사람들은 그가 기울인 만큼의 관심을 돌려주지 않았다.

그러나 아리아드네는. 처음부터 그가 가장 필요로 하는 것을 알아채고 명예를 주겠다며 그에게 손을 내밀었던 아름다운 영웅은.

그녀는 그에게 여러 정령수를 맺어줌으로써 다른 정령 기사들보다 훨씬 특별해질 기회를 주었고, 그가 집보다 더 집처럼 여길 수 있는 공간을 주었으며, 그 스스로도 알지 못했던 가능성을 찾아내어 새로운 무기를 만들어 주었다.

아리아드네가 루드빅에게 준 것들은 그의 안에 줄곧 쌓이고 있었다. 그러다 지금 그녀가 가볍게 건넨 말이 그 위에 올려지면서, 마침내 그의 내부에 있던 천칭을 기울게 만들었다. 정확히는 이미 기울어져 있었으나 티가 안 나던 것이 도저히 모른 척할 수 없을 정도로 확연하게 기울어졌다.

루드빅 블레이르는 자신이 아리아드네 엘디어에게 진심이 되었다는 것을 깨닫고 말았다.

"……가, 감사합니다."

그는 입가를 가린 채 더듬더듬 말했다. 그에게 웃어 준 아리아드네가 그를 스쳐 지나간다. 루드빅은 저도 모르게 손을 뻗어 그녀의 팔을 붙잡으려 했다. 왼팔이었다. 뒤따라 들어오던 악셀이 귀신 같은 눈이 되어 그의 손목을 잡아채 비틀었다.

"큭!"

"손 조심해라, 루드빅 블레이르."

짧게 경고한 그가 루드빅의 손목을 홱 팽개쳤다.

악셀로서는 나름 동료랍시고 봐준 거였다. 다른 자가 그녀의 왼손을 함부로 건드리려 했다면 뼈를 부러뜨려 놓았을 것이다. 돌아선 악셀이 아리아드네의 뒤에 따라붙었다. 루드빅은 손목을 문지르며 그 뒷모습을 보았다.

'공작님께서 이제 저놈을 피하지 않으시는구나.'

악셀의 무례함보다 그 사실이 더 충격적이었다. 아리아드네에게 악셀을 피하는 이유를 물었을 때 그녀가 보인 반응이 떠올랐다. 루드빅은 비로소 악셀 발렌타인이 제 예상보다 훨씬 강한 경쟁자라는 것을 깨달았다.

'……빌어먹을.'

그는 이를 사리물었다.

아리아드네는 제 뒤에서 무슨 일이 벌어졌는지도 모른 채 소녀와 뤼르에게로 다가가 앉았다.

"성녀님."

끅끅거리는 소녀를 토닥이고 있던 뤼르가 반색했다. 아리아드네는 그에게 눈인사를 한 후 소녀에게 인사를 건넸다.

"안녕."

코를 훌쩍이며 그녀를 돌아본 소녀의 눈이 휘둥그레졌다.

"와…… 천사님이 또 있어……."

"천사가 아니라 사람이야. 나는 아리아드네인데, 너는 이름이 뭐니?"

"에, 에이미예요……."

소녀가 모기만 한 목소리로 대답했다. 아리아드네는 부드럽게 웃었다.

"에이미구나. 오빠 이름은 뭐야?"

"에이든……. 에이든이에요. 우리 오빠 좀 구해 주세요……. 제발요, 네?"

"당연히 구해 줄 거야."

아리아드네가 일말의 망설임도 없이 확고하게 대답하자 겁에 질려 있던 에이미의 안색이 밝아졌다.

"지금 오빠가 어디에 있는지 아니?"

"몰라요……. 나만 도망치라고 하고, 오빠는……."

에이미의 눈에 다시 눈물이 차올랐다. 아리아드네는 급히 질문을 이어 갔다.

"오빠가 너를 도망치게 해줬니?"

"네에, 나만……. 이것도 오빠 건데……."

소녀가 허리춤에 달린 낡은 정령등을 매만지며 울먹였다.

"오빠랑 나쁜 사람들한테 같이 잡혀 있었던 거구나. 혹시 어떤 곳이었는지 기억나니?"

"모르겠어요, 어두웠어요……. 좁고…… 추웠는데……."

"거기서 도망치다가 도로 잡힌 거야?"

에이미가 고개를 끄덕였다. 아리아드네는 소녀의 머리를 살짝 쓰다듬어 주며 물었다.

"도망칠 때 주변이 어땠는지 기억나는 것 있니? 네 오빠가 있는 곳을 알아야 해서 그래."

"……오빠가 들어가라고 해서, 상자에 들어갔어요. 오빠 말대로 조용해질 때까지 있다가, 열고 나와서…… 나오니까 나쁜 사람들은 자고 있어서, 그대로 도망쳤는데, 바로 잡혀서……."

"널 도로 잡은 사람들이랑 처음에 너희를 잡아갔던 사람들이랑 비슷했니?"

"네……!"

에이미가 크게 고개를 끄덕였다.

"옷차림도 비슷하고, 말하는 것도…… 비슷했어요!"

"상자에선 얼마나 오래 있었어?"

"들어갈 땐 밝았는데…… 나올 땐 밤이었어요. 반나절쯤……?"

"멀리 나온 건 아니겠네."

아무래도 에이미의 오빠는 정황상 검은 잔을 받은 자들의 본거지, 먹구름에 갇혀 있을 듯했다. 아리아드네는 짧게 한숨을 쉬었다.

"어디 있는지 알겠구나, 네 오빠."

"정말요?"

"그래, 그러니 걱정하지 마. 금방 다시 만날 수 있을 거야."

그녀의 말에 에이미가 눈물이 그렁그렁한 얼굴로 꾸벅꾸벅 고개를 숙였다.

"감사합니다! 감사합니다, 천사님!"

"천사가 아니라니까."

아리아드네는 쓴웃음을 지으며 아이를 도닥였다.

그녀는 겨우 안심한 듯 보이는 아이에게 조심스럽게 좀 더 자세한 사연을 물었다. 띄엄띄엄 나온 대답을 종합해 보면 에이미와 에이든 남매가 겪은 일은 이러했다.

남매는 부모님과 좀 더 나이가 많은 언니와 함께 저주받은 땅 근처의 마을에서 살고 있었다. 어느 날 일단의 무리가 마을에 쳐들어왔다.

에이미는 에이든과 함께 옷장에 숨겨졌다. 에이든이 눈을 가리고 귀를 막아 주어서 에이미는 무슨 일이 일어났는지 잘 몰랐다. 그저 비릿한 냄새가 엄청나게 났고, 제 머리를 감싸 안은 오빠의 손이 부들부들 떨리던 것만 기억했다.

그러다 우악스러운 손길에 옷장에서 끌려 나왔다. 그대로 사방이 막힌 마차에 실렸는데, 안에 마을의 어린애들이 모두 함께 타고 있었다고 했다. 어른은 한 명도 없었고, 17세이던 에이미의 언니조차 없었단다. 그 수레 안에서 제일 나이 많은 아이가 13세인 에이든이었다고.

그렇게 마차를 타고 한참 달린 다음, 남매는 어둡고 춥고 좁은 방에 갇혔다. 그들은 매일 '샤이탄'에게 예배를 올렸다. 샤이탄이 모두를 구원해 줄 유일한 신이라고 배웠다고 한다.

예배를 마치고 돌아오면 에이든은 항상 에이미에게 저자들이 가르치는 건 다 거짓말이라고 일러 주었다. 그들의 신이자 창조주는 샤이탄이 아니라 엘이라고.

그렇게 지내다 어느 날 예배 시간에 '사도님'이 급한 볼일로 불려 나갔고, 에이든은 몰래 그 뒤를 따라갔다가 외부로 나갈 준비가 끝난 짐 상자들을 발견했다.

소년은 그 상자를 이용해 에이미를 탈출시켰다. 하지만 그건 다른 곳으로 보내지는 상자가 아니라 보급품 상자였고, 에이미는 상자에서 나오자마자 붙잡혀 도로 끌려가던 중이었다.

에이미의 이야기가 이어질수록 뤼르의 얼굴에서 표정이 사라졌다. 마침내 소녀가 지쳐 잠들자, 뤼르는 나직이 중얼거렸다.

"마왕이 제 동생을 보고 영감을 얻은 모양이군요."

그의 등에 돋은 날개가 파르르 떨렸다. 공포가 아니라 분노로.

"신앙을 만들려면 아무것도 모르는 아이들을 세뇌하는 게 낫겠다고 말입니다.”

샤이탄 신앙을 만들려던 사도의 수작에 혈육과 고향을 모두 잃은 신관이 조용히 분노했다. 호박빛 눈동자 속에서 화석처럼 잠들어 있던 증오가 되살아나 형형하게 빛났다.

“죽여 버리고 싶습니다. 모조리.”

그가 성인답지 않은 말을 내뱉었다. 아리아드네는 그의 말에 놀라지도, 당황하지도 않았다. 그저 당연한 듯 대답했다.

“네, 전부 죽여야죠. 다시는 이런 일이 없도록.”

신관 아닌 신관은 제가 생명을 바친 성녀 아닌 성녀를 가만히 응시하다가, 깊게 허리를 숙였다.

에리히가 검은 잔을 받은 자들이 누구를 모시는지 알아낸 것은 다음 날 점심 무렵이었다.

“늪지기야. 확실해.”

“고생했어요, 오라버니.”

“뭘, 이 정도쯤은 간단하지.”

그는 밤샘의 여파로 퀭해진 눈을 하고도 어깨를 으쓱였다. 근처에 앉아 있던 베로니카가 툭 내뱉었다.

“쓸데없는, 허세…….”

“야!”

에리히가 반사적으로 고함을 꽥 지르자 베로니카가 고개를 기울이며 빠히 쳐다보았다.

"왜⋯⋯?"

"⋯⋯아냐, 내가 잘못했어. 네 말이 다 맞아. 난 맨날 허세나 부리는 멍청한 놈이야⋯⋯."

에리히가 급격히 쪼그라들며 자학했다. 베로니카는 가느스름한 눈으로 그를 노려보았다.

"알면, 고쳐⋯⋯. 그러다 또 후회할 짓, 말고."

"⋯⋯응. 미안."

에리히는 사과하면서 아리아드네를 흘깃거렸다. 그의 여동생은 몹시 궁금하다는 얼굴로 그들을 보고 있었다.

'미안하다, 해골. 이 비밀은 무덤까지 안고 가야 해⋯⋯.'

그는 어제 있었던 일을 떠올리며 달아오르는 얼굴을 손으로 덮었다.

어제 저녁 식사 직후, 베로니카가 에리히에게 대답이 필요하냐고 물었을 때.

그는 다짜고짜 그녀를 끌고 다른 일행들의 시선이 미치지 않는 곳까지 도망쳤다. 순순히 따라온 베로니카는 별말 없이 그를 물끄러미 바라보기만 했다. 에리히는 흐트러진 호흡을 고른 다음, 이를 악물고 말했다.

"나 너 안 좋아해."

베로니카가 비스듬히 고개를 기울였다. 그는 윽박지르듯 외쳤다.

"그거 고백 아니었어. 알겠어? 그러니까 다 잊어버려."

"진심……?"

"그럼 진심이지, 거짓말이겠어? 그건 그냥 환각에 취해서 맛이 가는 바람에 나온 헛소리야. 잠꼬대나 술주정 같은 거라고. 넌 그런 걸 그냥 믿냐?"

"……."

"야, 너랑 나랑 알고 지낸 게 14년이야. 그동안 내내 내가 널 좋아했다고? 그럴 리가 있겠냐. 상식적으로? 내가 너한테 첫눈에 반해? 그랬으면 너하고 그렇게 맨날 싸워 댔겠냐고, 응?"

다다다 쏟아지는 말에 베로니카는 아무런 대답도 하지 않았다. 그녀는 되레 질문을 던졌다.

"후회, 안 할 거지?"

"뭘 후회해? 난 후회할 짓 같은 거 안 했어."

에리히가 코웃음을 쳤다. 베로니카는 무표정하게 그를 바라보다가 입을 열었다.

"에리히, 나는, 이리저리…… 재고 따지는 거, 귀찮아."

"난 가끔 네가 숨은 귀찮아서 어떻게 쉬나 싶다."

"근데 가족은, 만들고 싶어."

"……응?"

"아이도, 여럿 낳고 싶고…… 세 명쯤? 원래 내 가족도…… 대가족이었으니까."

베로니카가 느릿느릿 늘어놓는 말에 에리히의 눈이 휘둥그레 커졌다. 그는 그녀가 가족을 만드는 것에 관심이 있을 거라곤 상상조차 하지 못했다. 정확히는 미래 생각 같은 건 안 하고 사는 줄 알았다.

"그러려면, 남편이 필요하잖아. 근데 난…… 연애 같은 거, 자신 없거든. 귀찮고."

"……."

갸름한 눈매 속에서 베로니카의 검은 눈동자가 묘하게 빛났다. 무언가 담겨 있는 건지, 아니면 텅 비어 있는 건지 구별할 수 없는 새까만 심연 같은 눈이었다.

"하지만 너하고는, 연애, 할 수 있을지도 모르겠다…… 싶었어. 넌, 날 잘 알잖아. 나도 널 알고……."

"어…… 잠깐만, 지금 뭐라고?"

에리히는 제 귀를 의심했다. 지금 베로니카 브란테가 그와 연애를 할 생각이 있다고 했나? 그 베로니카가?

전혀 기대하지 않았던 사실에 충격받은 에리히가 입을 뻐끔거리는데, 베로니카는 무심히 말을 이었다.

"서로 잘 아는 사이고…… 나도, 널 싫어하지 않고…… 굳이 따지자면, 꽤

좋아하는 편이고? 게다가 네가, 날 사랑한다고 하니까…… 아무래도 이 정
도면, 해 봐도 좋겠다, 싶었거든."

"나랑?"

"응."

"연애를?"

"결혼을, 전제로."

담담하게 나온 대답에 에리히의 얼굴이 목에서부터 새빨갛게 달아
올랐다. 그는 바보처럼 더듬거리며 물었다.

"니, 니카, 나, 날 조, 좋아해?"

"아마도……?"

"얼마나? 얼마나 좋아하는 거야? 제일 좋아해?"

베로니카가 갸웃거리더니 손가락을 꼽았다.

"아가씨, 스승님……. 음, 세 번째 정도로는, 좋아하는 거 같아."

"……남자 중에선 첫 번째지?"

"응."

"맙소사……."

에리히는 좋아서 찢어지려는 입을 가리며 어쩔 줄 몰라 낑낑댔다.
베로니카가 어깨를 으쓱였다.

"근데 아니라며? 그럼, 됐어."

"어? 뭐, 뭐가? 뭐가 아닌데?"

"넌, 나 안 좋아한다며."

"누가! 언제!"

"네가, 방금."

"아냐! 그거 거짓말이었어!"

"그래, 방금, 고백했던 내용 다 거짓말이라며."

"고백이 거짓말이라는 게 거짓말이었다고!"

"뭐야, 그게…… 바보 같아. 못 믿겠어."

뚱하게 내뱉은 베로니카가 휙 돌아섰다. 에리히는 기겁해서 그녀의
어깨를 잡았다.

"어디 가!"

"얘기, 끝났잖아."

"안 끝났어!"

버럭 고함을 지른 에리히가 허둥지둥 주위를 둘러보더니 냅다 무릎
을 꿇었다. 베로니카의 눈썹이 슥 치켜 올라갔다.

"뭐 해?"

"미안해."

"뭐가, 미안한데."

"거짓말한 거……. 너도 알잖아. 맨날 내가 허세 떨면 알아채고 비웃었잖아.

똑같아. 너 안 좋아한다는 거, 다 거짓말이고 허세였어."

"……."

"나 너 좋아해. 계속 좋아했어. 솔직히 너 말고 다른 사람이 눈에 들어온 적 한 번도 없어."

"에리히."

베로니카가 무릎을 굽히고 쪼그려 앉더니, 양손을 뻗어서 숙이고 있던 에리히의 얼굴을 들어 올렸다. 그와 그녀의 시선이 맞닿았다. 그녀가 나른한 얼굴로 속삭였다.

"후회, 안 할 거라며."

"……!"

"나는, 네가 이런 일마저도…… 거짓말이라고 할 줄은, 몰랐어."

"그, 그게, 난……."

"이런 것까지, 거짓말하는 사람은…… 싫어. 에리히, 나는 널, 싫어하고 싶지 않아."

"그럼……!"

"그러니까, 믿어 줄게. 네가 날 안 좋아한다는 거."

에리히의 얼굴이 새파랗게 질렸다가 새하얗게 변했다. 베로니카는 무어라 반박하려 애쓰는 그의 얼굴에서 손을 떼고 자리에서 일어났다.

"그럼, 안녕."

산뜻한 인사가 에리히에게는 청천벽력이나 다름없게 들렸다.

에리히 위버는 베로니카 브란테를 잘 안다. 이대로 떠나고 나면 그녀는 이 일과 그가 했던 고백을 정말로 없던 일로 치고 잊어버릴 것이다. 에리히는 이를 악물었다.

베로니카는 돌아서서 사박사박 풀숲 사이로 걸어갔다. 불현듯 그녀의 앞을 얇은 결계가 가로막았다. 무영창 주문이었다. 그녀는 눈살을 찌푸리며 검을 꺼내 결계를 찢어발겼다.

한 겹 더 있었다. 에리히가 무영창으로 이중 주문까지 가능한 것을 알기에 베로니카도 여기까진 예상했다. 가호를 휘감은 검이 멈추지 않고 한 겹을 더 찢어발겼다. 그런데 결계가 또 있었다.

삼중 무영창.

인류 역사에 기념비적인 마법 시연이 하찮은 이유로 하찮은 곳에서 펼쳐졌다.

유일한 관객인 베로니카는 감탄이 아니라 짜증을 냈다.

"뭐 하자는, 거야?"

그녀는 인상을 쓰고 뒤를 돌아보았다. 검은 앵무새를 머리에 얹은 마법사가 눈물을 뚝뚝 흘리고 있었다.

"미안해."

"……"

"무서워서 그랬어. 네가 당연히 거절할 줄 알았단 말이야."

"꽤애애액!"

앵무새가 분위기를 깨며 울더니 마법사의 은발을 쪼아 대었다. 연료를 내놓으라는 뜻이었다. 에리히는 제 머리가 산발이 되든 말든, 앵무새가 쪼아 대든 말든 울면서 베로니카를 향해 빌었다.

"내가 잘못했어. 미안해. 다신 안 그럴게."

"꾸에웨엑!"

"그 고백 중에 거짓말은 하나도 없어. 다 진심이었어. 아닌 척 허세 부려서 미안해. 나 너 정말 좋아해. 처음 봤을 때부터 반해서 계속 좋아한 거 맞아."

"꽤애액! 꽤액! 꽤액!"

"앞으론 잘할게. 이제 너한텐 절대 거짓말 안 할게. 허세 떠는 습관, 고칠게. 그러니까 한 번만 봐줘."

신록처럼 싱그럽고 예쁜, 연두색에 가까운 초록빛 눈동자가 눈물로 흠뻑 젖어 유리구슬처럼 반짝였다. 은으로 세공한 것 같은 속눈썹에 맺힌 눈물방울이 잎사귀에 고인 빗방울처럼 뚝뚝 굴러떨어졌다.

마법사는 타고난 외모 덕에 어린애처럼 울먹이면서도 아름답게 보였다. 머리 위에서 은발을 쥐어뜯고 있는 새까만 앵무새만 아니었다면 정말로 청초하고 아름답게만 보였을 것이다.

베로니카는 우스꽝스러운 꼴로 훌쩍이는 그를 가만히 바라보다가 검을 집어넣었다.

"에리히."

"응……."

"한 번만, 봐줄게."

"진짜?"

에리히가 반색하며 고개를 들었다. 그 바람에 그의 머리에서 미끄러진 앵무새가 푸드득거리며 날아오르더니 불만스럽게 울어 댔다.

"꽥! 꽤애액! 꾸에에엑!"

베로니카는 정신없이 날아다니는 앵무새의 부리를 맨손으로 콱 움켜잡아서 에리히에게 내밀었다.

"일단 얘 좀, 어떻게 해 봐."

"아, 미안. 이카로스가 아직 업그레이드 중이라."

허겁지겁 앵무새를 받아 든 에리히가 꽥꽥대는 부리에 정령석을 한 알 물려 주고 로브 주머니에 쑤셔 넣었다. 이카로스는 곧 조용해졌다. 그의 앞에 다시 쪼그려 앉은 베로니카가 물었다.

"마지막 기회야. 이제, 솔직하게 말할 거지?"

"응!"

"정말 처음부터…… 반했었어?"

"……응."

"계속, 좋아했었고?"

"으응……."

"그럼 어릴 때, 왜 나한테…… 맨날, 시비 걸었어?"

"……그땐 네가 신경 쓰이는 게 좋아서 그런 건 줄 몰랐거든. 내가, 자각이 느려서……. 제기랄, 할아버지 닮아서 이래. 다 할아버지 때문이야."

"그래서, 언제 깨달았는데?"

"……꼭 말해야 해?"

"거짓말, 안 한다며."

"……."

에리히의 얼굴이 타는 듯이 붉어졌다. 그가 웅얼웅얼 대꾸했다. 보통 사람이었다면 알아듣기 어려운 목소리였으나, 정령 기사인 베로니카는 명확하게 들었다.

"꿈에…… 네가 나와서……."

"몽정했어?"

"으악! 야! 너 미쳤어? 미쳤냐고! 그걸 왜 대놓고 말해! 돌아 버리겠네, 진짜!"

에리히가 질겁하면서 그녀로부터 멀어졌다. 베로니카는 멀뚱히 그를 보더니 그가 물러난 만큼 더 다가앉았다.

"에리히."

"왜!"

버럭 화내는 그의 어깨를 잡고 베로니카가 고개를 기울였다. 입술이 맞닿았다.

입술이 떨어질 때까지 에리히는 무슨 일이 일어난 건지 자각하지 못했다. 떨어진 후 제 입술을 손끝으로 더듬어 보던 베로니카가 작게 웃었다.

"생각보다 좋네."

"어?"

"한 번 더, 할래?"

"어어?"

"별로야? 그럼 말고."

"아니, 잠깐만!"

일어나려는 베로니카를 에리히가 황급히 붙잡았다. 그는 태연한 여자의 얼굴을 새빨개진 채로 바라보다가 조그맣게 물었다.

"그러니까, 이건, 어, 연애하자는 뜻 맞지?"

"응."

즉답한 베로니카가 눈을 깜박이더니 아무렇지도 않게 덧붙였다.

"결혼을, 전제로."

"……진짜지? 이거 취소 못 해. 너 정말 나하고 결혼하는 거다?"

"어차피, 난 너 아니면…… 결혼, 안 할걸?"

"왜, 귀찮아서? 아니, 망할, 이유가 무슨 상관이야……. 빌어먹을 엘이시여, 감사합니다."

에리히는 떨리는 손으로 베로니카의 뺨을 감싸 쥐었다. 그리고 이
번에는 그가 먼저 그녀의 입술을 집어삼켰다.

"오라버니?"

아리아드네는 시시각각 하얘졌다 붉어졌다 하면서 베로니카를 힐끔
거리는 에리히를 의심스럽게 쳐다보았다. 퍼뜩 정신을 차린 에리히가
허둥지둥 손을 내저었다.

"아무것도 아니야. 어쨌든 저놈들 군주는 늦지기라는데, 이제 어떻
게 하려고?"

"계획을 좀 세워야겠어요. 저놈들 본거지에 아이들이 갇혀 있는 것
같아서요."

"애들?"

아리아드네는 에이미에게 들은 내용을 간단히 전했다. 에리히의 얼
굴이 일그러졌다.

"아주 지랄도 가지가지하네, 미친 새끼들이."

"그래서 아이들을 구하는 걸 우선하면서 아이템을 찾고, 성을 무너
뜨리려고요."

"그걸 한 번에 할 수 있겠어?"

"일단 구상한 방법이 있는데요······."

아리아드네의 계획을 들은 에리히는 기가 찬다는 표정이 되었다.

"또 그런 미친 짓을 하겠다고? 넌 뭐 몸뚱어리가 다섯 개쯤 되냐?"

"그럼, 다른 방법 있어요?"

"차라리 애들이랑 아이템만 슬쩍 챙겨서 튀자. 성은 내버려 두고."

"뒤꽁무니에 검은 잔을 받은 자들 추격을 달고 대미궁에 들어가자고요? 그게 더 미친 짓이에요."

"……"

할 말이 없어진 에리히는 입을 다물었다. 결국 그도 그녀의 계획에 동의할 수밖에 없었다.

우드힐은 조용하고 평화로운 마을이었다. 저주받은 땅이 가까워지는데도 이주하기 어려울 만큼 가난하고 힘든 사람들만 남아 있는 마을이기도 했다. 에이든은 그 마을에서 대대로 살던 소작농의 아들이었다.

검은 옷을 입은 자들이 우드힐에 몰려왔던 날, 소년의 인생은 완전히 뒤바뀌었다.

에이든은 여동생 에이미의 눈과 귀를 막은 채 옷장 문틈으로 누나와 부모님이 살해당하는 것을 보았다. 옷장에서 끌려 나와 수레까지 가면서 에이든은 빗물처럼 고인 피 웅덩이를 몇 개나 밟았다.

비명이 하늘을 찢었다. 마을 사람들은 별다른 반항조차 하지 못하고 죽어 나갔다. 굴러다니는 시체들이 모두 아는 얼굴이었다.

에이든은 에이미와 함께 수레에 실렸다. 수레에서 떨고 있는 건 에이든보다 어린 아이들뿐이었다. 그마저도 다루기 귀찮고 말이 잘 안 통하는 다섯 살 밑의 아이들은 보이지 않았다.

수레는 한참 달린 뒤 새카맣고 커다란 성안에서 멈췄다. 살인자들은 아이들을 두세 명씩 나눠서 춥고 좁은 방에 가뒀다.

아이들은 매일 끌려 나와 '샤이탄'에 대해 배웠다. '사도'라 불리는 자들이 그들을 가르쳤다.

졸거나 그날 배운 것을 틀리면 채찍을 맞았다. 마실 물을 얻으려면 샤이탄에게 기도를 해야 했다. 먹을 것을 받으려면 샤이탄을 위한 예배를 올려야 했다.

검은 옷을 입은 자들은 아이들에게 샤이탄의 열성적인 신자가 되면 좋은 방과 좋은 옷, 좋은 음식을 평생 주겠다고 했다. 몇몇 아이들은 금세 순종적으로 변했다. 어른들을 붙잡고 샤이탄에 대해 열성적으로 찬양한 뒤 과자를 얻어먹으며 방긋방긋 웃었다.

대부분 마을에서 무슨 일이 일어났는지, 제 앞에 있는 어른이 무슨 짓을 한 자인지도 제대로 알지 못하는 어린아이들이었다. 그런 아이들은 곧 좋은 옷을 입고 깨끗하고 좋은 방에서 머물게 되었다.

그 애들은 굶주리는 다른 아이들에게 자신들처럼 '말 잘 듣는 착한 아이'가 되라고 설득했다. 멋진 옷이나 달콤한 과자를 자랑하며 으스대는 아이도 있었다. 지치고 굶주린 아이들은 결국 스스로 샤이탄을 찬양하기 시작했다.

에이든은 그럴 수 없었다. 가족이 살해당하던 장면이 아직도 선명했다. 어긋난 옷장 틈으로 보이던 악몽 같은 광경. 허수아비처럼 쓰러지던 아버지. 눈도 감지 못한 어머니. 누나의 옷을 새빨갛게 물들이던 피.

소년은 그자들을 따르고 싶지 않았다. 그래서 신앙 공부가 끝날 때마다 여동생에게 저건 다 거짓말이라 가르쳤고, 그 애만이라도 달아나게 했다.

에이미가 사라진 건 바로 들켰다. 에이든은 벌로 호되게 매를 맞았다.

피투성이로 감옥에 갇힌 에이든 앞에 소피아가 찾아왔다. 소피아는 옆집에 살던 에이든과 동갑인 여자아이였다. 그리고 일찍부터 좋은 옷을 입게 된 아이들 중 하나였다. 갈색 머리 소녀는 적개심 어린 눈으로 자신을 노려보는 빨간 머리 소년에게 속삭였다.

"에이미는 금방 들킬 거야. 그거, 보급품 상자였거든."

"뭐?"

"그런 즉흥적인 방법으로 달아날 수 있을 리가 없잖아. 너, 바보야?"

에이든이 화를 내려는 찰나 소피아가 철창문 사이로 슬쩍 무언가를 밀어 넣었다. 에이든은 그것을 외면했다.

"치워, 배신자."

"닥치고 봐. 에이미를 구하고 싶으면."

꼬깃꼬깃한 종이였다. 의심스럽게 소피아를 응시하던 에이든은 천천히 그것을 집어 들어 펼쳤다. 소년의 목소리가 놀라 커졌다.

"어, 이거……!"

"쉿."

소피아는 슬쩍 복도를 살폈다. 어른이나 다른 아이들이 접근하지 않는지 확인한 뒤, 그녀가 나직이 물었다.

"뭔지 알겠어?"

"……이거 지도지? 어떻게 구했어? 혹시 직접 만든 거야?"

"훔쳐보고 외워서 베껴 그린 거야. 난 저 새끼들한테 신뢰받고 있으니까."

소녀가 기묘하게 웃었다. 에이든은 놀란 눈으로 소녀를 올려다보
았다.

"너…… 일부러 말 잘 듣는 척한 거였어?"

"그럼 내가 미쳤다고 엄마 아빠를 죽인 놈들한테 살랑거렸겠니?"

"……난 몰랐어."

"너 같은 게 우리 마을에서 그나마 똑똑한 놈이라는 현실이 슬프다."

폭 한숨을 쉰 소피아가 철창 사이로 손을 뻗어 지도의 한 곳을 짚
었다.

"여기 보여? 성 밖으로 난 배수로야."

"배수로가 뭔데?"

"……버리는 물이 빠져나가는 길이야. 뚜껑 있는 도랑 같은 거.
좁긴 한데, 애들은 통과할 수 있어."

"여기로 도망치자고?"

"응, 내일 바로. 다른 애들도 데리고 갈 거야."

에이든은 멍하니 입을 벌렸다.

"그게 가능해?"

"물론 제정신이 아직 박혀 있는 애들이랑 뭘 모르는 어린애들만
데려가야지. 진짜 넘어간 애들은 어쩔 수 없어."

어깨를 으쓱인 소피아가 에이든에게 눈을 부라렸다.

"지금부터 네가 할 일을 알려줄 테니 잘 들어."

"내가 할 일?"

"도망칠 애들 모아서 배수로로 데려오는 건 스테판이랑 그레텔이
할 거고, 사도들 시선 끄는 건 내가 할 거야. 너도 네 역할을 해야지."

소피아가 지도의 다른 곳을 짚었다.

"여기가 내 방이거든. 침대 밑에 정령등이랑 정령석 가루 많이 숨겨 놨어. 신호 오면 바로 내 방으로 간 다음 그거 챙겨서 배수로 입구로 와. 넌 힘 좋으니까 할 수 있지?"

"그런 것들은 또 어떻게 구했어?"

"저 악마 새끼들이 우리 살려 놓으려고 사방에 정령등 걸어 놨잖아? 그거 조금씩 빼돌렸지."

"……진짜 오래 준비했구나."

"첫날부터 준비했어, 멍청아. 그만 따져. 시간 없단 말이야."

핀잔을 준 소피아가 이어 말했다.

"내일 다 같이 모여서 예배할 때 난 아프다고 빠질 거야."

"예배를 빠질 수가 있어?"

"내가 평소에 샤이탄인지 나발인지를 열성적으로 섬긴 이유가 뭐겠…… 아니, 그만 좀 따지랬지? 이제 닥치고 들어."

"미, 미안해."

"어쨌든 내가 예배 시간에 몰래 성서 보관실로 가서 불을 낼 거야. 그럼 확실히 사도가 자리를 비우게 돼. 네가 에이미 빼돌릴 때 예배 도중에 사도가 갑자기 나갔지? 그거 사실 내가 미리 실험해 본 거였어."

에이든은 얼이 빠진 채 고개만 끄덕였다. 소피아가 빠르게 설명했다.

"사도가 자리를 비우면 아까 말한 대로 넌 여기, 내 방이 있는 곳으로 가서 정령등이랑 챙겨서 여기, 배수로 입구로 오면 돼. 알아들었어?"

"응……. 그런데, 소피아."

"왜?"

"에이미는 어떡해? 너, 에이미가 금방 잡힐 거라고 했잖아."

"그래서 바로 내일 도망치겠다는 거잖아."

"어?"

"에이미는 보급품 상자에 들어갔거든? 나간 놈들이 돌아오는 건 일주일 후야. 그것들이 애 하나 발견됐다고 중간에 돌아올 리는 없고, 일주일 동안 에이미를 끌고 다니다가 도로 데려오면 차라리 다행인데……."

소피아가 에이든을 흘깃 보더니 한숨을 쉬었다.

"……그 새끼들이라면 중간에 귀찮아서 그냥 죽여 버릴지도 몰라. 어린애는 얼마든지 있거든. 솔직히 난 그놈들이 에이미를 무사히 데려올 것 같지 않아."

"……!"

"그놈들, 이번엔 바다 상황 보러 남쪽으로 간다고 들었어. 그러니까 우리가 빨리 탈출해서 따라잡아야 해. 그래야 에이미를 구할 가능성이 생겨."

에이든은 비로소 소피아가 서두르는 이유를 깨달았다. 소년은 이를 악물었다.

"알아들었어. 고마워, 소피아."

"네가 아니라 에이미 때문에 이러는 거야. 내 동생이나 다름없는 애니까."

쌀쌀맞게 대꾸한 소피아는 치료 약을 창살 너머로 던져 넣어 주고는 돌아섰다.

"내일 잘해."

소피아가 떠난 뒤 에이든은 눈 감고도 그릴 수 있도록 지도를 외웠다.

그렇게 다음 날이 되었다. 벌 받는 중이어도 예배는 참석할 수 있었기에 에이든은 감옥에서 나와 예배실로 향했다. 소피아의 작전은 놀라울 정도로 쉽게 맞아 들어갔다. 소피아는 사도들을 유인한 뒤 무사히 빠져나왔고, 에이든은 정령등을 챙겨 왔고, 다른 아이들도 모두 잘 따라왔다.

배수로를 기어 나가며 에이든은 희망을 품었다. 소피아만이 약간 불안한 표정이었다.

"이렇게 쉽게 탈출한다고?"

"네가 작전을 잘 짠 거지."

"아냐, 뭔가 이상해……."

소피아의 불안은 배수로 끝에서 현실로 드러났다.

"……이게 뭐야."

하수구에서 가장 먼저 빠져나온 에이든은 눈앞에 펼쳐진 풍경에 그대로 굳어 버렸다.

하수구 밖은 검보랏빛 늪이었다. 깊이는 소년의 허리까지밖에 안 되고, 폭은 실개천 수준인 좁고 얕은 늪. 그리고 그 너머로는 밤도 낮도 아닌 기괴한 하늘만이 펼쳐져 있었다.

에이든은 정령등을 들고 비틀거리며 늪을 가로질렀다. 늪의 끝에 선 소년은 아득한 높이를 마주했다. 산꼭대기에서 내려다보는 듯한 풍경이 발밑에 펼쳐져 있었다.

지금까지 그들이 갇혀 있던 성은 하늘에 떠 있는 성이었다.

뒤이어 나온 아이들도 같은 풍경을 보고 차례로 얼어붙었다. 뭘 모르는 대여섯 살짜리들만 신이 나서 박수를 쳤다.

"와, 높다!"

"우리가 날고 있어!"

가장 마지막으로 나온 소피아는 철벅거리며 늪의 가장자리를 돌아다니더니 허탈하게 중얼거렸다.

"감시가 허술한 이유가 있었구나."

"이제 어떡하지?"

에이든이 절망적인 목소리로 물었다. 소피아는 손등으로 눈가를 문지르더니 가까스로 대답했다.

"일단 돌아가야 해. 방으로 돌아가자, 들키기 전에……."

"이미 들켰단다, 꼬마들아."

위에서 비웃는 듯한 목소리가 들려왔다. 아이들은 반사적으로 위를 올려다보았다. 그들을 늘 가르치던 사도가 창턱에 팔을 괴고 내려다보고 있었다.

"소피아, 실망이구나. 네가 샤이탄 님의 기쁨이 되어 줄 줄 알았는데."

"……!"

무언가를 직감한 소피아의 표정이 절박해졌다. 소녀가 다급히 외쳤다.

"반성할게요! 다신 이런 어리석은 짓 하지 않을게요! 모두 함께 샤이탄 님을 진심으로 믿을……."

"애쓰는구나, 똑똑한 소피아. 하지만 우린 똑똑한 아이가 아니라 신실한 아이가 필요하단다."

빙긋 웃은 사도가 손을 뻗었다.

"너흰 이제 필요 없어."

요람으로부터 힘을 빌린 사도의 손끝에서 거대한 마물이 튀어나왔다. 마물이 여섯 개의 다리로 늪에 착지하자 검보랏빛 늪에 파도가 일었다.

아이들은 그 여파조차 견디지 못하고 휘청거렸다. 정령등을 놓친 몇몇 아이들은 오염에 물들며 고통스러운 비명을 질렀다.

아이들의 키보다 큰 송곳니를 가진 마물이 커다랗게 입을 벌렸다. 마물의 울부짖음에 아이들의 비명이 묻혔다. 창가의 사도는 재미있는 공연을 관람하듯 웃었다.

소피아는 포기하고 눈을 감았다. 에이든이 고함을 질렀다.

"그냥 뛰어내려!"

저 마물에게 잡아먹히는 것보다는 아래로 뛰어내리는 편이 나을 것이다. 에이든의 외침에 그 사실을 깨달은 아이들이 허둥지둥 늪의 가장자리로 달려갔다. 하지만 절로 다리가 떨리는 높이에서 쉽게 뛰어내릴 수 있는 아이는 드물었다. 게다가 어차피 이 높이에서 뛰어내려 봤자 살아남을 확률은 거의 없다.

아이들의 얼굴이 절망으로 물들었다. 마물이 첨벙거리며 다가오는 소리가 들렸다.

에이든은 바로 옆에 있던 소피아만 붙잡고 냅다 몸을 던졌다. 사도가 부리는 마물의 먹잇감으로 죽는 것보다는 추락해 죽고 싶었다. 같은 심정인지 소피아도 그를 마주 꽉 안았다.

'엘 님.'

몸이 붕 뜨며 하늘이 발아래로 보였다.

'계속 엘 님께 기도했잖아요. 이번이 마지막 기도예요.'

에이든은 눈을 질끈 감고 소피아를 감싸며 몸을 웅크렸다.

'한 번만 기적을 일으켜 주세요.'

샤이탄을 따르지 않고 당신을 믿은 보답을 주세요.

'살아남고 싶어요.'

소년은 간절히 빌었다.

응답은 즉시 찾아왔다.

〈주인공의 구원자가 될 운명입니다〉 4권에서 계속